당신이 모르는 프로이트 정신분석의 재구성

프로이트의 숨겨진 환자들

일러두기

- 외래어 표기는 되도록 국립국어원 지침을 따랐으나, 일부 인명과 지명의 경우 널리 통용되는 이름으로 표기하였습니다.
- 단행본, 신문은 『 』, 시, 논문, 칼럼은 「 」, 미술, 음악 등의 작품명은 〈 〉로 표기하였습니다.
- ( )는 저자 주, [ ]는 원서 편집자 주, 〔 〕는 번역서 역자 주입니다.
- 프로이트의 저작은 독일어로 병기했으며, 그 외 인물들의 저작은 학계에 보편적으로 알려진 언어로 병기했습니다.

당신이 모르는
프로이트 정신분석의
재구성

프로이트의

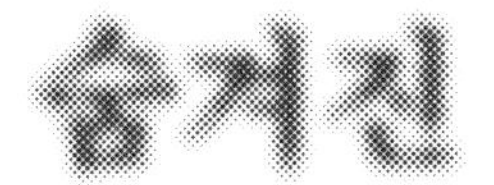

환자들

Freud's Patients

미켈 보르크-야콥센 지음
문희경 옮김

知와사랑

차례

서문

프로이트가 사례연구에서 다룬 '에미 폰 N.', '엘리자베트 폰 R.', '도라', '꼬마 한스', '쥐 인간', '늑대 인간', '젊은 동성애자 여인' 같은 환자들은 많이 들어보았을 것이다. 그럼 이 유명한 가명의 실제 인물인 파니 모저, 일로나 바이스, 이다 바우어, 헤르베르트 그라프, 에른스트 란처, 세르기우스 판케예프, 마르가레테 촌카는 들어보았는가? 혹은 프로이트가 사례연구로 남기지 않았거나 적어도 직접 언급하지 않은 다른 많은 환자에 관해서는? 파울리네 질베르슈타인(요양소 옥상에서 몸을 던져 자살한 환자), 올가 회니히('꼬마 한스'의 엄마), 브루노 베네치아니(소설가 이탈로 스베보의 처남), 엘프리데 히르슈펠트, 앨버트 허스트, 건축가 카를 마이레더, 빅토르 폰 디르스타이 남작, 정신증 환자 카를 리브만을 비롯한 많은 환자에 관해서는 아는가? 지휘자 브루노 발터도 프로이트의 환자였고, 작가 아서 쾨슬러의 어머니 아델레 야이텔레스도 프로이트의 환자라는 사실은 아는가? 또 프로이트가 아내 마르타 베르나이스에게 최면을 걸고 딸 안나를 분석한 사실은 아는가?

이 책에서는 오랜 세월 이름도 없고 얼굴도 없던 프로이트 환자들의 이야기를 재구성했다. 개중에는 희극적인 이야기도 있지만 대개는 비극으로 끝나고, 모두 매혹적인 이야기다. 모두 38편의 간략하고 불완전한 인물 묘사는 현재까지 발견된 관련 문헌을 토대로 한다. 혹시라도 워싱턴 D.C. 소재의 미국의회도서관 프로이트 서가에 소장된 미공개 자료에서 다른 사례가 더 나올 수도 있지만, 현재로서는 38명이 내가 선별한 전부다. 여기서는 인물의 이력을 간략하게라도 확인할 수 있을 만큼 자료가 남아 있는 환자만 모았다. 따라서 이름이나 이니셜 외에는 별로 알려진 것이 없는 환자는 제외했다, 우선은. 따라서 이 책은 프로이트의 환자를 총망라한 사례집이 아니라 대표적인 사례를 모아놓은 책이다. 그만큼 한계가 있지만 프로이트가 직접 기록한 흥미진진한 사례연구에 더해서 그의 실제 분석 과정을 엿볼 수 있을 것이다.

이 책에서는 프로이트의 **환자** 사례만 다루었다. 따라서 프로이트에게 분석 훈련을 받았거나(안나 구겐뷜이나 클래런스 오번도프) 단순한 지적 호기심에서 프로이트의 분석실 소파에 누운 사람들(앨릭스와 제임스 스트레이치 부부, 아서 탠슬리)은 넣지 않았다. 실제로 치료할 증상이 있거나 혼자서는 해결하지 못할 실존적 문제를 안고서 프로이트를 찾은 환자만 다루었다. 이런 이유로 안나 프로이트, 호러스 프링크, 먼로 메이어처럼 분석 훈련을 위해 분석을 받은 것이 명백한 사례도 포함했다. 어쨌든 이들에게는 치료가 필요했기에 이 책의 다른 환자들만큼 이들의 치료 과정도 들여다볼 필요가 있다고 판단했다.

끝으로 환자들의 사례를 흥미롭고 매혹적으로 만들어주는 프로이트의 해석은 최대한 배제했다. 따라서 이 책에서는 다소 산만하고 일상적인 이야기를 만나게 될 것이다. 그리고 어떤 이론이나 논평도 넣지 않았다. 주어진 사실과 서류, 증거의 표면에만 주목하면서 의식적으로든 무의식적으로든 환자의 동기를 넘겨짚지 않았다. 따라서 이 책에서 프로이트 사례를 재차 확인하려는 독자는 실망할 수도 있다. '그들의' 프로이트는 이 책에서 만날 수 없을 것이다. 대신 또 하나의 프로이트, 환자와 그들의 주변인들이 보는 프로이트를 만나게 될 것이다. 두 명의 프로이트, 즉 환자의 사례를 전달하는 두 가지 방식 사이에서 접점을 찾을 수 있을지는 모르겠다. 역사적 사실에 기초한 이 책의 접근으로 혼란에 빠지거나 충격을 받을 모든 분께 미리 양해를 구한다. 내가 주로 참조한 자료들의 출처는 책 말미에서 확인할 수 있다. 역사학에서 말하는 1차 사료도 있고 2차 사료도 있다.

이 책은 10년 전에 프랑스어로 처음 출간되었다. 그사이 새로 발견된 자료를 참조하여 보완하고 갱신해서 이 책을 다시 썼다. 오류와 누락된 부분을 (눈에 띄는 대로) 바로잡고, 새로운 정보로 환자의 이야기에 살을 붙이고, 프랑스어판에 실린 31명에 새로 발견된 7명을 추가했다. 하지만 이 증보판에서도 결론은 크게 달라지지 않는다. 에른스트 란처, 브루노 발터, 앨버트 허스트를 비롯한 일부 모호한 사례를 제외하고는 프로이트의 치료가 환자를 완전한 파멸로 몰아넣지는 않았더라도 대체로 효과를 보지 못했다는 것이다.

차들이 좁고 깊숙한 거리에서 밝은 광장의 평지로 달려나왔다. 보행자들의 검은 무리가 구름 같은 선을 이루었다. 속도가 만드는 힘찬 선이 차들의 부주의한 조급함을 가로지르는 곳에서 차들은 뒤엉켰고, 이내 빠르게 흐르다가, 잠시 동요하더니 다시 그들의 일반적인 흐름을 되찾았다. 수백 가지의 소리들이 서로 얽힌 소음들 사이로 섞이고, 거기서 하나의 고성高聲이 두드러져 가장자리까지 이어졌다가 다시 돌아왔으며, 찢어지는 듯한 소리가 명료하게 울렸다가 이내 사라져버렸다. 이 뭐라 표현하기 힘든 소리만 가지고도, 비록 이곳을 몇 년간 떠나 있던 사람이라도 자신이 제국의 수도이자 국왕의 수도인 빈Wien에 와 있다는 것쯤은 눈을 감고도 알 수 있을 것이다.

- 로베르트 무질, 『특성 없는 남자 *The Man without Qualities*』*

* 북인더갭, 안병률 역, 2013

01 베르타 파펜하임

Bertha Pappenheim

1859~1936

최초의 정신분석 환자 '안나 O'라는 가명으로만 알려진 베르타 파펜하임은 사실 프로이트에게 직접 치료받은 적이 없고, 프로이트의 친구이자 스승인 요제프 브로이어 박사의 환자였다. 1917년에 프로이트는 "브로이어가 히스테리 환자 안나 O를 어떻게 치료했는지, 말하자면 안나 O를 어떻게 증상에서 해방시켰는지" 설명하면서 "브로이어의 발견은 여전히 정신분석 치료의 근간이 된다"(『정신분석 강의*Einführung in die Psychoanalyse*』 18강)라고 적었다. 그런데 베르타 파펜하임을 안나 O라는 환자로만 볼 수 있을까?

베르타는 1859년 2월 27일에 빈의 유대인 집안에서 태어났다. 아버지 지크문트 파펜하임은 곡물 무역회사를 상속받은 백만장자였고, 어머니 레하 골드슈미트는 프랑크푸르트의 명문가 출신이었다. 파펜하임 집안은 독실한 정통파 유대교 집안이었다. 베르타는 여자고등학교höhere Tochter(중산층 집안의 딸이 '결혼 시장'에 진출하기 전에 준비하는 곳)에서 종교(히브리어와 성서), 외국어(영어, 프랑스어, 이탈리아어), 자수, 피아노, 승마를 비롯한 전통적인 교육을 받았다. 활달하고 생기 넘치던 소녀 베르타는 틀에 박힌 일상 속에서 질식할 것 같았다. 이것은 훗날 그녀의 논문 「상류층 젊은 여자의 교육에 관하여*On the Education of Young Women in the Upper Classes*」(1898)에 기록된 내용이다. 브로이어는 동료 의사 로베르트 빈스방거에게 보낸 환자 기록에 이렇게 적었다. "이 환자는 전혀 종교적이지 않다. 정통파 유대교 집안의 딸로서 항상 아버지를 위해 모든 종교 교리를 철칙으로 따랐고, 지금도 그러려고 노력한다. 하지만 환자의 삶에서 종교는 남몰래 싸우고 대적할 대상일 뿐이다."

그래서 베르타는 도망쳤다. 처음에는 스스로 "사적인 극장private theatre"이라고 이름 붙인 환상의 세계로, 그다음에는 병으로 탈출했다. 처음 증상이 나타난 때는 1880년 가을이었다. 심각한 늑막염으로 병석에 누운 아버지를 간호하던 시기였다. 베르타는 그해 11월 말에 기침이 멎지 않아 요제프 브로이어를 불렀다. 저명한 내과의였던 브로이어는 주로 빈의 상류층 부르주아와 귀족을 치료했다. 그는 베르타를 히스테리로 진단했다. 앓아누운 베르타는 강렬한 증상을 "연속적으로" 보였다. 좌측 후두부 통증, 흐린 시야, 환각, 다양한 근수축과 감각 상실, 삼차(혹은 안면)신경통, 실어증(1881년 3월부터 영어로만 말했다), 다중인격, 의식 변성 상태('의식 부재')가 나타났다. 의식 변성 상태에서는 한바탕 분노를 폭발하고 나중에 기억하지 못했다.

매일 치료하러 오던 브로이어는 '의식 부재' 상태인 베르타가 사적인 극장의 슬픈 이야기를 들려줄 때마다 상태가 좋아지는 것을 눈치챘다. 베르타는 이 과정을 (물론 영어로) "대화 치료talking cure" 혹은 "굴뚝 청소chimney sweeping"라고 불렀다. 하지만 1881년 4월 5일에 아버지가 세상을 떠나자 베르타의 상태가 더 나빠졌다. 식사를 거부하고, 안데르센 동화 같은 이야기가 아니라 섬뜩한 "비극"만 들려주었다. 부적 환각negative hallucination〔최면 상태에서 실제로 존재하는 대상을 인식하지 못하는 인식 왜곡 상태〕도 경험했다. 이를테면 주위에 있는 사람을 보지 못하고 오직 브로이어만 알아보았다. 4월 15일에 브로이어는 다른 의사의 소견을 듣기 위해 정신과 의사 리하르트 폰 크라프트에빙을 찾아갔다. 환자의 증상이 가짜라고 생각한 크라프트에빙은 베르타 앞에서 종이를 태워서 그녀의 얼굴 쪽으로 연기를 훅 불었다. 그러자 베르타가 버럭 화를 내며 브로이어를 마구 때리기 시작했다. 결국 브로이어는 6월 7일에 인처스도르프에 있는 친구 헤르만 브레슬라우어 박사의 신경장애 병원 별관에 베르타를 강제 입원시켰다. 여기서 베르타는 당시 흔히 쓰이던 진정제인 클로랄 하이드레이트를 다량 투여받아 겨우 진정되었다. 그러다 클로랄에 중독되고 말았다.

베르타의 상태가 진정되자 다시 대화 치료를 이어갈 수 있었다. 다만 베르타의 이야기에 변화가 생겼다. 이제는 의식 변성 상태에서 상상한 이야기나 비극을 이야기하지 않았다. "베르타의 이야기에는 점점 환각에 관한 내용과 함께 지난 며칠간 베르타를 괴롭힌 일에 관한 내용이 많아졌다." 베르타가 어떤 증상의 원인이 된 불만을 털어놓고 나면 그 증상이 기적처럼 사라졌다. 그래서 브로이어는 끝없이 나타나는 증상(예를 들어 히스테리성 난청 303회)을 하나씩 제거하기로 했다. 이렇게 마라톤 치료가 이어진 끝에 (13년 후 브로이어가 프로이트와 공저한 『히스테리 연구*Studien über Hysterie*』에 따르면) 베르타는 입원한 지 꼭 1년 되는 날인 1882년 6월 7일에 완치 판정을 받았다. 치료 마지막에 베르타가 그녀의 병을 촉발한 최초의 사건으로 보이는, 아버지의 병상을 지키던 장면을 다시 체험하고 나서 얻은 결과였다. "베르타는 그 장면을 재현하자마자 다시 독일어로 말할 수 있었다. 게다가 그때까지 시달리던 무수한 증상에서도 벗어났다. 한동안 빈을 떠나 여행하기는 했지만 이후 오랜 시간이 지나서야 삶의 균형 감각을 완벽히 되찾았다. 그 뒤로는 완전히 건강해졌다." 프로이트는 안나 O의 대화 치료를 "훌륭한 치료 성공 사례"라고 설명했다.(1923)

하지만 역사가 헨리 엘런버거와 알브레히트 히르슈뮐러의 연구에서 드러난 현실은 조금 달랐다. 브로이어가 정신과 의사 아우구스트 포렐에게 보낸 편지에 따르면 베르타 파펜하임의 치료는 그에게 엄청난 "시련"이었다. 사실 치료는 진전된 적이 없고, 1881년 가을에 브로이어는 이미 베르타를 스위스 크로이츠링겐에 있는 로베르트 빈스방거의 벨뷔 요양소로 보낼 생각이었다. 게다가 1883년 10월 31일에 프로이트가 약혼녀 마르타 베르나이스에게 보낸 편지에 따르면, 브로이어의 아내 마틸데가 남편이 관심을 쏟는 젊고 매력적인 여자 환자를 질투한다는 소문이 돌았던 듯하다. 따라서 1882년 6월에 브로이어가 치료를 종결한 이유는 베르타가 완치되어서가 아니라(6월 중순까지도 "가벼운 히스테리 광증"을 보였다) 그저 실패를 인정하고 환자를 벨뷔 요양소로 보내기로 결정했기 때문이었다. 베르타는 카를스루에에 사는 친척들을 만나러 "여행한" 후 1882년 7월 1일에 벨뷔 요양소에 입원했다.

벨뷔 요양소는 루트비히 빈스방거(실존주의 정신분석의 선구자 루트비히 빈스방거 주니어의 조부)가 1857년에 설립한 유명한 요양소다. 보덴호 호숫가의 한적한 공원에 있던 이 요양소는 자체의 권한으로 치료비를 많이 받았고 상류층의 정신질환자들을 수용했다. 빈의 소설가 요제프 로트의 『라데츠키 행진곡*Radetzkymarsch*』에 나오듯 "버릇없는 부잣집 응석받이 미치광이들이 귀찮을 정도로 세심하게 치료받고, 직원들이 마치 산파처럼 이들을 성심껏 보살피는" 곳이었다. 오렌지 온실, 긴 안락의자, 볼링장, 옥외 주방, 테니스장, 음악실, 당구장까지 갖추었다. 요양소 주변을 산책하거나 승마도 할 수 있었다(베르타도 매일 이런 호사를 누렸다). 환자들은 공원에 널찍널찍 흩어져 있는 편안한 저택에서 지냈다.

베르타는 영어와 프랑스어를 잘하는 여자를 말동무로 데려와 방 두 칸짜리 집에서 함께 지냈다. 독일어로는 아직 실어증 상태를 벗어나지 못했고, 이전보다 증상이 나아지지 않았다. 게다가 클로랄 하이드레이트에 중독된 상태에서, 브로이어가 심각한 안면신경통을 잡으려고 처방한 모르핀에까지 중독되었다. 벨뷔 요양소에서 넉 달을 지내고도 신경통과 모르핀중독은 조금도 나아지지 않았다. 1882년 10월 29일, 퇴원 당시의 환자 기록에는 상태가 "호전"되었다고 적혀 있지만 11월 8일에 베르타가 로베르트 빈스방거에게 보낸 편지의 내용은 달랐다. "여기서는 건강이 조금도 달라지거나 좋아지지 않았습니다. 주사기를 달고 지내는 게 남들에게 부러움을 살 만한 삶은 아니겠죠."

베르타가 카를스루에에 들렀다가 1883년 1월 초에 빈으로 돌아왔을 때 브로이어는 다시 치료해달라는 베르타의 요청을 거절했다.

1883년에서 1887년까지 베르타는 브레슬라우어 박사의 신경장애 병원에 세 차례나 입원했다. 진단은 매번 같았다. "히스테리." 이 병명은 프로이트와 약혼녀 마르타 베르나이스의 편지에서도 확인된다. 마르타와 베르타가 서로 아는 사이라(마르타의 아버지가 세상을 떠난 뒤 베르타의 아버지가 마르타의 법정 후견인이 되었다) 프로이트는 마르타에게 친구 베르타의 상태를 꾸준히 알려주었다. 1883년 8월 5일에 프로이트는 이렇게 적었다. "베르타가 다시 그로스-엔첸스도르프[사실은 인처스도르프]의 요양소로 들어간 것 같아요. 브로이어 박사님이 매번 베르타 얘기를 하시는군요. 차라리 베르타가 죽어서 고통에서 벗어나면 좋겠다고까지 말씀하세요. 베르타는 절대로 낫지 않을 것이고 심각하게 망가진 상태라고 합니다." 마르타는 1887년 1월과 5월에 어머니에게 보낸 편지 두 통에 베르타가 밤마다 환각에 시달린다고 적었다. 따라서 브로이어의 치료가 끝난 이후 5년간 베르타는 여러 차례 입원하고도 회복하지 못한 상태였음을 알 수 있다.

1-1 승마복을 입은 베르타 파펜하임, 벨뷔 요양소 시절.

1888년에 베르타는 외가 친척이 많이 사는 프랑크푸르트로 옮겨 갔다. 여기서 작가인 사촌 안나 에트글링거의 권유로, '최면 상태'에서 브로이어에게 들려준 동화를 엮어 익명으로 『어린이 동화집*Short Stories for Children*』을 출간했다. 대화 치료보다 글쓰기 치료의 효과가 훨씬 좋았던 듯하다. 2년 후 베르타는 P. 베르톨트라는 필명으로 두 번째 동화집 『중고품 가게에서*In the Second-hand Shop*』를 냈다. 초반에는 이렇게 문학적인 글을 쓰다가 이후 프랑크푸르트의 유대인 사회사업에 참여하기 시작했다. 동유럽 이민자를 위한 무료 급식소와 유대인 소녀 고아원에서 자원 봉사하다가 1895년에는 이 고아원의 사감이 되었다.

이후 베르타는 유대인 사회에서 중추적인 역할을 맡아 명성을 쌓았다. 마침내 종교와 화해하고(언제, 왜인지는 알려지지 않았다) 사회사업을 종교적 선행의 일환으로 삼았던 듯하다(그래서 베르타는 자신이 일하는 단체가 구성원에게 어떤 식으로든 보상을 주는 데 반대했다). 하지만 이런 전통적인 자선 활동에만 안주하지 않았다. 당시 중상류층 여자에게는 익숙하지 않던 실용적인 활동에도 적극적으로 참여하고, 나아가 헬레네 랑게의 정기간행물 『여성*Die Frau*』을 통해 접한 독일 여성운동의 원칙과 방법론을 유대인 사회사업에 적용하기도 했다.

1899년에 메리 울스턴크래프트의 『여성의 권리 옹호*A Vindication of the Rights of Woman*』(1792)를 독일어로 번역하고, 〈여성의 권리*Women's Rights*〉라는 희곡을 발표하여 여자들이 당하는 경제적·성적 착취를 비판했다. 중증 히스테리 환자이자 중독자이던 베르타는 몇 년 사이 작가이자 유대인 여성운동 지도자로 거듭났다. 1900년에는 『갈리시아의 유대인 문제*The Jewish Problem in Galicia*』라는 책을 써서 동유럽 유대인이 빈곤한 이유를 교육의 결핍에서 찾았다. 1902년에는 직접 여성 구제 기관을 창설하여 유대인 여성을 보호하고 상담과 직업 교육, 취업 알선 서비스를 제공했다. 러시아와 동유럽 유대인 사회의 매춘과 백인 노예 실태를 고발하는 캠페인을 벌이며 음지의 현실을 폭로하다가 반유대주의 정서를 더 부추길까 우려한 랍비들에게 비판을 받기도 했다.

그래도 베르타는 동요하지 않았다(무엇에도 크게 동요하지 않았던 듯하다). 베르타가 보기에 유대인 여성의 권리를 옹호하는 운동은 소외된 여성들을 유대인 사회로 편입시켜서 결과적으로 유대주의를 지키는 활동이었다.

1904년에 베르타는 유대인여성연맹(Jüdischer Frauenbund, JFB)을 창설하여 의장으로 선출되었다. 그리고 뛰어난 지도력으로 이 단체를 독일 최대의 유대인 여성 조직으로 발전시켰다(1929년에는 회원이 무려 5만 명이었다). JFB는 직업 교육 시설을 운영하며 여자들에게 직업을 갖고 독립심을 기르도록 장려했다.

베르타는 JFB의 의장으로서 북아메리카, 소련, 발칸반도, 중동 지역을 돌면서 활동했고, 1907년에는 노이이젠부르크에서 미혼모와 자녀를 위한 시설을 만들어 일생의 과업으로 삼았다. 또 시간이 날 때마다 이디시어로 된 『체네레네*Tsenerene*』(모세 5경, 메길롯, 하프타롯으로 구성된 17세기 여성들의 성경), 『마이세 부크*Mayse Bukh*』(여성들을 위한 중세 탈무드 이야기 모음집), 집안의 먼 조상인 글뤼켈 폰 하멜른의 유명한 일기를 번역했다. 나아가 다수의 논문, 시, 동화, 희곡을 썼으며, 베르

1-2 베르타 파펜하임이 조상인 글뤼켈 폰 하멜른처럼 복장을 갖춰 입은 모습.

타 사후인 1936년에 나치 치하의 유대인 여성들을 위로하기 위해 발표된 아름다운 기도문도 썼다. "저의 하나님, 온화한 신도, 말씀과 향의 신도, 과거의 신도 아니십니다. 어디에나 계시는 하나님이십니다. 제게 요구하시는 하나님이십니다. 하나님의 계율로 제 죄를 씻어주셨습니다. 제가 선과 악 중에서 하나를 정하기를 기대하시고, 제가 하나님의 권능 안에서 힘을 얻고 하나님께 오르도록 노력하고 남들도 함께 데려가고 힘닿는 데까지 모든 이를 돕기를 요구하십니다. 요구하세요! 요구하세요! 그리하여 제가 평생 양심의 가책을 느끼고 하나님이 계시는 것을 느낄 수 있게 해주세요."(「부름*Anruf*」, 1934.11.14.)

1920년에 베르타는 마르틴 부버와 프란츠 로젠츠바이크가 유대인을 위해 프랑크푸르트에 설립한 자유유대인학교Freies Jüdisches Lehrhaus에서 학생들을 가르치며 지크프리트 크라카우어, 슈무엘 요제프 아그논, 게르숌 숄렘과 어울렸다.

한편 정신분석 최초의 환자 '안나 O'로도 이름을 날렸다. 프로이트는 공적인 자리에서는 안나 O의 대화 치료가 정신분석 치료의 출발점이라고 밝혔다. 하지만 사적인 자리에서 제자들에게는 브로이어의 치료가 사실은 실패했다면서 실패의 과정을 훨씬 자극적으로 들려주었다. 1909년에 프로이트의 제자 막스 아이팅곤은 강의에서 안나 O의 증상을 아버지를 향한 근친상간 환상이 표출된 것으로 해석했다. 이런 증상 중에는 베르타가 아버지상像으로 여기던 브로이어에게 전이한 임신 환상도 포함되었다. 당시 프로이트는 브로이어와 결별한 지 오래되었고, 아우구스트 포렐이나 루트비히 프랑크 같은 반대파가 그에게 맞서기 위해 그의 옛 스승 브로이어를 끌어온 데 화가 나 있었다. 그는 아이팅곤의 해석을 받아들여 사람들에게 마치 사실인 것처럼 전달했다. 프로이트의 주장에 따르면, 브로이어가 치료를 종결한 이후에 다시 연락을 받고 가보니 안나 O는 히스테리 출산, 곧 "상상임신의 논리적 결말"(어니스트 존스)로 고통스러워하고 있었다. 브로이어는 거기서 도망치듯 빠져나와 아내와 함께 베네치아로 두 번째 신혼여행을 떠났

1-3 베르타 파펜하임을 기리며 1954년에 발행된 독일 우표.

고, 베네치아에서는 실제로 아내를 임신시켰다.

베르타는 이런 고약한 소문을 듣지 못한 듯했다. 오랫동안 프로이트의 제자 중에서도 핵심 그룹 내에서만 돌던 소문이었다. 베르타가 알았다면 경악하면서 부정하고 정신분석 자체를 거부했을 것이다. 베르타의 친구이자 조력자였던 도라 에딩거에 따르면 베르타는 "초년기에 신경쇠약을 앓던 기록을 모두 없애고 빈의 가족들에게도 자신이 죽고 난 후 아무에게도 정보를 공개하지 말아달라고 요청했다. 베르타는 그 시절 얘기를 한 적이 없으며, 자신이 돌보는 아이들에게 누가 정신분석을 권하면 동료들이 놀랄 정도로 격하게 반대"했다.

베르타 파펜하임은 시온주의(유대인의 옛 땅이었던 팔레스타인에 유대 국가를 재건하려는 유대인들의 민족주의운동)와 유대인이 독일을 떠나야 한다는 일부의 주장에 반대하다가 뒤늦게 나치의 심각성을 깨달았다. 히틀러가 뉘른베르크 법을 공포하기 직전인 1935년 여름에 몸에서 종양이 발견되었다. 병이 깊어진 1936년 봄에는 노이이젠부르크의 고아원에서 작성한 반反히틀러 성명서로 인해 게슈타포에 끌려갔다가 풀려나 병석에 누운 뒤로 다시는 일어나지 못했다. 1936년 5월 28일에 노이이젠부르크에서 세상을 떠난 덕에 나치 시대를 가까스로 모면했다. 베르타는 유언장에 무덤을 찾는 이들에게 조약돌 하나 놓아 달라고 부탁했다. "여자들의 의무와 여자들의 기쁨이라는 사명을 위해 굴하지 않고 용감하게 싸우겠다는 … 조용한 약속의 징표로."

1953년에 어니스트 존스는 프로이트의 전기 1권에서 안나 O의 정체를 밝히며, 베르타 파펜하임의 히스테리 임신에 관해 떠도는 이야기를 실었다. 베르타의 일가친척은 큰 충격을 받았다. 1954년 6월 20일에 뉴욕의 독일인 이민자 신문 『아우프바우*Aufbau*』는 베르타의 유언 집행인 파울 홈부르거의 편지를 공개했다. "실명을 밝힌 것보다 더 심각한 문제는 존스 박사가 225쪽에 사견을 추가하여 브로이어 박사의 치료가 종결된 이후 베르타의 생애에 관해 지극히 피상적이고 진실을 호도하는 내용을 실었다는 점입니다. 존스 박사는 베르타가 결국 어떻게 치료되었고, 정신적으로 어떻게 완전히 회복했는지 언급하지 않은 채, 베르타가 끝내 치료되지 않았으며 그녀의 적극적인 사회 활동과 독실한 종교 활동이 마치 병의 새로운 단계라는 식으로 기술했습니다. … 이후 수십 년 동안 베르타 파펜하임을 알고 지낸 사람이라면 누구든 그녀를 본 적도 없는 한 남자의 해석을 중상모략이라고 여길 것입니다."

에른스트 플라이슐 폰 마르호프

Ernst Fleischl von Marxow

1846~1891

1846년 8월 5일, 시몬 에른스트 플라이슐 에들러 폰 마르호프는 부와 영향력을 모두 가진 빈의 유대인 명문가에서 태어났다. 은행가이자 사업가인 아버지 카를 플라이슐 에들러 폰 마르호프는 1875년에 귀족 작위를 받았다. 결혼 전 성이 마르크스인 어머니 이다는 교육받은 여성으로, 고고학자 에마누엘 뢰뷔, 소설가 마리 폰 에브너 에센바흐, 시인 베티 파올을 비롯한 과학자, 예술가, 저널리스트와 교제했다. 플라이슐의 삼촌인 생리학자 요한 네포무크 체르마크는 후두경 시술을 도입한 인물로 유명하다.

플라이슐은 삼촌의 뒤를 이어 연구자가 되고자 의학을 선택했던 듯하다. 남달리 총명하고 독창적인 아이디어가 넘쳐나던 그는 1870년에 스물네 살의 나이로 의학박사 학위를 받고 해부병리학 분야에서 저명한 카를 폰 로키탄스키의 조수로 들어갔다. 하지만 이듬해에 부검하다가 오른손 엄지가 감염되어 절단해야 했다. 그리고 이 부상으로 생긴 신경종으로 하루하루 견딜 수 없이 고통스러워했다. 외과의 테오도어 빌로트에게 몇 차례 수술을 받았지만 효과가 오래가지 않았다. 플라이슐은 더 이상 해부병리학 연구를 계속할 수 없게 되자 전공을 생리학으로 바꾸고 1873년에 생리학연구소에 들어가 에른스트 빌헬름 폰 브뤼케의 조수가 되었다. 그는 계속 통증에 시달리면서도 신경 민감성에 관한 실험을 진행하면서, 감각 기관을 자극하면 대뇌피질의 해당 영역 표면의 전위電位에 변화가 일어나는 현상을 밝혀냈다. EEG(뇌파 검사)를 가능하게 한 중요한 발견이었다. 또 분광편광계와 혈색소계와 같은 다양한 광학 측정 기구도 발명했다.

플라이슐은 이렇듯 유능한 연구자였을 뿐 아니라 그의 주변인들에 따르면 비범한 인물이었다. 잘생기고 매력적이고 재치 있고 언변도 뛰어나서 문학과 음악뿐 아니라 물리학의 최신 발전 상황에 이르기까지 다채로운 주제로 대화를 나눌 수 있었다. 함께 연구하던 지크문트 엑스너와 요제프 브로이어와 특히 가까웠고, 정신과 의사 하인리히 오베르슈타이너, 문헌학자 테오도어 곰페르츠, 작가 고트프리트 켈러, 비뇨기과 전문의 안톤 폰 프리슈(노벨상 수상자 카를 폰 프리슈의 아버지), 작곡가 후고 볼프, 부인과 전문의 루돌프 초로바크, 물리학자 카를 베텔하임과도 교유했다. 플라이슐은 브로이어와 곰페르츠를 통해 테데스코, 베르트하임슈타인, 리벤 가문으로 구성된 부유한 상류사회에 진입하여 한동안 비공식적으로 프란치스카(프란치) 폰 베르트하임슈타인의 약혼자였다.(5장 참조) 삼촌 체르마크의 실험을 참고하여 베르트하임슈타인 저택 파티에서 암탉에게 최면을 걸어 그 자리에 있던 모두에게 강렬한 인상을 심어주면서, 1880년대 초 빈의 과학자들이 최면

2-1 에른스트 플라이슐 폰 마르호프

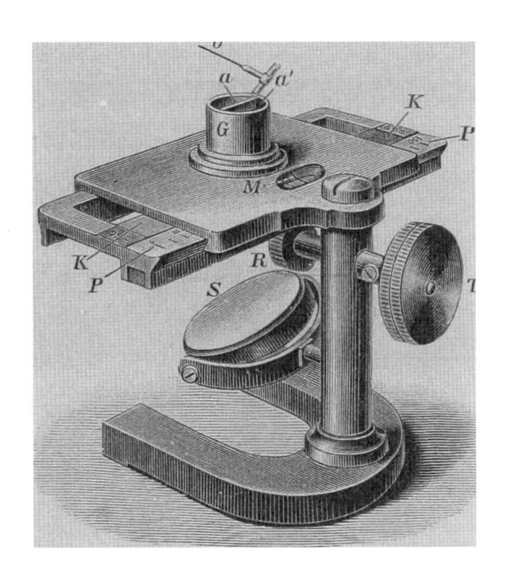

2-2 플라이슐의 혈색소계

상태에 관심을 갖게 만드는 데 기여했다. 그리고 친구 오베르슈타이너와 함께 그 자신에게 최면을 거는 실험도 해보았다.

브뤼케의 생리학연구소 시절에는 1876년부터 이 연구소에서 일하기 시작한 젊은 연구 조교 지크문트 프로이트를 만났다. 프로이트는 플라이슐을 진심으로 존경하여 우상으로 삼았고, 두 사람은 나이와 지위 차이에도 불구하고 점차 가까워졌다. 프로이트가 요제프 브로이어와 만난 것도 플라이슐을 통해서였다. 플라이슐과 브로이어는 돈이 없어 자주 고생하던 젊은 후배를 금전적으로 도와주었다.

1882년에 브뤼케의 생리학연구소를 떠난 이후로 플라이슐과 더 가까워진 프로이트는 플라이슐의 명석함 이면에 숨은 고통을 알게 되었다. 사람들은 잘 몰랐지만 사실 플라이슐은 심리적으로 매우 취약하고 신경쇠약을 일으키기 쉬운 사람이었다. 프로이트는 마르타 베르나이스에게 보낸 편지에서 플라이슐을 신경증 환자로까지 표현했다. "신경증을 안고 사는 건 얼마나 끔찍한지!"(1885.05.21.) 플라이슐은 밤새 잠들지 못할 정도로 극심했던 고통을 잠재우기 위해 당시 많은 사람처럼 모르핀을 사용하다가 결국 중독되었다. 그를 걱정하던 친구들은 도울 방법을 찾으려 했다. 곰페르츠는 1884년 봄에 프랑스의 유명한 신경학자 장 마르탱 샤르코의 개인병원에 입원한 조카 프란치 폰 베르트하임슈타인을 통해 샤르코에게 플라이슐의 환지통幻肢痛에 관해 문의했다. 샤르코가 "경추 영역에 … 반복 소자법"이라는 방법을 추천했지만 별로 도움이 되지 않은 듯하다.

한편 1883년 말에 프로이트는 군의관 테오도어 아셴브란트가 1860년에 쓴 논문을 읽었다. 알베르트 니만이라는 사람이 코카 잎으로 합성해서 만든 알칼로이드 성분 '코카인'에 관한 논문이었다. 아셴브란트가 바이에른 출신 신병에게 코카인 소량을 물에 타서 나눠주었고, 병사들이 피로와 배고픔을 비정상적으로 잘 견디는 현상(페루 원주민들 사이에서 잘 알려진 코카 잎의 효과)을 발견했던 것이다. 프로이트는 이 현상에 흥미를 느끼고 더 조사하다가 「디트로이트 테라퓨틱 가제트*Detroit Therapeutic Gazette*」라는 책자에서 모르핀 해독을 비롯한 코카인의 다양한 효능을 극찬하는 논문 몇 편을 발견했다. "아편(모르핀)에 중독된 사람이든 아니든 코카인을 해보고 싶어 한다. 무해한 우울증 치료제다." 「가제트」의 내용만 보면 코카인은 만병통치약 같았다.

프로이트는 「가제트」가 디트로이트의 파크-데이비스 제약회사에서 발행하는 홍보 책자이며 1875년부터 이 회사의 주력 상품이 코카인이라는 사실을 몰랐던 듯하다(이 회사의 창업자 중 한 명인 조지 S. 데이비스가 「가제트」의 편집자였다). 부와 명예를 가져다줄 이 위대한 과학적 발견에 이름을 얹고 싶던 프로이트는 다름슈타트의 제약회사 머크에서 나온 코카인

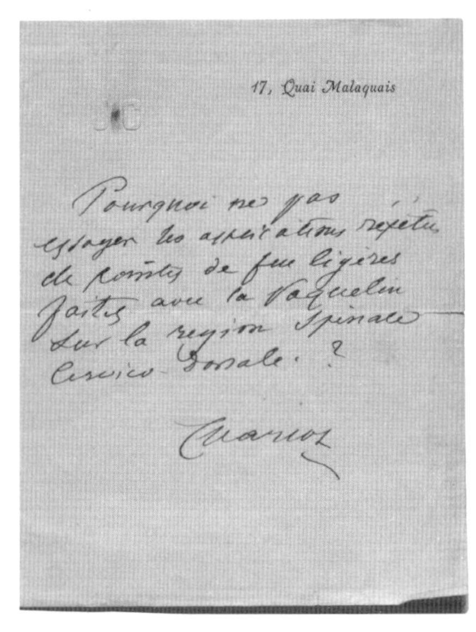
17, Quai Malaquais

Pourquoi ne pas essayer les applications répétées de pointes de feu légères faites avec le Paquelin sur la région spinale cervico-dorsale ?

Charcot

2-3 플라이슐의 신경종에 대한 샤르코의 처방전.

을 구입해서 시험 삼아 직접 먹어보고 주변 사람들에게도 권했다. 그중에 마르타와 브로이어, 브로이어의 아내 마틸데(편두통 치료를 위해), 플라이슐이 있었다. 코카인이 도취감을 준다는 사실에 들뜬 프로이트는 1884년 7월에 「코카인에 관하여 *Über Coca*」라는 논문을 발표했고, 이 논문에는 「가제트」에서 내세운 장점이 모두 들어 있었다. 논문에서 그는 코카인이 흥분제이자 최음제라고 주장했다. 소화불량, 악액질惡液質(만성병으로 인한 건강 악화 상태), 뱃멀미, 히스테리, 신경쇠약(오늘날의 우울증이나 만성 피로), 멜랑콜리아(양극성 장애 중 우울 상태), 안면신경통(삼차신경통), 천식, 발기부전에 효과가 있다고 주장했다. 논문의 마지막에서는 코카인에 마취제 성질도 있으므로 확인해보라고 제안하기도 했다. 프로이트의 친구 카를 콜러가 이 제안에 따라 안과에서 코카인을 국부 마취제로 사용할 수 있다는 점을 발견하여 프로이트보다 앞서 그의 분야에서 유명해졌다.

프로이트의 논문에는 코카인을 모르핀 해독제로 쓰는 용법도 들어 있었다. 이 논문은 거의 전적으로 파크-데이비스의 홍보 책자 「가제트」에서 내세우는 모르핀 해독의 성공 사례를 근거로 삼았는데도 프로이트는 이런 유형의 사례를 직접 해독했다고 주장했다. 「가제트」와 거리를 두려는 이러한 시도는 성공적이었다. 그는 논문에서 예로 든 환자가 코카인을 복용한 뒤로는 우울증을 앓지 않았다고 주장했다. "환자가 몸져눕지 않고 정상적으로 활동할 수 있었다. 치료 기간에 처음 며칠간 매일 코카이눔 무리아티쿰 3데시그램을 복용했고, 열흘 후 코카인 치료법을 종결할 수 있었다."

카를 콜러가 1928년에 밝힌 바에 의하면 문제의 이 환자는 바로 에른스트 플라이슐 폰 마르호프였다. 1884년 5월 7일에 시작한 코카인 치료는 사실 프로이트가 논문에서 주장한 대로 흘러가지 않았다. 처음 며칠은 조짐이 좋아 보였지만 5월 12일에 프로이트가 마르타에게 보낸 편지에 이렇게 적혀 있었다. "플라이슐의 상태가 심각해서 나로서는 코카인의 성공을 전혀 즐길 수 없군요." 플라이슐은 "연속해서" 코카인을 복용했지만 극심한 고통에서 벗어나지 못하고 "발작"을 일으키며 혼수상태에 빠질 뻔했다. 프로이트는 이어서 이렇게 적었다. "이렇게 발작을 일으킬 때면 그가 모르핀을 투여한 건지 아닌지 모르겠어요. 그는 아니라고 하지만 아무리 에른스트 플라이슐이라고 해도 모르핀 중독자가 하는 말을 다 믿을 수 없으니까요." 코카인으로 통증도 금단증상도 잡히지 않자 5월 19일에 테오도어 빌로트가 프로이트와 브로이어의 요청으로 플라이슐의 절단된 엄지의 남은 부분을 다시 수술한 뒤 "모르핀을 다량 사용하라고 권하고 … 셀 수 없이 많은 주사를 놔주었다."(1884.05. 23.) 이튿날 곰페르츠는 아내 엘리제에게 플라이슐이 수술 중에 "[모르핀 주사로 인한] 마취 상태에서도 극심한 고통에 시달려서 그저 고통을 덜어주기 위해 곧바로 다시 마취해야 했다"(1884.05.20.)고 적었다.

코카인으로 모르핀을 해독하는 요법은 완전한 실패였다. 하지만 프로이트는 브로이어가 여전히 유보적인데도 「코카인에 관하여」라는 논문을 쓰기 시작했다. (그는 1884년 6월 12일에 마르타에게 보낸 편지에 이렇게 적었다. "브로이어 박사는 이 방법에 관해 좋은 얘기는 한마디도 해주지 않아요.") 논문은 6월 18일에 인쇄소로 들어가 7월 1일에 나왔다. 곧바로 미국에서, 특히 파크-데이비스 제약회사에서 큰 관심을 보였다. 파크-데이비스는 당연히 자기네 홍보 책자의 주장을 입증해준 "빈의 플라이슐 교수와 지크문트 프로이트 박사"의 흥미로운 연구를 제품 설명서에 소개했다. (파크-데이비스는 프로이트에게 24달러를 주면서 자사의 코카인과 머크사의 코카인을 비교해달라고 요청하기도 했다. 오늘날 제약회사의 핵심 오피니언 리더처럼 프로이트는 기꺼이 파크-데이비스의 제품을 보증해주고 그 제품의 "미래가 밝을" 거라고 예측했다.)

"플라이슐 교수"라는 이상한 표현은 사실 프로이트가 미국의 각종 의학 학술지에 자신의 논문에 관한 논평과 초록을 익명으로 올리면서 저명한 환자 겸 "공동연구자"를 과학적 근거로 삼았기에 나온 표현이다. 프로이트는 1884년 12월 『세인트루이스 의학 및 외과 저널*St Louis*

Medical and Surgical Journal』에 발표된 논문에 이렇게 적었다. "빈의 플라이슐 교수는 코카인 염화물을 모르핀 중독자에게 피하주사로 투여하면(0.05~0.15그램을 물에 희석해서) 효과가 있다는 사실을 확인해준다. … 모르핀을 갑자기 중단하려면 코카인 0.1그램을 피하주사로 투여해야 한다. … 10일 안에 하루에 세 차례 코카인 0.1그램씩 피하주사로 투여하면 근본적인 치료가 가능하다."

용량은 원래 논문에서 제시한 양과 같지만 투약 방법이 달랐다(구강 복용이 아니라 피하주사였다). 이렇게 미세하게 달라진 이유는 플라이슐이 "근본적인 치료"를 받고도 계속 모르핀을 주사하고 코카인까지 주사했기 때문이다. 「코카인에 관하여」가 발표되고 얼마 지나지 않은 1884년 7월 12일, 프로이트는 마르타에게 지나가는 말로 친구가 코카인을 "자주" 한다고 말했다. 미국에서 발표된 프로이트의 논문에서는 플라이슐이 1884년 10월에는 이미 주사기 주입 방식으로 넘어간 것을 알 수 있다. 플라이슐이 프로이트의 조언을 거스르고 주사기를 사용했든 아니든, 『꿈의 해석*Die Traumdeutung*』 2장에서 모호하게 언급하듯 프로이트가 어느 시점부터 약리학 면에서 공격적인 투약 방법을 채택한 것은 분명하다. 1885년 1월에 프로이트는 마르타에게 코카인을 신경에 직접 주사해서 안면신경통을 완화할 수 있는지 알아보고 싶다며 이렇게 덧붙였다. "그러면 플라이슐에게 도움이 될 수도 있을 테니까요. … 그분의 고통을 덜어줄 수 있다면 좋겠어요."(1885.01.07.) 프로이트는 1885년 4월 초에 발표한 논문에서 다시 모르핀 중독자에게 코카인을 처방해서 치료에 성공했다고 주장하면서 이번에는 대놓고 주사법을 권했다. "나는 이런 금단증상 치료에 1회에 코카인 0.03~0.05그램을 피하주사로 투여하는 방법을 자신 있게 권하며 용량을 늘리는 데도 두려움이 없다."

어떤 약물에든 중독되어 본 사람이라면 잘 알겠지만 코카인 같은 '흥분제', 그리고 모르핀이나 헤로인 같은 '진정제'가 결합하면 쾌감이 극대화되고 위험하다(화가 장 미셸 바스키아와 배우 존 벨루시 외에도 많은 사람이 이런 이유로 사망했다). 가장 저항하기 어려운 유형의 중독성 조합이다. 이미 모르핀에 중독된 플라이슐은 이런 극도의 '흥분'을 맛보기 위해 코카인 용량을 점점 늘렸다. 1884년 10월에 장크트길겐의 여름 별장에 다녀올 때는 이미 코카인 사용량이 상당히 늘어나서 머크사가 플라이슐에게 자기네 코카인을 사용해보고 효과를 관찰해서 알려달라고 요청할 정도였다. 이듬해 6월에 프로이트는 마르타에게 이렇게 적어 보냈다. "내가 그분에게 약을 처방해주어 그분이 실신하지 않고 버틸 수 있었지만 용량이 어마어마하게 늘어나서(석 달간 하루에 약 1그램씩 코카인을 사면서 1,800마르크를 썼어요) 결국 만성 중독이 되었어요."(1885.06.26.) 하지만 1885년 4월에 발표된 논문에는 자신의 모르핀 환자에 대해 이렇게 적었다. "환자는 코카인을 상용하지 않았다. 오히려 코카인 사용에 뚜렷한 반감을 보였다."

플라이슐은 이루 말할 수 없는 지경이 되었다. 그는 "깊은 절망에 빠졌다가 실없는 농담에도 미친 듯이 즐거워하면서"(1885.04.10.) 급격한 기분 변화를 보였다. 브로이어와 엑스너, 프로이트가 매일 밤 돌아가면서 플라이슐을 지켜주었다. 프로이트도 잠들지 않으려고 코카인을 사용했다. "그의 말, 온갖 난해한 것에 대한 설명 … 그는 완전히 탈진해 여러 가지 활동을 중단했다가 모르핀과 코카인으로 되살아나곤 했다. 이 모든 상태가 설명할 수 없는 앙상블을 이루었다."(1885.05.21.) 플라이슐의 친구들은 마지막 순간이 다가오고 있음을 직감했다. 플라이슐에게 다시 경제적 도움을 부탁한 프로이트는 마르타에게 이렇게 적었다. "그분이 내게 뭘 빌려주실 수 있을지 모르겠어요. 설령 도와줄 수 있다고 해도 나중에 우리가 돈을 갚을 때쯤 그분은 살아계시지 않을 수도 있어요."(1885.03.10.) 6월에는 플라이슐이 코카인 중독 특유의 환각 증상을 보였지만 코카인 증상에 관해 모르던 프로이트는 이를 진전섬망delirium tremens과 비교했다. 플라이슐은 벌레나 뱀이 몸에 기어 다니는 것 같은 섬뜩한 감각도 느꼈다. 오늘날 '의주감formication', 일상적인 표현으로는 '코카인 환각coke bugs'이라고 부르는 증상이다.

8월 초에 플라이슐은 동생 파울과 함께 장크트길겐의 집으로 갔다. 파리에서 장 마르탱 샤르코의 히스테리 강의를 듣던 프로이트는 플라이슐에게 편지로 돈을 빌려달라고 부탁했다. 플라이슐은 답장하지 않았다. 프로이트는 빈으로 돌아가면서 마르타에게 편지를 보냈다. "플라이슐의 상태가 심각해 보여요. 산송장이나 다름없어요."(1886.04.05) "끊임없이 환각 상태에 빠져서 그분이 사회생활을 계속하게 만드는 것이 불가능할 것 같아요."(1886.04.07.) 프로이트는 다시 플라이슐의 집에서 밤새 그를 지키기 시작했고, 적어도 1886년 5월 말까지는 계속했다. 그 뒤로도 프로이트가 플라이슐을 지켰는지는 알 수 없다. 마르타와 결혼하면서 편지가 끊겼기 때문이다.

1887년 7월, 프로이트는 환자들에게 코카인을 시험한 모르핀 중독 전문가 알브레히트 에를렌마이어에게 보낸 답장을 공개했다. 에를렌마이어의 결과는 프로이트와 상반되었다. 코카인 요법으로 치료한 환자들이 계속 모르핀을 사용할 뿐 아니라 추가로 코카인에도 중독된 것이다. 에를렌마이어는 프로이트가 모르핀과 알코올에 더해서 "인류의 세 번째 골칫거리로 코카인"을 추가했다는 결론에 이르렀다. 화가 난 프로이트는 "유럽에서 코카인으로 첫 모르핀 금단 증상을 치료해서 매우 긍정적인 결과가 나왔다(다만 이쯤에서 내가 직접 수행한 실험이 아니라 내게 자문을 구한 다른 사람의 실험을 논의하는 것이라고 밝혀야겠다)"고 재반박했다. 프로이트는 또한 에를렌마이어가 부정적인 결과를 얻은 이유는 코카인을 구강 복용으로 처방하지 않고 피하주사로 처방했기 때문이라고 주장했다. 에를렌마이어의 환자들이 돈을 내고 "심각한 실험 오류"에 희생되었다는 뜻이다. 프로이트는 코카인을 피하주사로 투여하라고 권했던 자신의 논문을 잊었던 모양이다.

에른스트 플라이슐 폰 마르호프는 말년에 '사회'와 단절된 채 살았던 듯하다. 그는 결국 코카인을 끊었을까? 프로이트가 1934년에 빈의 안과 교수 요제프 멜러에게 보낸 편지에 따르면 그렇다. "플라이슐은 모르핀 금단 증상을 놀라울 만큼 쉽게 극복한 후 모르핀 중독자가 아니라 코카인 중독자가 되고 심각한 정신병을 앓았다네. 그러다 초기의 가벼운 중독 상태로 돌아와서 모두가 기뻐했네." 상당히 의심스러운 주장이다. 프로이트가 1886년 4월 7일에 마르타에게 보낸 편지에서 환각 증상을 언급한 것을 보면 플라이슐이 그때까지도 계속 코카인을 복용한 것으로 보이기 때문이다(모르핀은 이런 환각 증상을 거의 일으키지 않는다).

그 뒤로는 어떻게 됐을까? 1891년에 브로이어가 플라이슐의 옛 연인 프란치에게 보낸 편지를 보면, 마지막에 통증을 줄여주려고 모르핀 대신 클로랄을 처방한 듯하다. "통증에서 벗어난 플라이슐은 클로랄에 취해 바보가 되다시피 해서 세상도 자신도 온전히 인식하지 못하지만 그렇게 심각하게 불행하지 않았습니다. 하지만 다시 클로랄 중독과 싸웠습니다. 그러다 서서히 굴복하고 지독한 부작용이 일주일간 지속했다가 다시 나타나기를 반복했습니다."(1891.10.28.) 브로이어가 이 편지에서 코카인을 언급하지는 않지만 플라이슐의 처참하게 무너진 상태로 미루어 보아 그가 다시 기운을 차려서 코카인의 손아귀에서 놓여났을 가능성은 없어 보인다.

에른스트 플라이슐 폰 마르호프는 결국 1891년 10월 22일에 빈에서 세상을 떠났다. 브로이어는 프란치에게 보낸 편지에 이렇게 적었다. "오랜 세월 플라이슐을 지켜본 저로서는 그가 떠나서 애통합니다. 하지만 그 죽음 자체가 애통하다고는 할 수 없습니다. … 우리는 모두 창조주에게 죽음을 빚졌지만 고통을 빚지지는 않았으니까요. 그토록 명석한 한 인간이 그렇게 가련하게 무너지다니요."

마틸데 슐라이허

Mathilde Schleicher

1862~1890

마틸데 슐라이허는 프로이트가 1889년에 사례연구에서 보고한 환자로 "명문가지만 신경증에 취약한 집안" 사람이었다. 아버지 카를(퀼레스틴) 슐라이허는 유명한 풍속화가였고 마틸데는 가수였다. 마틸데는 감수성이 예민하고 편두통을 달고 살았다. 1886년 2월에 '신경증'을 일으켰다. 프로이트의 사례연구에 따르면 약혼자에게 파혼당한 사건이 신경증을 촉발한 것으로 보인다. 하지만 나중에 한스 칸 박사의 환자 기록에 따르면, 마틸데가 먼저 우울증을 보이며 "히스테리성 안면 변화"를 일으키자 "나약한 사람"이던 약혼자가 파혼한 것으로 기록되어 있다. 어느 쪽이 맞든 마틸데는 자책과 망상이 주로 나타나는 심한 우울증을 앓았다.

프로이트는 1886년 4월에 '신경과 의사'로 개업했고, 마틸데 슐라이허는 그의 초기 환자였다. 프로이트에게 마틸데를 의뢰한 사람은 슐라이허 집안의 주치의 브로이어였을 것이다. 마틸데를 죽음으로 몰고 간 신체화 증상이 처음 나타났을 때 프로이트가 브로이어에게 자문을 구한 것을 보면 알 수 있다. 프로이트는 환자 기록에 치료가 "변화무쌍한 과정"을 거쳤다고 적었다. 좋아졌다가 나빠지기를 반복했다는 뜻이다. 하지만 세간에는 프로이트가 환자에게 최면을 걸어 외상 기억을 제거했다는 정도만 알려져 있다(프로이트는 이른바 '브로이어 치료법'을 1887년 말까지 시행했다). 칸 박사도 환자 기록에 마틸데가 "우울증 상태일 때 자기에게 최면을 건 의사를 숭배했다"고 적었다. 1889년 봄에는 최면 치료가 성공한 듯했다. 우울증이 점차 좋아졌고, 6월에는 마틸데가 의사이자 최면술사인 프로이트에게 『게르마니아: 2천 년의 독일 생활*Germania: Two Millennia of German Life*』이라는 역사책에 다음과 같이 적어서 선물했다. "훌륭한 프로이트 박사님께 소중한 추억을 담아, 깊은 감사와 깊은 존경의 뜻을 담아 이 책을 드립니다. 마틸데 슐라이허, 1889년 6월."

좋아진 건 잠시뿐이었다. 바로 그다음 달에 마틸데는 완전한 조증 상태가 되었다. 활기차고 불안정했으며 잠을 이루지 못했다. 그녀는 후일 자신이 얻게 될 성공적인 무대 경력과 앞으로 벌어들일 막대한 돈에 관해 떠벌리고 다녔다. 그리고 자기가 비앙키(빈 궁정오페라의 주연 비앙카 비앙키)의 뒤를 이을 재목이라고 말했다. 결혼식도 성대하게 치를 계획이었다. 그러다 아주 사소한 자극에도 심한 경련을 일으켰다. 프로이트는 이런 증상에 대해 "분명 본질적인 히스테리 증상으로, 우울증 상태에도 나타나고 우울증에서 회복하는 기간에는 더 증폭되어 나타난다"고 적었다.

프로이트는 어쩔 줄 몰라 하며 1889년 10월 29일에 마틸데에게 "주기적 기분 변화"라는 진단(10년 후에 정신과 의사 크레펠린은 조울증으로 진단한다)을 내려서 빌헬름 스베틀린 박사의 개인병원으로 보냈다. 프로이트는 사례연구에 부끄러운 듯 이렇게 고백했다. "이런저런 시도를 해보기는 했지만 환자의 성별과 교육에 따른 제약을 더 진지하게 깨트리지 못했다." 스베틀린 병원에 보관된 의료 기록은 훨씬 노골적이다. 마틸데가 스베틀린의 병원에 들어가고 이틀 후 주치의가 이렇게 적었다. "색정증 환자, 반라로 바닥에서 뒹굴며 자위함, 프로이트 박사를 불러대며 그의 노예가 되고 싶다고 함." 입원하고 일주일이 지나자 이번에는 스베틀린의 조수 칸 박사가 마틸데에게 "성적 흥분"을 유발하는 대상으로 낙점되었다. 11월 12일에 칸은 이렇게 적었다. "조증 망상은 거의 전적으로 성적인 내용임. 환자는 스스로 임신했다고 믿고 배변 운동은 분만이고 대변은 아기, 곧 '왕관의 보석'이라고 믿으면서 병원 잡역부에게 들키지 않으려고 베개 밑에 대변을 숨김."

이 병원 의사들은 환자의 상태가 나빠진 원인, 특히 경련이 심해진 원인이 프로이트 박사의 최면 치료에 있다고 간주한 듯하다(의료 기록에는 환자가 "히스테리 경련을 가장한다"고 적혀 있다). 마틸데는 7개월 동안 각종 최면제와 진정제를 처방받았다. 주로 당시 불안하고 초조해하는 환자에게 흔히 처방하던 모르핀, 클로랄 하이드레이트, 브롬화물, 아편, 대마초, 발레리안〔쥐오줌풀 뿌리에서 채취한 진정제〕 등이었다. 가끔은 1888년에 알프레트 카스트가 소개한 신종 최면제인 술포날도 처방받았다. 술포날은 의학 학술지에 시중의 다른 약제와 달리 전혀 해롭지 않고 중독성 없는 약으로 소개되었다. 마틸데는 1890년 5월 25일에 조증 상태가 호전되지 않은 상태로 퇴원했다.

"과연 치료되었을까?" 담당 의사가 의료 기록에 적은 질문이다. 전혀 아닌 듯하다. 짐작했을지 모르겠지만 우울증과 무감각과 불면증을 동반한 우울 삽화기가 다시 시작되었다. 당시 환자에게 으레 최면 요법을 시도하던 프로이트가 마틸데에게도 다시 최면을 사용했을까? 알 수 없다. 분명한 사실은 프로이트가 클로랄 하이드레이트와 술포날을 번갈아 처방했다는 것이다(하루에 2그램씩 격주로). 불면증을 잡기 위해였을 것이다. 9월 초 여름 휴가에서 돌아온 프로이트는 마틸데에게 "빈혈" 증상을 발견했다. 마틸데는 여전히 "우울한" 상태였다. 그러다 구토와 요폐〔방광에 소변이 차 있지만 배출하지 못하는 증상〕, 복통이 나타났다. 도뇨관에 담긴 소변은 이상한 붉은색을 띠었다. 프로이트도, 그에게 구조를 요청받은 브로이어도 환자의 상태를 이해하지 못했다. 1890년 9월 24일에 마틸데 슐라이허는 지독한 경련성 복통을 "완전히 의식한" 상태로 사망했다. 그리고 이틀 후 빈 중앙 묘지의 유대인 구역에 안치되었다.

마틸데의 죽음이 남긴 수수께끼는 몇 주 뒤 헤르만 브레슬라우어(브로이어의 친구이자 베르타 파펜하임을 치료한 의사)의 서명이 적힌 논문이 발표되면서 풀렸다. 브레슬라우어는 이 논문에서 최초로 술포날의 위험성을 경고하면서 용량을 과도하게 투여하거나 장기간 투여하면 간 손상으로 인해 적색 소변 증상이 나타나는 급성 포르피린증을 일으킬 수 있다고 밝혔다.

두 달 뒤 프로이트는 『국제임상연구평론*Internationale Klinische Rundschau*』(1891.12.06.)에 마틸데의 사례를 보고했다. "여름에 요폐 증상 보고받음. 한 번 구토했으나 곧 멈춤. 3개월 후 (집에서) 빈혈, 아직 우울한 상태. 며칠 후: 구토, 요폐, 복통, 열은 없음. 며칠 후, 도뇨관으로 붉은색을 띤 소변 봄. (욜스 박사의 실험실에서 검사.) 단백뇨와 신장 질환 병력 없음. 복통, 불안, 우울, 의식 또렷함, 구토, 만성 변비, 손끝 청색증. 그 뒤로 서맥, 빈맥, 횡경막 마비. 의식이 완전한 채로 사망 – 총 5~6일 걸림."

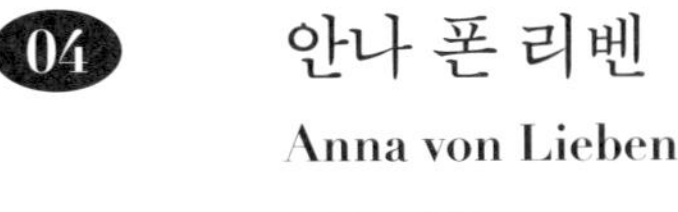

04 안나 폰 리벤

Anna von Lieben

1847~1900

안나 폰 리벤(결혼 전 이름: 안나 폰 토데스코 여남작)은 빈의 유대인 귀족 가문 출신이다. 아버지 에두아르트 폰 토데스코는 18세기 말에 큰 재산을 쌓고 빈의 프레스부르크〔오늘날의 브라티슬라바〕 유대인 거주 지역에 정착한 비단 상인 아론 히르슈 토데스코의 후손이었다. 어머니 조피는 빈의 유대인 부르주아 계급의 곰페르츠, 아우스피츠, 폰 베르트하임슈타인 집안과 친척이었다.

토데스코 집안은 유행에 발맞추어 살았다. 조피 폰 토데스코(결혼 전 성: 곰페르츠)는 빈의 링 거리에 있던 새 오페라 극장 건너편에 남편과 함께 지은 호화로운 저택에서 살롱을 열었다(이 저택은 지금도 남아 있다). 조피의 언니 요제핀 폰 베르트하임슈타인(결혼 전 성: 곰페르츠)이 주관하던 살롱처럼 빈의 정재계와 예술계를 주름잡는 인물을 두루 만날 수 있는 자리였다. 작곡가 요하네스 브람스, 프란츠 리스트, 요한 슈트라우스 1세와 2세, 화가 한스 마카르트와 프란츠 폰 렌바흐, 조각가 빅토르 틸그너를 비롯해 다양한 인물이 모여들었다. 특히 친분이 두터운 인물로는, 문헌학자 테오도어 곰페르츠(조피와 요제핀의 오빠)와 그의 아내 엘리제, 철학자 프란츠 브렌타노, 시인 페르디난트 폰 자르와 후고 폰 호프만슈탈, 정신과 의사 테오도어 마이네르트, 생리학자 에른스트 플라이슐 폰 마르호프, 토데스코·폰 베르트하임슈타인·폰 리벤 집안의 주치의인 요제프 브로이어가 있었다. 빈의 더위가 심해지는 여름철이면 집안 식구들 모두 규모는 크지만 빈의 저택보다는 덜 화려한 브륄의 토데스코 저택에서 더위를 피했다. 어디를 가든 복장을 제대로 갖춰 입은 하인들이 포진해 있었다.

아이들에게는 가정교사가 붙었다. 안나도 오빠나 언니처럼 프랑스어와 영어뿐 아니라 그림과 음악도 배웠다. 일찍부터 그림을 그리고 시도 썼다(사후에 친척과 친구들이 안나의 작품집을 출판했다). 안나도 외가 친척들처럼 어릴 때부터 심리적으로 불안정했다(외증조할머니 로자 아우스피츠, 외삼촌 테오도어 곰페르츠와 외숙모 엘리제, 요제핀 폰 베르트하임슈타인과 딸 프란치까지 모두 신경증과 정신병 징후를 보였다). 안나는 열여섯 살부터 온갖 "신경" 문제를 달고 살았다. 1871년에 은행가 레오폴트 폰 리벤과 결혼하고 다섯 번 임신하는 사이 상태가 조금 나아지는 듯하더니 얼마 안 가서 증상이 다시 나타났다. 안면신경증(테오도어와 엘리제 곰페르츠를 통해 서로 알게 되었을 베르타 파펜하임과 같은 증상), 편두통, 졸도, 급격한 감정 기복, 신경증 발작이 나타났다. 그리고 그녀가 선망하던 "페피 고모" 요제핀처럼 다리와 발의 통증으로 항상 긴 의자에서만 생활했다. 호프만슈탈은 1895년에 토데스코 가문에 관한 '정신생활의 소설'이라는 작품을 쓰기 시작하면서(미완성으로 남았다) 안나 폰 리벤이 "동물적"이고 "예민"하고 "반쯤 미쳐" 있다고 기술했다.

안나는 운동량이 부족한 데다 맛있는 음식을 좋아해서 비만이 되었다. 간간이 체중 조절을 위해 샴페인과 캐비어로만 이루어진 엄격한 식단을 따랐다. 주로 밤에 생활해서 집안에서 누구도 안나가 낮에 나오는 것을 본 적이 없었다. 체스 실력이 뛰어나 밤에 체스를 두고 싶을 때 상대해줄 사람도 따로 두었다. (브로이어는 1895년에 프로이트와 공저한 『히스테리 연구』에서 안나가 동시에 양쪽에서 체스를 두는 것을 좋아했다고 적었다.) 가끔 직물 가게가 문을 닫은 이후에 찾아가서 문을 열어달라고 하고는 좋은 옷감에 대한 갈증을 채웠다. 그리고 청소년기부터 모르핀에 중독되어 모르핀을 맞지 않으면 신경 발작을 일으켰다. 안나의 남편은 아내에게 염증을 느끼고 소설가 몰리 필치를 정부로 두었다.

폰 리벤 집안은 한동안 토데스코 저택에서 지내다가 1888년에 아

4-1 토데스코 저택

우스피츠 집안을 위해 지어진 저택으로 옮겼다. 안나의 남편 레오폴트의 여동생 이다 폰 리벤과 결혼한 철학자 프란츠 브렌타노도 새 저택에서 함께 살았다. 저택 안에는 비만인 안나를 실어 올리고 내리기 위한 엘리베이터가 설치되었다. 오폴처가세 6번지 리벤-아우스피츠 저택은 프로이트가 살던 마리아테레지엔 슈트라세 8번지에서 마차로 5분도 안 걸리는 거리였다. 그래서 안나가 신경 발작을 일으키면 당장 프로이트를 호출해서 진정시킬 수 있었다.

1887년 가을에 프로이트는 안나의 주치의 브로이어와 부인과 의사 루돌프 초로바크의 권유로 안나 폰 리벤의 "신경 의사"가 되었다. 사실 안나는 파리에서 "신경증의 나폴레옹" 장 마르탱 샤르코에게 치료받은 적이 있었다. 그래서 프로이트가 샤르코를 추천인으로 내세웠든 샤르코가 직접 프로이트를 추천했든, 프로이트로서는 유리한 입장이었을 것이다(1888년 2월에 프로이트는 친구 빌헬름 플리스에게 보낸 편지에 "알다시피 환자가 그렇게 많지는 않지만 최근 들어 샤르코의 명성 덕에 조금 늘었"다고 적었다). 게다가 치료는 스승인 샤르코에게 원격으로 지도를 받으며 진행되었을 것이다. 안나가 가끔 파리에 가서 샤르코에게 직접 진료를 받았고, 프로이트는 빈에서 샤르코에게 진척 상황을 알렸다. 안나의 딸 헨리에테 모테시츠키 폰 케셀뢰케외는 프로이트 문헌소 Freud Archive의 간사인 쿠르트 아이슬러와의 인터뷰에서 어머니가 샤르코를 만나고 돌아올 때마다 프랑스어로만 말했다고 전했다.

안나의 치료는 프로이트의 첫딸 마틸데가 태어나고 하루 지난 1887년 10월 17일에 시작되었다. 10월 23일에 프로이트는 처제 민나 베르나이스에게 이렇게 보고했다. "마르타가 산고를 치르던 월요일에 나는 리벤 부인 댁에 불려가 초로바크와 함께 부인을 진찰했어. 안나 리벤 부인은 고인이 된 토데스코 남작의 딸이고 브로이어와 초로바크가 내게 의뢰한 환자야. 그때부터 나는 저녁마다 부인의 환심을 사려고 최선을 다해."

안나 폰 리벤은 곧 프로이트에게 가장 중요한 여자 환자이자(프로이트는 빌헬름 플리스에게 보낸 편지에 안나를 "프리마돈나"라고 일컬었다) 주요 수입원이 되었다. 안나는 상시로 치료해주기를 요구했고, 프로이트는 영구 호출을 받으며 휴가 중에도 브륄의 토데스코 저택을 찾아가 안나를 진료하곤 했다. 하루에 한두 번씩 (안나의 수면 습관 때문에 밤에도) 급히 마차를 타고 리벤-아우스피츠 저택에 가서 벌써 몇 번째일지 모르는 발작을 진정시켰다. 한 번 가면 30분에서 50분 정도 머물렀다. 특히 위급한 상황에서는 밤새 바닥에서 자며 안나의 곁을 지켰다.

안나 폰 리벤은 프로이트의 첫 환자는 아니라도 초창기 환자이므로 마침 프로이트가 시도하던 새로운 치료법의 혜택을 보았던 듯하다. 1887년 12월 28일에 치료가 시작되고 두 달 만에 프로이트는 빌헬름 플리스에게 "지난 몇 주간 최면 치료에 집중해서 여러 가지 작지만 중요한 성공을 거두었"다고 편지를 보냈다. 때마침 작업하던 '히스테리'에 관한 백과사전 항목에서 '브로이어 치료법'이라고 겸손하게 일컬은

4-2 안나 폰 리벤, 1865년경.

치료법을 말하는 것이다.

이 치료법은 샤르코와 함께 동시대 심리학자인 피에르 자네와 조제프 델뵈프의 실험에서 영감을 얻은 치료법으로, 베르타 파펜하임의 "대화 치료"와는 성격이 전혀 달랐다. 사실 프로이트는 베르타의 "대화 치료"가 완전히 실패로 끝난 것을 알았다. 1881년에서 1882년 사이에 브로이어는 베르타가 자가 최면에 걸린 상태일 때 증상을 유발했을 법한 사건을 **기억하도록** 유도했다(브로이어가 나중에 『히스테리 연구』에서 "정화법cathartic method"이라고 이름 붙인 방법이다). 그에 반해 프로이트는 환자들에게 최면을 걸어 외상을 완화하고 망각하게 해주어 애초에 외상 사건이 일어난 적 없는 것처럼 암시하는 방법으로 외상 사건을 기억에서 "삭제"했다. 프로이트는 이후 1891년에 민나 베르나이스에게 보낸 편지에서 안나에게 적용한 치료법을 에드워드 벨러미의 공상과학소설 『하이덴호프 박사의 과정*Dr Heidenhoff's Process*』(1880)에 나오는, 불쾌한 기억을 '적출'하는 방법에 비유했다.

안나는 프로이트의 시도에 기꺼이 부응했다. 1887년부터 1893년까지 안나는 최면 치료를 받으며 평생을 괴롭혀온 외상 사건(주로 신체적 외상) "수백 가지"를 다시 체험했다. 주로 두려운 사건, 수치스러운 사건, 모욕적인 사건, 불안한 사건, 성적인 실수와 관련한 사건이었다. 두 사람은 이후 몇 년에 걸쳐 갖가지 외상을 탐구하며 점점 더 먼 과거로 거슬러 올라갔다. 프로이트의 치료법을 지켜본 브로이어는 훗날 동료 아우구스트 포렐에게 그와 프로이트가 "심각한 히스테리 사례(예: 『히스테리 연구』의 체칠리 M)를 분석하며 유년기로 더 깊이 들어가면서 얼마나 많은 의심과 놀라움에 사로잡혔는지" 털어놓았다.(1907.11.27.) 프로이트는 『히스테리 연구』에 이렇게 적는다. 체칠리 M(브로이어와 그가 안나에게 붙인 가명)은 "평생의 모든 외상 사건(오래전에 망각한 듯 보이고 일부는 애초에 기억된 적이 없는 사건)을 다시 체험하면서 극심한 고통에 시달리고 이전의 온갖 증상을 다시 겪었다. 33년간 덮어 둔 '오래된 빚'을 청산했다." 여기서 33년을 치료 마지막 해인 1893년부터 거슬러 올라가면 안나가 경험한 최초의 외상이 12세나 13세에 발생했다는 계산이 나온다.

안나는 이처럼 외상을 다시 체험하면서 소리를 지르고 거칠게 행동하며 주변 사람들에게 험악한 인상을 준 듯하다. 안나의 딸 헨리에테 모테시츠키에 따르면 폰 리벤 집안의 자식들은 프로이트를 "마법사"라고 불렀다. 마법사처럼 밤낮으로 집에 와서 어머니에게 최면을 걸고 기묘한 의식을 수행했기 때문이다. 프로이트는 『히스테리 연구』에서 때로는 "인공적인 수단으로 발작을 더 빨리 끝냈다"고 언급하면서 안나의 중독 욕구를 해소하기 위해 모르핀 주사를 처방한 사실을 넌지시 밝혔다. 안나의 딸은 안나가 항상 일으키던 발작과 의사가 소환한 기억의 일시적 효과를 이렇게 설명했다. "사실 어머니가 그 의사에게 바란 것은 모르핀뿐이었어요. 그리고 의사는 어머니에게 모르핀을 충분히 주면서 환심을 샀고요." 체칠리 M, 곧 안나 폰 리벤이 받은 그 유명한 정화법은 사실 모르핀 치료였다.

치료의 결과는 실망스러웠다. 매번 고비가 다시 오면서 모르핀에 대한 갈망도 되살아났다. 최면으로 외상을 다시 체험하고 "인공적인 수단"으로 발작이 멈추자 프로이트는 "환자의 문제가 마법처럼 사라지고 환자의 기분이 다시 좋아졌다, 반나절 만에 다음 발작이 일어나기 전까지는"이라고 적었다. 프로이트는 환자를 깊은 최면적 몽유병으로 집어넣어 최면 이후의 기억상실을 유도하지 못한 데서 원인을 찾았다. 프로이트는 이런 사후 과정을 거쳐야만 최면으로 외상 사건을 떠올리게 한 암시가 완전히 "제거"된다고 보았다. 1889년 7월에 프로이트는 안나에게 같이 낭시에 가보자고 제안했다. 당시 그는 낭시로 가서 정신 치료의 '암시 요법'의 위대한 스승 이폴리트 베른하임과 함께 연구하면서 최면요법을 완성할 생각이었다. 프로이트는 낭시에서 안나가 머무는 호텔로 매일 찾아가 진정시키던 중 민나 베르나이스에게 이렇게 편지를 보냈다. "안나가 다시 사람들과 순수하게 인간적인 관계를 맺게 하려는 그간의 시도가 모두 실패한 이유는, 거물급 치료자들이 안나의 히스테리에만 주목하고 다른 이야기는 귀담아듣지 않았기 때문이야."(1889.07.28.)

빈으로 돌아온 프로이트와 "그녀"(프로이트는 민나 베르나이스에게 보낸 편지에서 안나를 간단히 그녀라고 칭했다)는 다시 일상으로 돌아갔다. 1890년 8월에 휴가를 보내던 프로이트는 플리스에게 편지를 보내 토데스코 저택의 응급 상황 때문에 약속을 취소해야 한다고 알렸다. "나의 가장 중요한 환자가 신경 발작을 일으켰고, 내가 없는 사이 더 심해질 수도 있어서야."(1890.08.01.) 이듬해에 민나 베르나이스에게는 이렇게 썼다. "그녀는 아직 뵈블링에 있어. … 만약을 위해 L.[리벤] 씨에게 30플로린(네덜란드 화폐)을 받았어. 부디 이것이 주력부대가 아니라 전초기지일 뿐이기를 바라."(1891.07.07.) "그녀는 이번 주에 브륄에 갈 거야. 물론 치료는 아직 끝나지 않았어. 6개월 더 그녀에게서 수입이 들어와야 해."(1891.07.28.)

이후 다시 이렇게 적었다. "그녀는 쇠약해지고 있어."(1893.04.27.)

폰 리벤 집안에서는 점차 프로이트를 신뢰하지 않고 프로이트가 안나를 도와주는 것이 아니라 오히려 상태를 악화시킨다고 여겼다. 1972년, 안나의 딸 헨리에테 모테시츠키는 아이슬러에게 폰 리벤 집안에서 프로이트를 좋아했느냐는 질문을 받고 단호하게 답했다. "아뇨. … 다들 그분을 싫어했어요. 언니들이 늘 그랬어요. '그 사람이 엄마를 낫게 해주지 않아'라고요." 안나의 삼촌 테오도어 곰페르츠도 프로이트가 그의 아내 엘리제를 치료하는 과정을 지켜보면서 치료 효과에 의문을 품었다. 폰 리벤 집안에서 무슨 말이 나왔을지 쉽게 짐작이 간다. 1893년 봄에 "마법사"를 의심하기 시작한 사람은 안나 자신이었다. "그녀는 증상을 겪으면서 나를 못 견뎌했어. 내가 우정이 아니라 돈만 보고 자기를 치료한다고 의심했지."(민나 베르나이스에게 보낸 편지, 1893.04.17.) 그해 가을이나 그 얼마 전에 레오폴트 폰 리벤은 결국 프로이트의 치료를 종결하기로 했다. 6년 가까이 치료가 진행되었지만 효과가 지속되지 않았다.

안나는 훗날 딸 발레리와 결혼하는 신경과 전문의 파울 카르플루스에게 치료받고, 이어서 내과의이자 시인인 요제프 빈터에게 치료를 받다가 마지막에는 친구 줄리 슐레징거에게 치료받았다. 시인 페르디난트 폰 자르는 사촌 프란치 폰 베르트하임슈타인에게 이렇게 말했다. "대체로 우울한 상태야. 그녀가 체크무늬 담요를 덮고 긴 의자에 누운 모습을 보면 나마저 깊은 우울에 빠져들어."(1894.08.25.) 1900년 10월 31일에 안나는 목욕하다가 심장마비로 사망했다. 그때 나이 53세였다.

한참 지나서 안나의 손녀인 표현주의 화가 마리-루이제 폰 모테시츠키는 마리-루이제의 분석가 파울 페데른에게 안나가 젊은 시절에 쓰던 일기를 제공했다. 페데른은 일기를 다시 프로이트에게 보여주었고, 프로이트는 "매우 재미있어" 했다. 안나가 프로이트에게 치료받던 시기에 쓴 일기는 폭로성 내용 때문인지 카르플루스가 태워버렸다.

안나는 「세상이 원래 그렇네*That's The Way It Is*」라는 시를 지었다.

우리는 천상의 시처럼 사랑을 찾네
그러고는 감히 쳐다보지 못하네
사랑이 다정한 이의 눈으로
우리 가엽고 정숙한 여인들에게 말을 걸면
우리와 그 사랑스러운 얼굴 사이에
무섭고도 무정한 의무의 그림자가 드리우네
이 주인이 우리 가엾고 정숙한 여인들을 이기네

다른 시 「사례연구*Case History*」에서는 이렇게 노래한다.

너무 일찍 묻힌 젊음이
다시 한번 살아나
다시 한번 숨을 벌컥 들이마시고
영원히 땅속으로 꺼지네

05 엘리제 곰페르츠

Elise Gomperz

1848~1929

엘리제 폰 시호로프스키는 안나 폰 리벤의 어릴 시절 친구로, 안나와 같은 사회적 배경에서 성장했다(엘리제의 아버지 하인리히 폰 시호로프스키는 로스차일드 은행이 자금을 대주던 빈의 카이저 페르디난츠-노르트반 철도회사의 창업자였다). 1869년에 엘리제는 어릴 때부터 알고 지내던 열여섯 살 연상의 테오도어 곰페르츠와 결혼하면서 안나 폰 리벤의 외숙모가 되었다. 이렇게 그녀는 17세기부터 출발한 빈의 유서 깊은 명문가의 일원이 되었다. 곰페르츠의 조상 중에는 철학자 모제스 멘델스존의 스승이자 친구인 계몽주의자 아론 에메리히 굼페르츠가 있다. 은행가 집안의 아들로 역시 부자였던 테오도어는 저명한 철학자이자 그리스학자로, 1882년부터 과학아카데미 회원이자 여러 학술 연구(그중에 프로이트의 『꿈의 해석』이 나오기 34년 전인 1866년에 출간된 『꿈-해석과 마법*Traumdeutung und Zauberei*』이 있다)의 저자였다. 1879년에는 친구 프란츠 브렌타노의 추천으로 젊은 지크문트 프로이트에게 자신이 편집하던 존 스튜어트 밀 전집 중 제12권의 번역을 부탁했다(엘리제는 다른 책 『오귀스트 콩트와 실증주의*Auguste Comte and Positivism*』를 번역했다). 이후에도 테오도어와 프로이트는 만날 기회가 더 있었다. 테오도어가 에른스트 플라이슐 폰 마르호프와 함께 집안의 다른 주치의인 요제프 브로이어와도 가깝게 지냈기 때문이다.

테오도어는 사생활에서는 전통적이고 가부장적이었지만 한편으로는 여성 인권을 옹호하고 특히 여성이 고등 교육을 받을 권리를 주창했다. 그의 아내 엘리제도 여성운동의 선구자인 마리안 하니슈와 친하게 지내면서 여성사회지원협의회의 일을 도왔다.

엘리제는 곰페르츠 집안의 사람이 되면서 당시 샤르코가 "신경병 집안"으로 부르던 집안에 들어간 셈이었다. 독실한 유대교 신자이던 테오도어의 할머니 로자 아우스피츠는 자식들을 칼로 희생시켜서 주님께 바치려다가 강제로 입원당했다. 테오도어의 누나 요제핀 폰 베르트하임슈타인도 아들 카를이 어릴 때 사망하자 정신증을 일으키고 정신과 의사 테오도어 마이네르트에게 치료받으며 4년간 격리되었다. 테오도어 자신도 젊은 시절에 지적 우상 존 스튜어트 밀의 양녀에게 거절당한 후 심각한 우울증을 앓았다. 테오도어의 조카딸 안나 폰 리벤과 프란치스카(프란치) 폰 베르트하임슈타인도 신경증을 심하게 앓았다. 주변의 이런 분위기에 이끌렸든 권태로운 삶에 지쳤든, 엘리제도 얼마 안 가 조카들과 유사한 신경증 증상을 보였다. 편두통, 불면증, 좌골신경통, 과민성, 각종 신경통을 앓았다. 게다가 접시를 깨부수고 자식들을 때리고 하인들에게 고함을 지르는 등 떠들썩한 소동을 피웠다. (이런 행동이 원래 집안 내력이었는지 엘리제의 언니도 비슷했다고 알려

5-1 엘리제 곰페르츠, 1869.

졌다.)

엘리제 자신은 "신경과민"의 원인을 1876년에 집안의 위기를 겪으며 생긴 감정 탓으로 돌렸다. 플라이슐이 당시 주변 사람들의 예상을 깨고 애인이던 프란치 폰 베르트하임슈타인에게 청혼하지 않고, 품위나 지성 면에서 누가 봐도 프란치보다 떨어져 보이던 엘리제의 여동생 조피 폰 시흐로프스키에게 청혼한 사건이었다. 폰 베르트하임슈타인 집안에서는 그 일에 분개하며 엘리제와 테오도어가 조피를 결혼시키려고 계략을 썼다고 몰아세웠다. 엘리제의 아들 하인리히 곰페르츠에 따르면 이 사건으로 테오도어는 "평생 가장 고통스러운 처지로 몰렸다"고 한다. 한편 조피의 가족은 플라이슐이 "오만하다"는 이유로 결혼을 허락하지 않았고, 결국 둘 사이도 파혼으로 끝났다. 조피는 약혼반지를 돌려주었고, 플라이슐은 결국 독신으로 남아 주위를 어리둥절하게 만들었다. (프로이트는 자세한 사정을 몰랐는지 6년 후 1882년 6월 18일에 약혼녀 마르타에게 보낸 편지에 이렇게 적었다. "플라이슐은 10년이나 12년간 동갑의 여자와 약혼한 사이였던 것 같아요. 그리고 그 여자는 플라이슐을 무작정 기다렸지만 내가 모르는 어떤 이유로 지금은 사이가 틀어졌나 봐요." 프로이트가 플라이슐과 동갑이라고 말한 여자가 프란치 폰 베르트하임슈타인일까?)

5-2 테오도어 곰페르츠, 1869.

엘리제의 아들 하인리히는 어머니가 신경증을 보인 건 사실 이런 사건이 발생하기 한참 전인 결혼 1년 만이었다고 했다. 나이 차이 때문인지 부부 사이에 금슬이 썩 좋지 않았다. 사실 엘리제의 손녀 모니카 마이어 홀차펠은 "서류상 결혼"이라고까지 표현했다. 부부가 각방을 썼고, 테오도어는 아내를 주로 남자로서

보다 아버지로서 대했다. (1891년에 테오도어는 엘리제와 동갑인 여자를 정부로 두고 연애편지를 주고받으며 세상을 떠나기 전까지 관계를 이어갔다.)

1886년에 테오도어는 아내가 신경증 치료를 받아야 한다고 판단했다. 그해 8월 23일에 누나 요제핀과 조카딸 프란치에게 이렇게 편지를 보냈다. "엘리제도 … 최근에 부쩍 신경증이 심해져서 많이 걱정돼요. 지속적인 치료가 필요할 것 같아요. 우리 집안 내력을 보면 사실 긍정적으로 생각할 여지가 거의 없잖아요. 어디를 돌아봐도 적어도 짜증스럽고 예민한 사람들이에요. 문명인과 도시생활의 유구한 전통에서 내려온 유산이겠지요."(당시 샤르코는 '유대인 신경병'에 관해 논했고, 미국의 신경학자 조지 밀러 비어드는 현대인의 '신경쇠약'의 원인으로 대도시의 불안을 꼽았다.)

엘리제'도' 치료를 받아야 한다는 말은 무슨 뜻일까? 사촌지간인 프란치와 안나 모두 샤르코에게 치료받기 위해 파리에 다녀온 걸 두고 한 말이었을 것이다. 어쨌든 테오도어는 원래 친분이 있던 샤르코에게 조언을 구했다. 샤르코는 '치료제'를 처방해주고, 파리에서 그의 밑에서 연구하다가 마침 빈으로 돌아가 4월에 개업한 젊은 프로이트를 추천했다. 8월 27일에 테오도어는 아내에게 보낸 편지에 이렇게 적었다. "내 생각에 샤르코가 일단 (당신에게) 직접 치료제를 처방해주고 그의 제자인 프로이트가 빈에서 초로바크 박사에게 지도를 받으며 치료를 이어갈 것 같아요."

엘리제도 두 조카딸처럼 파리로 가서 샤르코의 개인병원에서 샤르코의 지도에 따라 치료를 받았을까? 프로이트가 "빈"에서 치료를 "이어갈" 계획이라고 했으니 아마 그랬을 것이다. 알려진 사실은 그즈음 프로이트가 엘리제 곰페르츠의 신경증 주치의가 되었다는 점이다. 프로이트는 이후 8년간 그 자리를 지켰다. 하인리히 곰페르츠는 아버지 테오도어의 편지를 모은 책에서 프로이트가 "1880년대 말부터 1890년대 중반까지 E.[엘리제] G.[곰페르츠]의 신경통을 치료했지만 치료에 성공하지 못했다"고 적었다. 따라서 엘리제는 프로이트가 그즈음 실험하던 갖가지 치료법, 즉 전기치료, 개인병원에서의 격리치료, 수水치료, 베른하임식 최면 암시 요법, '브로이어 치료법', '정화법'을 거쳐 치료받았을 것이다.

1892년과 1893년에 오간 편지 덕에 엘리제의 치료 순서를 정확히 재구성할 수 있다. 1892년 7월 2일에 프로이트는 고통스러운 안면신경통을 치료해달라는 호출을 받았다.(프로이트가 마르타에게 보낸 편지, 1892.07.01.) 이때 최면요법을 시도했지만 성공하지 못한 듯하다. 6일 후 엘리제에게 보낸 카드에 통증은 결국 사라질 거라면서 "이 최면요법에는 아무 문제가 없고 다른 치료만큼 좋은 치료법"(1892.07.08.)이라고 적었다. 7월 25일에도 통증이 여전했고 프로이트는 치통을 의심했다. 7월 30일 자 다른 카드에는 어떤 비밀에 관해 언급했다. 프로이트는 브로이어에게 보내는 장문의 편지에서 이 비밀에 관해 "약속을 지켜야 해서 자세히 설명할 수는 없습니다. … 최면요법을 시도하지는 않을 생각이지만[프로이트는 이튿날 엘리제를 방문할 예정이었다] 그래도 이 문제에 관해 대화를 나눠야 합니다"라고 적었다. 그리고 모두가 여름 휴가를 떠났다.

엘리제는 10월 10일에 빈으로 돌아오자마자 다시 안면신경통을 앓았다. 10월 23일에 테오도어가 아들 하인리히에게 이렇게 편지를 보냈다. "여긴 새로울 게 없구나. 프로이트가 여기 와 있고 전기치료에 실패했으나 최면으로는 반드시 회복시킬 수 있을 거라고 했지만 말이다. 네 엄마는 간밤에 발작을 일으켰고, 그나마 발작이 몇 시간 늦춰지기는 했어도 강도는 그대로였단다." 이튿날 프로이트는 엘리제의 통증 이면에 숨어 있는 무언가에 대한 "저항"을 극복하기 위해 다시 최면요법을 써보자고 제안했다(이때는 1892년이고, 마침 프로이트가 심리적 갈등과 '역의지counter-will'의 관점에서 히스테리 이론을 정립하기 시작한 때였다). "저는 최면요법을 다시 시도하면서, 표출되면 안 되기 때문에 저항하는 문제들을 알아보면서 상황을 설명해야 한다고 생각합니다."(1892.10.24.)

최면 치료로 증상이 잠시 호전되었다. 11월 8일에 테오도어는 프란치에게 보낸 편지에 이렇게 적었다. "오늘 엘리제는 최면요법을 받고 모처럼 깊이 잠들었어. 이런 상태가 계속될지, 이런 불쾌한 치료법을 또 해본다고 해서 2주 전에 시도할 때보다 효과가 오래 갈지는 더 지켜봐야 해." 그리고 하인리히에게는 이렇게 전했다. "최면요법으로 네 엄마가 회복한 것 같구나."(1892.11.13.) 그러다 통증이 재발했다. 테오도어는 브로이어와 프로이트가 내세우는 정화법의 효과에 진지하게 의문을 품기 시작했다.

1893년 1월 초에 엘리제는 칼텐레우트게벤의 신경학자 빌헬름 빈터니츠의 개인병원으로 옮겨져 수치료를 받기로 했다. 남편과 치료자와 멀리 떨어져 지내자 엘리제의 상태가 크게 좋아졌다. 그래도 프로이트와 계속 연락을 주고받았고, 테오도어는 그걸 못마땅해했다. "당신이 조금씩 좋아진다는 소식을 들으니 무척 기쁘군요. 그래도 멀리서 프로이트에게 조언을 구하고 있다니 안타까워요. … 그저 비밀 고해와 최면일 뿐이에요. 그런 걸로는 기적이 일어나지 않았어요. 더 나빠지기만 했잖아요. 상식이 있는 사람이라면 (브로이어와 프로이트를 제외하고) 여태 아무 효과도 보지 못한 실험을 중단하라고 경고할 거예요. … 나는 최면을 새로 발견되어 적정량을 적용할 수 없는 신종 약물 정도로 생각해요. 그보다 더 직접적인 효과가 있는 다른 약물처럼 적정량을 쓰지 않으면 오히려 독이 돼요."(1893.01.08.)

이 편지를 받자마자 엘리제는 다시 통증을 겪었다. 1월 13일에 프로이트는 엘리제에게 남편에게 편지를 쓰지 말라고 권했다.

1월 22일에 프로이트는 엘리제로부터 수치료로 신경통이 나았다는 편지를 받았다. "부인이 다시 건강해지고 앞으로도 계속 건강하게 사실 거라고 생각하니 무척 기쁘고 그간의 고통이 행복한 결말로 끝나서 안도의 한숨을 내쉽니다." 이렇게 잠시 호전되었지만 오래가지는 못했다. 두 달 뒤 엘리제는 조카딸 프란치처럼 과민증을 일으켰다. 프로이트는 다시 최면을 걸었고, 엘리제는 요양하기 위해 이탈리아 메라노로 떠났다. 테오도어는 친구이자 외과의인 테오도어 빌로트와 함께 봄의 첫 햇살을 즐기던 아바치아라는 해변의 리조트에서 엘리제에게 단호한 어조로 편지를 보냈다. "이런 확신이 들어요. 참, 빌로트도 내 생각에 동의해요. 당신이 과민증을 일으킨 건 다 그 최면 치료 때문이에요. 당신이 요즘처럼 불안해하고 예민한 적이 없어요. … 어떤 생각을 떠올리든 바로 고통으로 표현되게 마련이에요. 물론 아무리 억압으로 중재하고 누르더라도 본디 생각이라는 게 그래요. [최면] 암시가 이런 억압의 작용을 잠시 멈추게 한다지만 솔직히 내가 보기엔 (매정하게 들릴지 몰라도) 다 착각 같아요."

그래도 치료는 계속되었다. 엘리제가 남편에게서 독립적인 편이었던 데다 아들 하인리히의 말대로 꽤 "고집스러웠던" 것 같다. 하인리히는 그로부터 한참 세월이 흐른 뒤 1931년 5월 5일에 노년의 프로이트에게 편지를 보내며, 어머니의 편지에서 발견한 "가족의 비밀"을 넌지시 언급했다. "얼마 전에야 어머니의 집에서 박사님이 1893년에 어머니에게 보낸 편지를 발견했습니다. 그 편지를 보고 어쨌든 저도 어렴풋이 짐작은 하고 있던 가족의 비밀에 관해 알았습니다." 어떤 비밀일까? 프로이트가 당시 엘리제에게 비밀을 지켜주겠다고 약속한 그 비밀이 아니었을까? 프로이트는 5월 17일에 이렇게 답장을 보냈다. "자네가 말하는 그 '가족의 비밀'이 기억나는 것 같네. … 정말로 그 일에 관한 거라면 (내가 잘못 안 걸 수도 있지만) 내게도 중요했지. 그리고 그 일이 맞는다면 최면의 치료적 가치에 관해 정신이 번쩍 들게 만드는 상황이 벌어졌고, 그래서 나는 새로운 기법을 찾아갔지."

프로이트의 저작을 잘 아는 사람이라면 여기서 말하는 사건이 1925년 『나의 이력서*Selbstdarstellung*』에서 그가 일으켰다고 고백한 유명한 사건이라는 것을 알아챘을 것이다. 어느 날 여성 환자가 최면에서 깨어나 갑자기 그의 목을 끌어안은 사건이다. 이로써 그는 "최면의 이면에서 작동하는 불가사의한 요소의 본질[성적 욕망을 치료자에게 전이하는 현상]"을 이해하고 "이것을 제거하거나 어떻게든 분리하려면 최면요법을 포기해야 한다"고 판단했다. 이미 『히스테리 연구』에서도 순화해서 표현하기는 했지만 같은 사건을 이렇게 기술했다. "내 환자 중 한 명의 사례에서 특정 히스테리 증상의 기원은 그 환자가 오래전에 품었지만 곧바로 무의식으로 밀어 넣은 어떤 소망에 있었다. 오래전에 어떤 남자와 대화하다가 그가 과감히 다가와 키스해주기를 바란 소망이다. 한 번은 치료가 끝날 즈음 환자가 내게 비슷한 소망을 품은 적이 있다. 환자는 그런 생각을 두려워하며 잠도 제대로 못 자고 다음 시간에 치료를 거부하지는 않았지만 적극적으로 참여하지도 않았다."

현재까지 남아 있는 테오도어의 편지에서 엘리제의 치료에 관한 마지막 언급은 1894년 2월 13일에 보낸 편지에 적혀 있다. 엘리제는 다시 안면신경통을 앓았고, 테오도어가 하인리히에게 이렇게 알렸다. "네 엄마는 … 프로이트에게 최면을 받고 안식을 얻고 싶어 해. 어제도 최면을 받았다." 그 뒤로도 치료가 계속되었을까? 현재로서는 엘리제가 여러 해에 걸쳐 치료자와 애정 어린 관계를 지속했다는 정도만 알 수 있다. 엘리제는 프로이트의 요청으로 친구 마리 폰 페르스텔 남작부인과 함께 1901년에 교육부 장관(테오도어의 동료)에게 프로이트가 조교수 자리를 따낼 수 있도록 지지해달라고 로비했다. 하인리히가 훗날 어머니가 대체로 "신경과민"이고 기분 변화가 심하다고 기록한 것을 보면 엘리제의 상태가 크게 달라지지 않은 듯하다.

테오도어 곰페르츠는 1921년에 사망했다. 1887년에 작성된 유언장에서 그는 아내를 위한 치료를 제안했다. "간곡히 소망합니다. 아니, 요구합니다. 우울한 나의 아내는 워낙에 심약한 사람이라 많이 놀라거나 아프면 혼란스러워하므로 아내가 최대한 빨리 애도를 멈추고 다시 사교 활동을 하거나 음악회에 가거나 여행을 떠나서 주의를 다른 데로 돌리고 오락거리를 찾도록 도와주십시오." 엘리제가 이런 훌륭한 조언을 따랐는지는 알 수 없다. 엘리제는 1929년 3월 16일에 81세의 나이로 세상을 떠났다.

프란치스카 폰 베르트하임슈타인

Franziska von Wertheimstein

1844~1907

워싱턴 D.C.에 있는 미국의회도서관의 방대한 프로이트 서가에서 소실된 자료가 있다. 장 마르탱 샤르코가 1888년 3월에 테오도어 곰페르츠에게 보낸 친필 편지다. 정신분석가 쿠르트 아이슬러가 1950년대 초에 프로이트에 관한 자료와 증언을 수집하기 위해 설립한 지크문트 프로이트 문헌소는 1960년에서 1963년 사이 미국의회도서관에 자료들을 기증했다. 도서관 장서 목록에 따르면 기증 자료에 이 편지들도 포함된 것으로 나와 있다. 샤르코의 편지는 젊은 프로이트가 보낸 사례 보고서의 주인공에 관한 내용이다. 샤르코에게도 치료를 받은 적이 있는 환자라 프로이트가 샤르코에게 보고서를 보낸 듯하다. "X양의 현재 건강 상태에 관해 보내준 보고서를 살펴보았습니다. 현재 상태라면 X양은 반드시 저희 수치료 시설로 와서 최고의 조건에서 치료를 받아야 할 것 같습니다. 섭식 문제가 있기는 하지만 여기까지 오는 길이 크게 불편하거나 어렵지는 않을 겁니다. 존경하는 제 동료 프로이트 박사가 보내준 기록과 설명 덕분에 이 사례를 평가하는 데 큰 도움이 되었습니다. 1888년 3월 18일 파리에서, 샤르코."

그런데 X는 누구일까? 샤르코가 이렇게 기밀 서한을 보낼 만큼 테오도어 곰페르츠와도 가까운 사람이고 둘 다 예전부터 알던 사람일 것이다. 그렇지 않다면 샤르코가 굳이 왜 "현재" 건강 상태라고 표현했겠는가? 물론 엘리제 곰페르츠 부인일 리는 없다(서신에서 샤르코는 X를 미혼 여성을 이르는 말 "마드모아젤"로 불렀다). 그리고 테오도어와 엘리제의 외동딸로 당시 아홉 살밖에 되지 않은 베티나 곰페르츠일 수

6-1 젊은 프란치스카 폰 베르트하임슈타인의 초상화, 리카르트.

도 없다. 따라서 X양은 프란치스카 폰 베르트하임슈타인일 것이다. 테오도어의 미혼인 조카딸로, 1883년에 그녀의 아버지 레오폴트가 세상을 떠난 뒤로 테오도어가 대신 돌봤고, 이 편지가 작성된 1888년에 마침 심각한 신경증을 앓기도 했다(특정 물건과 접촉하면 통제 불능의 불안 발작을 일으켰다). 프란치라는 애칭으로 불리던 그녀는 4년 전인 1884년 4월부터 7월 중순까지 샤르코에게 치료를 받았다. 따라서 샤르코는 이미 그녀의 사례를 알았다.

프로이트가 곰페르츠 집안사람들에 관해 샤르코에게 보낸 보고서는 현재 남아 있지 않아서, 프란치가 어떤 치료를 얼마 동안 받았는지는 알 수 없다. 다만 프로이트가 베르트하임슈타인 집안과 곰페르츠 집안의 주치의였던 브로이어에게 도움을 요청받았을 것으로 추정할 수 있다. 그런데 얼마간이나? 우선 프란치가 샤르코에게 치료받지 않고 대신 6월에 오스트리아 알프스의 온천 도시 바드가슈타인으로 갔음을 알 수 있는 이유는, 프란치의 어머니 요제핀 폰 베르트하임슈타인이 자신의 친구인 시인 에두아르트 폰 바우에른펠트에게 "의사들"(브로이어와 프로이트일 것이다)이 "6월에 프란치의 신경증을 다스리기 위해 가족과 친척에게서 떼어놓는 실험"을 했다고 적어 보냈기 때문이다.(1888.10.27.) 가을에는 바드가슈타인에서 프란치의 상태가 나아지지 않자 "의사들"이 프란치를 마리아그륀에 있는 정신과 의사 리하르트 폰 크라프트에빙의 개인병원으로 보내기로 했다. 브로이어가 부유한 '신경증' 환자 몇 명을 보낸 곳이기도 하다. 환자들은 그랜드호텔 분위기의 이 병원에서 수치료와 상담 치료, 최면 암시 치료를 받았다. 프란치는 1889년 여름까지 어머니나 친구들과 완전히 격리된 채 마리아그륀에 머물렀다. 프란치가 다시 빈으로 돌아온 뒤로 프로이트가 계속 프란치를 맡았을까? 얼마 후 브로이어가 크라프트에빙에게 보낸 다른 환자들처럼? 알 수 없다.

프란치가 신경증을 앓은 것은 이때가 처음이 아니었다. 아무렴. 샤르코의 표현대로 프란치의 "신경증 유전"은 친척인 안나 폰 리벤과 엘리제 곰페르츠처럼 심각한 수준이었다. 프란치의 어머니 요제핀도 오래전부터 신경증을 앓았다. 요제핀은 스물세 살에 빈에서 솔로몬 로스차일드의 오른팔이던 은행가 레오폴트 폰 베르트하임슈타인과 결혼하고 얼마 후, 안나 폰 리벤의 시에서 "가엽고도 정숙한 여인들"로 표현되는 여자들에게 특징적으로 나타나는 우울 증상을 보였다. 우울, 억압, 무기력, 불면증을 비롯한 다양한 증상이 나타났다. 요제핀은 아직 20대의 나이에 무릎에 원인불명의 구축(근육이나 힘줄이 수축해 운동 능력이 제한되는 상태)이 생겨서 목발까지 짚어야 했다. 똑같이 무릎과 다리 통증을 앓던 딸 프란치와 아들 카를의 뒤를 느릿느릿 따라가며 온천 도시를 옮겨 다니면서(이슐, 메라노, 바드가슈타인, 바트아우스제) 때로는 1년까지도 요양했다. 유명한 외과의 프리드리히 폰 에스마르히에게 무릎 수술을 받았지만 통증이 줄어들지 않았다.

요제핀은 빈 주재 영국 대사관의 외교관 시보 로버트 불워 리튼에게 반했지만 마음 가는 대로 하지 못하고(안나 폰 리벤의 시: "무정한 의무의 그림자, 그 주인이 이기네") 두 자식에게 사랑을 다 쏟으며 자식들의 예술적 재능을 북돋웠다. 딸 프란치는 음악적 재능을 타고났으며 (어머니처럼) 시도 쓰고 빈의 화가 아우구스트 아이젠멩거에게 그림도 배웠다. 아들 카를은 어렸을 때부터 장래가 촉망받는 조각가였다. 그런 카를이 성홍열 오진으로 24시간 만에 죽자 요제핀은 그대로 무너졌다. 슬픔을 주체하지 못해 정신을 놓고 망상에 빠져서, 자기가 아들을 죽였고 프란치도 죽일 것 같다고 두려워했다. 요제핀에게는 격리가 필요했다. 그리고 이후 4년간 현실과 완전히 동떨어져 지냈다.

1870년, 요제핀이 다시 정신을 차려보니 그녀는 남편이 과거를 잊고 지내라고 빈 북쪽의 한적한 동네 되블링에 마련해준 아름다운 저택에 있었다. 다리 통증으로 여전히 제대로 걷지 못했지만 프란치의 부축을 받으며 그 저택에서 다시 사교 활동을 시작했다. 넓은 정원으로 둘러싸인 베르트하임슈타인 저택으로 빈의 자유로운 상류층 사람들이 모여들었다. 요제핀과 프란치는 일요일마다 살롱을 열어 각자의 언니이자 이모인 조피가 토데스코 저택에서 한 것처럼 예술가와 과학자, 정치인 들을 초대했다. 요제핀의 시누이인 오페라 가수 카롤리네 곰페르츠 베텔하임이 노래하고 프란츠 리스트나 안톤 루빈슈타인이 피아노 반주를 해주었다. 시인 에두아르트 폰 바우에른펠트와 페르디난트 폰 자르, 나중에는 후고 폰 호프만슈탈도 종종 찾아왔다(바우에른펠트는 이 집 정원의 작은 별채에서 생을 마감했다).

미인이고 재능도 뛰어난 데다 착하고 너그러운 프란치는 누구에게나 사랑을 받았다. 하지만 프란치는 어머니와 어머니의 병의 그늘 속에 살았고, 그 병은 프란치에게도 똑같이 발병했다. 다리 구축과 무릎 통증으로 가끔 목발을 짚어야 했고, 편두통, 우울, 과민증, 접촉 공포증, 섭식 장애에도 시달렸다. 프란치도 요제핀처럼 시인 바우에른펠트가 "곰페르츠병"이라고 일컬은 증상, 곧 사소한 결정도 내리지 못하는 병적인 우유부단 상태인 의구증疑懼症에 가까운 상태가 되었다. (요제핀은 딸에게 보낸 편지에서 이렇게 안타까워했다. "나의 의지와 실행 사이에는 건널 수 없는 심연이 있어. 내가 행동력이 부족해서 그만둔 일이 얼마나 많

6-2 〈베르트하임슈타인 저택〉, 루돌프 폰 알트, 연대미상, 수채화.

은지!", 1893.10.10.) 프란치는 몇 년 동안 네덜란드의 변호사이자 은행가인 구스타프 지헬, 화학자 아돌프 폰 리벤, 법학자 요제프 웅거를 비롯해 여러 남자에게 구애를 받았지만 어머니가 딸의 행복을 지켜준다며 구애하는 남자마다 흠을 잡아서 질투하듯이 방해한 탓에 끝내 어느 한 사람을 고르지 못했다. 그러고도 어머니는 딸이 제 짝을 찾지 못했다고 한탄했다. 프란치는 서로 잘 지내고 있고 남들도 모두 그녀를 사랑한다고 여기던 상대인 에른스트 플라이슐 폰 마르호프마저 떠나보냈다. 그가 왜 갑자기 그녀만큼 가깝지도 않던 조피 폰 시흐로프스키와의 약혼을 발표했는지는 아무도 이해하지 못했다. 프란치도 플라이슐도 그들 사이에 무슨 일이 있었는지, 둘이 왜 안 좋게 헤어졌는지 말하지 않았지만 아마도 플라이슐이 프란치에게 거절당했거나 이전의 다른 남자들처럼 불확실한 상태로 오래 방치되다가 홧김에 조피를 만났을 것으로 짐작할 수 있다.

프란치가 플라이슐과 파혼한 때는 서른두 살이었고, 그 뒤로는 누구도 그녀에게 구애하지 않았다. 후고 폰 호프만슈탈의 표현대로 "삶에 어울리지 않던" 프란치는 아름다운 베르트하임슈타인 저택에서 서서히 자신을 유폐시키고 어머니와 완벽한 공생 관계를 이루어, 어머니의 사랑에 질식하고 어머니의 배려에 취해 살았다. 때로 몇 주 내내 어머니와 같이 지내는 상태를 견디지 못하기도 했지만 그럴 때 말고는 서로 떨어지지 않았다. 1883년에 레오폴트가 사망하고 두 모녀의 건강이 나빠지자 점차 살롱을 열 형편이 되지 않았다. 이제 요제핀과 프란치는 주로 바트아우스제나 메라노에서 요양하며 지냈다. 요양소나 개인병원에 입원하는 빈도가 늘었고, 입원하지 않을 때는 이런 휴양지에서 요양하며 시간을 보냈다.

프란치는 존재의 허무 속으로 거침없이 걸어 들어가면서 어머니의 한탄에 시달렸다. "딸의 인생이 너무나도 불완전하고 너무나도 덧없어요. 그렇게 시간이 흐르고 인생이 가버려요. 누구보다 행복할 수 있는 애였는데 조금도 행복하지 않아요. 그림의 재능, 음악적 감각, 문화에 대한 갈망, 즐거움에 대한 열망, 이 모든 것이 빛을 보지 못했어요. … 그러니 제가 얼마나 고통스러운지는 말로 다 하지 못해요."(요제핀이 아달베르트 빌브란트에게 보낸 편지, 1881.04.21.) "그 애는 실패하고 무가치하고 슬픈 인생으로 인해, 그리고 모든 기운을 소진해서 고통스러워하고 마음 깊은 곳에 늘 우울한 배경이 드리운 탓에 결국 흐릿한 존재가 되어버렸어요. … 그 애의 삶에는 즐거운 일이 하나도 없어요."(빌브란트에게 보낸 편지, 1889.07.13.) "프란치는 … 한없이 나약하고 비참해해요. 죽고 싶다는 말을 입에 달고 살고, 바로 내일, 바로 다음 순간에 자기는 살아 있지 않을 거라고 말해요. 그 애의 상태가 너무 심각해서 나도 괴롭고 절망적이라 죽을 것 같아요."(빌브란트에게 보낸 편지, 1890.11.30.) "프란치는 다시 몸이 아프고 이마 쪽의 지독한 두통으로 괴로워해. 그래서 사는 게 조금도 즐겁지 않아 보여."(테오도어에게 보낸 편지, 1891.03.10.)

1894년 7월 16일에 요제핀이 세상을 떠나자 프란치는 무력하고

6-3 프란치스카 폰 베르트하임슈타인의 초상화, 에밀 오를리크, 1900.

고통스러웠다. "꿈속에 있는 것 같아요. 생각할 수도, 느낄 수도 없어요. 공허하고 적막하고 지독히 그리워요. 제 삶은 어머니의 두 눈에만 겨우 매달려 있었어요. 제가 행하고 생각하고 바라보는 모든 것, 그 모든 것이 오로지 어머니를 위한 거였어요. 저는 이제 고아예요. 적막한 세상에서 텅 빈 미래로 내던져진 어린아이 같아요. … 저는 빛을 발하지 못하는 그림자일 뿐이에요."(프란치가 빌브란트에게 보낸 편지, 1894.08.04.) 프란치는 신경학자 알렉산더 홀렌더(프로이트의 동료이자 공동 연구자)의 요양소에 입원했다. 그리고 다시 베르트하임슈타인 저택으로 돌아가 고독한 생활을 이어갔다. 빈의 화려한 살롱의 한복판에 있던 그녀는 이제 아무도 만나지 않았다. 오래전부터 프란치를 향해 남몰래 이루어질 수 없는 사랑을 키워오던 페르디난트 폰 자르만 변함없이 그녀를 찾았다. 불치의 암을 앓던 그는 1906년 7월에 군용 권총으로 머리를 쏘아 자살했다. 프란치도 얼마 후 1907년 1월 20일에 세상을 떠났다. 브로이어에 따르면 정신 이상 징후가 나타나기 시작했던 듯하다. 프란치는 "정원을 대중에 영구 공개한다는 조건으로" 베르트하임슈타인 저택을 빈의 시 당국에 기증한다는 유언을 남겼다.

프로이트는 12년 전에 브로이어와 공동으로 출간한 『히스테리 연구』의 주석에서 '마틸데 H 양'이라는 환자의 사례를 언급했다. "미모의 19세 여자다. 처음 만났을 때는 다리에 부분 마비를 앓고 있었다. 그러다 몇 달 후 성격 변화로 치료를 받으러 나를 찾아왔다. 심한 우울증으로 의욕 상실을 보였고, 어머니에게 유독 못되게 굴었고 짜증이 심하고 선뜻 다가가기 어려운 분위기를 풍겼다. … 어느 날 최면 중에 말이 많아졌는데 몇 달 전에 약혼이 깨져서 우울증이 나타났다고 말했다. 약혼자와 가까운 사람이 그녀와 어머니에게 달갑지 않은 소식을 점점 더 많이 가져왔다고 했다. 하지만 그 관계는 물질적 혜택이 명백해서 깨는 것이 결코 쉽지 않았다. 그래서 양쪽 다 오래 망설였고, 환자도 주저하면서 자신에게 벌어지는 상황을 무심히 바라보기만 했다. 그러다 어머니가 나서서 딸 대신 단호히 거절했다. 얼마 후 환자는 그제야 꿈에서 깬 것처럼 이미 끝난 결정을 돌이켜 보며 승낙할지 거절할지를 고민했다. 환자는 그 과정이 여전히 진행 중이라고 말했다. 그래서 의혹의 시간 속에 살면서 매일 과거 그날의 기분과 생각에 빠져 지냈다. 어머니에게 모질게 구는 것도 사실 과거 그때의 상황에 어울리는 태도였다. 따라서 이런 머릿속의 상황과 비교하면 현재의 삶은 현실의 단순한 외피이자 꿈속에서 벌어지는 일처럼 보였다. 나는 환자가 다시 말하게 하는 데 성공하지 못했다. 깊은 몽유병에 빠진 환자에게 계속 말을 걸어보았지만 그때마다 환자는 아무 말도 하지 않고 울기만 했다. 그러다 약혼한 지 1년이 지난 어느 날 우울증이 완전히 사라졌다. 이로써 나는 최면 치료가 성공적이라는 확신을 얻었다."

미모의 여성, 다리의 부분 마비, 우울한 상태, "우유부단한 상태"와 어머니의 개입으로 인한 파혼, 과거로 돌아가 승낙과 거절을 고민하는 모습, 어머니에게 분노를 표출하는 모습. 『히스테리 연구』의 "19세 여자"를 보고 결혼 계획이 실패해서, 더 정확하게는 플라이슐이 떠나서 눈물로 세월을 보낸 프란치스카 폰 베르트하임슈타인을 어찌 떠올리지 않을 수 있겠는가? 프로이트가 이 환자의 치료를 시작하고 환자에게 '브로이어 치료법'을 시도할 즈음, 그러니까 1880년대 말이나 1890년대 초를 기준으로 보면 프란치와 플라이슐의 파혼은 프로이트가 말한 몇 "달" 전이 아니라 훨씬 전에 일어난 일이다. 하지만 정말로 마틸데 H, 프란치스카 폰 베르트하임슈타인, X양이 모두 동일인이라면 프란치는 계속 과거에 얽매여 살면서 치명적인 망설임과 무관심, 그리고 의지에서 행동으로 넘어가지 못하는 무기력증을 안고 살았다는 뜻이 된다. 그리고 최면요법은 이런 '회상하는' 성향을 오히려 더 강화한 듯하다.

프로이트는 이렇게 회상이 끝나자 마틸데 H의 우울증이 사라졌다고 기록한다. 하지만 알려진 대로 프란치스카 폰 베르트하임슈타인의 우울증은 계속 재발했다.

07

파니 모저

Fanny Moser

1848~1925

파니 모저는 중유럽에서 가장 부유한 여자로 알려졌다. 그녀는 1848년 7월 29일에 스위스 빈터투어의 유서 깊은 귀족 가문인 폰 술처 바르트 가문에서 태어났다. 할아버지 요한 하인리히 폰 술처 바르트가 바이에른 왕에게 귀족 작위를 받았고, 그래서 젊은 여남작 파니 루이제 폰 술처 바르트는 게르만의 여러 공국이나 대공국에서 발전한 귀족계급에 속했다. 스물세 살의 파니는 예순다섯 살의 기업가 하인리히 모저와 결혼했다. 샤프하우젠의 시계기술자 집안에서 태어난 하인리히는 러시아와 아시아에 스위스 시계를 팔아서 큰 재산을 쌓았다. (H. 모저앤씨라는 회사는 여전히 건재하고, 이 회사에서 제작하는 고가의 시계 '모저-소비에트'가 구소련의 노멘클라투라nomenklatura〔구소련의 특권적 지배계층〕 사이에 큰 인기를 끌었다고 한다.) 하인리히 모저는 샤프하우젠에서 살던 시절에 철도회사도 세우고 라인강이 내려다보이는 호화로운 샤를로텐펠스 저택을 지었다.

부부 사이에 나이 차이가 많이 나고 하인리히가 전 부인에게서 낳은 자식들과 갈등이 있기는 했지만 대체로 결혼 생활은 행복했다. 그리고 부부 사이에 파니 주니어와 루이제 주니어라는 두 딸이 생겼다. 루이제 주니어는 하인리히와 파니가 휴가지로 즐겨 찾던 프랑스의 망통이라는 도시에서 이름을 따서 멘토나라는 애칭으로 불렸다. 하지만 하인리히는 편지에서 아내의 고질적인 "신경증"을 언급했다. 둘째 딸이 태어나고 나흘 만인 1874년 10월 23일에 하인리히 모저는 심장발작으로 사망했다. 그는 아내와 두 딸에게 막대한 유산을 남겼다. 그러자 전 부인의 아들 헨리가 격분해서 파니가 아버지를 독살했다는 소문을 퍼트렸다. 결국에는 시신을 다시 파내서 부검하고 독성 분석까지 마친 끝에 파니의 결백이 입증되었다. 하지만 이 소문 때문에 파니는 그렇게 선망하던 왕족과 귀족 사회에서 끝내 거부당했다.

1877년에 파니는 폴 지라르라는 사업가에게 회사명을 바꾸지 않는다는 조건으로 모저 시계회사를 넘기고 취리히 호수 근처의 아우 지역에 사들인 성에서 자신의 수입으로 살았다. 이 성을 궁정처럼 꾸미고 유럽 전역에서 귀빈들을 불러 접대했다. 후원과 자선에 몰두했고, 취리히 부르크횔츨리 정신병원의 병원장이던 아우구스트 포렐과 오이겐 블로일러의 알코올 반대 운동 같은 활동도 후원했다. 또 샤프하우젠에 정신병원을 건립하는 데 스위스 돈으로 1만 프랑을 쾌척했다. 파니는 그 지역에서 유별난 행동과 숱한 염문으로 유명했고, 파니가 염문을 뿌린 상대는 주로 주치의였다. 주변 사회에서 배척당한 탓에 "신경증"이 더 심해져서 의사와 심리치료사에게 돈을 많이 썼을 것이다. 성의 방명록에는 포렐과 블로일러의 서명도 있는데 이들은 파니를 환자로 만났다. 파니는 귀빈들을 접대하지 않을 때는 주로 유럽의 화려한 온천에서 온천 치료를 받았다. 하지만 "신경증"은 나아지지 않았고, 늘 새로운 의사를 찾아다니며 새로운 치료제나 새로운 개인병원을 시도했다.

파니는 아드리아해의 아바치아 리조트에서 겨울을 보낸 뒤 1889년 봄에 딸들을 데리고 요제프 브로이어에게 진료받기 위해 빈으로 갔다. 브로이어와 잘 알고 지내던 포렐에게 추천받았을 가능성이 크다(브로이어와 포렐은 빈에서 함께 공부했다). 파니는 우울증과 불면증, 통증, 다양한 경련에 시달렸다. 2분에 한 번씩 역겹다는 표정을 지었고, 보이지 않는 적을 쫓으려는 듯한 몸짓을 했다. "꼼짝 마! 아무 말도 하지 마! 건드리지 마!" 브로이어는 6주 동안 파니를 치료하고는 젊은 친구이자 동료인 지크문트 프로이트에게 의뢰하기로 했다. 파니의 딸 멘토나 모저는 회고록에서 브로이어의 "첫 번째 조수"에 관해 이렇게 회

7-1 파니 모저의 대리석 흉상

상했다. “그는 키가 작고 말랐으며 까만 머리에 까만 눈이고 앳되고 수줍음이 많아 보였다.”

치료는 1889년 5월 1일에 파니가 머물던 호텔에서 시작되었다. 프로이트는 우선 파니를 빈의 뢰프 요양소로 보내서 매일 그곳을 찾아가 치료하기로 했다. 그리고 파니가 전에 포렐에게 최면요법을 받은 적이 있어서인지 최면에 잘 걸린다는 점을 파악하고 ‘브로이어 치료법’을 시도하기로 했다. 환자에게 최면 상태에서 과거의 외상을 다시 체험하게 하고 최면에서 깨우기 전에 암시를 주어 외상을 ‘삭제’하는 방법이었다. (프로이트는 『히스테리 연구』에서 파니를 “리보니아의 에미 폰 N 부인”이라고 부르고 이상하게도 “이번에 처음 그 치료법을 적용했다”고 주장하지만 사실 프로이트는 1887년 말부터 ‘브로이어 치료법’을 시도했다.) 파니는 곧 외상 기억을 눈사태처럼 쏟아냈다. 1889년 5월 8일부터 17일까지 9일간 극적인 사건(남편의 갑작스러운 죽음을 목격한 경험)부터 사소한 사건(두꺼비를 보고 놀란 경험)까지 40가지에 이르는 외상 기억을 떠올렸다. 파니는 7주간 치료받은 뒤 딸들과 함께 아우로 돌아갔고, 상태는 확실히 호전되어 보였다.

그다음 달인 1889년 7월 19일에 프로이트는 낭시로 가던 길에 파니를 방문했다. 포렐에게 추천서를 받아들고 낭시에 있는 이폴리트 베른하임을 만나러 가는 길이었다. 아마도 이번 방문에서(『히스테리 연구』에서는 구체적인 정보를 숨기기 위해 2년 후로 적었지만 사실이 아니다) 파니 주니어의 치료를 요청받았을 것이다(프로이트의 편지에든 손님이 서명해야 하는 성의 방명록에든, 1891년 봄에는 그가 아우에 간 기록이 없다). 파니 주니어는 빈에서 지내는 동안 프로이트가 추천한 부인과 의사(루돌프 초로바크였을 것이다)에게 치료를 받았고, 사춘기에 접어들어 어머니에게 본격적으로 반항했다(파니와 두 딸의 관계는 항상 삐걱거렸다). 프로이트에 따르면 파니 주니어는 "부족한 재능에 비해 야망이 한없이 컸고, 어머니에게 반항하고 폭력적인 행동까지 보였다." 프로이트는 "환자의 모든 이복형제와 자매(폰 N 씨가 첫 결혼에서 얻은 자식들)가 피해망상에 시달린"(프로이트의 근거 없는 주장) 점을 고려하여 "신경증"의 징후로 진단했다. 그래서 파니 주니어는 당장 병원으로 보내졌다. (프로이트의 심각한 예상과 달리 파니 주니어는 훗날 스위스 로잔에서 정규교육을 마친 뒤 저명한 동물학자가 되었고, 이후 초심리학parapsychology에 관한 두 권짜리 책을 냈다.)

7개월 뒤 프로이트는 파니가 딸이 "병"에 걸린 건 프로이트와 부인과 의사 때문이라고 생각한다는 말을 브로이어로부터 전해 들었다. 파니는 저택을 찾은 귀빈이 불쾌하게 굴 때 하는 방식으로 방명록에 있는 프로이트 서명 위에 종잇조각을 붙였다. 파니의 상태가 다시 악화되자 포렐과 브로이어는 파니를 병원에 입원시켰다. 파니는 병원에서 프로이트의 지시에 따라 최면 치료를 시도한 의사에게 거칠게 항의했다. 그리고 결국 친구의 도움으로 병원에서 탈출했다. 그러다 1890년 5월에 빈의 프로이트에게 다시 돌아오기는 했지만 그에게 "히스테리적" 혐오감을 표출했다.

8주간의 두 번째 최면 치료는 약간의 진전을 보였다. 파니는 치료를 마치고 아우로 돌아갔고, 프로이트는 종종 파니의 소식을 들었다. 1893년에 파니는 과학 연구자가 되겠다고 고집하던 파니 주니어와의 갈등으로 상태가 더 나빠졌다. 스웨덴의 유명한 최면 치료자이자 포렐의 친구인 오토 베터스트란드가 9월 말에 스톡홀름에서 파니의 치료를 부탁받았다. (파니는 프로이트에게 여름 동안 다른 의사에게 최면을 받아도 되는지 허락을 구하는 편지를 미리 보냈다.) 그래서 파니 주니어를 데리고 1893~4년 겨울에 스톡홀름으로 가서 '수면 지속 요법'으로 치료를 받았다. 베터스트란드가 1890년대 초에 시작한 이 혁신적 치료법은 환자에게 며칠이나 몇 주간 연속으로 최면을 거는 방법이다. 하지만 프로이트와 달리 베터스트란드는 파니에게 쉽게 최면을 걸지 못하다가 몇 주가 지나서야 겨우 최면을 거는 데 성공했다. 그사이 최면에 대한 저항력이 높아진 탓도 있었을 것이다.

1899년에 베터스트란드는 수면 지속 요법으로 치료한 "어려운 히스테리" 환자 열두 명의 사례를 보고했다. 그중 열 명은 완치되었고, 한 명은 차도가 거의 없었고, 마지막 한 명은 나중에 재발해서 새로운 치료를 받아야 했다고 밝혔다. 마지막 사례가 파니 모저였을 가능성이 크다. 1894년 9월에 빈에서 열린 독일 의사·박물학자 회의에서 프로이트는 포렐에게 파니에 관해 물어볼 수 있었다. 포렐은 프로이트에게 은밀히 파니에 관해 알렸다. 내용은 매번 비슷했다. 그러니까 우선 증상이 사라지고 이어서 의사와 사이가 틀어지고 다시 증상이 재발한다는 것이었다. 파니의 성에 있던 방명록에는 베터스트란드가 1896년 8월에 아우로 돌아온 기록이 있는데, 파니를 다시 치료하기 위해서였을 것이다. 이듬해 6월에는 포렐이 성에 불려갔다.

파니는 만년에 젊은 남자와 사랑에 빠졌고, 그 남자가 파니를 이용해 재산을 일부 착복했다. 그리고 파니는 딸들과 절연하고 경제적 지원도 끊었다. 어머니에게 미움받고 어머니를 싫어하던 딸 멘토나는 정식 공산당원이 되었다. 작곡가 야로슬라프 호페와 결혼한 파니 주니어는 1918년에 어머니의 후견인이 되려고 시도했다가 실패한다. 파니 주니어는 7월 13일에 프로이트에게 편지를 보내 어머니를 치료할 당시 어머니의 정신 상태에 관해 공식 소견서를 써달라고 요청했다.

프로이트는 애매한 답변으로 모녀가 대립할 당시 어머니 편에 선 자신의 입장을 해명했다. "부인이 제가 그토록 걱정하던 그 아이, 파니 모저 부인께서 아우로 저를 부르신 이유였던 그 아이 파니라니 참 놀랍군요. 부인 말이 맞습니다. 그때는 제가 부인께 제대로 해드린 것도 없고, 부인에 관해 전혀 이해하지 못했어요. 사실은 당시 제가 어머님을 몇 주씩 두 차례에 걸쳐 치료하고도 어머님의 사례조차 제대로 이해하지 못한 점을 부디 양해해주시길 바랍니다. … 사실 어머님의 사례와 그 결과로 인해 저는 최면요법이 무의미하고 무용다는 결론에 이르고, 정신분석을 보다 합리적으로 발전시키고 싶어졌습니다." 놀라운 발언이다. 이것이 사실이라면 프로이트는 어째서 파니에게 최면 치료를 시도하고 5년 뒤에 출간된 『히스테리 연구』에는 이런 사실을 밝히지 않았을까?

그리고 프로이트는 그가 얼마 전에 새로 고안한 이론을 통해 파니의 사례를 전부 재해석했다. 그러면 마치 어머니와 갈등을 빚는 두 딸에게 도움이 될 수 있는 양. "어머님이 부인과 부인의 동생에게 한 행동이 부인에게는 불가사의해 보이겠지만 제게는 전혀 그렇지 않습니다. 단순하게 말씀드리자면 어머님은 자식을 사랑하는 만큼 끔찍하게 미워합니다(양가감정이라고 하지요). 이미 빈에서부터 그랬습니다." 1935년에 프로이트는 파니 호페-모저(파니 주니어)에게 초심리학에 관한 저서를 받고 감사 인사를 전하면서 이 부분을 명확히 부연했다. "당시 저의 잘못된 진단을 용서하지 않으신다고 해도 부인을 탓할 수는 없습니다. 제 경험이 일천했던 데다 인간 정신의 감춰진 부분을 읽어내는 기술이 아직 초기 단계였습니다. 10년, 아니 5년만 뒤였더라도 그 가여운 부인이 두 딸을 향한 무의식적 증오와 고통스럽게 싸우면서 다른 한편으로는 딸들에게 과도하게 사랑을 퍼주어 자신을 지키려 했다는 추정을 놓치지 않았을 테니까요. 이 사악한 유령이 나중에 변형된 형태로 떠올라 그분의 행동을 결정한 듯 싶습니다. 하지만 그때는 저도 아무것도 몰랐고 그저 그분이 하시는 말씀을 믿었습니다."

파니 모저는 이보다 10년 전인 1925년 4월 2일에 세상을 떠났다. 두 딸과는 연락을 끊고 지내고 연인에게 수백만을 빼앗겼는데도 여전히 부자였다. 부고 기사는 훌륭한 자선가이자 예술의 후원자로서 다수의 재능 있는 예술가가 재능을 꽃피우도록 도와준 그녀에게 경의를 표했다.

마르타 베르나이스

Martha Bernays

1861~1951

프로이트의 초기 사례 중 "최면요법으로 치료된 사례"에서 익명의 주인공으로 남아 있던 부인이 있다. 프로이트는 정신과 의사 아우구스트 포렐의 『최면요법 저널*Zeitschrift für Hypnotismus*』에 1892년 12월과 1893년 1월에 두 차례에 걸쳐 발표한 논문에서 "20세에서 30세 사이의 젊은 여자로, 그 여자가 어렸을 때부터 알던 사이"이며 치료가 끝나고도 "한동안 관찰한" 환자에 관한 특이한 사례를 소개했다. 프로이트는 환자의 어머니와 여동생과 오빠를 알았지만 "환자의 다른 가족이나 친척"은 본 적이 없다고 밝혔다. 차분한 성품에 화목한 결혼 생활을 유지하던 환자는 세 자녀에게 모유 수유를 하지 못하는 "상황에 따른 히스테리"를 제외하고는 애초에 신경증 환자가 아니었다. 환자의 어머니와 여동생도 마찬가지였다. 다만 환자의 오빠는 "사춘기의 흔한 성적 방종"으로 인해 신경쇠약에 시달렸다. (당시 미국의 신경학자 조지 밀러 비어드는 신경쇠약이 '성적 탈진' 상태에서 나타날 수 있다고 보았다.) 환자의 오빠는 신경쇠약으로 인해 "집안의 문제아"가 되었고 "자신의 인생 계획도 망쳤다." 따라서 프로이트는 환자가 샤르코가 말하는 "신경증 집안"에 속할 가능성도 열어둔 셈이다.

환자는 세 아이를 낳은 젊은 부인이었다. 프로이트가 제공한 연대기적 정보에 따르면 첫째는 1886년 말이나 1887년 초에, 둘째는 1889년 말이나 1890년 초에, 셋째는 1891년 초에 태어난 것으로 추정된다. 첫째는 부인과 전문의 구스타프 로트 박사가 겸자로 꺼내서 무사히 태어났다. 그런데 아이에게 젖을 먹이고 싶어도 산모에게 젖이 부족했다. 게다가 산모가 "걱정스러울 정도로" 식사를 거부하고 아기를 안으면 몸에 통증을 느꼈으며, 극도로 불안해하고 잠도 제대로 못 잤다. "젖을 먹이려고 해본 지 2주가 지나도록 … 먹이지 못했고 결국 아기를 유모에게 보냈다."

둘째를 낳을 때도 다시 모유 수유 문제가 생겼고, "첫째 때보다 증상이 심각"했다. 둘째가 태어나고 넷째 날에 "아기를 유모에게 맡기고 싶지 않은 데다 다른 사정이 겹쳐서" 로트 박사와 환자의 주치의 요제프 브로이어가 프로이트를 불러 최면요법으로 도움을 받을 수 있는지 알아보기로 했다. 환자와 남편은 "최면을 받다가 정신이 완전히 피폐해질 수 있다"고 우려하면서 마지못해 수락했다. 프로이트는 1889년 여름에 낭시에서 이폴리트 베른하임에게 배워온 최면요법과 최면 후 암시를 적용하여 젖이 다시 나오게 했다. 프로이트는 환자를 깊은 몽유병에 빠지게 하고 치료 중에 벌어진 상황을 망각하게 하려고 최면 후 기억상실을 유도하여 환자의 불안과 증상에 맞섰다. 그리고 이런 암시를 주었다. "두려워하지 마세요! 당신은 젖을 잘 먹일 것이고 아기는 잘 자랄 겁니다. 이제 뱃속이 편안하고 입맛이 돌아오고 식사 시간이 기다려질 겁니다." 그날 저녁 환자는 식사도 잘하고 잠도 잘 자고 이튿날 아침에는 "아기에게 젖을 먹였다." 하지만 그날 낮에 증상이 재발했고, 프로이트가 다시 최면을 걸었다. 이번에는 더 강한 어조로, 환자에게 그가 떠난 뒤에 음식을 갈망하며 가족에게 당장 상을 차려달라고 조르게 될 거라는 암시를 주었다. 과연 환자는 그렇게 했고 그때까지 환자가 그렇게 적극적으로 요구하는 모습을 본 적 없는 남편과 어머니는 크게 놀랐다. 이튿날 프로이트가 다시 방문했을 때 환자는 이제 몸이 말짱하다면서 치료를 중단하고 싶다고 했다. 그런데 이상하게도 프로이트는 "놀라운 성과"라고 표현한 이 사례에 관해 더는 별다른 언급을 하지 않았다. (이상한 일인 것이, 프로이트는 그 뒤로 다시는 이렇게 이론의 여지없이 성공적인 사례를 보고하지 못했기 때문이다.)

1년 뒤 셋째가 태어날 때도 같은 증상이 나타났다. 이번에도 프로이트가 방문해서 산모가 수유를 거부하는, 이상하고 극복할 수 없어 보이는 심리를 제거해주었다. 역시나 치료는 성공적이었다. 하지만 환자도 남편도 최면에 대한 "혐오감" 때문에 프로이트에게 고마워하지 않았다.

그런데 이처럼 감사할 줄 모르는 "상황에 따른 히스테리" 환자는 누구였을까? 한 세기 넘게 이 환자의 정체는 베일에 싸여 있었다. 연구자들은 1892년에 세 자녀를 둔 유부녀이고 어린 시절부터 프로이트를 알았으며 과도한 성행위로 건강과 인생 계획을 망친 오빠를 둔 환자를 찾아보았지만 성과가 없었다. 사실 이 환자는 결혼한 부인이긴 하지만 다른 남자와 결혼한 것이 아니었다. 환자는 바로 프로이트의 아내, 마르타 베르나이스였다. 프로이트를 연구하는 몇몇 학자가 오래전부터 의심하기는 했지만, 2005년에 마르타의 여동생 민나 베르나이스와 프로이트가 주고받은 편지가 공개되면서 확실히 밝혀졌다. 1887년 10월 16일에 프로이트가 첫딸 마틸데의 출산을 알리기 위해 민나에게 보낸 편지에서 마르타의 부인과 의사인 구스타프 로트 박사가 아기를 겸자로 꺼낸 사실을 확인할 수 있다. 또 사흘 뒤에 보낸 편지에서는 가족이 로즈나우에서 오기로 한 유모를 기다렸으며 마르타가 모유 수유에 어려움을 겪은 사실도 확인할 수 있다. 그리고 다음의 기록을 보면 이 문제가 반복해서 나타났다는 것을 알 수 있다. 1. 프로이트는 둘째 장 마르틴에게 젖을 먹이기 위해 유모를 불렀다. 하지만 유모가 젖이 나오지 않는다는 말을 미리 하지 않아 당장 해고해야 했다. 이것이 아마 프로이트가 사례연구에서 언급한 "다른 사정"이었을 것이다.(마르틴 프로이트의 회고록) 2. 다섯째 조피 프로이트는 "젖이 나오는" 유모에게 수유를 받았다.(프로이트가 민나 베르나이스에게 보낸 편지, 1893.04.15.) 3. 여섯째 안나 프로이트는 새로 나온 가르트너 전지우유를 먹고 자랐다.(프로이트가 빌헬름 플리스에게 보낸 편지, 1895.12.08.)

마틸데가 태어난 뒤 프로이트가 민나에게 보낸 편지에서는, 마르타가 "걱정스러운" 병으로 며칠씩 부인과 의사를 놓아주지 못하고 식사 문제로 고생했지만 유모가 오자 바로 회복했다는 사실도 알 수 있다.(프로이트가 민나에게 보낸 편지, 1887.10.23.) 마르타는 분만하고 2주가 지나도록 침대에서 일어나지 못하고 기력도 회복하지 못했다.(프로이트가 민나에게 보낸 편지, 1887.10.31.) 여기에 프로이트 집안의 둘째 장 마르틴과 셋째 올리버가 각각 1889년 12월 7일과 1891년 2월 19일에 태어난 사실까지 더하면 사례연구의 연대와 일치하므로 마르타의 출산과 프로이트가 소개한 환자의 출산이 정확히 맞아떨어지는 것을 확인할 수 있다. 몇 가지 차이(마틸데의 출생 날짜에 1년의 시차가 있고, 환자의 첫째 아이를 4일 뒤가 아니라 14일 뒤에 유모에게 보냈고, 환자의 남편이 프로이트의 치료법에 회의적이었다는[!] 대목)는 모두 프로이트가 아내의 사생활을 보호하기 위해 심어둔 장치였을 것이다. 그러지 않았다면 환자가 프로이트의 아내라는 사실을 주변에서 바로 알아챘을 것이다. 물론 마르타는 치료를 마치고도 "몇 년간 계속 [프로이트의] 관찰"을 받았다.

8-1 마르타 베르나이스, 1882년 7월.

게다가 마르타의 가족사도 프로이트가 환자의 가족과 친척에 관해 언급한 정보와 일부 일치한다. 프로이트는 환자의 어머니와 여동생과 남자 형제 한 명을 안다고 밝혔고, 이들은 각각 마르타의 어머니 에멜리네, 여동생 민나, 오빠 엘리에 해당한다. 실제로 프로이트는 마르타의 다른 가족과 친척은 만날 수 없었다. 마르타의 남자 형제 세 명과 자매 한 명은 프로이트가 마르타를 알기 전에 세상을 떠났고, 아버지 베르만 베르나이스도 1879년에 심장발작으로 사망했다. 따라서 "환자를 어린 시절부터 알고 지냈다"는 프로이트의 설명은, 정말로 마르타에 관한 언급이라면 전혀 사실이 아니다. 실제로 프로이트가 마르타와 처음 만났을 때는 1882년 4월이고, 이때 마르타는 이미 스물한 살이었다. 다만 프로이트가 친구인 마르타의 오빠 엘리와 또 한 친구 이그나즈 쇤베르크를 통해 그전에도 마르타와 그 집안을 알고 지냈을 수는 있다. 엘리와 이그나즈가 각각 프로이트의 여동생 안나와 마르타의 여동생 민나에게 관심을 보이던 중이었기 때문이다.

프로이트는 엘리 베르나이스의 두 여동생이 자신의 여동생들을 만나러 왔을 때 웬 날씬한 아가씨가 식탁 앞에 앉아 얌전하게 사과를 깎는 모습을 보고 사랑에 빠졌다. 마르타도 그의 사랑을 받아주었고, 두 사람은 두 달 만에 몰래 약혼했다(비밀리에 약혼한 이유는 마르타의 어머니 에멜리네가 돈도 없고 신앙심도 없는 젊은 의학도를 좋게 보지 않아서였다).

1861년 7월 26일에 함부르크에서 태어난 마르타는 프로이트보다 다섯 살 어렸다. 친할아버지 이자크 베르나이스가 함부르크의 랍비장長이라 프로이트와는 달리 독실한 정통파 유대교 집안에서 자랐다. 친가 삼촌인 미하엘과 야코프 베르나이스는 저명한 학자였다(미하엘은 뮌헨대학교의 교수가 되기 위해 기독교로 개종하면서 집안에 분란을 일으켰다). 그러나 마르타의 아버지 베르만은 집안의 골칫거리였다. 함부르크에서 운영하던 리넨 가게를 접고 수상한 금융 거래에 가담했다가 사기파산죄를 선고받고 1년간 복역했다. 1869년에 출소하면서 아내와 자식들을 데리고 빈으로 가서 다시 시작해보려 했다. 하지만 불운하게도 1879년에 일하던 회사가 파산했고, 그래서인지 몇 달 뒤 아내와 자식들에게 한 푼도 남기지 못하고 세상을 떠났다. 베르나이스 집안에서 이들 가족을 도와야 했고, 먼 친척인 지크문트 파펜하임(베르타 파펜하임의 아버지)이 아이들의 법정 후견인으로 지정되었다.

프로이트와 마르타가 약혼할 즈음에는 1881년에 사망한 삼촌 야코프 베르나이스가 물려준 유산 덕에 베르나이스 집안 자녀들의 재정 상태가 조금 나아졌다. 그런데 그간 가족의 가장 노릇을 하던 오빠 엘리가 마르타와 민나 몫의 재산을 주식에 투자했다. 그리고 빈에서 좋은 기억이 없는 마르타의 어머니 에멜리네는 1883년 초에 마르타와 민나를 데리고 다시 함부르크로 돌아가면서 "이기적으로" 딸들을 약혼자들과 떼어놓았다.(프로이트가 민나에게 보낸 편지, 1883.02.21.) 이로써 마르타와 프로이트가 4년간 떨어져 지내게 되었고, 이 기간에 두 사람은 1,500통 이상의 연애편지를 주고받았다. 욕망의 대상이 멀리 있고 만날 수 없었기에 (프로이트로서는) 그 관계를 더 숭고하게 여기고 더 열심히 지키려 한 듯하다.

마침내 결혼식이 가까워지면서 프로이트는 결혼 지참금으로 마르타의 유산을 찾아오려다 재정적으로 어려움을 겪던 엘리가 동생들의 몫을 빚 갚는 데 써버린 사실을 알고 충격에 빠졌다. 엘리는 그의 아버지가 몰락한 전철을 그대로 밟았다. 사실 프로이트는 1882년에 엘리가 자신의 여동생 안나와의 약혼을 잠정적으로 깬 뒤로 그를 경계하던 터였다. 여기에 더해서 "여성 편력이 심한"(앨버트 허스트, 쿠르트 아이슬러와의 인터뷰) 것으로 유명한 엘리가 결혼 전에 "어느 헤픈 젊은 여자"와 사생아를 낳았고 그 여자가 "청춘의 연애"를 비밀로 해주는 대가로 거액을 요구한 사실까지 알았다. 프로이트는 화가 나서 "철딱서니 없고 멍청하고 허영심이 많고 게으른 작자"가 그런 사고를 쳐서 마르타의 유산을 탕진한 것으로 보고, 민나에게도 그렇게 알렸다.(프로이트가 민나에게 보내는 편지, 1886.06.05.) 프로이트는 또한 마르타와 헤어질 것까지 각오하고 오빠와의 관계를 끊으라고 요구했다. 마르타는 오빠에게 실망하고 억울해하면서도 현명하게도 프로이트의 이런 최후통첩을 거절했다.

엘리는 마르타의 돈을 돌려주면서 프로이트의 두려움을 일단 덜어주었지만 결국에는 연애 행각으로 재산을 탕진하고 1891년에 파산했다. 그리고 채권자들을 피해 아내 안나 프로이트와 자식들을 남겨두고 혼자 미국으로 건너갔다. 안나는 그해 11월에 아들 에드워드를 낳고 크리스마스가 되어서야 엘리에게 소식을 들었다. 안나도 결국 1892년 10월에 어린 에드워드를 데리고 남편을 따라 뉴욕으로 가면서 딸 유디트와 루시를 잠시 빈의 프로이트 집에 맡겼다. 프로이트는 안나에게 자신의 집에서 같이 살자고 설득했지만 소용이 없었다. 그의 엘리와 안나의 딸인 헬라 베르나이스에 따르면 결국 "아버지[엘리]와 삼촌[프로이트] 사이에 불편한 관계"가 지속했다. 프로이트는 엘리에게 이렇게 불편한 감정을 갖고도 동생 부부가 신세계로 이주할 수 있도록 경제적으로 지원했고, 친척과 지인들에게도 지원해달라고 부탁했다.

사례연구를 작성하던 중에 마침 이런 일련의 고통스러운 사건을 겪던 프로이트는 환자의 오빠가 젊은 시절에 과도한 성행위로 방황하다가 결국 "성인 초기에 전형적인 신경쇠약"을 앓으며 "집안의 문제아"가 되고 "자신의 인생 계획도 망쳤다"고 적은 것이다. 프로이트의 이런 진단에서 그가 경멸하던 처남을 향한 은밀하고 사적인 비난을 읽어내기란 어렵지 않다(어차피 아무도 눈치 채지 못할 텐데 실컷 복수를 해도 되지 않겠는가?).

마르타는 아이 셋(에른스트, 조피, 안나)을 더 낳았고, 아기를 출산할 때마다 이전의 출산만큼 고통스러워했다. 하지만 분만과 수유 단계를 지나면 별다른 증상을 보이지 않고 정신 치료나 최면요법이나 그밖에 어떤 도움도 필요하지 않았다. 프로이트는 사례연구에 이렇게 적었다. "환자의 능력과 조용한 성품과 소탈한 태도를 보면 누구도, 주치의마저도 신경증 환자로 보기 어려웠다." 실제로 마르타는 지극히 평범한 사람으로, 19세기 후반 부르주아 교양의 완벽한 표본이었다. 마르타를 아는 사람들은 빈이 아니라 '함부르크' 방식의 효율성으로 집안을 꾸리고 거의 강박적으로 시간을 엄수하고 청결에 예민한 여인을 떠올렸다. 프로이트의 조카딸 유디트 베르나이스-헬러는 마르타를 주부신경증으로 진단할 수밖에 없었다. "분석가라면 마르타 고모에게서 질서에 대한 사랑, 시간 엄수, 과묵함, 겸손한 태도를 보고 강박신경증이 있다고 볼 겁니다."(쿠르트 아이슬러와의 인터뷰) 마르타를 어린 시절부터 알던 에른스트 하머슐라크는 아이슬러와의 인터뷰에서, 마르타는 소심하고 과도하게 자신을 낮추며 비굴하고 굽실거리는 것으로 보이기까지 했다고 말했다. 때론 "겁먹은 토끼"처럼 보였다고도 했다.

도덕적 관습에 집착하던 마르타는 의도적으로 남편의 이론과 활동을 알려고 하지 않은 듯하다. 프로이트의 사례연구 속 주인공이 최면요법을 인정하지 않은 것처럼. 카를 구스타프 융은 정신과 의사 존 빌린스키와의 1957년 인터뷰에서, 1907년에 빈에 있는 프로이트의 자택에 처음 갔을 때 마르타를 만난 일에 관해 이렇게 말했다. "그날 프로이트의 집에서 저녁을 먹는 동안 제가 프로이트와 부인에게 정신분석에 관해 말하다가 부인은 프로이트가 무슨 일을 하는지 전혀 모른다는 인상을 받았습니다. 프로이트와 부인은 겉도는 관계로 보였습니다." 어떤 자료를 보면 이들 부부가 서로 겹치지 않는 영역에서 생활하며 그저 때 맞춰 함께 식사했으며, 프로이트가 식사 중에 한마디도 하지 않아서 오히려 결혼생활이 더 화목했을 거라는 인상을 받게 된다. 프로이트의 주치의 막스 슈어는 마르타를 "전형적인 주부상, 남편을 편히 지내게 해주며 아무것도 캐묻지 않고 남편이 쓴 책을 한 줄도 읽지 않고 '그분이 그렇다고 하면 그런 거겠죠. 그래도 난 이해는 안 가요!'라고 말할 것 같은 모습"으로 기술했다. 슈어는 어니스트 존스가 쓴 프로이트의 전기 1권에서 젊은 프로이트가 약혼녀 마르타에게 보낸 열정적인 편지에 관한 대목을 읽고 존스에게 이렇게 써서 보냈다. "마르타에 관해서 말인데요, 제가 그들 부부를 알던 시절에도 프로이트에게 마르타가 '유일한 사랑'이었을지는 의문입니다. 사실 프로이트는 점차 부인과 같이 있지 않았고 … 그런 위대한 사랑은 거의 남아 있지 않아서 1권을 읽다가 놀랐습니다."(1955.09.30.) 프로이트 자신도 이런 상황을 숨기지 않았다. 그는 카를 융의 아내 엠마 융에게 그들 결혼생활의 "분할상환이 끝난 지 오래되었다"고 노골적으로 털어놓았다.(엠마 융이 프로이트에게 보낸 편지를 회상한 내용, 1911.11.06.)

프로이트는 마르타의 동생 민나를 지식의 동반자로 삼았다. '민나 이모'로 불리던 민나는 약혼자 이그나즈 쇤베르크가 폐결핵으로 사망한 뒤로 평생 결혼하지 않았고, 1896년부터는 아이를 낳은 언니 마르타를 도와주기 위해 프로이트의 집에 들어가 살았다. 자매는 가깝기는 했지만 이보다 더 다를 수 없게 달랐다. 마르타는 자그마하고 여성스럽고 차분하고 내성적이었다. 민나는 키와 몸집이 크고 "남성적"이며(에른스트 하머슐라크) 자기주장이 강하고 기분 변화가 심하고 독설을 잘 내뱉고 "지배하려 드는"(안나 마스트리트, 루트비히 예켈스) 사람이었다. 막스 바르시스 부인은 아이슬러와의 인터뷰에서 두 자매의 관계를 이렇게 말했다. "그 집에서는 민나가 더, 뭐랄까, 더 중요한 역할(주인공)이었어요." 마르타는 앞에 나서지 않고 늘 뒷전으로 물러나 있었다. 유디트 베르나이스-헬러도 이렇게 확인해주었다. "마르타 고모는 민나 고모가 죽고 나서야 자기가 얼마나 특별하고 고유한 존재인지 알았어요. 사실 민나 고모가 살아 있을 때는 늘 조금 기가 눌려 사셨거든요." 루트비히 예켈스에 따르면 프로이트의 가족 전체가 민나의 지배를 받았다. "민나가 가족에게 미치는 영향이 압도적이어서 다른 목소리는 모두 억눌렸을 것이다."

프로이트의 가족과 친척이 모두 동의한 대로, 민나는 'klug(총명하고)', 'gebildet(교양 있고)', 'belesen(박식하고)', 'geistig(분별력이 있고)', 'intellektuell(지적)'이었다. 그리고 마르타와 달리 프로이트의 저서에 관심을 보이고 프로이트의 동료나 손님과 스스럼없이 소통했다. 프로이트는 저녁 식사를 마치면 민나를 데리고 단골 커피하우스로 가서 지인과 제자를 만났다. 막스 그라프(14장 참조)에 따르면 "프로이트는 저녁마다 처제를 데리고 외출"했다.(쿠르트 아이슬러와의 인터뷰) 여름휴가 기간에 마르타와 자식들은 두고 민나만 데리고 여행하기도 했다. 적어도 한 번은 민나와 스위스 알프스의 한 호텔에 "지크문트 프로이트 박사 부부"로 투숙한 기록이 있다.

이렇게 형부와 처제가 "이탈리아에서 함께 투숙하면서"(정신의학자 샨도르 페렌치가 프로이트에게 보낸 편지, 1912.12.26.) 여행하는 것이 결코 일반적인 상황은 아니었으므로 프로이트의 친구와 친척 사이에 두 사람의 관계에 관한 소문이 돌았다. 유디트 베르나이스-헬러는 집안에서 프로이트가 '둘째 부인'과 불륜을 저질렀다고 수군댄 기억이 있다고 했다. 프로이트의 친한 친구 오스카 리가 "프로이트는 자식은 마르타와 낳고 쾌락은 민나에게서 찾았다"고 빈정댔다고도 전해진다. 다른 사람들도 혼란스럽고 당혹스러워했다. 막스 그라프는 이렇게 말했다. "프로이트와 처제의 관계가 묘하다는 인상을 받았어요. … 하지만 확실한 것이 없으니 그 부분에 대해 대놓고 말할 수 없었습니다. (아이슬러: 두 사람이 잠자리를 했을까요?) 그건 아닐 겁니다." 정신분석가 루트비히 예켈스는 아이슬러에게 이런 '소문'에 관한 질문을 받고, 프로이트의 다른 제자 에두아르트 히치만이 "프로이트와 민나 사이에 모종의 관계가 있다고 보았다"는 말을 전하며 답변을 대신했다. 소문은 널리 퍼진 것으로 보인다. 한번은 프로이트가 에바 로젠펠트를 분석하면서 그녀의 연상에 민나에 관한 내용이 나오지 않은 게 놀랍다고 말할 정도였다.

하지만 가장 확실한 증거는 융의 증언이다. 융은 정신분석가 존 빌린스키에게 이렇게 말했다. "(프로이트의 집을 처음 방문하고) 얼마 후 부인의 여동생을 만났습니다. 미모가 뛰어나고 정신분석에 해박할 뿐 아니라 프로이트가 하는 일을 모두 꿰고 있었습니다. 며칠 후 제가 프로이트의 연구실에 갔을 때 그 처제가 제게 얘기 좀 나눌 수 있느냐고 물었습니다. 그분은 프로이트와의 관계에 대해 꽤 신경을 쓰면서 죄책감에 시달렸습니다. 그분을 보고 프로이트가 그분을 사랑하고 두 사람이 상당히 친밀하다는 것을 알 수 있었습니다. 저는 충격을 받았습니다. 당시의 괴로운 심경이 지금도 생생히 떠오릅니다." 그러나 후일 1953년에 아이슬러와 한 장시간 인터뷰에서 융은 이때만큼 확신하지 않았다. "이것만큼은 확실해요. 처제는 [프로이트에게] 엄청난 전이 감정을 느꼈고 프로이트도 그걸 모르지 않았다는 거요. (아이슬러: 처제와 정사를 벌였다는 건가요?) 아, 정사요!? 어디까지 갔는지는 모르죠! … 그건 제가 말할 수 있는 문제가 아닙니다! 다만 온당한 관계였던 것 같아요. 어쨌든 표면적으로는 완전히 온당했어요. … 누구에게나 비밀은 있는

법이니까요."

프로이트와 민나의 이른바 전이와 역전이 관계가 부르주아적 올바름의 경계를 넘었는지 여부는 영원히 풀리지 않을 (그리고 어차피 무관한) 문제이겠지만, 두 사람은 서로에게 괴테식의 '선택적 친화성'을 느꼈고, "이것만큼은 확실"하다. 마르타도 자신이 더는 프로이트에게 "유일하게 사랑하는" 존재가 아니라는 사실을 몰랐을 리가 없다. 아이슬러는 마르타의 조카 유디트 헬라-베르나이스에게 직설적으로 물었다. "그럼 부인은 어땠습니까? 솔직히 답해주세요! (유디트: 음, 그분을 생각하면 마음이 아파요! 만약 제 남편이 여동생하고 바람이 났다면 전 죽어버렸을 테니까요! 전 못 참아요! 그런데 그분은 참았죠!)"

사실 마르타는 이런 감정의 삼각관계를 모르는 척했다. 남편의 최면 치료와 이상한 이론을 무시했던 것처럼. 막스 슈어에 따르면 마르타는 불평 한마디 하지 않았고, "힘들 때도 의구심을 표현한 적도, 무엇으로든 (프로이트를) 책망한 적도 없었다." 마르타는 동생에게 질투심을 드러내지 않고 정서적으로 많이 의지했다. 남편보다 동생에게 훨씬 더 의지했다. 브로이어의 딸 베르타 하머슐라크는 이렇게 기억했다. "프로이트 부인은 민나에게 강한 애착을 느꼈어요. 부인에게는 민나의 죽음이 프로이트의 죽음보다 훨씬 괴로웠을 수 있어요." 프로이트의 조카 릴리 프로이트-마를레는 노년의 마르타가 한 말을 이렇게 전했다. "그 애[민나]가 참 많이 보고 싶어. 그 애한테는 뭐든 다 말할 수 있었어. 뭐든 다."

프로이트가 세상을 떠나고 마르타가 처음 한 일은 금요일 저녁마다 안식일 촛불을 켜는 일이었다. 결혼하면서 남편이 금지한 의식이었다. 또 어릴 때처럼 다시 독서를 즐겼다.

마르타는 사랑하는 동생 민나가 죽고 10년 지난 1951년 11월 2일에 세상을 떠났다. 우리가 마르타의 존재를 아는 이유는 오직 그녀가 지크문트 프로이트의 아내였기 때문이다.

파울리네 질베르슈타인

Pauline Silberstein

1871~1891

파울리네 질베르슈타인은 프로이트가 청소년기에 편지를 자주 주고받은 어린 시절 친구인 에두아르트 질베르슈타인의 아내였다. 평생 '베르간자Berganza'라는 별명으로 불리며 친구 '시피온Cipión'(프로이트의 별명)과 우정을 나누던 에두아르트는 루마니아 몰다비아 지방의 옛 수도 이아시(야시)의 부유한 정통파 유대교 집안 출신이었다. 라이프치히와 빈에서 법학을 공부하고 철학자 프란츠 브렌타노의 문하에서 철학도 공부한 후 은행가로 자리를 잡았다가, 루마니아의 다른 도시 브러일라에서 양곡상이 되었다. 프로이트는 1884년에 마르타 베르나이스에게 보낸 편지에서, 에두아르트에게 "맞선을 보러 온 부잣집 멍청한 여자"와 결혼하지 말라고 말리다가 사이가 틀어졌다면서 "에두아르트는 그 여자와 결혼해서 상인으로 입지를 굳힐 생각"이라고 적었다. 결국 그 여자와의 중매결혼은 성사되지 않았다. 에두아르트는 1880년대 말에 열다섯 살 연하인 이아시 출신의 파울리네 타일러와 사랑에 빠져 결혼했다.

하지만 파울리네는 결혼하고 얼마 후 심각한 "우울증"을 앓았다. 그리고 하녀를 데리고 빈에 들어와 프로이트에게 치료받았다. 어떤 치료를 얼마나 받았는지는(프로이트가 '브로이어 치료법'을 시도하던 시기였다) 정확히 알려지지 않았지만, 질베르슈타인 집안의 사람들은 선명하게 기억했다. 1988년에 에두아르트의 손녀 로지타 브라운슈타인 비이라는 파울리네가 프로이트에게 분석을 받지 않았다고 확신하는 쿠르트 아이슬러에게 편지로 이렇게 증언했다. "분명히 말씀드리지만

9-1 파울리네 질베르슈타인, 연대 미상.

저희 어머니와 사촌 세 분(지금은 모두 돌아가셨습니다)이 프로이트 박사가 파울리네 질베르슈타인을 치료했다고 말씀하셨습니다. 그리고 매번 불행히도 치료에 성공하지 못했다고도 하셨습니다. … 따라서 송구스럽지만 파울리네 질베르슈타인(타일러)이 프로이트 박사에게 치료받지 않았다는 선생님의 주장에 이의를 제기하고 착오가 있다고 알려야겠습니다. 그분은 치료를 받으셨거든요."

로지타 브라운슈타인 비이라가 아이슬러에게 증언하듯 프로이트의 치료는 치명적 결과를 낳았다. 1891년 5월 14일, 파울리네가 오후 4시 30분에 당시 프로이트가 살았던 마리아테레지엔 슈트라세 8번지 건물 앞에 가서 하녀에게는 아래층에서 기다리라고 하고 몇 층을 올라가 몸을 던져 머리부터 떨어진 것이다. 그때 나이가 스무 살이었다.

이튿날 빈의 신문들은 이 사건을 각기 다른 이야기로 다루었다. 『새로운 빈 신문*Neues Wiener Tagblatt*』에서는 "심각한 신경증으로" 치료받으러 빈에 온 젊은 외국인 부인이 "마리아테레지엔 슈트라세 슈티프퉁스하우스 뒤편의 건물에 사는 의사에게 치료를 받으러 가는 길이었다"고 보도했다. (쥔하우스Sühnhaus, 곧 '속죄의 집'이라고도 불리는 슈티프퉁스하우스는 화재로 449명의 희생자를 내고 소실된 극장 자리에 황실 재단이 신新고딕 양식으로 건립한 건축물이었다.) 이 젊은 여자는 세 층을 올라가 난간에서 몸을 던졌다. 『신 자유신문*Neue Freie Presse*』에서는, 수집된 증거에 따르면 이 "불행한 여인"은 의사에게 치료를 받기 위해 그날 아침 빈에 도착했다고 보도했다. 쿠르트 아이슬러는 이 마지막 기사를 근거로, 『프로이트가 에두아르트에게 보낸 편지』의 편집자 발터 뵐리히와 함께 파울리네가 프로이트를 만나기 전에 사망했다고 주장한 것이다.

빈 경찰서에서 작성된 사망 증명서는 또 다른 이야기를 들려준다. 루마니아 브러일라 지방의 상인 에두아르트 질베르슈타인 박사의 아내 파울리네 질베르슈타인이 자신이 머무르던 마리아테레지엔 슈트라세 10번지 건물에서 안뜰로 몸을 던졌다는 이야기다(이것은 서기의

9-2 속죄의 집

착오일 가능성이 크다. 프로이트가 중이층에 사무실을 둔 쥔하우스 건물은 마리아테레지엔 슈트라세 8번지였다).

하지만 파울리네가 프로이트와 함께 지냈을 가능성은 없다. 『디 프레세*Die Presse*』에서는 "그 부인은 최근에 [알렉산더] 홀렌더 박사의 요양소(빈 13번 구역의 하킹에 위치함)에 입원했고, 이날 오후 하녀와 함께 슈티프퉁스하우스의 신경과 의사 프레이 박사에게 진료를 받으러 갔다"고 보도했다. 『빈 일러스트 호외*Illustriertes Wiener Extrablatt*』에서는 "S.[질베르슈타인] 부인은 … 석 달 전쯤 신경증으로 도움을 받기 위해 빈에 왔다"고 구체적으로 밝혔다. "원래는 … 전기치료를 받기 위해 의사를 찾아왔다"고도 덧붙였다. 당시 프로이트는 아직 전기치료를 최면요법과 결합하여 사용한 것으로 알려져 있다.

이 사건은 특히 그 건물에 사는 사람들에게 충격을 안겨주었을 것이다. 그달 1891년 5월에 프로이트는 베르크가세 19번지의 훨씬 덜 고급스러운 건물로 이사하겠다고 쥔하우스에 통보했다. 7월에 새로 단장한 아파트 건물이었다. 프로이트 가족은 9월 초에 '속죄의 집' 유령들에게서 멀리 떨어진 새로운 구역으로 이사했다.

한편 파울리네 질베르슈타인은 빈 중앙 묘지의 유대인 구역(제1문, 19구역, 57열, 16번 자리)에 매장되었다. 이후 에두아르트는 안나 작스와 재혼했다. 안나는 새집에 들어와 살면서 거실 벽에 걸린 파울리네의 초상화 아래 꽃다발부터 놓았다.

1928년 4월 22일, 프로이트는 브러일라 지방의 브나이브리스B'nai B'rith('성약聖約의 아들들'이라는 뜻의 히브리어로 세계 각지에 있는 유대인 문화 교육 촉진 협회)로 보낸 편지에서 3년 전 세상을 떠난 에두아르트의 아내를 짧게 언급했다. "저는 유년과 청년 시절을 거쳐 오랜 세월 그 친구와 친밀한 우정을, 아니 형제애를 나누었고 … 그의 첫 아내를 치료한 적도 있습니다." 프로이트가 파울리네 질베르슈타인을 공개적으로 언급한 유일한 증거다.

아델레 야이텔레스

Adele Jeiteles

1871~1970

프로이트를 가끔 찾아온 환자로, 소설가이자 수필가 아서 쾨슬러의 어머니이기도 한 이 환자에 관해서는 알려진 것이 거의 없다. 환자의 이름은 아델레 야이텔레스이고 오스트리아헝가리제국의 유명한 유대인 명문가에서 태어났다. 이 집안의 조상으로는 17세기에 프라하의 성인聖人 랍비 뢰브 벤 시몬, 유대인 계몽운동을 일컫는 '하스카라Haskalah'를 처음 만든 유다 뢰브, 저명한 소설가 율리우스 사이들리츠(아이작 야이텔레스)가 있다. 아델레의 할아버지인 사업가 이스라엘 야이텔레스는 자신의 이름과 주소가 찍힌 편지에 제국의 인증을 넣을 자격을 얻은 몇 안 되는 유대인 중 한 사람이었다. 마리 파네트가 쿠르트 아이슬러와 한 인터뷰에서 또 한 명의 야이텔레스, 이름에 't'가 둘인 알로이스 야이텔레스(22장 참조)도 "프로이트에게 우울한 정신 질환으로 치료받았고 1900년대 초에 자살"했다는 사실을 알 수 있다.

아버지 야코프 야이텔레스가 부유한 수입상이라 아델레는 어린 시절을 유복하게 보냈다. 프랑스어와 영어에 능통한 데다 예쁘고 재치 있어서 여기저기서 구애를 받았다. 신경증은 아니지만 가끔 경련을 일으켜 "신경증적"으로 간주되었다. 아델레의 고모로 교육가이자 여성운동가인 엘레오노레 야이텔레스가 프로이트와 개인적인 친분이 있어서(친구 엠마 에크슈타인과 테레제 슐레징거-에크슈타인을 통해서였을 것이다) 아델레에게 프로이트를 만나보라고 권했다.

아델레가 1953년에 쿠르트 아이슬러와 직접 한 인터뷰에 따르면,

10-1 아델레 야이텔레스, 연도 미상.

아델레는 20대였던 1890년대 초에 프로이트를 찾아갔다. 그때 이미 프로이트의 명성이 높았던 듯하다. "지금이야 이렇게 말하면 우습지만 그때 우리는 그분을 진지하게 생각하지 않았어요! 프로이트 박사를 찾아가면 반쯤 정신이 나간 사람으로 보였거든요. 내가 찾아간 건 다 고모 때문이었어요." 반면에 아델레의 친구들은 아델레가 신경 전문가를 찾아간 걸 반겼다. "모든 게 다, 신경이든 뭐든 다 성적인 것에서 기인한다는 글이 많잖아요? 이런 게 다 어린 소녀들에게 재미있는 얘깃거리였어요. … 친구들이 자연스럽게 엄청난 호기심을 보였어요."

아서 쾨슬러에 따르면 그의 어머니는 프로이트를 두세 번 만났다. 그리고 만나자마자 그를 싫어했다(아델레는 아이슬러에게 프로이트를 "역겨운 작자"라고 말했다). 프로이트가 구레나룻을 풍성하게 길렀는데 아델레는 그걸 싫어했다. "그 사람이 저를 쌀쌀맞게 대하고 요리조리 뜯어보고 여기[목의 뒷부분]를 주무르고 애인이 있냐고 물었어요. 지금도 생생해요. 얼마나 놀랐게요. 난 아무 말도 못했던 거 같아요. 내가 아는 건 이게 다예요. C'est tout!(프랑스어로 '이게 다예요!') 그리고 거기서 나왔어요." 프로이트가 아델레에게 다시 오라고 했지만 아델레는 그 말을 따르지 않았다. 로레 고모(엘레오노레 야이텔레스)가 아델레에게 "몹시 화를 내면서" 프로이트 박사에게 다시 가지 않으려는 이유를 추궁했다. "난 고모한테 그럴 가치가 없는 것 같다고 말했어요. … 모든 것이, 그 모든 게 내게는 엄청 불쾌했어요."

그러다 나중에 아델레는 정신분석에 대한 의견을 바꾸었다. 이후 부다페스트로 가서 하이만 쾨스촐러(아델레의 아들 아서는 어느 날 움라우트가 없는 타자기를 쓰다가 성을 '쾨스촐러'에서 '쾨슬러'로 바꾸었다)와 결혼했다. 부다페스트에는 프로이트가 없지만 그의 제자 샨도르 페렌치가 있었다. 페렌치는 여자들 사이에서 엄청난 인기를 끌었다. 페렌치는 "평판이 좋지 않"았지만, "'레오폴트슈타트[빈의 유대인 거주구역]의 유대인 여자들'이라고 불리는 무리가 생겼다. 온갖 떠들썩한 물의를 일으키는 유한부인들의 무리"였다. 이들은(아델레의 미용사까지) 모두 페렌치에게 치료받으러 갔다가 무척 기뻐하며 "완전히 새로운 이야깃거리"를 가지고 나왔다.

아델레는 남들에게 뒤지지 않으려고 프로이트를 읽기 시작했다. 그러다 빈에서 분석을 받던 젊은 여자를 만났다. 그 여자는 동갑인 남자와 사랑에 빠졌지만, 부모가 결혼을 막으려고 딸을 프로이트 학파의 정신분석가에게 보내 분석을 받게 했다. "그 여자는 거기에 자주 갔고, 결국 자살했어요." 그런데 역설적으로 이런 끔찍한 결과를 보면서 아델레는 오히려 정신분석의 위력을 확인했다. "그러다 이런 생각이 들더군요. 저기 어딘가에 무의식에 관한 무언가가 그 여자를 자살로 이끈 온갖 이야기를 들려주지 않았을까? … 그래서 그때부터 프로이트교로 개종했어요."

아서 쾨슬러도 프로이트를 만날 일이 있었다. 그는 1938년 가을에 런던으로 프로이트를 찾아가 「반유대주의에 대한 의견*A word on Anistisemitism*」이라는 글을 받아 파리의 독일계 이민자 신문 『미래*Die Zukun-*

ft』에 (프로이트를 익명으로 올려서) 실었다. 쾨슬러가 프로이트에게 어머니에 관해 말했는지는 알 수 없지만 그런 것 같지는 않다. 쾨슬러의 전기 작가 마이클 스캐멀에 따르면 쾨슬러와 어머니는 서로를 증오했고, "프로이트의 영향"과 그의 이론의 영향을 받아 "쾨슬러는 만년의 고통을 어머니 탓으로 돌렸다." 하지만 쾨슬러는 그가 발행한 신문 중 1953년에 그의 어머니가 런던에서 쿠르트 아이슬러와 한 인터뷰 기사를 보관했다. 마이클 스캐멀이 이 기사를 발견하고 아이슬러에게 일부 인용해도 되는지 허락을 구했을 때 아이슬러가 그를 고소하겠다고 협박했다. 고맙게도 스캐멀이 그를 무시했다.

11 일로나 바이스

Ilona Weiss

1867~1944

프로이트가 『히스테리 연구』에서 '엘리자베트 폰 R.'이라는 귀족 이름을 붙여 준 환자의 실제 이름은 헬레네(일로나) 바이스다. 일로나는 부다페스트의 부유한 유대인 집안에서 태어나 대저택에서 어린 시절을 보내고, 1886년에 부모를 따라 빈으로 이주했다. 아버지 막스 바이스는 빈에서 부친인 모리츠 바이스에게 물려받은 게르센스피처앤코라는 도매업체를 오래 경영한 후 빈에서 투자자로 자리 잡았다. 막스 바이스는 엠마 슐레징거라는 인품이 훌륭한 여인과 결혼했고, 일로나도 어머니를 무척 존경했다. [엠마의 언니는 철학자(이자 정신분석에 비판적인) 칼 포퍼의 할머니였다. 그래서 일로나 바이스는 포퍼와 5촌 사이가 된다.] 하지만 일로나의 딸 파울라 그로스는 1953년에 프로이트 문헌소를 위해 쓴 비망록에서 할머니 엠마를 슐레징거 집안의 다른 사람들과 다름없이 "신경질적"이었다고 기억했다.

프로이트는 1892년 가을에 일로나 바이스의 병상에 불려가 그녀가 걷지도 못할 만큼 아파하는 다리 통증을 진찰했다. 프로이트를 부른 사람은 브로이어였을 것이고, 브로이어는 히스테리를 의심했지만 "히스테리의 일반적인 징후가 전혀 보이지 않았다." 프로이트는 류머티즘 염증이 있는 것은 맞지만 원래 히스테리 성향이 있어서 통증이 더 과장된 것으로 판단했다. 그래서 증상 이면에 감춰진 "비밀"을 캐내려 했지만 그전까지 자주 시도하던 최면요법은 시도하지 않았다. 대신 1889년에 베른하임에게 배워온 기법의 영향으로, 앞에 누운 환자에게 "아는 것"을 말하게 한 다음 이야기에서 빠진 고리가 보이거나 환자가 기억을 불러오라는 그의 요청을 "거부"할 때 이마를 눌러서 계속 말하게 했다. 일로나는 그녀에게 특별한 영향을 미치는 기억이 떠오르면 스스로 유사 최면 상태에 빠져들었다. 프로이트는 이때가 "내가 시도한 히스테리 분석 중 제대로 된 첫 사례"라고 밝혔다.

바이스 집안은 앞서 몇 년간 수차례 시험에 들었다. 우선 일로나의 어머니가 1891년부터 눈의 이상과 각종 신경증으로 계속 치료를 받아야 했다. 일로나가 사랑한 아버지는 심장병으로 1년 넘게 병석에 누워 있다가 1888년 1월에 세상을 떠났다. 또 2년 전에는 일로나의 언니 빌마가 에드문트(에드몬도) 리케티 폰 테랄바와 결혼했는데, 리케티는 명석하고 야망이 크지만 처가의 동생들에게는 관심이 없었다. 리케티는 게네랄리 보험회사에서 일했고 1890년에 아내 빌마와 세 자녀를 데리고 빈에서 멀리 떨어진 트리에스테로 가서 보험업자로서 화려한 경력을 쌓았다(자동차 제조업자로는 그만큼 성공하지 못했다. 트리에스테의 다른 유명한 인물과 함께 1906년에 공동으로 설립한 알바 파브리카 자동차 S.A.는 2년 만에 파산했다).

일로나의 다른 자매 요제피네는 1889년에 리하르트 쉴러라는 젊은 섬유업자와 결혼했다. 그는 일로나와 어머니에게 훨씬 더 호감을 샀다. 그와 요제피네는 이듬해에 딸 마리안네를 낳았다. 이즈음 일로나의 통증과 운동 능력에 문제가 생겨서 (프로이트에 따르면) "집안의 병자"가 되었다. 1891년 6월에는 일로나가 어머니와 함께 바드가슈타인에서 요양하는 동안 언니 요제피네가 둘째를 임신하면서 악화된 심장병으로 사망했다. 두 사위의 재산 분쟁으로 갈등이 격해졌고, 요제피네의 남편이 처가와 거리를 두고 일로나가 유독 아끼던 조카 마리안네를 데려갔다. 결국 일로나는 병든 몸으로 병든 어머니와 둘이서만 집 안에 갇혀 구혼자도 없고 미래에 대한 희망도 없이 외롭게 살았다. 그러니 일로나는 병에서라도 위안을 구할 수밖에 없었다.

프로이트는 매일 바이스 저택에 찾아가 일로나에게서 외상 기억을 "추출"했지만 통증의 원인을 찾을 수 없었다. 그러다 언니 요제피네의 남편이 방문할 때마다 통증이 더 심해진다는 사실을 발견했다. 이로써 모든 의문이 풀렸다. 일로나는 형부를 사랑했지만 처음부터 지극히 올바르게 처신해왔던 것이다. 의식 차원에서는 사랑하는 언니의 남편을 사랑하는 마음을 받아들일 수 없어서 대신 몸에 통증을 일으켜 스스로 벌을 주었고, 그러면서 은밀한 쾌락을 끌어낸 것이다. 프로이트는 일로나에게 이런 해석을 말했고, "이렇게 억압된 생각을 복원하자 그 가련한 여인은 큰 충격을 받았다"고 적었다. 1893년 7월, 프로이트는 연례행사로 떠나는 휴가 여행이 다가올 즈음 환자가 회복되었다고 판단하고 치료를 종결했다. 브로이어도(실제로 그 의문의 동료가 맞는다면) 프로이트의 판단을 인정했다. 프로이트는 마지막에 이렇게 기록했다. "1894년 봄, 내가 초대장을 받은 무도회에 일로나도 참석한다는 소식을 전해 들었다. 나는 내가 치료한 환자가 활기차게 빙글빙글 춤을 추며 내 옆을 지나가는 장면을 놓치고 싶지 않았다." 빈에서는 신경증조차 왈츠와 함께 사라진 것이다.

일로나 바이스는 1894년 7월에 하인리히 그로스와 약혼했다. 그로스는 아버지에게 물려받은 빈의 운송회사 알로이스 그로스의 동업자였다. 두 사람은 1895년 초에 결혼해 행복하게 살면서 세 딸을 낳았다. 막내딸 파울라 그로스의 비망록에 따르면 그로스가 아내만큼 부유하지는 않았지만 부부 사이가 좋았다고 한다. 일로나는 남편을 사랑하고 남편에게 온전히 헌신했다. 하지만 일로나가 그리 무던한 성격은 아니었다. 예민하고 질투가 심하고 고집스럽고(프로이트가 일로나의 사례연구에서 이미 이런 특성을 언급했다) 까다롭고 화를 잘 내며 기분 변화가 심했다.

일로나는 빈에서 왈츠를 추었든 아니든 여전히 같은 병을 앓았다. "어머니 나이 마흔에 내가 태어났어요. 어머니가 어떤 식으로든 '병들지' 않은 기억이 거의 없어요. 어머니는 온갖 치료를 받고 각지의 온천을 다니며 요양하고 자주 심한 통증에 시달리셨어요. 그래도 꽤 활동적이고 걷는 것을 좋아하셨어요. 어머니가 어떤 병을 앓았는지는 몰라요. 류머티즘, 좌골 신경통, 신경염 등이 주로 다리 부위에 통증을 일으키고 다른 부위에도 통증을 일으켰던 것 같아요." 일로나의 주치의는 건강염려증으로 진단했지만 딸은 이렇게 기억했다. "어머니가 관심을 끌려고 병을 이용하기도 했지만 심각한 통증에 시달린 것은 사실이에요."

일로나는 프로이트가 쓴 자신의 사례연구를 읽었지만(여러 해가 지나도 마지막 문장을 기억할 정도로 꼼꼼히 읽었다) 아무에게도 말하지 않았다. 1935년에 남편이 세상을 떠나고서야 딸에게 웃으며 그 얘기를 들려주었다. "[프로이트는] 그들이 내게 보낸 수염 난 젊은 신경증 의사였단다. 그 의사는 내가 형부를 사랑한다고 나를 설득하려 했지만 그건 전혀 사실이 아니야." 형부 리하르트 쉴러는 1906년에 세상을 떠났지만 일로나는 형부의 재혼한 아내 올가 쿠플러와 두 딸 안나와 엘레오노레, 그리고 조카딸 마리안네와 "누구보다도 허물없이" 지냈다.

일로나 바이스는 세 딸과 달리 오스트리아가 독일에 합병된 이후에 미국으로 건너가지 않았다. 빈에서 살다가 어찌어찌 추방을 면했다. 딸 파울라에 따르면 1944년에 77세를 일기로 "아마도 뇌출혈로" 사망했다.

12 아우렐리아 크로니히

Aurelia Kronich

1875~1929

아우렐리아 크로니히의 사례는 우리를 왈츠와 신경증의 도시 빈에서 멀리 떨어진 곳으로 데려간다. 해발 1,700미터 이상, 알프스 동부 최고 높이의 락스산에 있던 산장으로. 우선 『히스테리 연구』(1895)에 실린 프로이트의 글부터 보자.

189×년 프로이트는 휴가 중에 알프스의 어느 높은 산을 오르다 정상 근처의 "잘 운영되는 산장"에 들렀다. (평소 좋아하는 티롤 전통 복장에 전통 깃털 모자를 쓰고 듬직한 등산지팡이까지 짚고 그곳에 서 있는 프로이트를 상상해보라.) 그가 눈앞에 펼쳐진 장관을 감상하고 있는데 산장 주인의 조카딸인 열여덟 살의 카타리나가 다가왔다. 소녀는 이 고상해 보이는 등산객이 대도시에서 온 의사라는 걸 알아보고, 자신의 신경증에 관해 상담하고 싶었다. 소녀는 상대를 무장 해제시키는 순박한 사투리로 프로이트에게 지난 2년간 불안 발작을 일으키고 숨이 막힐 것 같은 느낌이 들었으며, 귀에서는 윙윙거리는 소리가 들리고 머리가 어지럽고 무시무시한 얼굴도 보이는 데다 뒤에서 누군가가 잡아챌 것 같은 공포가 엄습한다고 말했다.

프로이트는 소녀의 말을 듣자마자 불과 두 달 전에 플리스에게 보낸 편지(1893.05.30.)에서 언급한 "처녀 불안virginal anxiety" 개념에 해당하는 사례로 판단했다. 이 유형의 불안은 "처녀가 처음으로 성욕의 세계를 접할 때 공포에 압도당해 나타나는 증상"이다. 프로이트는 마음속으로 이 진단을 염두에 두고 카타리나에게 2년 전에 신경에 거슬리는 무언가를 보거나 들었을 거라고 말했다. 카타리나는 그렇다고 답했다. 카타리나는 산 반대편에서 이모가 운영하는 산장에서 지내던 중 이모부가 사촌 프란치스카와 한 침대에 누워 있는 장면을 목격했다. 그때 처음 원인 모를 불안 발작을 일으켰다. "소녀는 고작 열여섯 살이었다." 카타리나는 사흘 후 같은 불안에 사로잡혀 침대에서 일어나지 못했다. 이모가 이유를 물어서 카타리나는 자기가 본 장면을 들려주었다. 그렇게 그 사건이 발각되었다. 이후 한바탕 고통스러운 일들이 몰아친 후 이모는 아이들과 카타리나만 데리고 산장을 떠나 현재의 산장을 운영하는 일을 맡았으며 남편과 프란치스카는 그곳에 남겨두었다. 프란치스카는 이모부의 아이를 임신한 상태였다.

이어서 카타리나는 첫 번째 사건이 있기 2~3년 전, 겨우 열세 살이나 열네 살이었을 때 일어난 다른 사건을 들려주었다. 이번에 이모부가 접근한 상대는 카타리나였고, 카타리나는 거칠게 뿌리쳤다. 하지만 어린 카타리나는 그게 무슨 상황인지 이해하지 못했다. "그리고 한참 뒤에야 선명하게 이해했다." 프로이트의 입장에서 소녀의 사례는 자명했다. 어린 소녀의 불안이 두 번째 사건을 겪으면서 올라왔고, 이제는 사춘기에 다다른 소녀가 첫 번째 사건의 성적 의미를 이해하자 곧바로 혐오감이 올라온 것이다. (여기서 '지연된deferred' 외상 개념이 처음 등장하고, 이 개념은 곧 프로이트가 '유혹 이론seduction theory'을 개발할 때 중추 개념이 된다.) 카타리나는 프로이트에게 이 이야기를 들려준 뒤로 달라진 듯했다. 더는 시무룩한 표정을 짓지 않고 "쾌활하고 행복해" 보였다. 사명을 다한 그 의사는 정신분석 역사에서 최단 시간으로 치료를 마치고 계곡으로 내려갔다.

프로이트는 이후 1924년에 이 사례연구에 주석을 달아서 카타리나는 사실 산장 관리인의 조카딸이 아니라 딸이었다고 밝힌다. 그래서 편리하게도 마침 새롭게 발전시키는 중이던 오이디푸스 이론의 관점으로 이 사례를 다시 읽을 수 있었다. "소녀는 아버지에게서 시작된 성적 유혹versuchungen 으로 인해 몸이 아팠다." 말하자면 아버지가 접근하자 소녀의 내면에 억압된 근친상간의 욕구가 깨어났다는 것이다. ('유혹 이론'을 오이디푸스적 관점에서 재해석하려는 전형적인 시도를 엿볼 수 있다. 다만 여기서 프로이트는 아버지의 공격이 실제로 일어난 사건이라는 주장을 고수한다.)

프로이트를 탐정처럼 파헤친 연구자 피터 J. 스왈레스의 면밀한 연구 덕에 이제는 프로이트의 서사가 절반만 정확하다는 것을 알 수 있다. 스왈레스는 게르하르트 피츠너, 알브레히트 히르슈뮐러, 헨리 엘런버거 같은 역사가들의 연구를 참조하여 실제 카타리나를 찾아냈고, 그리하여 그녀의 사례를 구체적으로 재구성할 수 있었다. 그녀의 실제 이름은 아우렐리아 크로니히이고 1875년 1월 9일에 태어났다. 부모인 율리우스와 게르트루데 크로니히 부부는 빈에서 살았다. 아우렐리아가 열 살이던 1884~5년에 락스산 반대편의 슈네베르크에서 관광객이 많이 찾는 바움가르트너하우스라는 산장호텔을 매입하면서 빈으로 온 것이다. 따라서 아우렐리아는 프로이트가 묘사한 순박한 산골 소녀와는 거리가 멀었다. 그리고 프로이트가 원래 아는 소녀였을 가능성도 크다. 그가 여름휴가마다 라이헤나우의 계곡에 머물면서 가까운 산에 자주 올랐기 때문이다. 그러면 아우렐리아가 어떻게 그가 의사라는 것을 알아보았는지가 설명된다.

아우렐리아의 불안을 촉발한 사건도 실제로는 프로이트의 보고대로 일어나지 않았다. 사실 이 사건은 아우렐리아의 집안과 그 동네에서는 유명한 사건이었다. 실제로 아우렐리아는 아버지 율리우스 크로니히가 스물다섯 살의 사촌언니 바르바라 괴슐과 한 침대에 있는 장면을 보았고, 이것이 큰 추문을 일으켜 크로니히 집안은 풍비박산이 났다. 망신살이 뻗친 게르트루데 크로니히는 자식들을 데리고 계곡 반대편의 락스산에 새로 문을 연 오토 대공의 산장을 관리해주는 일을 맡았다. 한편 율리우스는 슈네베르크 산장호텔에 남아 조카딸과 함께 자식 넷을 낳았다.

프로이트의 사례연구는 연대기 차원에서 실제와 다르다. 다만 프로이트가 오토 대공의 산장에 들러 아우렐리아의 비밀을 들은 시기는 정확히 추정할 수 있다. 1893년 8월 초였다. 프로이트는 아우렐리아를 락스산으로 가게 만든 사건이 2년 전에 발생했다고 기록했다. 하지만 스왈레스가 재구성한 내용에 따르면 9개월 전에 일어난 비교적 최근 사건이었다. 따라서 추문을 폭로하고 아버지에게 몇 번이나 협박당한 아우렐리아가 불안 발작을 일으킨 것도 이해가 된다. 따라서 이미 열여덟 살 정도이던 아우렐리아가 성욕에 대한 외상적 발견으로 처녀 공포를 느꼈다고 추정할 근거가 없어 보인다. 게다가 아우렐리아가 그 지역민이라면 누구나 아는(프로이트도 알았을 것이다) 공공연한 비밀을 그 의사에게 스스럼없이 털어놓은 것만 봐도 유독 억압이 심했던 것으로 보이지도 않는다.

율리우스 크로니히가 딸에게 근친상간으로 접근한 사건에 관해서도, 아우렐리아의 딸과 손녀는 훗날 몬트리올에서 진행된 헨리 엘런버거와의 인터뷰에서 그런 얘기는 들어본 적 없고 믿기지도 않는다고 말했다. 이들에 따르면 아우렐리아는 입이 무거운 사람이 아니라 그런 일이 있었다면 분명 자식들에게 말했을 거라고 했다. 어차피 아버지나 사촌과 연락하지 않으므로 숨길 이유가 없다고 말이다. 하지만 프

12-1 오토 대공 산장의 인사 카드, 1900년경.

로이트의 기록대로 그 사건이 다른 외상 사건보다 "2년이나 3년 먼저" 실제로 일어난 사건이라고 보더라도 그때 아우렐리아는 이미 열다섯이나 열여섯 살이었을 것이므로, 그 나이라면 아버지의 접근이 성적으로 어떤 의미인지 몰랐을 가능성이 거의 없다. 따라서 여기에 지연된 외상과 지연된 억압까지 끌어들일 필요가 없다. 사실 근친상간 폭행이 유발하는 불안의 효과는 상당히 직접적이기 때문이다.

따라서 프로이트가 시간 순서를 임의로 바꾼 이유는 무엇보다도 마침 그가 새로 고안한 처녀 불안과 외상의 지연된 영향이라는 이론적 틀, 즉 "성적 외상에 따른 히스테리 사례에 대한 모든 분석에서는, 성이전presexual 시기의 어떤 인상이 아동에게는 아무런 영향을 미치지 않고 기억에만 저장되어 있다가 훗날 소녀든 결혼한 여자든 성생활을 이해할 나이가 된 후 외상으로서 위력을 갖는 것으로 나타났다"는 이론에 이 사례를 끼워 맞추고 싶어서라고 볼 수밖에 없다. 하지만 아우렐리아의 불안 발작은 사실 의식에서 억압하지 않은 어떤 불쾌한 사건, 그리고 처음부터 그 의미를 알았을 사건에 대한 지극히 정상적인 반응이었다.

아우렐리아의 사례가 히스테리를 다룬 문헌에 들어갈 수 있을까? 프로이트가 알프스산에서 만난 그녀의 사례를 분석한 지 1년이나 2년 만에, 그녀는 락스산의 필리프 호요스 벤크하임 백작 소유의 숲을 관리하던 스물일곱 살의 율리우스 욈이라는 슐레지엔 사람과 사랑에 빠졌다. 두 사람은 1895년 9월 26일에 파이어바흐의 한 교회에서 결혼식을 올렸고, 이후 백작의 다른 영지가 있는 루마니아 국경 근처로 이사했다. 그리고 이들은 자녀 여섯을 두었다(몇 차례 유산도 하고 사산도 했다). 율리우스는 좋은 아버지이자 남편이었고, 아우렐리아는 남편을 무척 사랑했다. 아우렐리아는 행복하게 살았다. 가족들의 증언에 따르면 활기차고 쾌활하고 온화한 사람이었다. '신경증'이나 불안, 천식의 징후는 전혀 보이지 않았다. 기껏해야 폐경기에 정서적으로 불안정한 정도였다.

다만 헝가리에서 고립감을 느끼며 살면서(헝가리어를 끝내 배우지 못했다) 여름마다 오토 대공의 산장에서 몇 주씩 보냈다. 남동생 카밀로가 물려받은 이 산장은 그사이 점차 호화로운 호텔로 변모했다. 1926년에 계곡과 락스산 사이에 케이블카가 개통된 덕에 프로이트는 산에 오르다가 정신분석을 해준 그 장소에 다시 가볼 수 있었다. 아우렐리아의 딸 기젤라는 그 유명한 의사가 지팡이를 짚고 산장에서 계곡으로 난 길로 천천히 걸어 내려가는 모습을 기억했다.

1929년에 아우렐리아 욈은 여름마다 머물던 가족의 산장에서 갑자기 병이 났다. 온몸에 통증이 생기고 낯빛이 푸르게 변했다. 남편은 아내를 곧바로 계곡 아래 병원으로 보내지 않고 전화로 의사를 산장으로 불렀다. 이튿날 의사가 도착했을 때 아우렐리아는 위독한 상태였다. 의사가 모르핀을 다량 주사해서 고통을 덜어주었고, 결국 그녀는 사망했다. 사망 증명서에는 1929년 9월 3일에 심장마비로 사망했다고 적혀 있다. 당시 그녀의 나이 54세였다. 그녀는 라이헤나우 묘지에서 어머니 게르트루데 옆에 묻혔다.

13 엠마 에크슈타인

Emma Eckstein

1865~1924

엠마 에크슈타인은 빈 유대계의 부르주아 명망가에서 태어났다. 아버지 알베르트 에크슈타인은 양피지 제조 공정을 발명했으며 건실한 제지 공장도 소유했다. 가깝게 지내던 페데른 집안이나 마이레더 집안처럼 에크슈타인 집안도 상당히 진보적이었다. 알베르트 에크슈타인이 자주 어울리던 사람들 중에는 사회개혁가 요제프 포퍼-린케이스, 실증주의 물리학자 에른스트 마흐, 다윈주의 동물학자 카를 브륄이 있었다. 마르크스주의 저널리스트이자 이론가인 구스타프 에크슈타인처럼 엠마의 오빠나 남동생 몇은 오스트리아사회민주당의 열성 당원이었다. 언니 테레제 슐레징거-에크슈타인은 오스트리아여성총연합의 회원이자 1918년에 오스트리아 의회에 진출한 최초의 여성 의원이었다. 엠마는 사회주의 지도자 카를 카우츠키의 아들과 친구였다. 또 로자 마이레더, 아우구스테 피케르트, 마리 랑 같은 친구들이 주도한 오스트리아 여성운동에도 깊이 관여하여 이들과 자주 편지를 주고받았다. 편지에는 엠마의 정치적, 사회적 관심이 드러났다. 그리고 여성운동 평론지 『여성의 기록*Dokumente der Frauen*』에 기고했고, 그중에 특히 「어머니로서의 하녀*The Maidservant as a Mother*」라는 글에는 남자들이 집 안에서 젊은 여자 가사 노동자에게 가하는 성 착취를 성토했다.

엠마 에크슈타인은 빼어난 미인으로 알려졌다. 신경증을 달고 살았지만 정확히 어디가 문제인지는 몰랐다. 특히 소화기 증상과 생리통이 심했던 듯하다. 엠마가 결국 프로이트에게 치료받은 것이 놀랄 일

13-1 엠마 에크슈타인, 1890~1895년경.

은 아닌 것이, 에크슈타인 집안이 프로이트 집안과 가까워서 자주 함께 휴가를 보낸 데다 엠마의 오빠 프리드리히(프리츠) 에크슈타인이 프로이트의 핵심 집단에 들어가 있었기 때문이다(핵심 집단은 토요일 저녁마다 레오폴트 쾨니히슈타인의 집에 모여 헤르만 텔레키, 오스카 리, 루트비히 로젠베르크와 함께 타로크를 쳤다). 치료는 1892년에 시작되어 적어도 1897년 초까지 이어졌다. 프로이트는 엠마의 치료비를 청구하지 않았다. 친한 사람들에게 베푸는 호의로 여겼던 듯하다. 프로이트는 엠마를 치료하기 위해 엠마가 어머니와 함께 사는 집을 방문했고, 가족들은 물론 프로이트가 단순히 친구로서 방문하는 게 아니라는 것을 알았다. 엠마가 아끼던 조카딸 아다 엘리아스(결혼 전 성: 히르슈)는 프로이트가 마부에게 돈을 주면서 아이들을 데리고 나가 말을 태워주게 하고, 엠마 이모와 단둘이 남아 진료했다고 전했다(진료 중에 엠마는 외상 장면을 재체험하며 요란한 '카타르시스'를 경험했을 것이다).

프로이트는 나중에 아다 엘리아스의 오빠 앨버트 허스트(히르슈)에게 에크슈타인 집안이 모두 신경증을 앓는 것 같다며, 이 집안의 아버지가 신경매독을 앓은 탓인 것 같다고 말했다(아버지는 결국 매독 치료를 받지 않은 채 말기에 운동실조증으로 사망했다). 프로이트는 '도라'에 관한 논문에서도 밝히듯이, 병의 원인을 주로 유전적 요인에서 찾으면서도 환자를 치료하는 동안 당시의 이론에 따라 몇 가지 다른 병인론도 제시하기는 했다. 따라서 엠마의 사례에서도 생리통과 자위 사이의 연관성을 발견했고, 이 현상을 신경쇠약의 보다 일반적인 원인으로 보았다. 그리고 마침 엠마의 상태에 적용될 법한 '반사성 비강 신경증 reflex nasal neurosis' 이론을 내놓은 친구 빌헬름 플리스에게 이런 생각을 전했다. 베를린의 이비인후과 전문의였던 플리스는 코와 여성의 생식기 사이에 특별한 관계가 있다고 보고, 코 점막에 코카인을 바르거나 심한 경우에는 콧속 갑개골을 수술해서 (여러 증상 가운데 특히) 생리통을 없앴다고 자부했다. 당시 프로이트는 플리스의 '코 치료법'을 전적으로 지지하며 남녀를 막론하고 각종 정신신체 증상과 신경증 증상에 간단히 코카인을 처방했다. 엠마에게는 더 과감한 치료가 필요하다고 판단했는지, 1894년 말에 베를린에 있는 플리스에게 특별히 와서 환자에게(그리고 그 자신에게) 갑개골 수술을 해달라고 부탁했다.

1966년에 프로이트의 주치의 막스 슈어가 발표한 논문으로 이 사례에 드리운 침묵의 장막이 걷히면서 사건의 진실이 일부 드러났다. 수술은 1895년 2월 20일이나 21일에 진행되었고, 플리스는 수술을 마치고 베를린으로 돌아갔다. 3월 3일에 프로이트는 신경학자 파울 율리우스 뫼비우스의 연구에 대한 평론을 발표하면서, 베를린의 플리스 박사의 "대담한 기법"으로 얻은 "놀라운 치료 효과"를 언급했다. 그러나 현실은 전혀 달랐다. 수술 후 2주쯤 지나서 엠마의 코에 염증이 생기고 고약한 냄새와 함께 고름이 나왔다. 3월 2일에는 조그만 동전 크기의 뼛조각이 빠져나오며 다량의 피를 흘렸다. 이틀 후 두 번째 출혈이 생기자 프로이트는 급히 이비인후과 전문의인 친구 이그나즈 로자네스를 호출했다. 로자네스는 상처 부위를 소독하면서 환자의 코에서 바늘 조각을 꺼냈고, 플리스가 수술하면서 콧속에 넣은 악취 나는 거즈를 50센티미터나 끄집어냈다. '피의 홍수'가 터졌다. 속이 메스꺼워진 프로이트는 급히 밖으로 나와 쓰러졌고, 에크슈타인 집안의 모두가 놀랐다. 프로이트는 코냑 한 잔을 마시고 다시 방에 들어갔다. 엠마가 그를 보고 대뜸 "그러니까 이건 정말 강렬한 성性이군요!"라고 말했다.

엠마는 몇 주 동안 사경을 헤맸고, 프로이트도 어느 시점에서는 엠마의 생존 가능성을 포기했다. 게다가 엠마는 플리스의 수술로 코뼈가 부러진 자리가 푹 꺼져서 평생 흉한 얼굴로 살아야 했다. 그런데도 엠마도 가족도 프로이트나 플리스를 원망하지 않은 듯하다. 빈에서 기적을 일으키는 이들의 명성에는 흠집이 나지 않았다. 브로이어는 프로이트에게 딸 도라를 비롯한 여자 환자들을 보냈다. 8월에는 프로이트가 신경쇠약을 앓던 동생 알렉산더를 베를린으로 데려가 플리스에게 수술을 받게 했다(간 김에 프로이트도 재수술을 받았다). 엠마는 아무 일도 없었던 듯 계속 프로이트에게 분석을 받았다.

그즈음 프로이트는 환자들의 무의식을 추적하여 히스테리와 강박증상의 기원이 될 만한 성적 외상을 찾아내기 시작했다. 엠마는 이후 프로이트가 1895년 가을에 쓴 「과학적 심리학 초고*Entwurf einer Psychologie*」에 다시 한번 등장한다. 이 논문에서 프로이트는 엠마가 혼자 가게에 들어가는 것을 두려워한 이유는 여덟 살 때 점원에게 성적으로 애무를 당해서라고 설명했다. 이 '장면'은 사춘기 이전에 아직 성적 의미를 모르던 시기에는 엠마에게 아무런 영향을 미치지 않았는데, 이후 사춘기에 가게에서 점원들에게 희롱을 당하는 두 번째 사건을 겪으면서 갑자기 첫 번째 사건에 대한 병적 억압이 드러났다. 따라서 엠마는 프로이트가 상정한 '지연된' 외상의 작용을 적절히 보여주는 사례가 되었다.

프로이트가 분명 엠마에게 새로 고안한 '유혹 이론'을 적용했을 것이다. '유혹 이론Verführungstheorie'에서 '유혹verführung'은 사실 강간을 의미하므로, 이런 맥락에서 '법정 강간 이론statutory rape theory'이라고 부르는 편이 나을 것이다. 프로이트는 1896년 4월에 발표한 논문에서 히스테리는 성인이 아동에게 저지르는 성적 학대에서 기인하며 "불행히도 가까운 가족이나 친척에 의해 자행되는 경우가 빈번하다"고 단언하고, 그가 치료한 18명의 사례에서 이 병인론을 확인할 수 있었다고 밝혔다. 1897년 9월 27일에 플리스에게 보낸 편지에서는 "모든 사례"에서 이런 비뚤어진 행위의 가해자는 아버지라고 성급한 결론을 내렸다. 프로이트가 엠마에게서 성품이 훌륭했던 아버지 알베르트 에크슈타인에게 근친상간적으로 애무를 당한 '장면'을 전해 들었던 것일까? (엠마의 조카이자 알베르트의 손자인 앨버트 허스트가 프로이트에게 고모가 어떤 '외상'에 시달렸는지 물었지만 프로이트는 답해주지 않았다.)

확실한 사실은 1897년 1월에 엠마가 악마적 장면을 기억해냈다는 것이다. 여성 환자들이 떠올리는 왜곡된 성적 학대의 기억, 그리고 중세 시대 종교재판관의 고문으로 악마와 성교했다고 털어놓은 자백들, 이 둘 사이의 유사성에 흥미를 느끼던 프로이트는 실제로 플리스에게 "여전히 은밀하게 의식을 치르는 원시적 악마 종교"라는 가설에 관해 언급했다. 그리고 엠마의 사례를 이렇게 확인해주었다. "엠마 에크슈타인은 악마의 꼬챙이에 손가락을 찔리고 피 한 방울마다 사탕을 받은 장면을 떠올렸어. 그러니 출혈 문제는 자네 책임이 아니야!" 일주일 후 프로이트는 다시 편지를 보내 플리스의 책임을 덜어주었다. "생각해보게. 어린 여자 아이가 할례를 받는 장면이 나왔어. (지금보다도 짧았을) 소음순의 일부를 잘라 피를 빨고 다음으로 아이에게 그 살 조각을 먹으라고 주는 장면이야. … 자네가 한 수술은 이런 사건에서 기인한 혈우병에 영향을 받은 거야." 따라서 엠마가 2년 전에 사경을 헤매도록 피를 흘린 것은 플리스의 의사로서의 직업윤리를 거스르는 의료사고 때문이 아니라, 에크슈타인 집안에서 자행된 비뚤어진 행위로 인한 히스테리성 혈우병 때문이라는 주장이다.

프로이트에게 엠마는 언제나 환자 이상이었으며 이제 공동연구자이자 제자가 되었다. 프로이트는 엠마에게 한 명 이상, 아마도 서너 명의 여자 환자를 보냈다. 따라서 엠마는 프로이트에게 직접 훈련받은 최초의 정신분석가였다. 1897년 12월에 엠마는 열아홉 살의 여자 환자에게서 아버지에게 '유혹'당한 장면에 대한 기억을 찾아냈다. 프로이트가 엠마에게서 찾아낸 것과 같은 장면이었다. 그래서 프로이트는 '아버지 병인론paternal aetiology'에 대한 확신을 되찾았다. 사실 석 달 전에 폐기한 이론이었다(엠마는 프로이트가 플리스에게 고백한 의구심을 몰랐던 듯하다).

프로이트가 엠마의 치료에 성공했다는 데는 이견이 없었다. 허스트는 이렇게 말했다. "프로이트에게는 환자들을 치료하면서 이렇게 크게 성공한 경험, 그러니까 이런 유명한 여성, 명문가의 여성을 치료해서 성공한 이력이 중요했습니다. 그 여성은 빼어난 미인이었고, 이렇게 성공적으로 치료를 마치고 이후 몇 년 동안 완벽하게 정상적으로 살았으니까요." 1900년 10월에 엠마는 빅터 아들러의 사회주의 신문 『노동자 신문*Arbeiter-Zeitung*』에 『꿈의 해석』을 극찬하는 평론을 실었다. 이 평론에서 엠마는 과연 프로이트의 주장대로 모든 꿈이 욕망의 실현인지 궁금해하면서도 한편으로는 "정신생활에서 이제껏 우리의 눈에 감춰져 있던 영역을 탐색하는 데 앞장서는" 이 책의 "독창적인 주장"을 환영하고 "마음의 문제를 해결하는 데 크게 기여"하기를 염원했다.

4년 뒤 엠마는 『아동 성교육의 질문*The Question of the Sexual Education of Children*』이라는 작은 책을 내서, 자위를 "개인의 정신 발달에 치명적인 결과를 낳을 수 있는" "아동의 음험한 적"이라고 간주하고 그 위험성을 경고했다. 이런 주장에서 프로이트와 플리스가 엠마에게 내린 진단의 영향을 확인할 수 있다. 그리고 엠마는 프로이트가 비슷한 시기에 내놓은 개념을 배우며 유아 자위와 공상의 연관성을 강조했다. 프로이트가 엠마와 주고받은 편지에서 알 수 있듯이 프로이트는 엠마가 책을 쓰는 동안 격려해주고 호의적인 평론도 썼지만 이 평론은 『신 자유 신문』에서 거절당했다. 1909년에 엠마는 「아동 교육에서 성적인 질문*The Sexual Question In the Education of Children*」이라는 논문을 쓰고, 논문들을 모아서 『삶의 원천에서: 가정용 성교육서*At the Source of Life: A Home Book for Sex Education*』를 출간했다.

프로이트가 1905년 11월 30일에 쓴 편지에 따르면, 엠마가 얼마 전부터 다시 분석을 받기 시작한 것으로 보인다. 이 편지에는 둘 사이의 갈등으로 치료가 "중단"되었다는 대목이 있다. 프로이트가 자신을 향한 전이(혹은 그가 엠마에게 덮어씌운 전이)를 두고 한 말에 엠마가 상처받은 듯했다. 프로이트는 이런 전이는 그에게 "근본적인 여성성에 대한 존중"을 자극하지만 "나는 이런 여성성과 끊임없이 싸워야 한다"고 강조했다. 페미니스트인 엠마가 이 말에 어떻게 반응했는지는 알려지지 않았다.

프로이트는 편지에서 엠마의 "통증"이 과연 "기질적" 문제인지에 대해서도 의문을 제기했다. 이것은 엠마의 조카딸인 소아과 의사 아다 엘리아스가 1953년에 쿠르트 아이슬러와 나눈 긴 인터뷰에서 언급한 일련의 사건에 관한 말인 듯하다. 그와 비슷한 시기에(정확히 언제인지는 아다도 알 수 없었다) 엠마의 과다 생리와 생리통은 양성 자궁종양이나 자궁근종에 의한 증상으로 판단되었다(아이슬러와 인터뷰한 루트비히 텔레키는 자궁경부암이라고 말했다). 엠마의 증상은 산부인과 의사 요제프 폰 할반에게 자궁근종절제술을 받은 뒤 사라졌다. 따라서 프로이트의 진단과 달리 엠마의 통증은 히스테리성이 아니라 기질성이라고 추정할 수 있다.

하지만 아다 엘리아스에 따르면 2~3년 후 유착이 발생해 통증이 재발했다. 엠마는 통증은 이전의 히스테리 증상으로 돌아간 증거라는 프로이트의 진단을 무시하고 할반에게 재수술을 요청했다. 두 번째 수술은 완전한 실패였다. 아다는 인터뷰에서 이렇게 말했다. "[엠마 이모는] 다시 심각한 출혈을 일으켰고, 정맥주사로 식염수를 다량 주입받고 허벅지에 심각한 봉소염[급성 염증]이 생겨서 몇 주간 심하게 앓아누웠어요. 이때부터 다시 걷지 못했어요. 엠마 이모의 말대로 허벅지 바깥쪽 흉터 부위가 오그라들어 걷지 못했어요." (엠마는 아마도 봉소염으로 흉터가 퍼져나간 후 나타난 근육 유착을 말했을 것이다.) 1910년경에 엠마는 수면제를 다량 복용해서 자살을 기도했고, 다시 프로이트에게 치료를 받았다(중단한 적이 있었는지는 의문이다). 조카 앨버트 허스트에 따르면 엠마는 오래전부터 빈의 한 건축가를 사랑했는데(친구 로자 마이레더의 남편 카를 마이레더가 아니었을까?) 결국 이루어질 수 없는 사랑이라는 것을 깨달았다. 그래서 완전히 무너졌다. 프로이트는 걷지 못하는 증상을 중점적으로 분석했다. 프로이트와 달리 엠마는 기질적 증상이라는 입장을 고수했다. 허스트는 이렇게 말했다. "두 분 사이의 갈등은 여전했습니다. 엠마 이모는 당시의 통증이 신체적인 문제이지 신경성이 아니라고 주장했고, 프로이트는 신경성이라는 주장을 굽히지 않았습니다. … 당시 엠마 이모가 제게 프로이트가 얼마나 자만심이 강한 사람인지 모를 거라고 말한 기억이 납니다. 프로이트의 이런 자만심이 진단에 영향을 미쳐서 엠마 이모를 신경증이라고 본 것 같습니다."

어느 날 엠마의 친구이자 부인과 의사인 도라 텔레키가 엠마를 만나러 와서, 앞서 말한 흉터에 '농양'이 생겼다면서 절개하자고 했다. 가족들은 다 알고 있었지만 사실 이것은 가짜 수술(아다 엘리아스가 이렇게 불렀다)이었다. 위약 효과를 기대하고 한 수술이었다. 실제로도 며칠간은 걷는 것이 조금 편해졌고(오래가지는 않았다), 프로이트의 진단을 부정하는 주장에 힘이 실렸다.

도라 텔레키는 빈의 유대인 명망가 출신이고 여성주의 운동에 깊이 관여한 인물이라 프로이트와 모를 수 없는 사이였다. 도라는 프로이트의 가까운 친구이자 타로크를 함께 치던 멤버인 헤르만 텔레키의 딸이고, 오빠 루트비히 텔레키와 마찬가지로 대학에서 프로이트의 강의를 들은 첫 제자 중 한 명이었다. 도라는 또한 프로이트가 존경하는 스승 에른스트 빌헬름 폰 브뤼케의 아들과 결혼하기도 했다. 하지만 프로이트는 도라가 엠마의 치료에 끼어들었다고 격분했다. 작가 에밀 루트비히는 공인되지 않은 프로이트의 전기에 도라의 말을 실었다.

"새로 절개했고, 한 번의 절개로 환자가 통증에서 해방되었다. 나중에 교수님 댁에서 이 얘기를 하자 그분이 불같이 화를 냈다. 가슴을 후벼 파는 경멸의 어조로 정말로 히스테리성 통증을 칼로 치료할 수 있다고 믿느냐고 다그쳤다. 나는 덜덜 떨면서 그래도 눈에 보이는 농양은 치료해야 하지 않느냐고 항변했다. 환자의 통증을 치료해주었는데도 프로이트 박사가 나를 냉담하게 대해서 언쟁을 중단하고 나와야 했다."

프로이트는 엠마에게도 화를 냈다. 엠마와 같은 시기에 프로이트에게 분석을 받던 앨버트 허스트가 이튿날 프로이트에게 가짜 수술이 어떻게 됐는지 말해주자 프로이트가 폭발했다고 한다. "프로이트가 그 일을 두고 도라 텔레키 박사에게 몹시 분개한 기억이 납니다. 그리고 그분은 당장 (엠마 에크슈타인의) 분석을 중단하고는 '허, 엠마는 이걸로 끝이야. 앞으로 이걸로 파멸하겠지. 누구도 엠마의 신경증을 치료할 수 없어'라고 했습니다."

프로이트의 저주는 현실이 되었다. 분석실 소파에서 쫓겨난 엠마 에크슈타인은 침실 소파로 돌아갔고, 끝내 거기서 벗어나지 못했다. 1924년 7월 30일에 뇌출혈로 사망했다.

14 올가 회니히

Olga Hönig

1877~1961

올가 회니히는 1877년 10월 2일에 빈에서 일곱 자녀 중 여섯째로 태어났다. 유년기는 비극의 연속이었다. 아버지는 올가가 어릴 때 세상을 떠났고, 오빠 둘은 권총으로 자살했으며, 소아마비를 앓던 여동생은 자살을 기도했다. 언니 둘은 배우가 되었고, 셋째 마리 발레리는 피아니스트로 활동했다.

올가 회니히는 1897년 5월에 프로이트를 찾아왔다. 브로이어가 보냈을 것이다. 6월 7일에 프로이트가 플리스에게 보낸 편지에 따르면 열아홉 살의 올가는 "거의 순전한 강박관념"에 사로잡혔다. 프로이트는 당시 강박신경증이 4세 이후 아동이 받은 성적 학대에서 기인한다고 보았다(히스테리가 그보다 앞선 나이에 주로 아버지에 의한 '유혹'에서 기인하는 것과는 비교된다). 올가의 사례는 프로이트에게 다음과 같은 중요한 확신을 주었다. "내 추정에 따르면 강박관념은 정신연령 상에서 히스테리보다 이후의 연령에서 기인하므로 흔히 아이가 자라면 조심스러워지는 아버지와 관련되기보다 아직 어린 환자의 손위 형제나 자매와 관련이 있는 듯하네. 이 환자의 경우는 신의 은총으로 11개월이 되기 전에 아버지가 죽게 해주셨지만 환자보다 세 살 위인 오빠를 비롯해 두 오빠가 권총으로 자살했지."

요컨대 올가 회니히가 두 오빠에게 성적으로 학대당해서 강박신경증을 일으켰다는 뜻이다. 올가가 이런 분석을 어머니에게 전하자 어머니는 충격을 받고 더는 분석비를 내지 않겠다고 말했다. 훗날 올가의 남편이 되는 막스 그라프는 이렇게 털어놓았다. "이 어린 아가씨[올가]

는 프로이트에게 가서 '프로이트 교수님, 죄송하지만 치료를 계속할 수 없어요. 이제 치료비를 낼 돈이 없어요'라고 말하면서 사정을 전했습니다. 그러자 프로이트가 '그러니까 돈이 없어서 치료를 계속하기로 마음먹을 수 없다는 건가요?'라고 물었지요. 올가가 그렇다고 하자, 프로이트는 치료비를 받지 않고 올가를 치료해주었습니다. 프로이트가 종종 내게 어떤 환자를 매주 무료로 치료해줬다고 말했어요. 그가 베풀 수 있는 형태의 자선이고, 그는 늘 이런 식으로 자선을 베풀었습니다."

그즈음 올가는 네 살 연상의 청년 막스 그라프를 만났다. 막스 그라프는 1896년에 법학으로 박사학위를 받았지만 음악학자이자 음악평론가로 활동했다. 명석하고 다재다능해서 정치뿐 아니라 과학과 문학에도 관심이 있었다. '청년 빈파Jung-Wien'라는 문학 집단의 모임에 자주 나가고 스물다섯 살에 이미 책 두 권을 출간했다. 그는 올가를 만나자마자 빠져들었다. 훗날 1952년에 프로이트 문헌소를 위해 쿠르트 아이슬러와 한 인터뷰에서 그는 올가에 관해 이렇게 말했다. "아주 흥미롭고, 참으로 명석하고, 눈부시게 아름다웠지요. 히스테리를 앓았을 테지만 젊은 나로서는 알 수 없었습니다. 히스테리의 순간에도[확실히 히스테리였다] 올가는 내게 매력적이고 흥미로운 여자였어요."

둘이 저녁마다 산책하면서 올가가 막스에게 분석 과정에 대해 상세히 들려주었다. 막스는 그 이야기에 매료되었다. 그래서 결국 프로이트를 만나러 가서 올가의 심리 상태로 미루어 보아 결혼이 가능할지 물었다. 올가가 정말 "예쁘다"고 생각한 프로이트는 결혼을 강력히 권했다. "그냥 결혼하세요. 재미있을 겁니다!" 올가와 막스는 분석이 시작되고 1년 반이 지난 1898년 12월 20일에 프로이트의 축복을 받으며 결혼식을 올렸다. 올가는 21세, 막스는 25세였다.

막스 그라프와 프로이트는 연배 차이가 큰데도 급속도로 가까워졌다. 막스는 정신분석에 관심을 가지며 정신분석이 곧 창작 과정을 설명해주는 방법이라 여겼고, 프로이트는 빈의 지식인과 예술가 사회에서 유명한 젊은 작가와의 만남을 반겼다. 두 사람은 프로이트가 치료를 마치고 저녁마다 처제 민나 베르나이스와 가던 단골 커피하우스에서 자주 만났다. 프로이트는 수요일 저녁마다 그의 집에서 모이는 소규모 연구 모임에 막스를 초대했다. 이 모임이 훗날 빈정신분석학회Vienna Psychoanalytic Society로 발전했다. 여기서 막스는 알프레트 아들러, 빌헬름 슈테켈, 막스 카하네, 루돌프 라이틀러를 만났다. 프로이트는 종종 막스와 올가 부부의 작은 아파트에서 저녁식사를 함께 하며 부부의 음악가 친구들과 어울렸다. 여기서 그가 무척 좋아하던 작곡가 에두아르트 쉬트도 만났다.

올가가 계속 프로이트에게 분석을 받았는지, 정확히 언제까지 받았는지는 알려지지 않았다. 다만 프로이트가 장담한 '재미'는 실종된 것으로 보인다. "별로 재미를 보지 못했습니다." 막스가 훗날 씁쓸하게 말했다. 그들의 결혼은 처음부터 불행했다. 올가는 사람들과 잘 어울리지 못했고(모두와 갈등을 빚었다) 집 밖으로 나가려 하지 않았다. 그리고 이런 태도는 남편에게도, 남편의 사회적 야망에도 걸림돌이 되었

14-1 막스 그라프, 1920년경.

다. 올가는 막스의 지적 활동을 질투해 논문 초고를 찢기도 했다. 부부의 잠자리도 좋지 않았다. 올가는 자주 소란을 피우고는 이튿날이면 우울해졌다. 막스는 이렇게 1년을 힘들어하다가 프로이트를 찾아가 하소연했다. "저는 '교수님, 저희 결혼에는 문제가 많습니다'라고 말했습니다. 프로이트는 무척 놀랐지요. 저는 다시 힘을 냈어요. 아이들이 생기면 달라질까 싶었지만 그렇게 되지 않았습니다. 그래도 저는 18년 반이나 결혼을 유지했고 자식들이 다 커서 이제는 마음 편히 떠날 수 있습니다."

프로이트의 말은 틀리지 않았다. 그렇게 1903년 4월에 헤르베르트 그라프, 즉 정신분석학 문헌에서 '꼬마 한스'로 유명한 아기가 태어났다. 그라프 부부는 원래 프로이트에게 치료받기 시작한 직후부터 아기를 가지려 했지만 올가에게 포상기태(형태가 없이 단순한 피부 주머니로 된 배아)가 있었다. 그러다 아들 헤르베르트가 태어나고, 이어서 1906년 10월 4일에 딸 한나가 태어났다. 막스 그라프가 나중에 한 말에 따르면 올가는 '자기중심적'이고 헤르베르트를 거의 돌보지 않았지만 그렇다고 완전히 방치한 것도 아니었다. 그에 비해 딸 한나는 철저히 거부했다. 분만 후 아기를 보여주자 바로 밀쳐냈고, 막스 그라프의 말로는 딸을 질투한 것 같았다. 그로부터 한참 지나 올가가 여든두 살 때, 헤르베르트 그라프는 아이슬러와의 인터뷰에서 올가는 그들 부부에게 아이를 가져보라고 권한 프로이트를 평생 원망했다고 말했다. "어머니는 프로이트가 자기도 잘 살지 못하면서 저희 아버지에게 자식을 낳으라고 조언했다고 지금까지도 불평하세요. 그래서 결국 결혼이 파탄 났다는 거예요."

그라프 부부는 프로이트의 치료가 미완성이라고 생각한 듯하다. 그래서인지 막스 그라프는 아들을 분석하고 얼마 후 아내를 다시 분석했다(1908). 얼마 안 가 프로이트와 알프레트 아들러가 이론적으로 크게 갈등을 빚었고, 결국 아들러는 빈정신분석학회를 탈퇴하고 직접 자유정신분석연구학회Society for Free Psychoanalytic Research를 결성했다. 그라프 부부는 아들러 부부와 가까웠다. 올가는 아마 프로이트에게 저항하는 아들러의 편을 들었을 것이다. 헤르베르트 그라프는 1959년에 당시의 일을 이렇게 기억했다. "어머니는 나중에 알프레트 아들러와 가까워졌습니다. 어머니는 프로이트가 아버지에게 좋은 조언을 하지 않았다고 여겨서 프로이트를 좋아하지 않았어요. 하지만 알프레트 아들러와는 사이가 좋았습니다." 이듬해에 헤르베르트의 아내 리젤로테 그라프(결혼 전 성: 아우스터리츠)는 쿠르트 아이슬러의 질문에 이렇게 단언했다. "어머님은 프로이트와 결별하고 아들러에게 갔습니다. 요즘도 어머님을 뵐 때마다 프로이트와 아들러 얘기를 많이 하세요. (아이슬러: 프로이트를 반대하는 말씀이겠죠?) 프로이트를 반대하시죠!"

갈등을 꺼리던 막스 그라프는 한동안 프로이트와 아들러를 화해시키려 해봤지만 프로이트가 어느 편인지 정하라고 거칠게 몰아붙이자 빈정신분석학회를 떠나버렸다. 그렇다고 아들러의 학회로 들어간 것은 아니었다. 훗날 그는 "초기 기독교의 공의회를 연상시키는 이런 학자들의 싸움"에서 어느 한쪽 편을 들고 싶지 않았다고 해명했지만, 한쪽 편을 들면서도 결혼 생활을 망치지 않는 것이 불가능해서였을 수도 있다. 따라서 그들의 결혼 생활은 자식들이 이혼을 이해할 만큼 성장하기 전까지는 삐걱거리며 계속되었다. 그리고 1920년 9월 30일에 종지부를 찍었다. 올가는 이혼하고 한 달도 지나지 않아 10월 20일에 재혼했고, 새 남편은 프란츠 요제프 브리흐타였다.

하지만 올가의 근본 성격은 바뀌지 않은 듯하다. 후일 1960년에 리젤로테는 쿠르트 아이슬러에게 "헤르베르트의 어머니는 신경증이 나아진 적이 없어요"라고 말했다. '꼬마 한스' 헤르베르트도 이 말에 동의했다. "어머니는 신경이 날카롭고 늘 신경질적인 분이었어요. 그리고 제가 보기에 어머니에게는 분석이 오히려 해가 되었을 수도 있어요." 쿠르트 아이슬러가 "분석이 어머님께 도움이 됐을까요?"라고 묻자, 헤르베르트 그라프는 다시 단언했다. "아뇨! 전혀 도움이 되지 않았어요!"

올가는 1953년에 아이슬러의 인터뷰 요청을 단칼에 거절했다. 올가는 아이슬러에게 보낸 다소 두서없는 편지에서 그런 게 무척 고통스럽다면서 "효과 없어요. 프로이트요."라고 적었다. 올가는 그 일에 관해 말하거나 글을 쓰면 잠들지 못할까 봐 아예 그러고 싶지 않다고 했다. "프로이트는 우리에게 엄청난 혼란만 주었어요." 그러고는 잠은 삶의 더없는 축복이라고 덧붙였다.

빌헬름 폰 그린들

Wilhelm von Griendl

1861~1898

프로이트는 『일상생활의 정신병리학*Zur Psychopathologie des Alltagslebens*』 1장에서, 1898년 9월 초에 달마티아(오늘날의 크로아티아 남부)에서 휴가를 보내며 하루 동안 말과 마차를 빌려 가까운 보스니아-헤르체고비나의 트레비네에 다녀온 일화를 소개했다. "달마티아의 라구사에서 온 모르는 이와 함께 마차를 몰고 헤르체고비나의 한 지역으로 가던 길이었다. 우리의 화제는 이탈리아 여행으로 넘어갔고, 나는 그에게 오르비에토 대성당에서 어떤 화가의 유명한 프레스코 벽화를 본 적이 있느냐고 물었다." 누구더라? 프로이트는 갑자기 그 화가의 이름을 기억해내지 못했다. "내가 찾던 이름(시뇨렐리)이 아니라 다른 화가 두 명(보티첼리와 볼트라피오)의 이름이 불쑥 떠올랐지만 나는 이내 이런 이름은 절대로 아니라고 확신했다."

프로이트는 이런 일시적인 기억 오류를 정신분석적으로 이해하려고 시도하면서, 직전의 대화에서 소환된 '죽음과 성욕'에 관한 생각을 억압하려다가 시뇨렐리라는 이름까지 억압된 거라고 설명했다. 바로 앞의 대화는 보스니아와 헤르체고비나의 이슬람교도들의 관습, 특히 죽음을 대하는 그들의 숙명론적 태도에 관한 것이었다. 그들은 의사가 나쁜 소식을 전할 때 으레 "선생님Herr, 무슨 할 말이 있겠습니까?"라고 말하곤 했다. 순간 프로이트는 프로이트답게 성적 능력 상실에 대한 정반대의 태도를 보여주는 말을 떠올렸다. "선생님, 어차피 **그게** 끝났는데 사는 게 무슨 낙이 있겠습니까?" 하지만 프로이트는 경우에 맞지 않는다고 보고 길동무에게는 이 말을 하지 않았다. 성과 죽음이라?

그 순간 프로이트는 이 두 가지 주제를 생각하고 싶지 않았다. "몇 주 전 티롤 남부의 산골마을 트라포이에서 잠깐 머무를 때 들은 소식"을 떠올리면 아직도 몸서리가 쳐졌기 때문이다. 그때 그는 처제 민나 베르나이스와 알프스의 보르미오라는 마을로 가다가 트라포이의 마차 여관에 들렀다. 1898년 8월 8일이었다. 그리고 "나의 골머리를 썩이던 환자가 불치의 성기능 장애로 스스로 목숨을 끊었다"는 소식을 들었다.

그래서 프로이트는 화가의 이름을 망각하게 만든 무의식적 사고의 흐름을 재구성했다. 루카 **시뇨렐리**Signorelli라는 화가의 이름이 그의 기억에서 지워진 이유는 이 이름이 선생님('Signor', 독일어로 'Herr')을 연상시키고 근저의 죽음과 성욕에 대한 '억압된 사고'를 연상시키기 때문이었고, 그래서 **보스**니아Bosnia와 트라**포이**Trafoi라는 지명과 음절이 부분적으로 일치하는 **보**티첼리Botticelli와 볼트라**피오**Boltraffio로 위장해서 의식에 떠오른 것이다. "따라서 이들의 이름이 그림 맞추기 퍼즐과 같은 문장에서 그림 문자로 취급된 것이다."

그런데 프로이트가 트라포이에서 자살했다는 소식을 들은 환자는 누구였을까? 그리고 이렇게 교묘히 암호화된 '억압된 사고'는 무엇이었을까?

첫 번째 질문에 대한 답은 프로이트 연구자 크리스트프리트 퇴

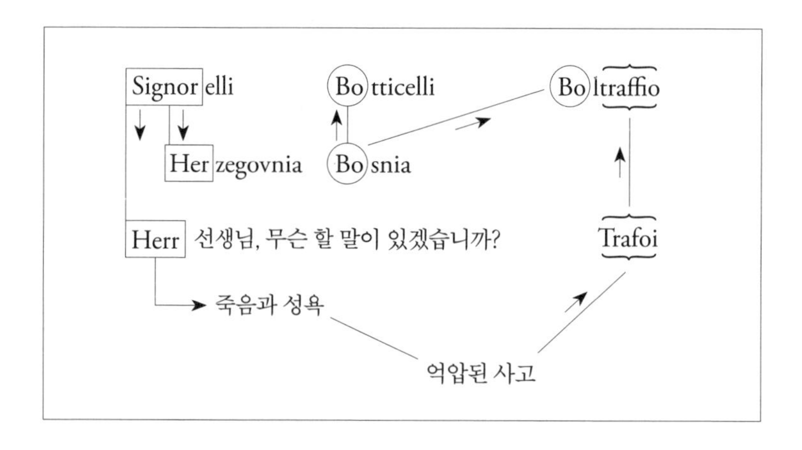

겔이 최근에 면밀한 조사 끝에 알아냈다. 퇴겔은 프로이트와 민나가 1898년 8월 8일에 트라포이에 머무른 사실을 확인하고, 당시 빈의 신문을 뒤져서 이전 며칠간 자살 사건이 보도된 기사를 찾아보았다. 실제로 1898년 8월 7일 『신新 빈 신문*Neue Wiener Tagblatt*』에 "정신과 의사의 자살(빌헬름 V. 그린들 박사)"에 관한 기사가 실렸고, 이 기사는 이튿날에 『신 빈 저널*Neues Wiener Journal*』과 프로이트가 즐겨보던 『신 자유신문』에도 실렸다. (당시 그린들의 사망이 중요한 기삿거리였는지, 그다음 주에 미국의 독일어 신문 『스크랜턴 주간지*Scranton Wochenblatt*』와 『인디애나 트리뷘*Indiana Tribüne*』에도 보도되었다.) 프로이트는 트라포이의 여관에서 『신 빈 신문』을 보았거나 다른 여행자를 통해 소식을 들었을 수도 있다.

빌헬름 리터 폰 그린들은 1783년에 그라츠에서 기사 작위를 받은 명문가 사람이었다. 사망 당시 그는 빈의 주요 정신과 병원 니더뢰스터라이히셰 란데지레난슈탈트Niederösterreichische Landesirrenanstalt의 병원장이자 정교수였다. 그는 정신과 의사의 전형적인 이미지에 꼭 들어맞는 인물이었던 듯하다. "그는 심각한 신경증을 앓았다." 『신 자유신문』의 기사 내용이다. 그리고 『신 빈 신문』에는 이런 기사가 실렸다. "폰 그린들 박사는 신경질적인 사람이었다. 한동안 신경증 의사에게 치료받고 완치되어 다시 환자들을 진료할 수 있었다." 이 기사에서 사건의 전모가 드러난다. 따라서 "[프로이트의] 골머리를 썩이던" 환자는 바로 빌헬름 폰 그린들로 보인다.

다만 이 환자는 "완치"되지 않았다. 그는 신경증을 다량의 알코올로, 주로 코냑으로 잠재우려 한 듯하고, 이 방법이 크게 도움이 되지 않았다. "소량만 마셔도 울화가 심해졌고, 그래서 그 의사는 이런 기분으로 여기저기 분란을 일으키고 다니며 억울해했다."(『신 빈 신문』) 1898년 8월 2일에 그는 다급히 병원을 빠져나가 며칠 동안 아무데서도 보이지 않았다. 동료들이 걱정하며 그의 방을 뒤지다 스스로 삶을 마감하겠다고 적어놓은 유서를 발견했다. 권총이 들어 있던 총집은 비어 있었다. 8월 6일에 그의 시신이 다뉴브강에서 발견되었다. 강가에 서서 권총으로 자신에게 세 발을 쏘고 강물에 휩쓸려간 듯했다.

프로이트는 그의 환자가 "불치의 성기능 장애"로 스스로 목숨을 끊었다고 적었다. 무슨 뜻일까? 동성애 성향을 의미할까? 아니면 성 기능 장애를 의미할까? 아니면 신경매독(사실 신경매독은 그린들의 행동에 부합하는 주요 우울장애의 특징적 증상을 유발할 수 있다)인가? 정답은 알 수 없다. 그리고 그린들의 죽음이 어떻게 프로이트의 머릿속에서 의도적으로 억압된 사고(죽음과 성욕)와 연결되었는지도 알 수 없다. 그 안에 성욕과 트라포이 마을이 어떤 식으로든 내포되어 있다는 점만 제외하면.

프로이트와 민나가 트라포이를 지나간 지 닷새 만인 1898년 8월 13일에 두 사람이 스위스의 도시 말로야의 여관 숙박부에 "지크문트 프로이트 부부"라고 적고 11호 방에서 이틀간 머무른 사실에 주목하는 것은 이 문제와 관련하여 의미가 있을 수도 있고 없을 수도 있다.

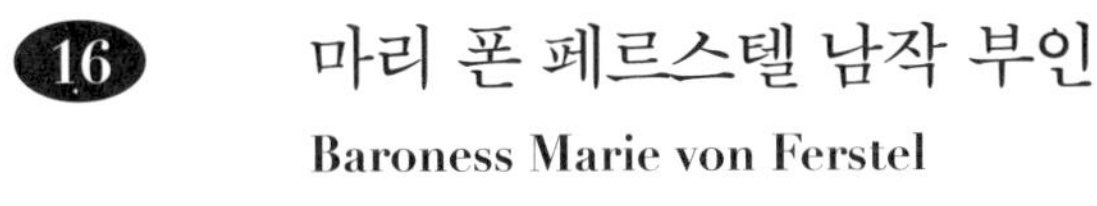

16 마리 폰 페르스텔 남작 부인

Baroness Marie von Ferstel

1868~1960

마리 샤를로테 토르슈는 1868년 2월 28일에 프라하에서 오늘날에도 건재한, 대대로 은행가인 집안에서 태어났다. 아버지 에두아르트가 1883년에 사망했을 때 이 집안 소유의 은행 M. 토르슈 죄네는 『신 자유신문』에 따르면 "오스트리아헝가리제국의 최대 은행"이었다. 마리는 안나 폰 리벤과 엘리제 곰페르츠처럼 화려한 문화 생활을 영위했다. 이를테면 음악, 개인 테니스장에서의 테니스, 휘스트〔카드 게임〕, 승마, 사냥, 크로케 모임, 사교 행사를 즐겼다. 1889년에 마리는 빈의 포티프성당과 새로운 대학, 링 거리의 건물 여러 채를 세운 유명 건축가 하인리히 폰 페르스텔 남작의 아들인 외교관 에르빈 폰 페르스텔 남작과 결혼했다. 마리의 언니 멜라니는 에르빈의 형 볼프강 폰 페르스텔과 결혼했다.

마리 폰 페르스텔은 프로이트의 처가와도 연결되어 있었다. 마리의 어머니 안나 토르슈가 프로이트의 아내 마르타의 할아버지의 조카딸이었다. 남편 에두아르트의 재산을 상속받은 안나는 마르타의 오빠 엘리 베르나이스가 파산했을 때 금전적으로 도와주고 미국으로 떠나라고 부추겼다. 따라서 두 집안의 관계는 매우 가까웠다. 1899년 9월 27일에 프로이트는 『꿈의 해석』을 입증해줄 자료를 수정하면서 친구 빌헬름 플리스에게 그가 낚은 중요한 사례에 관해 알렸다. "금붕어(마리 폰 페르스텔, 토르슈 집안 출신으로 내 아내의 먼 친척)가 낚였지만 시골에 머물고 있으니 10월 말까지는 계속 절반의 자유를 누릴 거라네."

"금붕어"는 온갖 공포증뿐만 아니라 변비도 앓았다. 마리의 손자

16-1 마리 폰 페르스텔과 딸 도로테아, 1897~1898년경.

인 은행가 하인리히 트라이힐에 따르면 이 아름다운 여인은 거울에 비친 자기 모습이 무서워 하녀 로니에게 도움을 받아야만 머리를 손질할 수 있었다. 폐소공포증도 있어서 문 닫은 방에 있는 것을 견디지 못했다(화장실 문을 잠그지 않기 위해 화장실에 대기실을 추가로 만들어야 했다). 그래서 마리는 외교관인 남편이 불쾌해할 상황을 자주 만들었다. 이를테면 오스트리아 대사가 베를린에서 빌헬름 2세를 위해 마련한 만찬에 참석해야 하는데 막판에 거절한 일도 있었다.

프로이트가 마리를 어떻게 치료했는지는 거의 알려지지 않았다. 하지만 하인리히 트라이힐은 회고록에서 마리 할머니가 프로이트에게 최면 치료를 받았다고 말한 적이 있다고 전했다. 따라서 프로이트가 공식적으로 최면 치료를 그만두고 자유연상 기법으로 넘어간 지 오래 지나고도 아직 최면 치료를 적용했다는 뜻이다. 한 가지 분명한 점은 "금붕어"가 곧 베르크가세의 "사람을 낚는 어부"인 프로이트에게 걸려들었다는 것이다. 마리 폰 페르스텔은 프로이트에게 잘츠부르크의 오페라 〈돈 조반니*Don Giovanni*〉의 표를 구해주고 프로이트 부부를 집으로 초대하기도 했다. 크리스마스에 프로이트의 자식들이 정장을 갖춰 입고 폰 페르스텔 저택에 가서 그 집 크리스마스 나무 아래에서 선물을 받기도 했다. 1901년 가을에 마리 폰 페르스텔은 엘리제 곰페르츠와 뜻을 모아 교육부 장관 빌헬름 리터 폰 하르텔에게 프로이트를 더 빨리 조교수로 임용해달라고 재촉했다. 프로이트가 플리스와 그의 전기 작가 어니스트 존스에게 한 말에 따르면, 마리는 폰 하르텔 장관에게서 "그녀를 치료해준 의사에게 교수직을 주겠다"는 약속을 받아내고 그 대가로 아르놀트 뵈클린의 그림 〈성의 폐허*Eine Burgruine*〉를 주기로 했다. 마리의 고모 에르네스티네(티니) 토르슈가 소유한 이 그림은 폰 하르텔 장관이 새로 문을 연 현대미술관에 걸려고 눈독을 들이던 그림이었다. 일단 기부가 성사되자 마리 폰 페르스텔은 프로이트의 분석실에 들어서면서 교수직 임명 소식을 알린 장관의 전보를 당당히 흔들었다.

사실 프로이트의 임명은 흥정의 대가가 아니었다. 폰 하르텔이 엘리제 곰페르츠에게 권유를 받고 프로이트가 다시 정식 후보에 오른 이후부터는 행정절차가 정상적으로 진행되었다. 마리 폰 페르스텔 남작부인이 교육부 장관에게 그림과 함께 쪽지를 보낸 것은 맞지만 그 그림은 사실 화가 에밀 오를리크의 소품이었다(티니 고모는 뵈클린의 그림을 처분할 생각이 없었다. "더군다나 그 프로이트 박사라는 사람을 위해서라면" 그럴 생각이 전혀 없었다). 게다가 미술관 작품 기증에 관한 기록에 따르면 폰 하르텔 장관은 오히려 난데없이 남작 부인이 끼어들고 그로 인해 이해의 충돌이 발생해서 성가셨던 듯하다. 따라서 프로이트가 자신의 교수직 임명에 관해 냉소적으로 한 말은 근거가 없다.

마리가 프로이트에게 후한 대접을 한 때는 이때만이 아니었다. 하인리히 트라이힐은 마리가 그렇게 하도록 프로이트가 부추겼다면서 이렇게 회상했다. "마리 할머니의 만성 소화불량을 잡기 위한 [프로이트의] 조언 중에는 이런 내용도 있었다. '뭔가를 흘려보내는 법을 배우

셔야 합니다! 가령 돈을 더 쓰셔야 합니다.'" (독자들은 여기서 프로이트가 상정했던 유명한 상징 '배설물=돈'을 알아챌 것이다.) 마리 폰 페르스텔은 의사의 권고를 문자 그대로 따랐다. 역사가 르네 기클혼이 마리의 조카에게 들은 정보에 따르면, 마리는 빈 인근의 휴가지에 소유한 저택의 소유권자를 프로이트로 바꿔주었다고 한다. 프로이트는 얼마 후 그 집을 팔았다.

폰 페르스텔 집안에서는 이런 식의 대접이 과도하다고 여겼다. 그들은 마리가 프로이트에게 빠져드는 것을 걱정했다. 집안에서 마리의 법정 후견인을 설정해서 마리가 더 이상 분석비를 내지 못하게 했다. 같은 시기인 1904~5년에 프로이트는 마리 폰 페르스텔을 베를린의 슐라흐텐제 정신병원에 입원시키는 데 동의했다. 마리의 남편이 1902년부터 오스트리아헝가리제국 총영사로 임명되어 베를린에 와 있던 터였다. 하인리히 트라이힐에 따르면 마리는 프로이트의 배신을 끝내 용서하지 않았다. "가정교사가 그 병원에 가서 문 안쪽에 손잡이가 없는 것을 확인한 뒤로 입원을 거절했다. 할머니는 그 일로 프로이트와의 관계를 끝냈다." 그렇게 소중하게 생각하던 사람에게서 돌아선 마리 폰 페르스텔은 이제 프로이트를 "돌팔이"라고 부르고 다녔다. 하인리히 트라이힐에 따르면 마리는 "'성적인 것'에만 집착한 것은 잘못"이라고 생각했던 듯하다.

프로이트는 플리스에게 쓴 편지와 달리 마리를 치료해주지 못한 듯하다. 나중에 마리가 베른으로 가서 당시 크게 성행하던 '설득요법 persuasion therapy'을 개발한 폴 뒤부아에게 치료받은 것으로 미루어 짐작할 수 있다. 마리 폰 페르스텔은 폴 뒤부아에게 고마워하면서 매년 몇 주 동안 베른에 머물러 치료를 이어갔다. 뒤부아의 『자기 교육 *L'éducation de soi-même*』은 마르쿠스 아우렐리우스의 『명상록 *Meditations*』과 포이흐터슬레벤의 『영혼의 식이요법 *Zur Diätetik der Seele*』과 함께 마리가 좋아하던 책이다.

놀랍게도 마리 폰 페르스텔은 2차 세계대전을 별 탈 없이 넘겼다.

아리아인과 결혼했지만(에르빈 폰 페르스탈은 1925년에 사망했다) 유대계 후손이라 나치에 의해 추방당할 위험에 처했었다. 그런데도 마리가 이주를 거부하자 아들은 속임수를 썼다. 집안 하인들에게 마리가 사실은 어머니 안나 토르슈와 아리아인 남자 사이에서 부적절한 관계로 태어난 사생아였다고 증언하게 하고, 어머니의 혈통을 수정해달라는 청원서를 제출했다. 오스트리아의 행정 업무가 지지부진해서 마리는 5년 가까이 법적으로 보호를 받았다. 1943년에 마리는 빈의 인류학연구소로 불려가 두개頭蓋 계수(머리의 가로 세로의 비比로서 인종의 특징을 나타낼 때 쓰임)와 인지능력을 측정받았다. 유대인 혈통인지 확인하기 위한 절차였다. 그날 동행한 손자는 지금도 그때의 장면을 기억한다. "뉘른베르크 법의 극악무도함과 인종주의의 광기는 고작 한 쌍의 측정치로 구현되는 시시한 절차로만 남았습니다. 모자 만드는 사람이 머리 치수를 정확히 재듯이 말이죠. 다만 여기서는 치수가 다르게 나오면 아우슈비츠행이었습니다." 몇 달 후 마리와 자손들은 아리아와 유대인 혈통을 모두 가진 사람을 지칭하는 용어인 "독일 혈통 deutschblütig"으로 신고되었다.

마리 폰 페르스텔은 1960년 2월 20일에 사망했다. 92세에 가까운 나이에도 머리 손질을 혼자 하지 못했다.

마르기트 크렘지르

Margit Kremzir

c.1870~1900

마르기트(결혼 전 성: 바이스 데 슈르다)는 일로나 바이스의 사촌이다(일로나의 아버지 막스 바이스가 마르기트의 삼촌이다). 마르기트는 모리츠 크렘지르와 결혼해서 두 아이의 엄마가 되었고, 1900년에 부다페스트에서 빈으로 와서 심한 복통으로 여러 의사에게 진찰을 받았다. 그중 한 사람이 지크문트 프로이트였는데, 아마 히스테리성 통증인지 확인하기 위해 그에게 보내졌을 것이다. 1900년 4월 25일에 프로이트는 플리스에게 이렇게 편지를 보냈다. "내가 14일간 치료하고 편집증 사례로 내보낸 환자가 이후 호텔방에서 목을 매달았네(마르기트 크렘지르 부인)." 1900년 4월 20일 자 『신 자유신문』에는 간략히 이런 기사가 실렸다. "오늘 아침 헝가리에서 온 부인이 한 호텔에서 신변 비관으로 스스로 목을 매달았다." 마르기트는 4월 22일 오전 11시에 빈 중앙 묘지의 유대인 구역에 묻혔다.

21. April 1900 Nr. 12808

Statt jeder besonderen Anzeige.

Vom Schmerze gebeugt, geben die Gefertigten in ihrem Namen sowie im Namen aller übrigen Verwandten Nachricht von dem Hinscheiden ihrer innigstgeliebten Gattin, beziehungsweise Mutter und Tochter, der Frau

Margit Kremzir

geb. Weiss de Szurda.

Dieselbe verschied in Wien nach langjährigen Leiden Freitag den 20. April 1900, und findet das Leichenbegängniss Sonntag den den 22. d. M., 11 Uhr Vormittags, auf dem Central-Friedhofe (israel. Abtheilung) statt.

Barcs, Budapest, Wien.

Moriz Kremzir,
als Gatte.

Carl Kremzir, Clara Kremzir,
als Kinder.

Adolf Weiss de Szurda,
Fanny Weiss de Szurda,
als Eltern.

Kranzspenden werden dankend abgelehnt.

Um stilles Beileid wird gebeten.

17-1 『신 자유신문』에 실린 마르기트 크렘지르의 사망 기사.

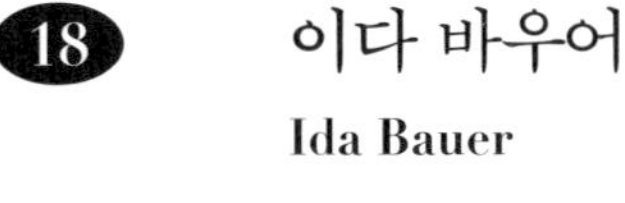

이다 바우어

Ida Bauer

1882~1945

프로이트의 유명한 사례연구의 주인공 '도라'의 실제 이름은 이다 바우어였다. 이다는 1882년 11월 1일에 빈의 베르크가세 32번지에서 태어났다. 그리고 18년이 지나서 이 집에서 몇 걸음 떨어진 건물에서 프로이트가 이다를 맞게 된다. 이다의 아버지 필리프 바우어는 1850년대 말에 보헤미아 지방에서 빈으로 넘어와 정착하면서 문화적으로 동화된 유대인 집안 출신이었다. 그는 수완 좋은 사업가로서 섬유업계에서 큰 부를 쌓고 오늘날 체코공화국이 위치한 보헤미아 지방에서 공장 두 군데를 운영했다. 아내 카타리나(케테) 게르버도 보헤미아 지방에서 섬유업을 하는 집안 출신이었다. 케테는 필리프가 젊을 때 매독에 걸린 적이 있다는 사실을 알고부터 강박적으로 오염에 반응하고 광적으로 청소해서 가족의 삶을 고통스럽게 만들었다. 조카딸 엘자 포게스(프리드만)가 케테에게 왜 그렇게 자신(과 남들)의 삶을 망치냐고 묻자 케테가 "나도 어쩔 수가 없어!"라고 답했다고 한다. 엘자 포게스는 "프로이트에게 치료받아야 할 사람은 케테 이모였어요. 이다보다 훨씬 더!"라고 말했다.

이다의 바로 위 오빠 오토는 아홉 살에 나폴레옹에 관한 희곡을 썼을 만큼 조숙한 아이였다. 훗날 오스트리아 마르크스주의의 명석한 이론가이자 양차 대전 사이에 오스트리아사회민주당의 주요 지도자가 되었다. (오토의 친구이자 전기 작가인 오토 라이히터에 따르면 그는 베르크가세의 현인 프로이트와 친교가 있었는데 프로이트가 그에게 정치에 입문하지 말라고 만류했다고 한다. "하지 말게! 사람들은 행복을 원하지 않아. … 사

18-1 메라노의 '산책로', 1900년경.

람들을 행복하게 만들어주려고 애쓸 필요가 없어.")

1888년, 서른다섯 살의 필리프 바우어는 폐결핵 진단을 받았다. 바우어 집안은 의사의 권고에 따라 깨끗한 공기를 찾아 티롤 지방의 상류층 휴양지 메라노로 이사했다. 1897년까지 메라노에서 지내는 동안 필리프의 동생 카를이 그들의 회사인 바우어앤게르버를 대신 운영했다. 이다는 메라노에서 1890년에 처음으로 호흡곤란 발작을 일으켰다. 이후 죽기 전까지 평생 천식성 호흡곤란에 시달렸다. 1892년에 필리프 바우어는 매독의 첫 증상으로 일시적으로 한쪽 눈의 기능을 잃었다. 2년 뒤 매독 3기에 이르자 정신 착란을 일으키고 일시적 마비까지 일으켰다. 고급 섬유회사인 필리프하스앤선즈 지점장이던 친구 요한 '한스' 젤렌카가 필리프를 빈으로 데려가서 신경과 의사 프로이트 박사에게 진찰받게 해주었다. 프로이트는 매독에 효과적이라고 입증된 항매독 약물을 처방했다.

케테가 매독에 감염될까 봐 남편의 병간호를 거부한 탓에 메라노에서 한스의 아내 벨라 주세피나('페피나') 호이만이 대신 필리프를 간호했다. 페피나는 메라노의 번창하는 가족은행 비데르만 은행장의 딸로서 젊고 예쁘고 쾌활했다. 필리프가 아내 케테에게 만족하지 못한 것처럼 페피나도 외도를 일삼던 남편 한스에게 고통을 받았다. 그래서 페피나와 필리프가 서로 위로하며 1913년에 필리프가 사망할 때까지 거의 부부처럼 지냈고, 그사이 케테는 (프로이트에 따르면) '주부 정신병'에 갇혔고 한스는 주위의 여자들을 쫓아다녔다. 한스는 1896년에 아직 열세 살 반이던 이다에게 눈독을 들였다. 한스가 이다를 사무실(프로이트는 사례연구에서 "가게"로 지칭함)로 불러서 갑자기 끌어안았지만 이다가 역겨워하며 뿌리쳤다. 하지만 이다는 이 사실을 부모에게 알리지 않았고, 집 안에서 은밀한 관계가 계속되었지만 모두가 외면했다. 어린 이다는 한스의 자식인 클라라와 오토를 돌보며 페피나와 친해지기까지 했다. 페피나는 이다에게 삶의 현실을 깨우쳐주고 남편의 불륜도 굳이 숨기려 하지 않았다.

1897년에 필리프의 폐결핵이 호전되자 바우어 가족은 가족 사업의 주요 공장이 있던 보헤미아의 라이헨베르크로 옮겼다. 1898년 초

18-2 요한 '한스' 젤렌카와 벨라 주세피나 호이만의 결혼식, 메라노, 1889.09.22.

여름에 이다가 다시 천식 발작을 일으켜 기침하고 실성증失聲症을 보였다. 필리프가 딸을 프로이트에게 데려갔고, 프로이트는 신경증으로 진단하고 "정신 치료"를 제안했다. 하지만 천식이 나아지자 치료도 중단되었다. 사실 필리프도 프로이트의 이론에 호의적이지 않았다. 이다는 아버지와 함께 가르다 호수로 갔고, 여기서 한스 가족과 함께 지내며 이 집 아이들을 돌봤다. 한스는 여자들에게 늘 하던 대로 이다에게도 추근댔고, 필리프는 며칠간 페피나와 함께 보헤미아로 돌아갔다. 당시 이다는 열다섯 살이었다(프로이트는 사례연구에서 한 살을 더했다). 어느 날 이다가 한스와 호숫가를 산책할 때 한스가 다른 가정교사에게 한 것처럼 달콤한 말로 이다에게 치근덕거렸다. 이다는 그를 뿌리치고 그의 뺨을 때리고 도망쳤다. 한스 가족의 집이 더는 안전하지 않다고 느낀 이다는 이튿날 돌연 아버지와 떠나기로 했다.

이다는 집으로 돌아와 무슨 일이 있었는지 어머니에게 알렸다. 필리프는 한스에게 해명을 요구할 수밖에 없었다. 한스는 전부 부인하며 이다가 선정적인 책을 보고 자극받아 호숫가에서의 일을 지어낸 거라고 말했다. 필리프는 아슬아슬한 삼각관계의 균형을 깨기보다 한스의 해명을 믿어주는 쪽을 택했다. 그러자 한스는 그해 말에 열린 연말 파티에서 다시 이다에게 접근했다. 가족의 평온이라는 제단에 희생양으로 바쳐진 데 화가 난 이다는 아버지에게 한스 가족과 모든 관계를 끊으라고 요구했다. 하지만 아무 일도 일어나지 않았다.

1899년 봄에 이다는 좋아하는 이모 말비네 프리드만(프로이트도 아는 사람이고, 프로이트는 멀리서 보고 그녀를 '심각한 형태의 정신신경증'으로 진단했다)이 세상을 떠나자 빈으로 돌아갔다. 그리고 빈에서 맹장염의 후유증으로 평생 오른발을 끌고 다니게 되었다. (따라서 골반 맹장염이었던 것으로 보인다. 골반 맹장염은 보통 오른쪽 다리에 이런 후유증을 남긴다.) 1900년에 바우어 가족은 다시 빈으로 돌아왔고, 얼마 후 한스가 필리프하스앤선즈의 빈 본점 책임자로 승진해서 그들 가족도 빈으로 들어왔다. 아버지와 싸우고 어머니에게 화가 난 이다에게는 의지할 사람이 없었다. 이다는 우울해하며 제대로 먹지도 못했다. 부모가 발견한 이다의 쪽지에는 자살을 언급한 내용이 있었다. 이다는 한스 가족 문제로 아버지와 다투다가 실신하기도 했다. 필리프는 딸을 강제로 프로이트에게 보냈다. 이때 이다는 열일곱 살, 한창 사춘기로 반항할 나이였다.

프로이트의 치료는 1900년 10월 중순에 시작되었다. 필리프는 프로이트가 딸의 "병"을 치료하고 딸의 마음에서 한스 부부에 관한 그 모든 거슬리는 "소설"을 지워주기를 바란다고 명확히 밝혔다. 프로이트는 이다의 주장에서 시비를 가려냈다. 하지만 한스와 필리프가 제기한 정신장애 진단에는 이의를 달지 않았다. 어쨌든 프로이트는 사례연구에서 두 차례나 언급했듯이 "매독 환자의 자녀는 심각한 신경 정신증에 유난히 취약하다"고 확신했다. 따라서 한스가 갑자기 끌어안았을 때 이다가 느낀 혐오감이 히스테리 반응이라는 것이다. 그 나이의 소녀(열세 살 반)는 "발기한 남근이 몸에 닿는 힘"을 느꼈을 때 정상적이라면 쾌락을 느껴야 하기 때문이다. 이다가 한스에 대한 사랑을 **억압**하고 음핵에서 느낀 흥분을 구강 혐오로 전환한 것이다. 마찬가지로 실성증이 나타난 시기가 한스가 떠나 있던 시기와 일치하므로 사랑하는 사람과 말할 수 없어서 생긴 감정이 표출된 것이다. 또 기침 증상은 한스가 대리인이 되기 전에 사랑하던 대상인 아버지의 음경을 목구멍으로 느끼고 싶은 욕구의 표현이다. 천식성 호흡곤란은 아버지가 어머니와 성교할 때 내던 헐떡거리는 소리를 모방한 것이다.

하지만 이다는 프로이트의 이런 주장 중 어느 한 가지에도 동의하지 않았다. 치료를 시작하고 두 달 반이 지났을 때 프로이트는 이다에게 호숫가 사건이 일어나고 9개월이 지난 1899년 봄에 앓은 '맹장염'은 출산 환상이 구현된 것이라고 말했다. 이후 다리를 끌게 된 이유는 그녀가 강렬하게 저지르고 싶은 "잘못"을 상징한다고 말했다. "그러니 K씨[프로이트가 사례연구에서 한스에게 붙인 가명]에 대한 사랑이 호숫가 사건에서 멈추지 않고 (앞서 언급했듯이) 지금까지 계속된 것은 당신도 알고 있습니다. 하지만 의식하지 못하는 겁니다." 이튿날인 1900년 12월 31일에 이다는 프로이트에게 그날이 마지막이라고 정중히 알렸다. 이다로서는 들을 만큼 들었다. 말비네 프리드만의 딸로 이다의 사촌인 엘자 포게스는 97세이던 1979년에 역사학자 앤서니 스태들런과 한 인터뷰에서 당시 이다가 프로이트의 치료에 관해 이렇게 말했다고 전했다. "그분은 질문을 많이 했고, 나는 치료를 끝내고 싶었어." 프로이트는 이런 갑작스러운 종결은 "오해의 여지없는 그녀의 보복 행위"이고 "이런 결정은 그녀가 스스로를 해치려는 목적을 달성하는 데 효과가 있었다"고 적었다.

필리프가 딸의 결정에 반대하지 않은 이유는 페피나와의 관계에서 프로이트가 공범이 되어줄 것 같지 않아서였다. 상황이 거의 달라지지 않아서 이다는 몇 달간 힘든 시간을 보냈다. 그러던 중 프로이트가 해결하지 못한 문제를 해결할 기회가 생겼다. 이다가 진심을 다해 돌보던 한스 부부의 딸 클라라가 1901년 5월에 선천적 심장병으로 사망했고, 이 가족의 진정한 치료자인 이다가 조문하러 가서 마침내 한스와 페피나에게 고백을 받아낸 것이다. 한스는 호숫가 사건을 고백하고 페피나는 필리프와의 관계를 고백했다. 이렇게 진실이 드러나자 이다는 건강을 회복했다. 하지만 10월에 다시 천식이 재발했다. 어느 날 길에서 우연히 한스가 차에 치이는 장면을 보고 공포를 느낀 때부터였다.

이듬해인 1902년 4월에 이다는 심각하게 고통스러운 안면신경증으로 프로이트에게 진찰을 받으러 갔다. 프로이트는 직접 명명한 이 "안면신경증"이 시작된 시점이, 2주 전에 이다가 신문에서 그가 조교수로 임명되었다는 기사를 읽은 직후였다는 사실을 알고 기뻐했다. 이다는 분명 프로이트를 떠난 일로 자신에게 벌을 준(자신의 "뺨을 때린") 것이고, 프로이트는 이다가 호숫가에서 거칠게 뺨을 때린 한스의 대리인이었다. "이다가 진심으로 요청하지 않았지만" 프로이트는 "이다의 문제에 훨씬 더 근본적인 치료를 시도하는 만족감을 빼앗아간 행동을 용서해주겠다고 약속"했다. 우리는 이 말에서 프로이트는 이다가 아직 치료되지 않았다고 생각하지만 이다가 거부한 방식을 감안해서 이다를 돕는 데 열의를 보이지 않기로 했다고 유추할 수 있다.

이다는 상당한 미인인데도 구혼자가 없었고 계속 부모와 함께 살았다. 사촌 엘자에게 사랑하는 사람이 생겼다고 고백했지만 누구인지는 말해주지 않았다(그래서 엘자는 그 상대가 자신의 약혼자인 한스 포게스일 거라고 의심했다). 1903년 여름에 이다는 빈의 부르주아가 많이 찾는 휴양지 라이헤나우에서 휴가를 보내던 중 테니스 코트에서 에른스트 아들러를 만났다. 아들러는 유명한 유대인 배우 아돌프 폰 조넨탈의 조카이자 큰 재산을 물려받을 상속자였다. 그는 공학을 전공했지만 관련 업계에 종사한 적은 없었다. 엘자 포게스와 이다의 다른 사촌 율리우스 바우어는 쿠르트 아이슬러에게 아돌프를 "한량", "방탕아", 귀족계급에 진입한 매력적이지만 피상적인 "속물"이라고 표현했다. 그는 또 아마추어 음악가이기도 했다.

이다는 그에게 반했다. 질식할 듯한 집안 분위기에서 벗어나 사회로 나가 새 인생을 살고 싶었다. 1903년 12월 6일, 이다 바우어는 에른스트 아들러와 서둘러 약혼하고 결혼했다. 스물한 살이었다. 필리프는 사위를 가족 사업에 받아들였다. 1905년 4월 2일에 이다는 아들 쿠르트 헤르베르트를 낳았다. 이 아들은 훗날 유명한 지휘자이자 오페라 감독이 된다(양차 대전 사이에 그는 막스 라인하르트, 토스카니니, 게오르크 솔티와 프로이트의 '꼬마 한스' 헤르베르트 그라프 외에도 다수와 함께 작업했다).

이다는 성인이 된 뒤로는 신경증이나 정신적으로 불안정한 모습을 보이지 않았다. 1950년대 초에 엘자 포게스를 비롯해 이다 바우어의 가까운 지인들을 인터뷰한 쿠르트 아이슬러는 안나 프로이트에게 보낸 편지에 이렇게 단언했다. "2년 전에 제가 '도라'의 사촌을 인터뷰해서 얻은 정보는 정확합니다. 이다는 프로이트에게 치료받은 이후 심각한 신경증이나 정신병증을 보인 적이 없습니다."(1952.08.20.) 지인들에 따르면 이다는 좋은 엄마였고, 극장에 다니는 것을 좋아했으며, 음악과 마음에 관한 것들에 관심이 많았다. (오토 라이히터에 따르면) 활기차고 "열정적"이었으며 타고난 비판 정신으로 소수의 사람들, 특히 남편에게 가차 없었다. "그분은 결코 아둔한 사람이 아니었다"는 말은 페피나와 한스의 아들 오토 젤렌카의 의견이었다. 이다는 브리지 게임도 잘하고 물론 천식에는 좋지 않았지만 줄담배를 피웠다.

이다는 1922년에 잠깐 메니에르병으로 펠릭스 도이치에게 보내졌다. 그는 헬레네 도이치의 남편으로, 프로이트의 개인 주치의이자 정신분석가였다. 펠릭스 도이치는 아내에게 보낸 편지에서 교수님의 그 유명한 '도라'를 만났다면서 "그 여자는 분석에 대해 좋은 얘기는 한마디도 하지 않았습니다"라고 적었다. 하지만 그는 1957년에 도라에 관한 신뢰성이 떨어지는 논문에서 부주의하게도 도라가 "정신의학 문헌에 유명한 사례로 실린 데 상당한 자부심을 드러냈다"는 정반대의 주장을 적었다.

이다와 에른스트 아들러의 결혼생활은 행복하지 않았다. 얼마 안 가서 아들러가 사업에는 소질이 없다는 것이 드러났다. 그는 아내와 아들을 내팽개치고 자동차클럽에 가서 브리지 게임으로 도박을 하고 자주 빚을 졌다. 필리프 바우어의 생전에도 이미 가족 사업이 무너지기 시작한 터라 아들러가 물려받은 유산마저 사라졌다. 오스트리아헝가리제국의 몰락과 이후의 경제 위기로 인해 이들의 상황은 더 나빠졌다. 보헤미아 지방에 있던 공장들이 신생 체코슬로바키아에 국유화되면서 바우어 집안은 결국 파산했고 이다와 아들러의 불화도 심해졌다. 이혼 얘기가 자주 나왔지만 아들 쿠르트를 위해 계속 같이 살기로 했다. 음악 영재인 쿠르트는 진지하게 음악 공부에 전념했다.

아들러는 새로 실내장식 사업을 시작했지만 가족을 부양할 정도는 못 되었다. 그사이 이다는 도박에 빠져 브리지 모임을 주최했다. 회원들이 돈을 따려고 게임을 하러 오고 정기적으로 회비를 냈다. 1928년부터 과부가 된 페피나는 이다와 친하게 지내며 도움을 주었다. 이다는 바덴바덴의 카지노에서 두 차례 거액을 잃었고, 그전에도 여러 번

빚을 갚아준 오빠 오토가 다시 빚을 갚아주었다. 부유한 친구 슈테피 슈트라우스에게도 도움을 받았다. 1932년 12월 28일에는 아들러가 혈전증으로 쓰러졌다. 이다는 마침 브리지 모임에 있었는데 상황을 전해 듣고도 별일 아니라며 무심히 게임을 마쳤다. 집으로 돌아갔을 때 아들러는 이미 사망한 뒤였다.

오토 바우어가 동생 이다를 보살폈다. 하지만 1934년에 사회민주당원들은 돌푸스 독재의 탄압 때문에 체코슬로바키아로 피신했다가 파리에 가야 했다. 오토는 파리에서 1938년 7월에 심장마비로 사망했고 인민전선 정부가 공식적으로 장례를 치러주었다. 빈에 남아 있던 이다는 오빠 때문에 오스트리아 합병 이후 나치의 추적을 받았다. 이다는 한동안 페피나와 함께 숨어 지내다가 1939년에 오토 바우어의 동지였던 요제프 부팅거의 반파시즘 저항 조직의 도움으로 파리행 통행권을 구했다. (나치 고위 관리의 딸인 아들 쿠르트의 전 부인에게도 도움을 받았다.) 이다는 1940년 6월에 독일군의 접근을 피해 프랑스 남부의 '자유지역'에 피신해 있다가 모로코의 카사블랑카를 거쳐 1941년 9월에 뉴욕으로 건너갔다. 뉴욕에서 쿠르트도 만나고, 역시나 홀로코스트를 탈출한 가족들과 친지 포게스(오랜 기간 소원하게 지내다가 결국 화해했다), 사촌 율리우스 바우어, 친구이자 어머니 같은 페피나의 아들 오토 젤렌카와 재회했다. 오토 젤렌카는 1942년에 체코의 테레진 강제수용소로 추방당했다가 1945년 5월에 붉은 군대에 의해 해방되었다. 이다의 삼촌 루트비히 바우어는 불운하게도 1942년 8월에 테레진 강제수용소에서 사망했다. 엘자의 남편 한스 포게스는 이다의 도박 모임에서 파멸을 자초하고 1942년 5월에 폴란드의 우치 게토에서 사망했다.

이다 바우어는 1945년 12월 21일에 뉴욕에서 암으로 사망했다. 그녀의 삶을 집어삼킨 전쟁이 끝나고 고작 석 달 만이었다.

이다는 어린 시절에 받은 분석의 대가를 이미 치렀지만 정신분석가와 역사가 들은 계속해서 이다 바우어의 삶을 최대한 길고 불쾌한 증상으로 기술하려 했다. 프로이트는 펠릭스 도이치에게 들은 내용을 토대로 사례연구에 각주를 달아 '도라'가 "최근에 다시 병들었고" 3개월간의 짧은 치료로는 "이후의 병을 예방하지는 못했지만" 그가 한 분석의 문제는 아니라고 설명했다. 1950년대 초 뉴욕 정신분석계에서는 도라가 정신분열증을 앓았다거나 루트비히 빈스방거의 벨뷔 요양소에 입원했다는 식의 온갖 근거 없는 소문이 돌았다(빈스방거는 이런 사실을 확인해달라는 쿠르트 아이슬러의 질문에 그런 사실이 없다고 답했다). 어니스트 존스는 프로이트의 전기 2권에서 도라를 "일관되게 사랑보다 복수가 우선인 불쾌한 인물"로 그리고 "같은 이유로 조기에 치료를 중단했고 이후로 계속 육체적으로나 정신적으로 갖가지 히스테리 증상을 보였다"고 적었다. 반면에 펠릭스 도이치는 1957년에 익명의 증인을 인용해서 이다 바우어의 죽음이 "가까운 사람들에게 축복"이었다면서 "내 익명의 증인의 말에 따르면 이다는 그가 본 '가장 혐오스러운 히스테리 환자'였다"고 적었다.

역사가 앤서니 스태들런은 이 증인의 아내와 인터뷰하고는 그의 증언이 그와 가족 관계로 얽힌 한스 젤렌카라는 인물만큼이나 신빙성이 없다는 사실을 확인할 수 있었다. 하지만 1898년에 시작된 소문은 지금도 돌고 있다.

19 안나 폰 베스트

Anna von Vest

1861~1935

안나 카타리나 폰 베스트는 1861년 11월 25일에 오스트리아 케른텐주 클라겐푸르트의 유명한 집안에서 태어났다. 할아버지 로렌츠 에들러 폰 베스트는 마리 테레즈 여제의 딸 마리안느 대공비의 개인 주치의였다. 아버지 요한 에들러 폰 베스트는 공증인으로 큰 부를 이루었다. 그는 1857년에 나탈리아 베르처와 결혼해서 자녀 여섯을 두었다. 그리 화목한 가정은 아니었다. 음악적 재능이 뛰어나고 시를 사랑하던 나탈리아는 남편보다 열여섯 살 어렸고, 남편을 늘 '박사님'이라고 딱딱하게 부를 만큼 부부 사이가 소원했다. 나탈리아는 종교에서 위안을 찾았다.

아이들은 엄격하게 교육받았다. 안나는 다른 네 자매처럼 살레시오수녀회에서 운영하는 종교시설 안의 기숙학교로 보내졌다. 모범생이던 안나는 프랑스어와 영어를 완벽하게 구사했다. 피아노도 수준급으로 쳤고 그림에도 재능이 있었다. 그러다 청소년기가 끝날 무렵 종교를 거역하며 제멋대로 굴었다. 예민한 성격이라 동생 코르넬리아('넬리')와 항상 다투었다. 두 자매는 처음에는 어머니에게, 나중에는 남자들에게 관심을 받고 싶어서 평생 경쟁자로 살았다. 안나는 스무 살에 스케이트를 타다가 넘어진 사건과 사랑에 좌절하는 일을 겪은 뒤로 평생 그 충격에서 헤어나지 못했다. 1885년에 난소를 절제하는 수술을 받았는데, 나중에 그럴 필요가 없던 것으로 밝혀졌다. 결국 조모증(과도한 모발 성장)이 생겨서 심각한 스트레스에 시달렸다. 어떻게든 화장으로 가려보려다가 얼굴이 더 흉해졌다.

잘못된 난소절제술로 보행에도 문제가 생겨서 결국 두 다리가 완전히 마비되었다. 안나의 가족 중 누군가가 역사가 슈테판 골드만의 질문에 당시 안나의 상황을 한마디로 이렇게 정리했다. "불운한 연애에 실패하고 침대로 들어가 영원히 마비되었다." 안나는 휠체어를 타고서만 이동할 수 있었고, 계단을 오르려면 하인들이 들어 올려주어야 했다. 온천 도시와 해안가 휴양지를 돌아다니며 치료를 받았지만 효과가 없었고, '신경통'이 끈질기게 괴롭혔다.

1903년 5월에 안나는 빈에 가서 프로이트에게 치료를 받아보기로 했다. 그때 나이가 마흔한 살이고 이미 20년 가까이 장애를 안고 산 상태였다. 안나는 기차에서 프로이트가 오기로 한 호텔까지 옮겨졌다. 그러다 단 일주일 만에 걸어서 프로이트의 분석실로 찾아갈 수 있었다. 그다음 주에는 극장에도 다니기 시작했다. 낮에는 오스트리아 화폐로 시간당 50크로네를 내고 프로이트의 분석실에 앉아 있었다(당시 기준으로 상당한 금액이었다). 안나는 부르크 극장의 배우 페르디난트 그레고리에게 연극 수업도 들었는데, 그는 안나에게 목소리를 위해 하루에 당근 한 개씩 먹으라고 조언했다. 저녁에는 살롱에 다녔고, 피아니스트와 가곡 연주자로서 인정받았다. 고상한 삶을 선망하던 안나는 이런 사교모임을 좋아했다. 침실 벽은 그녀가 만나는 유명인들의 사진과 초상화로 도배되어 있었다.

안나의 조카딸은 쿠르트 아이슬러의 부탁으로 쓴 비망록에서, 안나와 함께 간 소풍에서 안나가 분석에 관해 들려준 이야기를 이렇게 적었다. "[증상의] 원인: 축복받지 못한 탄생! 안나 이모는 모든 것을 부모 탓으로 돌렸고, 대화의 60퍼센트가 성적인 내용, 동생을 향한 질투심 따위였다."

치료는 7월 중순에 중단되었다. 프로이트가 신성불가침으로 여기던 여름휴가를 위해 깨끗한 공기를 찾아 베르히테스가덴 근처의 쾨니히 호수로 떠나야 했기 때문이다. 안나는 클라겐푸르트로 돌아왔고, 다시 마비되었다. 이제 가족들은 안나가 호소하는 증상의 진위에 노골적으로 의문을 제기했다. 어떻게 클라겐푸르트에서는 마비되면서 빈에서는 건강할 수 있느냐는 것이었다. 슈테판 골드만이 수집한 증언에 따르면 안나의 가족은 프로이트가 시도한 치료의 적절성과 치료 기간에도 의문을 제기했던 듯하다. 가족 중 누군가가 "빈의 유대인 의사 프로이트는 큰돈을 벌고 싶어 했다"고 말했다.

안나는 몹시 고통스러워하며 프로이트에게 쾨니히 호수에서 자기를 치료를 해달라고 끈질기게 설득했다. 마리 폰 페르스텔이 이미 그 특권을 누렸다는 말을 듣고는 사회적 지위로 보나 재산으로 보나 자기보다 우월한 그 남작 부인을 질투했다. 프로이트는 휴가를 방해받고 싶지 않다고 정중히 거절하면서 증상이 재발한 것은 사소한 결과라고 말했다. "내가 보기에 당신은 더없이 건강합니다. 어떤 상황에서든 이 말을 잊지 마세요."(1903.07.20.) 하지만 안나가 끈질기게 요구하자 프로이트는 편지로 간단히 정신분석을 해주었다. "당신의 계획에서 MF[마리 폰 페르스텔]가 어떤 역할을 하지 않았나요? 그래요, 그 부인이 일주일 정도씩 오시기는 하지만 다른 쪽으로도 그분을 따라 하려고 하지 않으셨으면 좋겠습니다. 만약 내가 지금 또 다른 여성 환자를, 진실로 관심을 가질 만한 환자를 받는다는 걸 아신다면 뭐라고 하시겠습니까? 당신의 두 가지 환상, 그러니까 부의 환상과 사회적 지위의 환상을 그 새로운 환자에게도 투영하시겠습니까?"(1903.07.29.)

안나의 치료는 프로이트가 빈으로 돌아오면서 재개되었다가 프로이트가 다시 휴가를 떠난 1904년 7월까지 이어졌다. 프로이트가 치료를 종결하기로 했지만 안나는 클라겐푸르트로 돌아가자마자 다시 증상을 보이며 그의 결정에 반박했다. 안나는 다시 프로이트에게 쾨니히 호수에서 자기를 진료해달라고 부탁했고, 이번에도 프로이트는 거절했다. "두 가지 점에서 날 믿어주세요. 1) 누구도 그렇게 어렵게 건강해졌다가 쉽사리 다시 이전의 병으로 돌아가지는 않습니다. 2) 당신은 그저 향수에 젖은 것일 뿐이고 이런 감정에 굴복해 쾨니히 호수로 오시는 것은 참으로 어리석은 일입니다."(1904.08.17.) 안나가 가족을 설득해 여름이 지나고 빈에서 지낼 수 있게 되자 프로이트는 축하해주며 이제는 환자가 아니라 "고결하고 구원받은 인류의 한 구성원"으로서 다시 만날 날을 고대한다고 편지를 보냈다.(1904.08.02.)

하지만 이후 몇 년간 증상이 다시 나타났다. 그것도 여러 번. 1906년 12월에는 새로운 위기가 발생했다. 프로이트는 분석을 새로 시작하지 말자고 안나를 설득하면서 "병에서도 치료에서도 구원을 얻으려 하지 말라"는 새해 소망을 빌어주었다.(1906.12.20.) "끝으로 치료 시간에 [분석되지 않은] 나머지 부분을 다룰 때마다 당신이 그저 치료를 끝내기 싫어서 뭐라도 계속 붙잡고 있다는 인상을 받았습니다."(1907.01.10.) 안나는 돈을 보내며 어떻게든 계속 치료를 받으려 했고, 프로이트는 처음에는 거절했다. 하지만 결국 단념하고 그해 4월 25일까지 안나를 계속 분석했다.

1908년 6월에 분석이 다시 시작되었다. 이 무렵 프로이트와 안나 폰 베스트가 주고받은 편지가 끊겼지만 프로이트가 환자들에 관해 날짜별로 기록한 달력에는 1910년부터 '베스트'라는 이름으로 기록된 분석이 두 번 더 나온다. 그러다 1912년에 안나 폰 베스트는 영국으로 건너가서 지냈다. 1914년에 클라겐푸르트로 돌아왔고, 프로이트의 아들 마르틴이 안나를 만나러 갔다. 그해에 1차 세계대전이 발발해 막대한 고통이 몰려왔다. 폰 베스트 집안의 가계를 책임지던 안나의 형부가 1915년에 부실한 재정 상태를 남겨두고 세상을 떠났다. 안나는 1916년과 1917년에 모라비아의 올뮈츠로 가서 군 병원에서 간호사로 일했다. 다시 집으로 돌아왔지만 결국 폰 베스트 집안의 재산이 증발해서 어머니와 동생 코르넬리아와 함께 클라겐푸르트 근교의 시골에서 작은 텃밭이 딸린 제분소에서 지내야 했고, 여기서 생산한 작물로 생계를 유지했다.

프로이트와 안나가 주고받은 편지를 통해 안나가 1920년, 1925년, 1926년에 증상이 재발해서 도움을 호소한 것을 알 수 있다. 두 번째로 재발했을 때는 프로이트가 안나에게 치료비를 받지 않고 분석해주겠다고 제안했다. "안나 양, 안타까운 소식이군요! 여전히 몸이 아프고 돈도 없군요. 나도 분석에 투입할 수 있는 시간과 기력이 많이 줄었습니다. 그러면 어찌해야 할까요? 한 가지 방법밖에 없는 것 같습니다. 그렇게 재발할 구멍을 터놓은 걸 보면 내가 치료를 잘못했다고 하실 수도 있으니 바로잡아야겠지요. 이번에는 돈이 문제가 되어서는 안 됩니다." 프로이트의 환자이기도 한 딸 안나 프로이트가 자신의 분석 시간을 안나 폰 베스트에게 양보하기로 했다. "안나의 자리에 다른 안나를 넣었습니다."(1925.03.26.)

이렇게 추가로 배정된 분석은 1925년 4월 4일 월요일 저녁 6시 30분에 시작되었다. 치료가 얼마나 이어졌는지는 알려지지 않았다. 이듬해에 프로이트는 안나가 "다시 몸이 안 좋아졌다는 소식을 들어" 진심으로 안타까워했다.(1926.04.11.) 1926년 11월 14일에 안나 폰 베스트에게 보낸 마지막 편지에서 프로이트는 안나가 여러 해에 걸쳐 치료받고도 회복하지 못한 이유를 이렇게 설명했다. "마지막 치료에서 아버지를 향한 죽음 소망에 관해 당신을 설득하지 못한 것이 못내 후회됩니다. 하지만 이런 건 마음이 온화한 다른 여자들에게도 참 어려운 일이지요."(다른 여자들이란 프로이트의 딸인 다른 안나를 말하는 걸까?)

프로이트는 1937년의 논문 「끝낼 수 있는 분석과 끝낼 수 없는 분석*Die endliche und die unendliche Analyse*」에서 "분석으로 치료하는 방법"이 "장애물"이 된 두 사례를 가명으로 언급했다. 하나는 옛 친구이자 제자인 샨도르 페렌치의 사례이고, 다른 하나는 안나 폰 베스트의 사례였을 것이다(프로이트를 연구하는 역사가 리사 아피냐네시와 존 포레스터가 제안한 엠마 에크슈타인은 아닐 것이다). 프로이트가 논문에서 기술한 바로는, 이 사례의 환자는 사춘기 이후에 생긴 다리 마비 때문에 19개월 동안 분석을 받아 치료되었고, 이후 재정난으로 가족의 생계를 책임져야 했지만 건강을 잃지 않았다. "분석을 종결하고 12년인가 14년인가 지나서 그 환자는 과다 출혈로 부인과 검사를 받아야 했다. 근종이 발견디어 자궁을 완전히 적출해야 했다. 수술 받은 후 환자는 한 차례 더 증상을 일으켰다. 수술해준 의사를 사랑하고 몸속의 두려운 변화에 대한 피학적 환상(환자는 이 환상으로 연애 감정을 은폐했다)에 빠지면서 분석으로는 더 접근할 수 없다는 것을 보여주었다."

사실 프로이트가 안나에게 보낸 편지에는 자궁 적출술에 대한 언급이 없다. 프로이트가 사건의 연대를 모호하게 남겨두었지만 그럼에도 편지의 전체 맥락상 이 환자가 누구인지에 대해서는 의문의 여지가 없다. 프로이트는 환자의 재발 사례에 주석을 달아서 "분석가로서 초창기"의 이 첫 번째 분석 사례에서 어떤 결론도 끌어낼 수 없다고 밝혔다. 자궁 적출술이라는 "새로운 외상"이 이전의 억압된 정서를 소환하지 않았더라면 신경증이 다시 나타나지 않았을 것이다. 애초에 안나 폰 베스트의 마비는 난소절제술에 의해 촉발된 것이었다. 그래서 30년 전에 프로이트가 안나 폰 베스트의 신경증 재발의 원인을 외부 "장애물"에서 찾은 것이다.

그로부터 4년 전에 안나 폰 베스트는 훗날 조카딸이 인터뷰에서 "위궤양"이라고 말한 병에 걸렸지만 사실 암이었을 가능성이 크다. 안나는 이듬해인 1935년 1월 20일 일요일에 클라겐푸르트 근처 에벤탈에서 사망했다. (1월 23일 자 프로이트의 일기에 "†안나 폰 베스트"라고 적혀 있다.) 슈테판 골드만이 수집한 친척들의 증언에 따르면 안나는 모든 고통의 원인을 동생 코르넬리아에게 돌렸다고 한다. "나는 위궤양이 아니라 넬리 때문에 죽어간다." 안나는 또한 프로이트 교수 덕분에 30년 더 건강하게 살았다고도 말했다.

20 브루노 발터

Bruno Walter

1876~1962

브루노 발터라는 이름으로 더 유명한 브루노 슐레징거는 토스카니니, 뵘, 오토 클렘페러, 카라얀과 함께 20세기의 위대한 지휘자로 손꼽힌다. 그 역시 1906년에 프로이트가 치료한 의외의 환자 중 한 명이 되었다. 당시 그는 빈에 있는 제국궁정오페라에서 친구이자 스승인 구스타프 말러의 지도를 받으며 지휘자로 활동했다. 그는 회고록에서 이때가 그의 삶에서 유난히 운이 좋았던 시절이라고 적었다. 그는 행복한 남편이자 아버지이며 일에서도 인정받았고, 앞서가는 부르주아로 살았다. 하지만 그에게는 과도하게 부르주아적인 삶으로 느껴졌던 듯하다. 그래서 그의 몸은 그에게 보다 "파우스트적인" 불안을 일깨웠다. 첫딸이 태어나고 얼마 안 가 왼팔에 심각한 "직업적 경련"이 생겨서 지휘도 못 하고 피아노도 못 치게 된 것이다.

구축이나 경추상완 신경통(팔의 좌골신경통)일 가능성이 컸지만 어느 쪽이었든 통증이 가라앉지 않았다. 브루노는 여러 전문가에게 치료를 받았다. 진흙 목욕 요법과 자성 요법도 받아봤지만 효과를 보지 못했다. 마지막으로 정신적 요인을 의심해 프로이트에게 진료를 받아보기로 했다. 친구 막스 그라프가 조언했을 것이다. 브루노는 몇 달에 걸쳐 분석을 통해 정신을 탐색하면서 아동기의 성적 외상을 찾아볼 것으로 기대했지만 프로이트는 팔의 증상만 진찰했다(잊지 말자. 프로이트는 원래 신경과 훈련을 받은 신경과 전문의였다). 브루노가 프로이트에게 과거의 학대 경험으로 경련이 생겼을 수 있는지 묻자 프로이트는 이렇게 되물었다. "시칠리아에 가본 적이 있습니까?" 브루노가 아니라고 하자 프로이트는 시칠리아는 경관이 빼어난 섬으로 그리스보다 더 그리스다운 곳이라고 말했다. "그러니까 나라면 당장 떠날 거예요. 팔이나 오페라는 다 잊고 가서 몇 주 동안 아무것도 하지 않고 눈으로 보기만 할 겁니다."

브루노는 그 말대로 했다. 기차를 타고 제노바로 가서 다시 배를 타고 나폴리로 갔다가 시칠리아로 건너가 아름다운 풍광과 그리스 신전을 감상했다. 그래도 경련이 사라지지 않았다. "결국 내 마음과 정신은 추가로 얻은 지식으로 크게 덕을 보았지만 팔은 아니었다." 그래서 브루노는 다시 빈으로 돌아가 프로이트에게 불만을 토로했다. 프로이트는 침착하게 통증은 잊고 다시 지휘를 해보라고 말했다. 브루노는 망설였다. 연주를 망치면 책임지겠다는 건가? 프로이트는 "책임지겠습니다"라고 답했다. 그래서 브루노는 다시 조금씩 지휘봉을 잡았고, 가끔은 통증을 잊었다. 치료 시간에 프로이트는 이런 식으로 계속 잊으라고 요구했다. 최면 대상에게 통증을 생각하지 말라고 주문을 거는 최면술사처럼. 그래도 경련은 사라지지 않았다. "한 번 더 지휘를 했지만 결과는 여전히 실망스러웠다."

그즈음 브루노는 낭만주의 시인이자 의사인 에른스트 폰 포이히테르슬레벤의 『영혼의 영양학*The Dietetics of the Soul*』(1938)이라는 책을 발견했다. 19세기에 많은 영향을 미친 이 짧은 책에서 포이히테르슬레벤은 정신이 의술에서 행하는 역할을 강조하며, 병의 경과에 영향을 주는 정신 위생을 위한 요리법이라고 할 법한 방법을 제안했다. 브루노는 이 책을 탐독했다. "나는 이 놀라운 책을 읽고 연구하면서 이 안에 담긴 사고의 흐름에 뛰어들 방법을 찾아보았다. 의사이면서 시인인 저자가 고통받는 인류에게 실행 가능한 방법을 제시하려고 시도한 책이다." 브루노 발터는 조금씩 자기 몸의 결함에 맞게 지휘법을 바꾸어 결국 팔을 온전히 쓸 수 있게 되었다. 그 뒤로 다시는 같은 증상을 겪지 않았다.

브루노 발터는 회고록을 출간한 후 미국의 정신분석가 리처드 슈

20-1 브루노 발터, 1912.

터바와의 인터뷰에서 프로이트가 성취한 이 "단기 정신 치료의 걸작"에 관해 이야기했다. 슈터바는 이 인터뷰를 토대로 작성한 논문에서 브루노 발터가 오랜 세월이 흐르고도 "여전히 프로이트의 성품에 깊이 감동했다"고 적었다. 슈터바도 "브루노 발터의 직업 신경증 단기 발병의 정신 역동"을 조명할 만큼 임상 자료가 충분하지 않다는 점을 분명 알았을 것이다. 그럼에도 불구하고 "42년간의 성공적인 삶과 치료 이후의 병력이 치료 성과를 입증한다"고 결론을 내렸다.

헤르베르트 그라프

Herbert Graf

1903~1973

헤르베르트 그라프는 1903년 4월에 앞서 올가 회니히〔14장 참조〕 사례에서 기술한 사회적 배경에서 태어났다. 유년기에 음악과 정신분석의 영향을 받았다. 아버지 막스 그라프는 한스 리히터, 에두아르트 한슬리크, 안톤 브루크너와 함께 활동한 유명한 음악학자이자 음악평론가였다. 헤르베르트의 이모 마리 발레리 회니히는 피아니스트였다. 구스타프 말러가 헤르베르트의 대부였다. 그래서 헤르베르트는 집에서 아르놀트 쇤베르크, 리하르트 슈트라우스, 브루노 발터, 아돌프 로스, 오스카 코코슈카를 비롯한 예술가와 음악가를 만날 수 있었다. 헤르베르트는 일찍이 음악적 재능을 보였다. 두 살에 이미 빈 가곡을 불렀고, 여동생 한나와 함께 모형 오페라 무대를 만들어 놀았다. 오페라는 그가 평생 가장 사랑하는 대상이 되었다.

그리고 정신분석이 있었다. 헤르베르트의 어머니와 아버지 모두 정신분석에 심취했다. 어머니는 직접 정신분석을 받았고, 아버지는 정신분석을 배웠다. 프로이트는 『성 이론에 관한 세 편의 논문*Drei Abhandlungen zur Sexualtheorie*』을 출간한 뒤 집에서 모이는 소규모 '수요회Mittwochs-Gesellschaft' 회원들에게 유아 성욕에 관한 이론을 입증할 자료를 수집해달라고 부탁했고, 막스 그라프는 아들 헤르베르트가 보이는 성적 활동의 사소한 징후까지 꼼꼼히 보고했다. 프로이트는 1907년 「어린아이의 성교육*Zur sexuellen Aufklärung der Kinder*」이라는 논문에서 "이제 네 살 된 정말 사랑스러운 아이"를 언급하면서, 이해심 많은 부모가 아이의 성욕 표출을 억압하지 않은(그리고 적극적으로 부추겼을 것이 분명한) 사례를 소개했다. '꼬마 헤르베르트'는 "유모에게 유혹의 성격을 띠는 어떤 요소에도 노출된 적이 없는"(그사이 프로이트가 폐기한 '유혹 이론'을 암시한다) 상태에서 세 살부터 줄곧 자신의 "고추"에 강한 흥미를 보였다. 프로이트는 꼬마 헤르베르트가 병리적으로 특이한 사례가 아니라고 설명했다. "죄의식에 위협받거나 억압받은 적이 없는 아이가 생각하는 대로 솔직하게 표현한 것이다."

앞서 보았듯이 이 가족의 분위기는 프로이트적이고 자유방임적이었을지는 몰라도 화목한 분위기와는 거리가 멀었다. 헤르베르트의 부모는 사이가 좋지 않았고, 어머니는 자주 감정이 폭발하고 우울증에 빠졌다. 어머니가 자식을 거의 돌보지 않았고, 막스에 따르면 아이에게 "유혹적으로" 행동했다고 한다. 그래도 아버지가 보기에 헤르베르트는 쾌활하고 해맑은 아이였다. "사실 특별할 것이 없었다. 공포증이 생기기 전까지는." 어느 날 막스와 헤르베르트가 공원에 있을 때 헤르베르트가 공원 입구에 서 있던 마차가 무섭다면서 공원 밖으로 나가지 않으려 했다. 그때가 겨우 네 살이었다. 그러다 1908년 초에는 말을 만나게 될까 무서워 집 밖으로 나가지 않으려 했다. 프로이트와 아버

21-1 헤르베르트 그라프, 1930년대 초.

지는 이런 상태를 "공포증"으로 지칭하고 그에 맞는 분석을 시도하기로 했다.

이것이 역사상 첫 아동 정신분석 사례다. 막스가 프로이트의 지시에 따라 아들에게 질문하고 답변을 기록해서 가져다주면, 프로이트가 그 기록에 자신의 이론적 견해를 붙였다. 헤르베르트는 1908년 3월 말에 프로이트를 만나러 갔을 때 외에는 주로 아버지에게 분석을 받았다. 프로이트와 막스 그라프가 함께 쓴 논문 「다섯 살배기 소년의 공포증 분석*Analyse der Phobie eines fünfjährigen Knaben*」에서 제기한 오이디푸스적 해석에 따르면 '꼬마 한스'(꼬마 헤르베르트의 가명)의 불안은 여동생에 대한 질투, 그가 독차지하고 싶은 어머니에 대한 지위를 선점한 아버지를 향한 적개심, 그리고 이런 금기의 욕망으로 인해 거세당할 거라는 두려움과 연관이 있었다. 헤르베르트 자신은 말과 덩치 큰 짐승에 대한 공포증의 원인을 일상적인 데서 찾으려 했다. 마차 사고를 목격한 일이 원인이 되었다고 본 것이다. 말이 뒤로 넘어가 한바탕 소동을 피우며 히힝히힝 울부짖고 요란하게 발을 구르며 발굽 소리를 내던 장면이다. 몇 달 뒤 5월 초에 헤르베르트의 동물 공포증이 빠르게 사라졌고, 프로이트는 분석 덕분에 호전되었다고 보았다. 그는 좋은 결과를 축하하기 위해 근사한 목마를 가지고 막스의 집으로 갔다. 그리고 이렇게 장담했다. "두고 보세요. 언젠가 이 아이는 기병대에 들어가고 싶어 할 겁니다."

헤르베르트는 이후 별 탈 없이 성장했다. 그사이 말에 대한 공포도 잊었다. 아버지가 프로이트의 지시에 따라 자신을 분석했고 '꼬마 한스'라는 이름으로 불멸의 존재가 된 사실도 전혀 몰랐다. 1959년에 쿠르트 아이슬러와 인터뷰하면서 깜짝 놀란 걸 보면 어머니가 프로이트에게 분석을 받은 사실도 몰랐던 듯하다. "어머니가 치료를 받으신 건 몰랐어요. 상상도 못 했어요! … 그런 얘기를 하신 적이 없거든요." 그러다 열일곱 살이 되던 해인 1920년에 부모가 이혼할 때 가족의 비밀을 알게 되었다. 아버지가 집을 나가기 전에 책을 싸는 것을 거들어주던 중 '꼬마 한스'에 관한 프로이트의 책을 펼쳤다가 프로이트가 완벽하게 감추지 못한 정보를 보고 자기 이야기인 것을 눈치챘다. 헤르베르트는 40년 가까이 지나서도 그때의 충격을 생생히 기억했다. 아이슬러가 부친 살해 욕망을 아버지에게 직접 고백한 최초의 아이가 된 데 자부심을 느낀다는 소감을 어떻게든 끌어내려 하자 헤르베르트는 그런 사실에 "조금 충격"을 받았고 "그런 욕망은 아무에게도 말하고 싶지 않은 법"이라고 답했다.

1922년에 헤르베르트가 학업을 시작할 나이가 되자 아버지는 그에게 프로이트를 찾아가 '꼬마 한스'가 어떻게 성장했는지 보여주라고 했다. 프로이트는 그를 만나 기뻐했다. 아동 정신분석이 해롭지 않고 오히려 효과적이라는 사실을 보여주는 산증인이 눈앞에 나타난 셈이었다. 그는 당장 사례연구에 후기를 달아 "어떤 문제나 억압도 겪지 않는" "열아홉 살의 건장한 청년"을 만난 일화를 적어 넣었다.

막스 그라프는 프로이트가 아들을 반겨줬다는 말을 전해 듣고는 다시 프로이트와 좋은 관계를 이어가기로 했다. 올가 회니히와는 이미 이혼해서 앞서 올가의 사례에서 언급한 프로이트와 알프레트 아들러 사이의 갈등을 신경 쓸 이유가 없어졌기 때문이었다. "그분을 찾아갔을 때 그분이 나를 냉랭하게 맞았습니다. 예전처럼 사이좋게 대화를 나눌 수 없어서 그분께 물었죠. '솔직히 말씀해주십시오, 교수님. 저를 대하시는 말투나 태도가 왜 그렇게 달라졌습니까?' 그분이 답했습니다. '음, 자네는 정신분석학회를 나갔고, 회비도 내지 않았고, 학회에서 아무런 역할도 하지 않았잖아.' … 그럴 수 있었어요. 맞는 말이죠. 그러나 예전처럼 좋은 관계로 대화를 이어갈 수 없어서 그냥 자리를 떴습니다. 그분과는 길에서 가끔 마주칠 뿐이었습니다. 그분에 대한 제 생각이 달라지지 않았기에 저는 당연히 정중하게 인사를 건넸습니다. 하지만 그분은 매번 경계하는 눈빛으로 저를 외면했지요."

한편 헤르베르트는 음악학, 무대 연출, 작곡, 성악을 공부했다. 전시에 베를린의 이모 집에서 지내며 연출가 막스 라인하르트의 공연을 보다가, 라인하르트가 연극 무대에서 한 일을 자기는 음악 무대에서 해보기로 결심했다. 오페라 감독이 되기로 한 것이다. 1925년에 '감독으로서의 바그너'에 관한 음악학 박사학위 논문을 완성한 후 베스트팔렌주 뮌스터 시립극장에서 오페라 가수 겸 감독이 되었다. 그는 아이슬러와의 인터뷰에서 빈과 그 도시가 주는 그 모든 의미를 기꺼이 뒤로하고 떠났다고 말했다. "빈 시절을 떠올리면 내가 몹시 타락한 도시를 떠나온 느낌이 들어요. … 부모님의 이혼, 어느 정도의 빈곤에 따른 개인적 고통 때문이지요. … 그리고 호프만슈탈과 쇤베르크와 프로이트가 있는 풍경, 이 모든 것, 이것이 우리 젊은 사람들이 반발해서 빈을 떠나 독일로 간 이유입니다. 빈에서 최대한 멀리! … 우리는 세상에 일종의 혐오감을 느꼈습니다. (아이슬러: 거기에 정신분석도 포함될까요?) 물론 그것도 포함되죠. 사실 정신분석이 대표적이었죠."

헤르베르트 그라프는 빈에서 멀리 떨어진 곳에서 오페라 감독으로서 국제적 명성을 쌓았다. 그리고 1934년에 나치를 피해 미국으로 건너갔다. 필라델피아에서 활동하다가 뉴욕 메트로폴리탄 오페라를 비롯해 여러 지역에서 거장들과 작업했다. 토스카니니, 브루노 발터(막스 그라프의 옛 친구), 오스카 코코슈카(막스 그라프의 친구), 푸르트벵글러, 게오르그 솔티, 티토 고비, 고틀로프 프리크, 마리아 칼라스, 엘리자베트 슈바르츠코프, 이름가르트 제프리트를 비롯한 여러 인물과 함께 일했다. 1943년에 미국 국적을 취득했고, 한동안 NBC 텔레비전 방송국에서 음악 감독으로 활동했다. 1946년에는 할리우드로 건너가 MGM 영화의 오페라 장면을 감독했다.

그의 아버지와 그가 아끼던 동생 한나도 미국으로 건너왔다. 아름답고 지적인 한나는 평생 어머니에게 거부당했다. 남편 파울 수예프가 다하우 강제수용소로 끌려가서 슬퍼하다가 1942년에 자살하면서 결국 회니히 집안의 저주에 굴복했다.

헤르베르트는 1927년에 결혼해서 1933년에 아들 베르너를 낳았다. 아내 리젤로테 아우스터리츠는 알코올중독자였던 듯하다(프로이

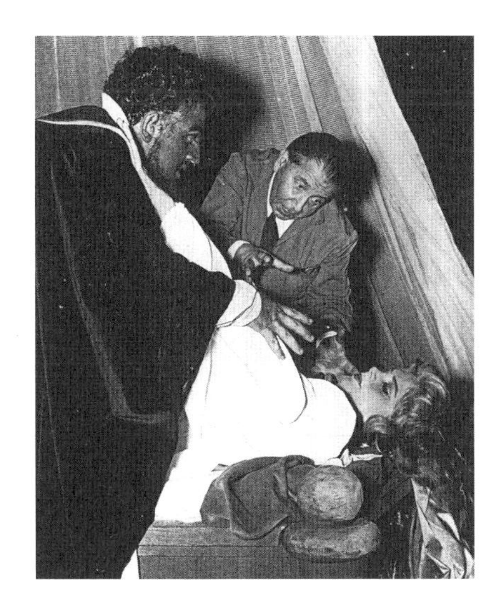

21-2 베르디의 〈오셀로*Othello*〉에서 오페라 가수들을 감독하는 헤르베르트 그라프, 취리히 시립극장, 1960년 9월.

트 문헌소의 소장 해럴드 블럼의 증언이다. 하지만 헤르베르트와 리젤로테의 손자 콜린 그라프는 이 말을 확인해주지 않았다). 아이슬러와의 인터뷰를 보면 헤르베르트가 이런 '고충'을 털어놓은 것으로 보인다. "한 1, 2년 힘든 시기를 보냈어요. 그래서 도움을 구하려고 정신분석가를 찾아갔어요. 하지만 전혀 마음에 들지 않았어요! … 나는 늘 정신분석이 사상으로든 과학으로든 그 무엇으로든 세상에서 가장 위대한 거라고 생각했어요. 하지만 너무 손쉽다고 할까요. … 그러니까 그걸 다루는 한줌의 사람들에게 그걸 다룰 자격이 없는 경우가 많다고 생각해요."

리젤로테 그라프는 1967년에 사망했다. 알코올중독 때문이었을 것이다. 헤르베르트 그라프는 1950년대 말에 다시 유럽으로 돌아와 살면서 1966년에 마그리트 투에링과 재혼해 딸 안-카트린을 낳았다. 두 번째 결혼은 첫 번째 결혼보다 훨씬 화목했던 듯하다. 헤르베르트 그라프는 스위스에서 은퇴하고 1973년 4월 5일에 제네바에서 암으로 사망했다. 기병대에 입대한 적은 없다.

알로이스 야이텔레스

Alois Jeitteles

1867~1907

알로이스 야이텔레스는 1867년 9월 7일에 아델레 야이텔레스처럼 보헤미아에서 건너온 유대인 명문가에서 태어났다. 다만 알로이스의 집안에서는 성에 't'를 두 개 썼다. 알로이스라는 이름은 할아버지 알로이스 이지도어 야이텔레스의 이름을 딴 것이다. 유명한 의사이자 저널리스트, 극작가, 시인이던 할아버지는 루트비히 티크, 프란츠 그릴파르처, 루트비히 판 베토벤과 친구였다(베토벤은 야이텔레스의 시에 곡을 붙여 〈멀리 있는 연인에게*An die ferne Geliebte*〉라는 연가곡을 작곡했다). 알로이스의 아버지 리하르트 야이텔레스는 솔로몬 로스차일드가 자금을 댄 오스트리아의 증기철도회사 카이저페르디난트노르트반의 사장이자 오스트리아헝가리제국의 막강한 로스차일드 은행인 크레디트안슈탈트의 이사진이었다.

알로이스 야이텔레스는 누나 마리를 통해 프로이트 핵심 집단의 주변부로 진입했다. 마리가 알프레트 퓌르트와 결혼했고, 알프레트의 동생 아돌프 퓌르트와 그의 아내 헬레네가 프로이트 집안과 가까운 사이였기 때문이다(이 집안의 자녀들은 프로이트를 '지기 삼촌'이라고 불렀다). 헬레네 퓌르트의 사촌 조피 슈바브가 프로이트의 친한 친구(이자 후원자)인 요제프 파네트와 결혼해서 조피 프로이트의 대모가 되었다. 그리고 알프레트와 마리 퓌르트의 딸 마리는 나중에 조피와 요제프 파네트의 아들 오토와 결혼한다. 2차 세계대전 중에 친구 사이인 마리 파네트와 안나 프로이트가 함께 아동을 위한 예술치료를 개발하면서 퓌르트 집안과 프로이트 집안의 관계가 더 돈독해졌다(마리 파네트는 프로이트의 다른 친한 친구 오스카 리의 손자인 정신분석가 헤르만 눈베르크와 떠들썩한 연애 사건을 일으키기도 했다).

1899년에 알프레트 퓌르트가 재산도 거의 없이 어린 자식 넷과 아내 마리만 남기고 젊은 나이에 세상을 떠나자, 알로이스가 누나 집에 들어가 살면서 조카들의 법정후견인이 되어주었다. 프로이트 문헌소를 위한 비망록에서 마리 파네트는 삼촌 알로이스를 애틋하게 기억했다. 활기찬 곰 같은 삼촌이 식탁에 올라가 조카들을 위해 전날 밤에 본 연극이나 오페라를 재연해주거나 자기 전에 아이들 방에 들러 잘 자라고 인사하면서 베개 밑에 사탕이나 초콜릿을 넣어주었다고 말했다. "저희 모두 삼촌을 많이 사랑했어요."

하지만 1906년 봄, 그가 여행 중에 다리를 다치고 돌아온 뒤로는 돌연 분위기가 바뀌었다. 우울해하고 말수도 줄었으며 행색도 단정치 못하고 누나와 자주 다투었다. 마리는 괴로워했고, 조카들은 두려워했다. 요양소에도 몇 번 들어갔지만 달라진 것 없이 나왔다. 누나가 기운을 차리게 해주려고 아이들이 잠들기 전에 프리츠 로이터의 재미있는 이야기를 같이 읽어주자고 했을 때 그는 냉랭한 얼굴로 아무런 감정도 보이지 않고 옆에 가만히 앉아만 있었다. 그러던 어느 날 아이들이 로이터의 『나의 농민시대*Ut mine Stromtid*』에서 특히 웃기는 대목을 듣고 웃을 때 알로이스도 전처럼 같이 웃었다. 마리 파네트는 그날 밤 잠들면서 '이제 다시 좋아졌구나' 하고 안도했다고 기억한다. 그날은 1907년 10월 13일이었다. 이튿날 마리는 학교에 갔다가 점심을 먹으러 돌아와서 알로이스 삼촌이 죽었다는 말을 들었다. 전날 밤 그는 모든 것을 계획한 뒤 가스 밸브를 열어놓고 수면제를 먹었다. 그리고 권총으로 스스로 목숨을 끊었다. 누나는 총성을 들었지만 예사로 여겼다. 아침에 하녀가 그를 발견했다.

마리 파네트는 다른 구체적인 얘기도 들었다. "이런 말도 기억나요. '삼촌에게 치료법을 시험하고 싶어 한 의사'가 얼마 전에 어머니에게 상황이 심각해서 그 방법으로는 삼촌을 살릴 수도 있고 더 병들게

할 수도 있다고 했다는 말이요." 한참 지난 1950년대 중반에 마리 파네트는 안나 프로이트와 대화하다가 그 과감한 의사가 누구인지 알게 되었다. 둘이 마리 집안에서 일어난 일들에 관해 이야기를 나누던 중 아동 치료자인 안나가 "아이들에게 최악은 우울한 엄마"라고 말하자 마리가 자신의 엄마가 오랫동안 남편을 애도했다고 말했다. "그리고 난 집안에 '자살하고 싶어 하는 사람'이 있는 게 어떤 건지도 알아요. 우리 어머니의 남동생, 그러니까 삼촌이 1년간 그런 상태로 우리랑 같이 살다가 스스로 목숨을 끊었거든요." 그러자 안나는 "당신은 퓌르트 집안이 아닌가요?"라고 물었다(안나는 퓌르트 집안에는 자살한 사람이 없다고 알았기 때문이다). 그러자 마리는 "그래요. 그런데 그 삼촌은 퓌르트 집안이 아니었어요. 어머니와 삼촌은 야이텔레스 집안이었죠." 잠시 뜸을 들이다 안나가 말했다. "아버지의 초창기 환자 중에 야이텔레스 집안사람이 있었어요. 그 사례에 관한 메모가 기억나요."

그 메모 중 어느 하나도 발견되지 않았기 때문에 프로이트가 알로이스 야이텔레스에게 어떤 "치료법"을 쓰려다가 그런 심각한 결과를 초래했는지는 끝내 밝혀지지 않을 수도 있다.

에른스트 란처

Ernst Lanzer

1878~1914

프로이트의 이 환자는 정신분석 문헌에 여러 가지 가명으로 등장하지만('쥐 인간', '로렌츠 박사', '랑거 박사') 본명은 에른스트 란처다. 그는 1878년 1월 22일에 빈의 견실한 유대인 부르주아 집안에서 태어났다. 어머니 로자 헤를링거는 먼 친척인 사보르스키 집안에 양녀로 들어가 빈의 거물급 사업가 집안사람이 되었다. 아버지 하인리히 란처는 아내보다 열아홉 살 많았다. 슐레지엔 지방의 변변치 않은 집안 출신인 그는 로자와 결혼하면서 사보르스키 회사에서 중역을 맡으며 사회적 사다리를 올라갔다.

에른스트 란처는 일곱 자녀 중 넷째였다. 란처 집안은 화목했고 그렇게 엄격하지는 않았다. 에른스트는 아버지와 사이가 좋았다. 아버지는 다소 천박할 수는 있지만 자상하고 가식 없는 사람이었다. 에른스트는 10대에 성적 흥분과 연관된 첫 번째 강박 사고를 가졌다. 한동안 종교에도 심취해 유대교 율법이 정한 모든 의식을 철저하게 따랐다.

1897년에 에른스트는 빈대학교에 들어가 법학을 공부했다. 이듬해에는 사보르스키 회사의 여직원이 그에게 자기를 좋아해달라고 하고는 그가 대답을 머뭇거리자 스스로 목숨을 끊는 사고가 일어났다. 에른스트는 이 일화를 생각이 사람을 죽일 수도 있다는 고통스러운 관념을 확인해주는 사건으로 받아들였다. 마침 그는 가난하고 병든 사촌 기젤라 아들러를 사랑하지만 아버지에게 허락받지 못한 상태였다. 따라서 에른스트는 아버지가 죽으면 기젤라와 결혼할 자금이 생길 거라는 그리 비합리적이지 않은 생각에 몰두하는 자신을 발견했다. 아버지는 그로부터 6개월 후인 1899년 7월 20일에 사망하면서 아들에게 엄청난 죄의식을 안겨주었다. 에른스트는 유산으로 5만 9천 크로네를 물려받았지만 기젤라와 결혼하지 않았다.

1901년부터 에른스트는 점점 심해지는 불안증으로 인해 온갖 의식을 치러야 했다. 머릿속에 떠오르는 끔찍한 생각이 현실에서 벌어지는 것을 막기 위해서였다. 밤마다 자정과 새벽 1시 사이에 현관문을 열어 아버지의 영혼이 들어올 수 있게 해놓고 거울에 비친 자신의 발기된 성기를 바라봐야 했다. 또 유난히 덥던 어느 여름에는 숨 막힐 듯 뜨거운 햇빛 속에서 달리면서 자살 생각(칼로 목을 긋거나 절벽에서 뛰어내리는 생각)을 떨쳐내려 했다. 또 강박적으로 기도하며 '기젤라Gisela'와 '아멘amen'을 결합하여 '기젤자멘Gigellsamen'이라는 속죄의 주문을 외웠다(프로이트의 해석에 따르면 'amen'이 아니라 'samen', 곧 정액이다). 이전까지 학업에는 문제가 없었지만 이제 더 이상 시험을 통과하지 못했다. 한편 에른스트가 기약 없이 결혼을 미루어서 화가 났을 기젤라는 몇 번이나 그를 거절해서 강렬한 질투심을 자극했다. 1906년에는 뮌헨에서 수치료를 받고 잠시 좋아진 적도 있었다. 다만 그곳에서 어린 여자와 바람이 나서 얻은 효과였다. 또 정신과 의사 율리우스 바그너 폰 야우레크에게 상담을 받아보았지만 별로 도움이 되지 않았다.

1907년 7월에 에른스트는 법학 공부를 시작한 지 10년 만에 드디어 박사학위를 받았다. 같은 해 8월에는 갈리시아의 군사작전에 예비역 장교로 투입되었는데, 자기가 실수로 (이미 사망한) 아버지와 기젤라에게 쥐와 관련된 고문을 가할지 모른다는 두려움을 중심으로 한 망상에 사로잡혔다. (이런 무시무시한 고문에 관한 설명은 옥타브 미르보의 유명한 성애 작품 『고문의 뜰*Le Jardin des supplices*』에서 접했다.) 강박적이고 기묘한 "맹세"를 지킬 수 없어서 반쯤 정신이 나간 그는 빈으로 돌아와 전에 읽은 『일상생활의 정신병리학』의 저자인 프로이트를 찾아갔다.

프로이트의 치료는 1907년 10월 1일 화요일에 시작되어 넉 달 반쯤 이어지고 추가로 몇 차례 더 진행되었다. 프로이트는 3주 후 '수요회' 회원들에게 '환자 사례연구의 시작'이라는 주제로 발표할 예정이었기 때문에 에른스트와 진행한 치료의 처음 일곱 회기를 자세히 기록해두었다. 다소 체계적이지는 않지만 넉 달간 수집한 기록이 남아 있어서 에른스트의 분석 과정을 비교적 정확히 알 수 있다. 그리고 이 기록과 1년 뒤 출간되는 프로이트의 사례연구를 비교하기만 하면 그동안 여러 정신분석 역사가가 지적한, 프로이트 사례연구의 심각한 왜곡을 확인할 수 있다. 일부 대목에서 프로이트는 에른스트의 입에 본인은 극구 부정하는 해석을 꾸역꾸역 집어넣었다. 가령 그의 아버지가 돈을 보고 어머니와 결혼했다거나 그가 뜨거운 햇빛 속에서 달린 건 살찌지(독일어로 dick) 않기 위해서, 그래서 그가 질투하던 영국인 사촌 리처드, 곧 '딕Dick'을 죽이기 위해서(사실은 콘리트Conried라는 전형적인 게르만 이름을 가진 삼촌이다)라고 해석하는 식이었다. 다른 대목에서도 프로이트는 자신의 해석을 마치 증명된 사실처럼 제시하거나 분석 자료를 자신의 가설에 맞게 간단히 수정해서 제시했다. 일례로 다른 기록에서는 첫 분석 사례로 인근 소도시에 사는 여자 우체부의 사례를 창조했다.

그래도 치료 자체는 에른스트에게 도움이 되었던 듯하다. 역사가 앤서니 스태들런이 1980년대에 수집한 그의 조카 한 명과 조카딸 두 명의 증언에 따르면, 에른스트의 집안에서는 대체로 그가 프로이트에게 분석을 받은 덕분에 일도 하고 결혼도 할 수 있었다고 여겼다. 1908년 4월 초에 에른스트는 시크 법률회사에서 일을 시작했다. 1909년 10월에는 10년을 미룬 끝에 마침내 기젤라 아들러와 약혼했다. 결혼식은 1910년 11월 8일에 빈 템펠가세의 웅장한 무어식 유대교 회당에서 치러졌다.

하지만 치료가 끝나고 1년 후 프로이트는 카를 구스타프 융에게 보낸 편지에, 전에 치료한 환자를 만났다고 적었다. "이 환자에게 여전히 문제를 일으키는 한 가지(부친 콤플렉스와 전이)가 이 지적이고 감사할 줄 아는 남자와의 대화에서 선명히 드러났네"(1909.10.17.)라고 적은 것으로 보아 에른스트의 증상이 아직 완전히 사라진 것은 아닌 듯하다. 에른스트의 불안정한 상태를 보여주는 한 가지 징후는 그가 1913년 사법고시에 합격해 헬러 법률회사의 파트너 변호사로 들어가기 전에 네 번 더 직장을 옮겨 다녔다는 점이다. 하지만 그의 미래가 어떻게 되었을지는 알 수 없다. 에른스트 란처는 1914년 8월, 1차 세계대전 때 예비역 장교로 전방에 파견되고 11월 21일에 러시아군의 포로가 되어 나흘 뒤 처형당했기 때문이다.

엘프리데 히르슈펠트

Elfriede Hirschfeld

1873~1938

프로이트는 이 환자를 "대단한 환자", "지독한 고문자"라고 불렀다. 이 환자는 프로이트의 논문 여섯 편 이상에 등장하고, 프로이트의 공개된 편지에도 여러 가명으로 언급된다. 정신분석가 카를 아브라함에게 보낸 편지에서는 "A양", 오스카 피스터에게 보낸 편지에서는 "H양", 융에게 보낸 편지에서는 "C양", 루트비히 빈스방거에게 보낸 편지에서는 "기Gi 양"이다. 하지만 모두 한 사람이다. 역사학자 에른스트 팔체더가 밝혀낸 바에 의하면 이 환자의 이름은 엘프리데 히르슈펠트(결혼 전 성: 코헨)이다. 치료가 7년 가까이 이어지고 총 분석 시간이 1,600시간 정도에 이르러 프로이트의 최장기 환자 중 한 명으로 손꼽힌다.

엘프리데 히르슈펠트는 1873년에 태어나 프랑크푸르트에서 성장했다. 엘프리데는 다섯 딸 중 장녀였다. 그녀가 사랑하던 아버지 레비 루트비히 코헨은 사업 수완이 좋지 않아 가족의 생계를 책임지는 역할을 버거워할 때가 많았다. 엘프리데는 장녀로서 가족에 대한 책임감을 키웠다. 열아홉 살에 이미 여러 구혼자를 거절하던 중 러시아에서 사업으로 재산을 모은, 나이 많은 사촌 윌리엄 히르슈펠트가 나타났다. 엘프리데는 궁핍한 가족을 위해 그의 청혼을 받아주고 결혼식을 올리고 가톨릭으로 개종했다. 그를 따라 모스크바로 가서 살기 위해서였다(나중에 다시 유대교로 개종한다). 엘프리데는 남편을 사랑하는 법을 익혔고, 신혼 때는 사이가 좋았다(프로이트는 "성생활이 만족스러웠다"고 기록했다). 하지만 이들 부부에게는 자녀가 없었다. 엘프리데가 자신의 탓이라고 믿고 부인과 수술로 문제를 바로잡으려던 중 남편이 젊을 때 부고환염(생식관 감염)으로 불임이 되었다고 털어놓았다.

엘프리데는 남편의 고백에 충격받아 강박 증상을 보이기 시작했다. 프로이트는 이런 강박증의 원인을 아버지의 아이를 갖고 싶은 좌절된 욕망에서 찾았다. 남편은 아내의 병에 책임을 통감하고 오히려 더 발기불능이 되어 상황을 개선하는 데 도움을 주지 못했다. 엘프리데는 살림과 위생에 집착했다. 음란하거나 성적 유혹에 넘어가지 않으려고 온갖 의식儀式을 마련했다. 특히 밤마다 안전핀으로 침대 커버와 시트를 연결했다.

그러다 장기간의 치료 여정이 시작되면서 남편과 자연스럽게 떨어져 지내게 되었다. 프로이트의 기록에 의하면 엘프리데는 팔츠주 바드나사우의 "전기치료, 물리치료, 솔잎욕치료, 냉수욕치료 시설"인 오이겐 퓐스겐 박사의 병원에서 "중요한 고객"이 되었다. 그리고 10년 넘게 아르투어 무트만, 피에르 자네, 루트비히 빈스방거, 로베르트 톰센, 오이겐 블로일러, 오스카 피스터 목사, 카를 구스타프 융을 비롯한 여러 치료자를 거쳤다. 그러다 융이 프로이트에게 의뢰했고, 프로이트도 처음에는 "가장 어려운 강박신경증 사례"를 받을지 말지 망설였다. 그는 1921년에 '비밀위원회Geheime Komitee'(프로이트 제자들의 핵심 집단) 회원들에게 이렇게 말했다. "나중에는 호기심도 생기고 뭘 모르기도 했고 돈도 벌고 싶어서 부담 없이[환자를 입원시키지 않고] 그 환자를 분석하기 시작했다."

분석은 1908년 10월에 시작되었다. 프로이트가 1908년에서 1910년 사이에 분석 시간을 기록한 기록부는 남아 있지 않지만 엘프리데 히르슈펠트가 일주일에 9번에서 최대 12번까지 프로이트의 분석실 소파에 누웠다는 것은 알 수 있다. 자세히 말하면 엘프리데는 베르크가세 19번지에서 살다시피했고, 이런 식의 마라톤 분석에는 비용이 어마어마하게 들어갔을 것이다. 치료를 시작하고 2년 반이 지난 1911년 5월, 프로이트는 융에게 엘프리데 히르슈펠트의 분석 과정에 관해 이렇게 알렸다. "환자의 증상이 많이 나빠졌네. 물론 치료 과정의 일부이지만 환자를 낫게 만들 수 있을지 확신이 서지 않아. 환자의 반응에서 나타나듯이 핵심 갈등에 상당히 접근했네."(1911.05.12.)

2주 후 프로이트는 피스터에게 자기가 여름휴가를 떠난 사이 취리히에서 엘프리데 히르슈펠트를 맡아달라고 부탁했다. 치료는 적절히 진행되었다. 그러다 프로이트가 피스터에게 "이 부담을 영구히(2년 동안) 넘기고" 싶다고 알렸다. 피스터는 무슨 일이 있어도 환자를 프로이트에게 돌아가라고 부추겨서는 안 되었다. 하지만 엘프리데는 돌아갔다. 1911년 12월 초에 아무런 단서도 남기지 않고 취리히에서 사라졌다가 크리스마스 직전에 빈에 다시 나타난 것이다. 프로이트는 엘프리데의 치료를 다시 시작했다. 그러자 피스터가 화를 냈고, 프로이트와 융의 갈등이 시작되었다.

엘프리데 히르슈펠트는 프로이트에게 환심을 사서 정신분석 운동의 은밀한 관계에 끼어들고 싶어 했다(프로이트는 루트비히 빈스방거에게 이런 측면에 대해 "나랑 잘 지내는 듯 보이는 사람들과 친분을 쌓고 유대관계를 유지하고 싶은 욕구"라고 묘사했다). 엘프리데는 취리히에 머물 때 융을 만나러 갔다고 프로이트에게 말했다. 엘프리데는 융에게 프로이트가 충분히 "공감"해주지 않는다고 불평하고, 빈으로 돌아가야 할지 자문을 구했던 듯하다. 융은 다소 경솔하게도 환자에게는 치료자에게 완전히 공감해달라고 요구할 권리가 있다면서 자기는 그렇게 해줄 수 있다고 답했다. 한마디로 엘프리데에게 취리히에 계속 머물러서 피스터나 융 자신에게 치료받으라고 권유한 것이다. 프로이트는 이 일을 모욕으로 받아들이고 융에게 차갑게 분수를 깨우쳐주며 "공감"과 "역전이"의 유혹에 빠지지 말라고 일침을 놓았다. "치료자는 범접하기 어려워야 하고, 그러면서도 계속 수용해야 하네." 이로써 두 사람의 역사적 갈등이 시작되었고, 여기에는 엘프리데의 무분별한 처신이 원인이 되었다.

하지만 엘프리데의 사례에 대한 프로이트의 예상이 달라진 것은 아니었다. 1912년 1월 2일에 그는 피스터에게 이렇게 썼다. "그 환자는 치료될 가망이 없네. … 그나마 정신분석이 그 환자의 사례에서 배울 것이 있고 그 환자 덕을 볼 수는 있겠지." 그로부터 얼마 전에 융에게는 이렇게 썼다. "과학을 위해 자신을 희생하는 것이 그녀의 의무야."(1911.12.17.) 그렇게 치료가 이어졌다. 엘프리데는 머릿속을 떠나지 않는 음란한 행위를 하지 않으려면 간호사들이 24시간 자기를 감시해야 한다고 고집했다. 1912년 6월에 프로이트는 일주일간 피스터를 빈으로 불러 엘프리데의 이런 습관을 "해독"하는 작업을 도와달라고 부탁했다.

치료는 1914년 1월에 종결되었다가… 같은 해 6월에 재개되었지만 이유는 알려지지 않았다. 6월에는 엘프리데가 베를린의 카를 아브라함을 만날 거라는 소문이 돌았고, 실제로 그렇게 했다. 그러다 전쟁이 터져서 엘프리데는 중립 지역인 취리히에 정착하기로 했다(남편이 영국인이었다고 한다). 이듬해에는 루트비히 빈스방거에게 연락해서 취리히에서든 크로이츠링겐에 있는 그의 병원에서든 자기를 치료해달라고 졸라댔다. "그 환자는 분석을 원하지 않습니다." 빈스방거가 프로이트에게 한 말이다.(1915.04.19.) 프로이트는 이렇게 답했다. "그 환자는 가장 심각한 유형의 강박신경증 환자야. 분석의 끝까지 가보았고 치료 불능으로 입증되었으며 특히 불리한 상황 탓에 모든 시도를 거부했고 여전히 내게 의존하는 것 같네. 하지만 내가 병에 숨겨진 진실로 파고들게 하자 내게서 도망쳤지. 누가 분석하든 소용이 없네."(1915.04.24.) 엘프리데는 얼마 후 빈스방거의 벨뷔 요양소에 (아마도 강제로) 입원했다. 빈스방거가 프로이트에게 보낸 이후의 편지(1921.11.08.)에서 엘프리데가 스스로 "통제"하도록 강박의식을 떨쳐내게 하는 치료를 받았을 것으로 추측할 수 있다(빈스방거 병원에서 사용된 이 방법은 실존적 정신치료의 창시자인 빈스방거가 제시하는 그런 온건한 방법은 아니었다).

크로이츠링겐에 있는 병원의 1916년 4월 14일 의료기록에서 빈스방거가 "씻는 강박"이라고 기록한 상태가 어땠는지 엿볼 수 있다. "환자는 오전 8시 30분에 아침 식사를 한다. 그리고 욕실에 가서 휴지로 몸을 닦으며 의식을 치른 다음 비데에 앉아 한 시간 정도 물로 씻고 다시 한 시간 정도 욕조에서 씻고 세면대 앞에 앉아 세수한다. 환자가 이렇게 씻는 동안 병실 청소부가 내내 지켜본다. 안 그러면 씻는 의식을 끝내지 못한다. 그리고 욕실에서 점심을 먹는다. 오후 4시. 환자는 침대에 누웠다가 다시 저녁을 먹으러 일어난다. 방에서 20분만 씻는다. 밤 10시 30분쯤 잠자리에 든다."

엘프리데는 침대에 몸을 묶어달라고 하고(안전핀 의식) 계속 감시해달라고 요구했다. "환자는 몸을 묶든 감시하든 계속 통제당해야 한다. 그래야 머릿속에 어떤 관념이 떠오를 때 살인을 저지를 가능성이 없다고 확신할 수 있다. … 환자에게 영향을 주는 것은 불가능하다. … [환자가] 남편을 위해 살 필요가 없다면 자살할 거라는 말을 다시 시작한다. 환자는 대변이 나올까 봐 걱정되어 항상 장을 비워두려 한다. 환자는 자기가 재능이 뛰어나고 특히 진리를 사랑하지만 병 때문에 재능이 빛을 보지 못한다고 주장한다."

엘프리데 히르슈펠트는 이후 1921년과 1922년에 다시 두 번에 걸쳐 프로이트에게 치료를 받으려 했지만 프로이트는 번번이 거절하면서 빈스방거의 요양소에 입원하라고 권했다. 상황이 달라졌기 때문이기도 했다. 당시 프로이트는 오스트리아의 치솟는 인플레이션으로 인해 외국환으로 치료비를 낼 수 있는 환자만 받았다. 실제로 안나 폰 베스트(19장 참조)에게 이렇게 편지를 보내기도 했다. "이제는 환자를 거의 받지 않고 영국, 미국, 스위스 등지에서 정신분석 훈련을 받으려고 오는 의사들만 분석합니다. 이런 식으로 모두가 크로네[오스트리아 통화]의 비극을 피할 수 있습니다."(1922.07.03.) 히르슈펠트 집안은 전쟁과 볼셰비키 혁명으로 인해 러시아에서 상당한 재산을 잃었다. 엘프리데 히르슈펠트는 남편과 함께 1921년 11월에 벨뷔 요양소로 들어갔다. 공원에 위치한 저택에서 지내면서 무용가 니진스키와 미술사가 아비 바르부르크와도 마주쳤다. (빈스방거에 따르면) "재정 상태로 압박을 받던" 엘프리데의 남편은 (아마도 엘프리데의 간호사들에 따르면) 아내가 돈이 많이 들어가는 증상을 떨쳐내기를 바랐다. 엘프리데는 "통제" 요법을 다시 받는 것을 거부했지만 프로이트는 빈스방거의 자문에 강제력을 사용하도록 권했다. "히르슈펠트 부인의 경우 분석과 금지(역강박)를 결합한 방법 외에는 소용이 없을 것 같네. 당시에 나는 분석만 할 수 있어서 안타깝게 생각하네. 금지는 시설에서만 가능하니까."(1922.04.27.)

1923년 엘프리데는 아직 벨뷔 요양소에 있었고, 상황은 크게 달라지지 않았다. "그 환자가 교수님을 떠난 뒤로 자신의 새로운 면을 발견하려고 노력하고 결국에는 이해했을 것 같지는 않습니다. 그저 교수님과의 분석을 되새기고, 모든 것이 여전히 남편을 중심으로 돌아갑니다."(빈스방거가 프로이트에게 보낸 편지, 1923.01.31.) 엘프리데는 1924년에 다시 피스터에게 돌아간 듯하다. 1927년 6월에 프로이트를 찾아와 혼외정사에 관한 편지를 없애달라는 피스터의 말을 전했다.

같은 해 9월, 빈스방거는 프로이트가 여름휴가를 보내던 젬머링으로 찾아갔다. 빈스방거는 일기에 이렇게 적었다. "[프로이트가] 히르슈펠트 사례에 관해, 그리고 치료가 실패한 이유에 관해 … 의견을 주었다."(아쉽게도 어떤 이유인지는 적혀 있지 않다.) 1936년 5월 8일, 이번에는 빈으로 프로이트를 다시 찾아갔을 때 일기에 이렇게 적었다. "히르슈펠트 양을 방문함. 얼마 전에 자살을 시도했다가 살아남은 그 섬뜩한 사례의 환자."

엘프리데는 1938년 4월 8일에 스위스 몽트뢰에서 사망했다. 간호사 리나 블록을 데리고 호화 호텔에서 지내던 중이었다. 간호사가 빈스방거에게 보낸 편지에 따르면 엘프리데는 간과 담낭 치료를 끝내 거부하고 장폐색으로 사망했다.(1938.04.24.) 당시 64세였다.

오스카 피스터는 1953년에 쿠르트 아이슬러와의 인터뷰에서 불쌍한 엘프리데를 떠올리며 안타까운 마음을 이렇게 표현했다. "우리

둘 다 치료해본 그 환자는 비탄에 잠긴 사람이었습니다! 언젠가 프로이트에게 이렇게 말한 적이 있습니다. 그런 강박신경증을 앓느니 차라리 다리 하나를 잃는 게 낫겠다고요. 그러자 그분이 그러시더군요. 하나요?! 하나!! [웃음] 팔다리를 다 잃고 말지!!"

25 쿠르트 리

Kurt Rie

1875~1908

쿠르트 아이슬러가 1954년에 프로이트 문헌소를 위해 마르가레테 크라프트를 인터뷰하지 않았다면 쿠르트 리라는 인물은 세상에 알려지지 않았을 것이다. 마르가레테('그레테') 크라프트(결혼 전 성: 로젠베르크)는 프로이트 제국에서 태어났다. 아버지는 프로이트의 가장 오랜 친구 중 하나인 소아과 의사 루트비히 로젠베르크였다. 어머니 유디트('디타') 리는 프로이트의 친한 친구이자 프로이트의 자녀들을 돌본 소아과 의사 오스카 리의 누나였다(오스카 리는 빌헬름 플리스의 아내 이다의 언니 멜라니 본디와 결혼했다). 그레테의 여동생 안나('안니') 카탄은 어릴 때 친구로 지내던 안나 프로이트의 측근인 아동정신분석가가 되었고, 그레테의 사촌 마리안네 리 크리스도 마찬가지였다. 오스카 리의 다른 딸 마르가레테 리는 정신분석가 헤르만 눈베르크와 결혼했고, 이후 빈정신분석학회 회의록을 영어로 번역해 출간했다. 피는 못 속이는지 안니 카탄, 마리안네 크리스, 마르가레테 눈베르크의 자녀들 모두 정신분석가가 되었다.

프로이트와 오스카 리, 루트비히 로젠베르크는 평생 가깝게 지냈다. 세 사람의 우정은 프로이트가 파리에 있는 샤르코의 살페트리에르 병원에 있다가 빈에서 막스 카소비츠가 운영하는 소아과 병원에서 신경과 전문의로 일하면서 시작되었다. 이 병원에서 오스카 리와 루트비히 로젠베르크가 프로이트의 보조의사로 일했고, 세 사람은 근무하면서 함께 타로크 카드게임을 치기 시작했다(타로크는 당시 빈의 커피하우스에서 많이 하던 카드 게임이다). 얼마 안 가 이 타로크 모임은 매주 열리는 행사가 되었고, 토요일마다 프로이트의 집이나 루트비히 로젠베르크의 진료실, 때로는 다른 동료인 안과의사 레오폴트 쾨니히슈타인의 집에서 모였다. 시간이 흘러 오스카 리의 세 형제 중 하나인 알프레트 리, 엠마 에크슈타인의 오빠 프리츠, 내과 전문의 헤르만 텔레키도 이 모임에 들어왔다.

그레테는 프로이트 교수의 집에서 그 집 아이들과 같이 놀던 기억을 이렇게 떠올렸다. "우리는 일요일 오후에 자주 베르크가세에 갔어요. 교수님이 우리가 노는 방에서 서성이며 구경하셨죠. 제가 열네 살이나 열다섯 살쯤이었을 거예요. 그때 전 수줍음이 많았어요. 교수님이 방안을 돌면서 제가 한마디도 하지 않고 가만히 있는 걸 유심히 지켜보셨어요." 그다음 주 일요일에 타로크 모임에서 프로이트가 루트비히 로젠베르크에게 말했다. "자네 딸한테 문제가 있어. 조치가 필요해." 물론 그레테에게 분석을 해주어야 한다는 뜻이었다. 프로이트는 핵심 집단의 자녀들에게 자주 분석을 권했다. "교수님이 친구들의 자녀들을 진단하고 치료할 때 편견이 심하다는 말을 집에서 자주 들었어요."

하지만 그레테는 프로이트의 분석실 소파에 눕지 않았다. 그레테의 아버지가 오스카 리처럼 프로이트의 새로운 정신치료의 효과를 의심했기 때문이다(프로이트의 『꿈의 해석』에서도 확인할 수 있는 대목이다. 이들은 유명한 '이르마의 꿈'에서 의심 많은 '오토'와 '레오폴트'로 잠깐 등장한다). "아버지는 프로이트 교수님 얘기가 나오면 '난 그분과 누구보다도 친하지만 그분의 추종자는 아니야'라고 자주 말씀하셨어요." 그러면서도 루트비히 로젠베르크와 오스카 리는 치료하기 어려운 환자를 자주 프로이트에게 보냈다. 그레테는 아버지가 자주 기절하는 남자아이를 프로이트에게 데려갔고 프로이트가 그 아이한테 성적인 질문을 퍼부어서 아버지가 화를 낸 일도 떠올렸다. "그 미친 아이는 자기한테 뭘 기대하는지 몰랐대요. … 소아과 의사[로젠베르크]는 그 애가 유사간질이 아니라 진짜 간질을 앓는다고 진단했고요." 리 역시 거식증 소

25-1 리 집안의 형제자매, 1894.

녀를 프로이트에게 의뢰했다. "(이미 사춘기 전 단계에 들어선) 그 아이는 치료를 받았지만 결국 먹지 못해서 죽었어요."

그리고 쿠르트 삼촌의 사례도 있었다. 쿠르트 리는 오스카와 디타의 막냇동생이었다. 가족사진에서도 심각하고 우울해 보인다(왼쪽에서 두 번째 인물). 20세기가 시작될 무렵 쿠르트는 미국으로 건너가 뉴욕에서 상인으로 입지를 굳힌 형 파울에게 간 듯하다. 하지만 뉴욕에 도착하자마자 깊은 우울증에 빠졌다. 우울증이 심각해서 간호사를 데리고 다시 빈으로 돌아가야 했다. 3년 후에 회복한 그는, 훗날 기자이자 소설가가 되는 테레제('리사') 헤르츠(필명: L. 안드로)와 결혼해서 1904년에 아들 로베르트 막시밀리안을 낳았다. 1907년에 우울증이 재발했다. 형제들과 루트비히 로젠베르크, 프로이트까지 모두 모여서 가족회의를 열었고, 쿠르트를 프로이트에게 보내기로 했다. "프로이트가 쿠르트 삼촌을 치료했어요. 그리고 기억나는 게 있어요." 당시 열세 살이던 그레테는 학교에 가려고 준비하다가 아버지가 오스카 리와 통화하는 소리를 똑똑히 들었다. 1908년 1월 31일이었다. "아버지가 오스카 삼촌에게 큰소리로 한 말이 다 기억나요. '잘 들어, 나는 처남[쿠르트]의 의사지만 더는 내 책임이 아니야. 이건 정신신경증이 **아니야**. 처남은 폐쇄 병동에 들어가야 해! 정말이야! 더는 어떤 실험도 용납하지 **않겠어**.' 그리고 오후 2시 55분에 전화가 왔어요. 쿠르트 삼촌이 자살했다는 전화요."

집안마다 고인을 묻는 방법이 있다. 그레테는 이 사건에 관해 입을 연 유일한 사람이었다. 쿠르트의 아들 로베르트도 쿠르트의 형수 벨라도 1950년대 초 아이슬러와의 인터뷰에서 이 사건을 언급하지 않았다. 아이슬러도 질문하지 않았다.

26 앨버트 허스트

Albert Hirst

1887~1974

1887년 1월 16일에 빈에서 태어난 이 환자의 본명은 아달베르트 요제프 히르슈이고, 나중에 미국으로 건너가 영어식 이름으로 바꾸었다. 그는 어릴 때부터 프로이트를 알았다. 어머니 케테 히르슈가 옆집에 살던 엠마 에크슈타인의 언니였다. 히르슈 가족이 1895년에 빈에서 프라하로 이사하기 전에 앨버트와 누나 아다는 에크슈타인 집에 놀러 갔다가 엠마 이모를 치료하러 온 프로이트를 보았다. 앨버트의 아버지 에밀 히르슈는 수완 좋은 사업가로 엠마의 오빠 프리츠 에크슈타인이 파산 직전으로 몰고 간 에크슈타인 제지공장을 인수했다. 에밀 히르슈는 장인 알베르트 에크슈타인처럼 직원들에게 임금을 많이 챙겨주는 진보적인 사업가였다. 그는 브나이브리스의 회원으로 히르슈 가족이 빈에서 살던 시절에 그곳에서 프로이트와 자주 마주쳤다.

앨버트는 사춘기의 전형적인 위기를 겪었다. 자신감도 떨어지고 시험을 보기 전에 극도의 공포감에 사로잡혔으며, 남몰래 시를 짓고 까다로운 윤리 문제를 집요하게 파고들었다. 자위를 많이 해서 몸과 마음의 건강이 상했을까 봐 두려워했다(게다가 마침 엠마 이모가 편지를 보내 자위는 위험하다고 경고했다). 앨버트는 에미 베커라는 여자에게 빠졌지만 싸늘한 반응만 돌아왔다. 마침내 그는 1903년에 "전혀 진심이 아닌" 자살을 기도했다. 열여섯 살, 나중에 어떤 사람이 될지 모르던 나이였다.

앨버트의 부모는 아들의 자살 시도에 놀라 부활절 휴가 기간에 그를 빈의 엠마 이모와 외할머니에게 보냈다. 그 집안과 친하던 프로이트에게 치료받게 하기 위해서였다. 프로이트는 그 집안 일가친척 사이에 천재로 알려져 있었고, 앨버트도 그렇게 대단한 분을 직접 만나는 것이 어떤 의미인지 알았다. 프로이트는 앨버트를 분석실 소파에 눕히지 않았다. 대신 의자에 앉히고 "그 의자에서 자위하는 자세로 앉아보라고 지시"했다. 그러고는 자위는 해롭지 않다고 말했다. 사실 1912년에 발표한 논문 「자위에 대한 논의*Die Onanie*」에서 그랬듯이 공개적으로는 반대로 말하던 터라 의외의 지시였다. (게다가 마크 브런즈윅과 카를 리브만의 경우처럼 다른 환자들한테는 정신분석을 받는 동안 자위를 금지한 것으로 알려졌다.) 어린 앨버트는 권위자의 입으로 그가 혼자 즐기는 쾌락으로 인해 신경증에 걸린 것이 아니라는 말을 듣자 위안을 얻었다. 프로이트가 상식적인 조언 몇 가지를 더 해주었지만 부활절 휴가가 끝나서 다시 프라하로 돌아갔다. 앨버트 허스트는 훗날 치료가 너무 짧아서 "도움이 되지 않았"다고 말했다.

앨버트는 나중에 변호사가 되어 에크슈타인 집안의 삼촌과 이모처럼 사회주의 진영에서 정계에 입문하겠다는 야망을 품었지만 열심히 공부하지 않아서 곧 법학 공부를 포기해야 했다. 자존감이 낮았던 그는 에크슈타인 집안의 똑똑한 친척들과 누나 아다에게 열등감을 느끼며 자기는 아무것도 되지 못할 거라는 자괴감에 빠졌다. 그리고 갖가지 성적性的 문제로 의욕도 생기지 않았다. 계속 자위하고(스스로 지나치게 많이 한다고 생각했다) 친구들과 달리 여자들과 같이 있는 것을 불편해했다. 무엇보다도 "특이하고 드문 형태의 발기불능"에 시달렸다. 이를테면 여자의 몸속에서 사정하지 못하는 증상이었다(성 불감증). 게다가 아직 에미를 사랑했고, 에미와 결혼하겠다는 일념으로 가족 사업에서 돈을 많이 주는 직책을 받아들였다. 하지만 에미와 그 집안에서 거부하자 그의 세계는 완전히 무너졌다. 그는 야망과 이상을 포기했다. "나는 영혼을 팔아서라도 얻으려던 것을 잃었습니다." 그리고 다시 자살을 고민했다. 마지막으로 부모에게 프로이트를 한 번 더 볼 수 있게 해달라고 부탁했다.

그래서 1909년 가을에 혼자서 빈의 엠마 이모에게 갔다. 누나 아다의 뒤를 이은 셈이었다. 사실 그 전해에 부모가 아다도 프로이트에게 보내 치료받게 했다(프로이트는 아다가 원해서 온 게 아닌 것을 알고 분석을 종결했다). 엠마 이모가 자살을 시도하고 프로이트와의 치료를 재개(혹은 지속?)했을 때 앨버트도 이미 분석을 받고 있었다. 프로이트는 사실상 이 집안의 주치의가 되어 앨버트에게도 이모와 누나의 분석 내용을 거리낌 없이 자세히 알려주었다. 하지만 엠마 이모가 유년기에 성적 외상을 입었느냐는 앨버트의 질문에는 답하지 않았다. 프로이트는 앨버트의 외조부가 매독에 걸린 탓에 에크슈타인 집안사람들 모두가 신경증을 앓는 거라고 말했다.

앨버트는 프로이트를 월요일부터 토요일까지 일주일에 여섯 번, 오전 9시에 만났다. 프로이트는 오스트리아 화폐로 시간당 40크로네를 청구했는데, "당시 기준으로 상당한 금액"이라 앨버트의 부모도 놀랄 정도였다. 앨버트 허스트에 따르면 프로이트는 "이해타산적인" 사람이고 성욕에 관해 말할 때처럼 돈에 관해서도 솔직했다. "그분은 가난한 의사로 죽을 생각이 전혀 없었어요." 어느 날 앨버트가 프로이트에게 모라비아의 행정절차에 따라 군대에서 부름을 받아 두 회기를 빼야 한다고 알리자 프로이트는 비용을 어떻게 할지 물었다. 앨버트는 자신의 사정으로 치료를 취소한 것이므로 원래대로 두 회기 비용을 청구하는 것이 적절할 것 같다고 답했다. 그러자 프로이트는 그의 사업 감각을 칭찬하며 법조계나 정계가 아니라 사업을 해보라고 조언했다. 이때부터 정신분석계에서는 취소한 치료 회기에도 치료비를 청구하는 관행이 굳어졌다.

앨버트는 『꿈의 해석』과 『농담과 무의식의 관계*Der Witz und seine Beziehung zum Unbewußten*』를 벼락치기로 읽고 프로이트의 분석 시간을 준비했다. 그래서 프로이트가 자신의 오이디푸스 콤플렉스를 해부하고 기억의 저장고에서 잊고 있던 외상 사건을 발굴할 거라고 기대했다.

하지만 치료는 전혀 다른 방향으로 흘렀다. 정신분석이라기보다 베른의 프로이트의 경쟁자 폴 뒤부아의 '설득' 심리치료에 가까웠다. 프로이트는 앨버트에게 온갖 칭찬을 퍼부어 자존감을 회복시키려 하는 것 같았다. 가령 이런 식이었다. 엠마 이모에게 비판적으로 군다고 자책할 필요가 없다. 프로이트 자신도 엠마에게 비판적이므로. 너는 아다 누나보다 훨씬 똑똑하다. 사업 수완을 타고났다. 아주 멋진 시를 짓는다. 꿈에 대한 해석이 매우 뛰어나다. 프로이트는 젊은 앨버트를 대등하게 대접해주면서, 「코카인에 관하여」라는 논문의 마지막 문장에서는 동료이자 경쟁자인 카를 콜러가 코카인에서 국소마취제 성분을 발견할 것을 자신이 예견했다면서 앨버트를 그 증인으로 삼았다. 프로이트는 앨버트에게 미국에 대한 혐오감을 고백하고 뉴욕에서 공중화장실을 찾기가 얼마나 힘들었는지 털어놓기도 했다. 앨버트는 우쭐해졌다. 어느 날 프로이트가 유난히 칭찬을 많이 해주어서 치료를 마치고 "어리둥절하고 구름 속을 걷는 느낌"으로 나왔다.

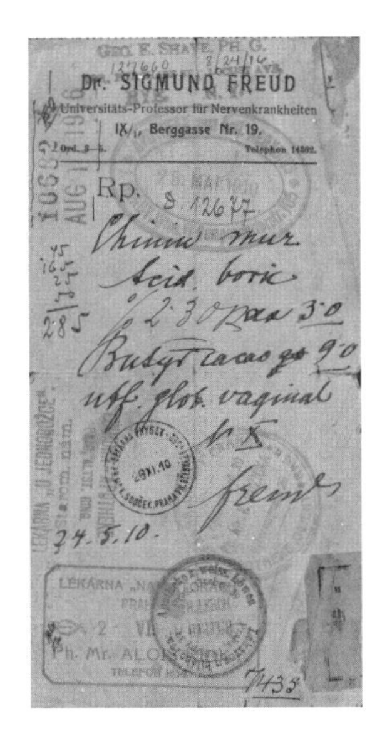
Dr. SIGMUND FREUD
Universitäts-Professor für Nervenkrankheiten
IX/1, Berggasse Nr. 19.
Rp.

26-1 프로이트의 피임용 질좌제 처방전.

프로이트는 그에게 "지시"도 했다. 그가 젊은 여자를 사귀면서 다시 사정하지 못하게 되자 프로이트는 오늘날의 성性 치료자처럼 좌절하지 말고 계속 시도해보라고 했다. 얼마 지나지 않아 앨버트가 결국 성관계에 성공하자, 프로이트는 축하하는 의미로 피임용 질좌제膣坐劑 처방전을 써주면서 기존의 영국산 콘돔보다 느낌이 훨씬 좋을 거라고 말했다(이 처방전은 현재 워싱턴 의회도서관의 지크문트 프로이트 서가에 있다). 그러자 앨버트는 일요일 오후마다 그 젊은 여자와 호텔에 가서 최대 열 번까지 관계를 맺었다. 프로이트는 앨버트가 크게 호감을 느끼지 않는 다른 젊은 여자와도 잘 되는지 해보라고 부추겼고, 이번에는 그의 "지시"의 효과가 떨어져 사정에 성공하지 못했다.

1910년 늦봄에 앨버트의 아버지가 빈에 와서 프로이트를 만나 치료를 종결해달라고 부탁했다. (에크슈타인 집안사람들도 엠마와 프로이트가 부인과 의사 도라 텔레키의 수술로 불화를 겪는 소식을 들었을까?) 앨버트는 프라하로 돌아와 아버지 밑에서 일했다. 그러다 1911년 말에 미국으로 건너가 가족 사업의 뉴욕 지사에서 한 자리를 맡았다. (떠나기 전에 프로이트에게 작별인사를 하러 갔을 때 프로이트는 미국으로 가지 말라고 극구 말리면서 대신 남아메리카로 가라고 했다.) 1913년에 앨버트는 오랜 친구 헬레네 마리 콘과 결혼했고, 잠시 사정을 못 하는 문제가 다시 나타나기는 했지만 2년 뒤 아들을 낳았다. 앨버트의 아버지는 전쟁이 끝난 직후 세상을 떠났다. 가족 사업은 중유럽과의 무역이 실패하자 살아남지 못했고, 1920년대 초 앨버트는 재정적으로 힘든 처지로 몰렸다. 그는 자신을 실패작이라 생각하기 시작했고 그 나이의 다른 남자들과 달리 벌이가 신통치 않았다. 그러던 어느 날 아파트에서 계단을 내려가다가 문득 과거에 성적 문제로 그를 억압하던 해묵은 사고방식이 다시 떠오르는 것을 깨달았다.

이후 그는 뉴욕법학대학에서 저녁 강의를 들으며 다시 법학을 공부하기로 했고, 이번에는 인내심을 갖고 꾸준히 했다. 1925년에 강의에서 수석을 차지했고, 뉴욕에서 생명보험업자의 상속인을 채권자로부터 보호해주는 법안을 입안했다. 그리고 이 법안은 미국의 대다수 주에서 채택되었다. 유명 변호사가 된 그는 미국사형제폐지연맹의 의장으로 선출되어 미국시민자유연맹에서 적극적으로 활동하면서 법과 정치를 결합한 오랜 꿈을 실현했다. 그는 『비즈니스 생명보험과 기타 문제*Business Life Insurance and Other Topics*』(1949)를 출판하고 법학 학술지에 수백 편의 논문을 발표했다.

앨버트 허스트는 프로이트와 분석을 종결하고 10년이 지나도록 신경증을 떨쳐내지 못하다가 마침내 가장 깊이 뿌리내린 사고방식(요즘 흔히 말하는 인지 왜곡)을 알아채고 끝내기로 했다. 그래도 그에게 자신감을 불어넣어 길을 보여준 프로이트에게 감사했다. 이 위대한 인물과 만난 것만으로도 그에게는 도움이 되었다. 하지만 프로이트를 존경하는 마음이 정신분석이라는 치료법에까지 미치지는 않았다. 그는 아들 에릭 앨버트가 분석을 받아보고 싶어 하자 단호히 반대했다.

1938년에 앨버트 허스트는 나치 점령기의 빈으로 돌아가 가족과 친구들이 미국으로 건너가도록 도왔다. 이때 프로이트를 다시 만나보고 그가 여러 해에 걸쳐 엠마 에크슈타인에게 보낸 편지를 돌려주려고 했지만 안나 프로이트가 아버지의 건강이 좋지 않아 만날 수 없다고 전했다.

앨버트의 누나 아다도 1941년에 뉴욕에 와서 살았고, 남매는 일주일에 한 번 함께 점심을 먹으며 옛 시절을 이야기했다. 1972년에 낸 자서전의 마지막에서 앨버트는 행복한 삶이었다면서 하나님과 미국과 프로이트에게 감사한다고 적었다. 그는 1974년 3월 13일에 뉴욕에서 사망했다.

빅토르 폰 디르스타이 남작

Baron Victor von Dirsztay

1884~1935

표현주의 작가 빅토르 폰 디르스타이는 빈의 문학계와 예술계에서 친숙한 인물이었다. 탐미주의자이자 보헤미안인 빅토르는 기행으로 유명했다. 누군가는 그를 광대로 보았지만 작가이자 극작가인 아르투어 슈니츨러는 일기에 그를 "재미있는 인물"이라고 적었다. "그는 우스꽝스러운 표정을 짓고, 지식인처럼 보이려 하고, 자기를 조롱하지만 그렇게 호감이 안 가는 사람은 아니다."

빅토르는 상당한 부자이기도 했다. 그의 할아버지 구트만 피슈(혹은 피슐)는 헝가리의 유대인 명문가 출신이고 오스트리아헝가리제국 군대를 위한 곡물 거래와 말 사육으로 큰 부를 축적해 1885년에 피슈/피슐 폰 디르스타이라는 성으로 작위를 받았다. 빅토르의 아버지 라디슬라우스(라즐로) 피슐 폰 디르스타이는 오스트리아 황제 프란츠 요제프에게 남작 작위를 받고 성을 '폰 디르스타이'로 줄였다. 터키의 제국 총영사이던 그는 작위와 함께 빈의 외교관 구역에 있던 3층짜리 웅장한 궁정을 소유했다. 오스트리아의 작가 테오도어 헤르츨은 터키 정부와의 협상에서 그와 상대하면서 그를 "기괴하고" "완전히 희극적인" 인물로 보았다. 빅토르와 친했으며 디르스타이 집안의 후원으로 화가의 삶을 시작한 오스카 코코슈카도 자서전에서 빅토르의 부모를 아들의 문학과 예술적 열망을 알아보지 못하는 "졸부"로 묘사했다. 코코슈카에 따르면 빅토르는 가족을 부끄럽게 생각했다. 그는 심각한 피부병을 앓았다. "프로이트는 몇 년째 그를 치료했지만 결국 치료에 성공하지 못했다. 가족에 대한 경멸로 생긴 병이기 때문이다."

27-1 빅토르 폰 디르스타이, 1917, 알프레트 루스.

프로이트의 치료는 1909년 말이나 그 이전에 시작된 것으로 추정된다. 프로이트가 1909년 12월 3일에 샨도르 페렌치에게 보낸 편지에 "디르스타이의 부모님은 나를 만나고 치료에 상당히 우호적인 태도를 보였네"라고 적었기 때문이다. 따라서 부모가 치료비를 댔거나 아들에게 프로이트를 만나보라고 권했을 것으로 짐작할 수 있다. 분석의 첫 단계는(이후 두 단계가 더 있었다) 1911년 7월까지 이어졌다. 빅토르는 일주일에 최대 열두 번까지 프로이트의 분석실 소파에 누웠고, 프로이트의 사례 중 가장 집중적인 분석 사례로 남았다.

그즈음 1909년에 빅토르는 잠언과 논평을 모은 『현악 4중주*Streichquartett*』를 출간했다. 풍자 신문 『횃불*Die Fackel*』에 글을 발표하려고 시도하다 번번이 실패하고, 그가 우상으로 여기던 『횃불』의 주필인 카를 크라우스와도 접촉했다. 신랄하고 예리한 지성인 크라우스도 프로이트와 모르는 사이가 아니었다. 1906년에 프로이트가 크라우스에게 옛 친구 빌헬름 플리스에게 반박할 수 있게 자기를 도와달라고 부탁한 적이 있었다. 플리스가 베스트셀러 『성과 성격*Geschlecht und Charakter*』(1903)의 저자 오토 바이닝거가 자신의 개념을 표절했으며, 여기서 프로이트도 공범이라고 공개적으로 비난한 터였다. 크라우스는 원래 정신분석에 우호적이어서 이 논쟁에서 바이닝거와 프로이트를 옹호했다. 하지만 1907년에는 점차 정신분석을 비판하고 조롱하기 시작했고, 프로이트는 분개했다. 그러다 1910년 1월에 한때 크라우스와 친했고 젊은 여배우 이르마 카르체프스카를 함께 사랑하기도 한 프리츠 비텔스가 프로이트의 '수요회'에 참석해서 『횃불』이 크라우스의 신경증 증상이라고 표현하자 프로이트가 적극적으로 동의했다. 비텔스가 복수심에 불타 크라우스의 사생활을 폭로한 '실화 소설'을 출간하려 하자 크라우스가 출간을 막기 위해 비텔스를 고소하면서 두 진영 사이에 전쟁이 선포되었다. 프로이트는 이런 갈등이 정신분석의 이미지에 흠집이라도 낼까 우려해서 비텔스에게 책을 그냥 묻으라고 요구했고, 비텔스는 프로이트에게 부정당한 데 격분하면서 빈정신분석학회를 떠났다.

이 논쟁이 빅토르에게 어떤 영향을 미쳤을지 미루어 짐작할 수 있다. 아마 자신의 분석가와 크라우스를 향한 존경심 사이에서 갈팡질팡했을 것이다. 빅토르는 프로이트와의 분석을 (잠정) 종결하고 일주일도 지나지 않은 1911년 7월 15일에 오스텐더로 휴가를 떠난 크라우스에게 침울하면서도 들뜬 어조로 편지를 보냈다. "선생님께서 부재한 첫날인 오늘밤, 선생님의 **그 강렬한 영향이** 이미 **느껴지기 시작하고** 모든 선한 영혼에게서, 그중에서도 저를 이끌어주시는 최고의 지성에게서 버려진 강렬한 감정이 느껴지기 시작한 이 밤에, 저는 선생님의 모든 생각과 선생님께서 쓰신 모든 문장에 **감사하는 마음을 간절히 보여드리고** 싶습니다."

빅토르는 그해 9월과 10월에 크라우스와 코코슈카의 친구인 헤르바르트 발덴이 발행한 베를린의 예술평론지 『폭풍우*Der Sturm*』에 잠언과 풍자를 발표했다. 빅토르는 코코슈카에게 부추김을 받아 이 잡지를 재정적으로 후원했고, 발덴이 그 대가로 빅토르의 글 몇 편을 실어준 것이다. 크라우스는 10월에 발덴에게 그가 뇌물을 받고 "그런 싸구려"를 실어주기로 한 데 큰 "충격"을 받았다면서 빅토르 디르스타이가 "매우 독창적이고 익살스러운 인물"이기는 해도 글은 못 쓴다고 말했다. 크라우스는 이 문제를 심각하게 받아들이고 발덴에게 그와의 관계든 그 잡지와의 관계든 모두 끊어버리겠다고 통보했다. 빅토르는 그가 숭배하는 문학계 우상이 이런 결정을 내렸고 그로 인해 어떤 결과가 나왔는지 듣지 못했다. 이 사건과 연관이 있든 없든 그해 10월에 빅토르는 신경쇠약으로 정신병원에 입원한 듯하다. 그래서 경제적으로 후견인의 보호를 받았고, 더는 자의로 돈을 쓰지 못했을 것이다. 하지만 이런 상황에서도 크라우스를 향한 헌신적 애정은 조금도 식지 않았다.

1912년에 빅토르는 첫 아내 일로나 데 로사다(먼 친척)와 이혼했다. 이듬해 5월에 프로이트의 분석 2단계가 시작되어 1915년 12월 31일까지 이어졌다. 프로이트에게 마지막으로 분석을 받은 다음 날 빅토르는 크라우스에게 이런 전보를 보냈다. "지금 심각한 상태임. …

27-2 카를 크라우스 드로잉, 러요시 티하니, 1925.

어젯밤 전화를 드렸지만 연결되지 않음." 이어서 장문의 편지로 『횃불』의 최신 호를 얼마나 좋게 보았는지에 관해 직접 만나서 감상을 전하지 못하고 낭독회에도 참석하지 못한 이유를 해명했다. "그때는 5년간의 치료가 종결되기 일주일 전이었고, 이번에는 매우 중요한 치료라서 심각한 위기 상황만 아니라면 다른 무엇도 신경 쓸 여력이 없었습니다. … 올해 초에 시작된 치료를 잘 마치기는 했지만 현재로서는 결과가 어떤지 잘 모르겠습니다 … 그래도 다시 한번 삶으로 들어와 선생님께 편지를 쓰는 이 순간 저는 더 고결한 존재를 보았습니다." 빅토르는 크라우스를 저버리고 프로이트를 찾아간 데 죄책감을 느꼈고, 분석이 (잠정적으로) 종결된 지금은 다시 크라우스에게 호감을 사고 싶었던 듯하다. 하지만 보이지 않는 벽에 가로막혀 크라우스에게 직접 말하지 못했다. 프로이트가 막았을까? 빅토르가 스스로 막았을까? 정답이 무엇이건 빅토르가 두 진영 사이에서 불편하게 오간 것은 분명해 보인다.

1916년 여름이나 가을에 빅토르는 다시 신경쇠약으로 요양해야 했다. 그해 12월에 뮌헨의 카머슈필레에서 문학 감독으로 일하기 위해 빈을 떠나면서 다시 크라우스에게 장문의 편지를 써서 이번에도 직접 찾아가지 못하는 데 대해 모호한 이유를 댔다. "**떠나기 전에** 선생님께 작별인사를 전하고 **다시 한번 더 대화**할 방법을 백방으로 찾아보았습니다. 하지만 힘겨운 싸움 끝에 **단념해야 했습니다. 이번 이별이 제게는 무척이나 힘들 겁니다.** … 아무리 힘들어도 한동안 빈에 돌아올 생각이 없고 마음이 약해져 유혹에 넘어가지 않도록 **예방 조치를 할** 생각입니다. 간절한 갈망과 존경을 담아."

1년 뒤 빅토르는 드레스덴 인근 바이저히르슈에 있던 토이셔 박사의 요양소에 입원해 있었다. 평화주의자인 토이셔는 요양소를 정신질환으로 위장해 전쟁터의 참호에서 탈출한 화가와 작가 들의 도피처로 내주었다. 빅토르는 이 요양소에서 희곡을 쓰던 친구 코코슈카와 표현주의 시인 발터 하젠클레버를 만났다. 그는 봄에 출간된 코코슈카의 삽화가 실린 저서 『고결한 지성에 대한 찬양*Lob des hohen Verstandes*』과 함께 프로이트의 『일상생활의 정신병리학』을 발터 하젠클레버에게 선물하면서 이렇게 헌정했다. "참으로 고난의 시간을 보내는 나의 벗 발터 하젠클레버에게 이 책을 드립니다. 나는 지독한 고통 속에서 난파당한 사람의 심정으로 이 책을 쓴 거장과 함께 다시 한번 집중적인 분석 시간을 갖기로 했습니다. 서글픈 석별의 정을 느끼고 내가 여전히 어둠 속에서 비틀거리며 나 자신에게서 멀리 떨어져 있다는 사실을 명확히 깨달아서요. 나의 가엾고 믿음직한 요양소 이웃이여, 그대도 때때로 이분을 생각하기를 바랍니다! VD. 1917년 10월 27일."

빅토르는 1917년 12월 3일에 프로이트와 치료를 재개했다. 세 번째 분석은 1920년 3월 3일까지 2년하고도 3개월 더 이어졌다. 빅토르가 정신분석의 지지자인 루돌프 우르반시슈가 운영하는 요양소에 들어간 2주 동안은 잠시 치료가 중단되었다. 그동안 빅토르는 크라우스를 만나지 않았다. 1918년에 그에게 보낸 편지에는 병이 "견딜 수 없이" 깊어서 혼자 고통을 감내해야 한다고 적었다. "크라우스 선생님, 선생님의 낭독회에 참석하고 싶은 마음을 누르기 위해 제가 얼마나 싸워야 했는지 상상이 가실 겁니다. 선생님의 낭독일이 제게는 가장 음울한 날입니다!"

빅토르의 일생과 치료 과정을 완벽하게 재구성한 정신분석가 울리케 마이의 계산에 따르면, 이 세 차례의 분석은 프로이트의 장기간 분석 사례 중 하나로 꼽힌다. 총 1,400시간 이상이었다. 분석 내용은 알려지지 않았고, 프로이트가 1920년 6월에 "남작 귀하"에게 보낸 편지에 "귀하의 피학증masochism이 어느 정도 정복"되었다고 언급한 부분만 남아 있다. 현재는 정신분석가 테오도어 라이크가 1954년에 쿠르트 아이슬러와 한 인터뷰 내용이 기밀문서에서 제외되어, 빅토르가 프로이트에게 치료받는 동안 극복한 피학증이 성적 피학증이라는 사실이 밝혀졌다. 이를테면 빅토르는 여자와의 성관계가 아니라 채찍질을 당하는 행위를 즐겼다.

하지만 이런 피학적 행동을 "정복"했다고 해도 빅토르가 크게 좋아졌을 것으로 보이지는 않는다. 라이크의 인터뷰에 따르면 빅토르는 이제 발기불능이 되었고 성적 피학증은 '사회적' 피학증(혹은 '도덕적' 피학증, 프로이트가 1924년에 「피학증의 경제적 문제*Das ökonomische Problem des Masochismus*」라는 논문에서 제기한 이 개념에는 사실 빅토르의 그림자가 어려 있다)으로 대체되었다. 그는 자신을 농담거리로 삼는 식으로 공개적으로 스스로에게 수치심을 주었다. 라이크는 1939년에 피학증에 관한 논문에서 빅토르를 익명으로 언급하면서 "끊임없이 재담을 늘어놓으며(대체로 아주 재미있는 농담으로) 자신의 어리석음이나 서투름이나 자기중심성을 가차 없이 조롱했다. … 자기비하가 사회적 가면이 되었다"고 적었다. 라이크는 아이슬러와의 인터뷰에서 빅토르가 한때는 고상한 사람이었지만 "자기를 비하하고 잘 씻지도 않는" 사람이 되었다고 말했다. 게다가 자기를 벌주기 위해 일정한 거처를 정하지 않고 한 호텔에 이틀 이상 머물지 않았다. 혹은 일부러 붙잡히고 싶어서 위험한 행동을 저질렀다. 가령 연쇄살인범이 되는 환상에 사로잡혀 캐르트너슈트라세의 홍등가를 배회하며 지나가는 매춘부를 뒤에서 공격하여 자기 자신까지 위험에 빠트렸다. 1920년에는 프로이트와 라이크가 법정에 나가, 빅토르가 심야에 돌아다니며 저지른 모호한 사건에서 그의 편에 서서 증언하기도 했다(결국 빅토르는 기소되지 않고 빠져나왔다).

1920년 6월, 그라츠 근처의 신경질환 개인병원인 마리아그륀 요양소에 빅토르가 다시 나타났다(앞의 법적 문제가 발생한 때와 같은 시기에 입원한 듯하다). 그는 이 요양소에서 프로이트에게 다시 분석을 요청했다. 프로이트는 장기간 여름휴가를 떠날 예정이라 그를 테오도어 라이크에게 의뢰한 듯하다. 물론 라이크가 피학증에 유독 관심이 많아서였을 것이다. 라이크는 빅토르와 이미 아는 사이였다. 아이슬러와의 인터뷰에서 두 사람이 같은 문학계에 있었다고 말했다. "저는 슈니츨러와 자주 어울렸는데 … 그 모임에 호프만슈탈, 잘텐, 베어호프만이 있고, 빅토르 디르스타이도 있었습니다." 게다가 라이크와 빅토르는 둘 다 구스타프 말러를 존경했다.

라이크의 분석은 1920년에서 1923년이나 1924년까지, 3년 가까이 이어졌다(연대는 확실치 않다). 빅토르는 어려운 환자였다. 앞서 거장 프로이트에게 분석을 받고 온 터라 그때 막 정신분석가로 활동을 시작한 라이크보다 모든 면에서 더 잘 알았다. 하지만 라이크의 인터뷰 내용을 믿는다면 분석은 "그 자체로 성공적"이었다. 어쨌든 빅토르는 발기불능에서 벗어났다. 1924년에 서른다섯 살의 전직 댄서 클라라 운라이히와 결혼했다가 6년 후 "단지 민법상의 이유로" 이혼했다. 앞서 그는 유명한 기자이자 빈 아방가르드 세계의 뮤즈인 에아 폰 알레슈와 외도했고, 이 사건이 에아의 연인 헤르만 브로흐의 질투심을 자극했다.

라이크에 따르면 빅토르는 다시 분석을 받은 덕에 드디어 작가의 벽을 넘어 『피할 수 없는 존재*Der Unentrinnbare*』라는 소설을 쓸 수 있었다. 1923년에 출간된 이 소설에는 코코슈카의 삽화 일곱 점이 실렸다. "테오도어 라이크 박사에게 감사의 마음을 담아" 헌정된 이 소설은 이중생활을 다룬 전형적인 이야기로, 프로이트의 논문 「낯선 친숙함*Das Unheimliche(The Uncanny)*」과 오토 랑크의 『도플갱어*Der Doppelgänger*』에서 영감을 얻었을 것이다(라이크는 자신에게 헌정된 이 소설의 제목을 『도플갱어』로 기억했다). 소설의 주인공은 몰개성화를 거쳐 자신의 "자아"를 "피할 수 없는 존재"라는 다른 인물에서 찾았고, "피할 수 없는 존재"는 자살하면서 주인공을 죽음으로 함께 끌고 들어간다. 슈니츨러는 일기에 빅토르가 "20년 된 '이중 자아'"에서 "스스로 벗어나려" 한다고 적고 이 소설을 "잘난 체"하고 "나약한 편"이라고 평했다.

이 작품은 평론을 한 편도 받아내지 못한 채 문단에서 철저히 외면당했다. 분석이 성공적이든 아니든 빅토르는 궁지에 몰렸다. 오스트리아헝가리제국에 의해 집안이 몰락해서 돈도 없었다. 역시 프로이트에게 정신분석을 받은 환자인 세르기우스 판케예프(다음 장의 주인공)는 이 "유대인 남작"을 그 자신의 이전 자아의 그림자일 뿐인 존재라고 말

27-3 에아 폰 알레슈의 누드화, 구스타프 클림트, 1904.

했다. "[프로이트의] 치료 시간에 본 그는 살집이 많고 고상하게 차려입고 평범하게 생긴 사람이었어요. 그런데 전쟁이 끝나고 다시 본 그는 피폐한 몰골로 전혀 어울리지도 않는 여자와 같이 다녔죠. 누구라도 그가 몰락했고, 별로 잘 살고 있지 않다는 것을 알 수 있었어요."(판케예프, 빈의 기자 카린 오브홀처와의 인터뷰)

1925년에 빅토르는 크라우스에게 장문의 편지로 매일 밤 그의 집 앞을 서성인다면서 그에게 고백할 "무서운 비밀"이 있다고 적었다. "제가 드리려는 말씀이 너무나도 기괴하고, 현실에서 벌어진 상황과는 전혀 달라서 발설하기가 참으로 어렵습니다. … 저는 오랜 세월 완전히 길을 잃은 채 마치 죽은 사람처럼 (연인에게든 친구에게든) 그 **누구에게도** 일말의 삶의 징후를 보이지 않았습니다. **여기서 일어난 일은** 아무도 모르므로(짐작조차 못 하므로) 저는 침묵해야 했습니다(**무덤 속 죽은 자보다 더 죽어 있었습니다**)." 그를 계속 살게 한 힘은 "여기서 벌어진 불가해한 현상을 사람들에게 알리고 그들이 오랜 세월 매일, 매시간 제게 자행한 범죄에 대해 **속죄하게 하려는**" 욕구였다. "이제 저는 이 말을 입 밖으로 내뱉었습니다. 이것은 **범죄**의 문제입니다(오랜 세월 아무 거리낌 없이 내게 자행된 그 악명 높은 영혼 살해입니다). 저는 혼이 나가고 머릿속이 어지러이 뒤엉키고 눈이 먼 채로 살다가 **1년 전에야 무시무시한 통찰을 얻었고**, 여기서 무슨 일이 벌어진 건지 순식간에 이해했습니다! … 이제는 기력이 다하여 더는 침묵할 **수도 없고**, 이렇게 **매장된 채로** 살고 **싶지 않으며**, 일인자인 그분께 말하듯이 선생님께도 말씀드릴 날이 언제가 될지는 몰라도 **그리 멀지 않다는 느낌이 듭니다.**"

하지만 그 뒤로 6년이나 더 지나서야 빅토르는 드디어 그가 희생양이 된 "영혼 살해"의 명확한 본질을 밝혔다("영혼 살해Seelenmord"라는 표현은 프로이트의 환자 슈레버 판사의 편집증에서 기원한 용어로, 빅토르도 프로이트의 논문에서 이 표현을 접했을 것이다). 1931년에 빅토르는 카를 크라우스의 변호사 오스카 자메크에게 편지를 보내서 크라우스가 그에게 준 원고를 판매할 권리를 변호했다(빅토르가 리하르트 슈트라우스의 원고와 프로이트에게 받은 편지까지 판매하자 크라우스가 빅토르의 이름은 언급하지 않고 프로이트의 "처방전"을 팔아 정신분석으로부터 자신을 지켜낸 것을 축하한다면서 조롱하는 글을 썼다). 빅토르는 자기가 병들고 비참하게 살면서 "두 번째 자아를 지켜야" 해서 어쩔 수 없었다고 해명했다. 그리고 이제 그에게 남은 거라고는 "이번 생에서 놓여날 때까지" 하는 일 없이 지내는 것뿐이라고 했다. "그래서 **카를 크라우스를 위해 (분석으로 파멸한)** 제 비극을 **정확히 설명**하고 (지난 15년 동안) **경탄하고 사랑하는** 마음을 보여드려 (유산의 형태로) 기록할 준비가 되었습니다. (그리고 저는 **이** 글에서 선생님을 향한 **존경심**만이 돌팔이에 의해 몰락한 제 삶에서 얻은 단 하나의 소득이라고 표현했습니다.)"

빅토르가 말한 글이 현재는 남아 있지 않으므로 그가 당한 형언하기 어려운 "영혼 살해"를 자행한 "돌팔이"가 누구인지는 추정만 할 수 있을 뿐이다. 테오도어 라이크였을까? 실제로 라이크는 1924년에 돌팔이로 고소당한 적이 있고, 빅토르가 크라우스에게 "통찰"을 언급한 편지를 보내기 두 달 전인 1925년 2월에도 의료 행위를 금지당하지 않았는가? 아니면 과연 프로이트였을까? 아니면 둘 다였을까? 빅토르가 "분석"이라고 언급하고 "해마다" 그리고 "매일, 매시간" 자행된 범죄라고 표현한 것은 그를 크라우스를 비롯한 세상에서 격리시킨 분석 과정 그 자체를 범죄 행위로 간주한다는 뜻으로 보인다.

1935년 12월 6일에 빅토르 폰 디르스타이 남작은 모든 것을 끝내기로 했다. 아직 같이 살고 있고 오랜 세월 몇 번이나 정신병원에 드나들던 전처가 마침 스타인호프 정신병원에서 퇴원해 집으로 돌아와 있었다. 두 사람은 가스난로를 틀었다. 주방 식탁에 놓인 쪽지에는 "서로 협의함"이라고 적혀 있었다. 신문에서는 전형적인 빈 사람이자 음악과 정신분석을 사랑한 사람의 죽음을 대대적으로 보도했다. 『라이히스포스트*Reichspost*』는 "프로이트 제자의 비극적인 종말"이라는 헤드라인을 달았다. 크라우스도 이번만은 조용했다.

세르기우스 판케예프

Sergius Pankejeff

1887~1979

프로이트가 이 환자에게 '늑대인간'이라는 별명을 붙인 이유는 꿈의 내용 때문이었다. 환자의 실제 이름은 세르기우스(세르게이) 콘스탄티노비치 판케예프였다. 그는 1887년 1월 6일에 우크라이나 헤르손 부근 대지주 집안에서 태어났다. 할아버지는 남부 러시아에서 최고의 부자 중 한 사람이었다. 아버지 콘스탄틴 판케예프는 오데사에 있는 궁전 같은 저택에서 살았으며 남부 러시아에 부동산을 소유했고, 오늘날 벨라루스 땅에는 여름마다 온 가족이 가서 휴가를 보내던 13만 헥타르의 너른 대지도 있었다. 콘스탄틴 판케예프는 이 땅에서 대규모 늑대사냥을 주최했고, 밤마다 사람들이 늑대 사체 더미 주위에 모여서 춤을 추었다(의회도서관에는 어린 세르기우스가 어머니와 누나와 함께 사냥감이 쌓여 있는 곳 앞에 서 있는 사진 몇 장이 보관되어 있다).

치안판사이던 콘스탄틴 판케예프는 '귀족' 계급으로 승격되었다. 그는 지적인 교양인으로 예술을 보는 안목이 탁월했다(칸딘스키의 추상화 이전 시기의 작품 두 점을 소유했다). 진보 잡지 『남부 우편*Southern Mail*』을 발행하고 러시아 10월당의 급진파인 입헌민주당에 자금을 지원했다. 그리고 심각한 우울증을 여러 번 앓으면서 우울증과 싸우기 위해 인사불성으로 술을 마셨다(그를 치료한 러시아의 정신과 의사이자 정신분석가 모셰 불프는 조심스럽게 그를 '알코올중독'으로 진단했다). 그는 또 뮌헨의 유능한 정신과 의사(이자 프로이트의 반대파인) 에밀 크레펠린이 운영하던 병원에서 조울증 진단을 받고 몇 차례 입원했다.

판케예프 집안의 다른 사람들도 정신질환을 앓았다. 세르기우스의 할아버지는 알코올중독으로 사망했다. 할머니 이리나 페트로브나는 외동딸을 먼저 떠나보내고 우울증에 빠져 약물 남용으로 자살한 듯하다. 세르기우스의 친가 삼촌인 페터는 편집성 망상으로 강제 입원을 당했다가 크림반도에 있는 자기 소유의 땅에서 평생 은둔자로 살았다(그가 사망한 후 세르기우스가 이 땅을 물려받았다). 판케예프 집안의 궁전 같은 집에서 같이 살던 이종사촌 두 명은 정신분열증으로 모셰 불프에게 치료받았다. 세르기우스의 누나 안나는 시인 미하일 레르몬토프가 결투를 벌이다 죽은 현장에서 1906년에 스스로 목숨을 끊었다. 콘스탄틴 판케예프는 자살한 딸을 기리며 딸의 이름으로 신경증 병원을 건립하기로 했다. 하지만 그의 아내는 평생 딸의 죽음을 애도하며 살았다. 그리고 1908년에 콘스탄틴 판케예프는 베로날 남용으로 생을 마감했다.

누나가 세상을 떠난 직후부터 세르기우스 판케예프도 우울증을 앓았고, 아무것도 결정하지 못하는 강박적 반추 증상이 함께 나타났다. 상트페테르부르크에서 법학을 공부하던 그는 신경과 전문의 블라디미르 베흐테레프를 찾아갔다. 베흐테레프는 '신경쇠약' 진단을 내리고 최면으로 "암시를 주어 치료하려" 했지만 효과를 보지 못했다(그는 지나가는 말로 그가 짓고 싶은 연구 시설에 세르기우스의 아버지가 자금을 지원하도록 암시를 주기도 했다). 세르기우스는 결국 학업을 중단하고 "부유한 신경증 환자"로 살면서 우울증에서 벗어나기 위해 이런저런 전문가들을 찾아다녔다. 1908년 3월과 가을에 두 차례에 걸쳐 크레펠린의 병원에 입원했다. 크레펠린은 판케예프 집안의 병력을 잘 알던 터라 세르기우스에게 '유전된 조울증' 진단을 내렸다. 세르기우스는 이후 프로이트의 반대파인 프랑크푸르트의 아돌프 프리드랜더(1908~9년 겨울)와 베를린의 테오도어 지헨의 병원에서 치료받았다. 그리고 오데사의 집으로 돌아갔다.

세르기우스는 크레펠린의 병원에 첫 번째 입원했을 때 연상의 이혼녀 테레자 켈러와 사랑에 빠졌다. 테레자는 아름다운 여인이지만 평범한 집안 출신에 교육도 거의 받지 못했다. 세르기우스의 어머니와 가족과 의사 모두 둘의 연애를 말렸다. 세르기우스는 이러지도 저러지도 못했다. 테레자와 헤어져야 할까, 뮌헨으로 가서 테레자를 만나야 할까? 그는 일단 유명한 정신과 의사(이자 프로이트의 경쟁자) 폴 뒤부아를 만나기 전까지는 결정하지 않기로 했다. 그와 동행한 주치의 레오니트 드로스네스가 모셰 불프에게서 프로이트에 관해 듣고는 빈에 들러 프로이트에게 진료를 받아보자고 제안했다. 프로이트는 그의 반대파 몇 명이 치료에 실패한 환자가 분석실을 찾아온 것을 알고 기뻤을 것이다. 프로이트는 세르기우스에게 자기와 함께 치료해 보자면서 치료가 끝나면 테레자에게 가게 해주기로 약속했다(이것은 프로이트가 "그 여자에게로 향하는 돌파구"라고 부른 방법이었고, 세르기우스는 이 표현에 강렬한 인상을 받았다).

치료는 1910년 2월에 시작되었다. 훗날 정신분석가 루스 맥 브런즈윅과 프로이트의 전기 작가 어니스트 존스는 세르기우스가 빈에 도착할 때는 옷 입는 것도 하인이 거들어야 할 정도로 정신적으로 완전히 무너진 상태였다고 주장했다. 하지만 세르기우스는 노인이 되어서도 이런 주장을 불쾌하게 생각했다. "세상에, 완전 바보들이에요!" 이 말은 세르기우스가 1970년대에 빈의 기자인 카린 오브홀처의 질문에 한 대답이다. 그리고 1970년에 정신분석가 뮤리얼 가디너의 요청으로 그의 분석에 관해 쓴 '평가'에는 이렇게 적었다. "나의 정서 상태는 D(드로스네스) 박사의 영향으로 오데사에서 빈으로 오는 동안 이미 훨씬 좋아졌다. 사실 프로이트 교수는 정말로 심각한 우울증에 빠진 나를 본 적이 없다." 그가 프로이트에게 치료받기는 했어도 그것은 단지 테레자와 결혼하기 위해 의학적 허가증이 필요해서였다. 하지만 프로이트는 결혼에 동의하지 않았던 듯하다. 사례연구에서 "가장 중요한 권위자(크레펠린)"가 지지한 "조울증" 진단을 거부한 것을 보면 알 수 있다. 프로이트는 세르기우스가 이전의 "유아 신경증"의 영향으로 강박신경증을 앓고 있다고 진단했다.

프로이트는 우선 세르기우스를 제자 루돌프 우르반시슈가 운영하는 신경증 요양소로 보내서 거기서 6주 동안 치료해주기로 했다. 그리고 그가 허락하기 전에는 테레자를 만나거나 결혼하지 못하게 했다. (테레자의 감사 편지를 통해 프로이트가 세르기우스에게 1911년과 1912년에 그녀를 방문하도록 허락한 사실을 알 수 있다.) 세르기우스는 자식을 낳을 생각이 없었다. 그런데 테레자가 임신하자 프로이트는 낙태를 요구했다. 낙태 수술로 테레자는 불임이 되었다. 세르기우스는 분석을 받는 기간에 빈을 떠나지 못했다. "한번은 하루 이틀 부다페스트에 다녀오고 싶었는데 프로이트가 허락하지 않았어요. … '부다페스트에는 미인이 많아요. 거기서 누군가와 사랑에 빠질 수도 있잖아요!' … (아이슬러: 프로이트는 왜 당신이 사랑에 빠지는 것을 원하지 않았을까요?) 흠, 그러면 치료에 진전이 없을 거라고 보신 것 같아요."(쿠르트 아이슬러와의 인터뷰, 1952.07.30.)

세르기우스는 일주일에 여섯 번(때로는 그 이상) 시간당 40크로네를 내고 프로이트를 만났다. 세르기우스는 카린 오브홀처와의 인터뷰에서 이 금액이 당시 기준으로 어느 정도였는지 감을 잡게 해주기 위해, 요양소의 최상급 병실과 치료와 의사를 포함하여 하루 치료비의 3.5배에 해당하는 금액이라고 설명해주었다(유럽이나 북미의 개인병원을 기준으로 보면 현재 미국 달러로 1,100달러에서 1,400달러 사이에 해당한다). "상당히 비쌌어요. … 정신분석의 약점은 바로 부자들만 받을 수 있다는 겁니다." 하지만 세르기우스에게는 돈이 문제가 아니었다. (프로이트에 따르면) 이런 "행운이 연속으로 겹친" 덕에 (역시 프로이트에 따르면) "근시안적 치료 목표"에 얽매이지 않고 "무기한으로" 분석할 수 있었다.

세르기우스는 프로이트가 장담하는 것을 보고 빠르게 해결될 줄 알았지만 실제 분석은 예상보다 훨씬 오래 걸렸다. 정확히 4년 5개월이 걸렸다. 그동안 세르기우스는 드로스네스 박사와 하인 한 명과 함께 빈에 체류했다. 드로스네스가 관장 시술을 위해 러시아에서 데려온 학생도 있었다. 사실 세르기우스는 드로스네스가 설사병을 치료하기 위해 칼로멜이라는 약물을 과잉 처방한 탓에 만성 변비를 앓고 있었다. (얼마 안 가서 프로이트는 관장에는 "동성애적" 속성이 있다면서 관장 시술을 중단하라고 지시했고, 그 학생은 할 일이 없어졌다.) 그들은 빈에 머무는 시간을 최대한 활용했다. 세르기우스는 러시아로 돌아가면 치러야 할 시험을 위해 법학을 공부했다. 이탈리아인 펜싱 스승에게 펜싱 수업도 받았다. 저녁마다 유대인 극장에 다니거나(분석 기간 막바지에 빈에 와서 같이 지내던 테레자도 함께 다녔다) 밤늦게까지 드로스네스와 학생과 함께 카드게임을 했다. 드로스네스는 빈정신분석학회에서 강의를 들었다(이후 러시아로 돌아가 정신분석가로 활동했다). 모두에게 유익한 시간이었다. "프로이트에게 치료받던 시기에는 상태가 좋았어요. 기분이 좋았어요. 우리는 커피하우스에 다니고 프라터 공원에도 갔어요. 팔자 좋은 생활이었어요."(카린 오브홀처와의 인터뷰)

반면에 프로이트가 보기에는 세르기우스의 분석이 정체기였다. "환자가 … 오랫동안 '협조적인 무관심' 뒤에 숨어서 좀처럼 나오지 않았다. 환자는 경청하고 이해하면서 그 이상은 접근하지 못하는 상태로 남았다." 모셰 불프가 1912년에 세르기우스의 분석이 어떻게 되어 가는지 묻자 프로이트는 이렇게 답했다. "안 좋네. 이유를 알겠나? 나와 그 환자가 아주 잘 지내서야." 1913년 10월에 프로이트는 아들러와 융의 이단적 이론에 반박할 만한 사례연구를 쓰고 싶어서 분석에 박차를 가하며 치료 기한을 정해두었다. 그리고 기록적으로 짧은 시간에 "환자의 억압을 제거하고 증상을 없애준 모든 자료", 특히 늑대인간이 한 살 반에 요람에서 부모가 사랑을 나누는 장면을 본 그 유명한 "원초경primal scene"을 확보했다고 전했다.

반면에 세르기우스는 딱히 변화를 느끼지 못했다. 프로이트가 말하는 "원초경"이 실제로 일어난 일인지도 확신하지 못하고 애초에 그런 장면을 기억하지도 못했다. 시간이 흘러 1930년에 맥 브런즈윅은 당시 쓰던 원고의 주석에 세르기우스는 "분석에서 강요받은 장면이 사실이 아니었다고 나를 설득하려 했다"고 적었다.(1930.02.02.) 하지만 프로이트는 분석이 종결되어 이제 세르기우스가 테레자와 결혼할 수 있다고 판단했다. 마지막 치료는 1914년 7월 10일, 프로이트가 휴가를 떠나기 전에 있었다. 프로이트는 세르기우스에게 "감사의 마음이 너무 커지지 않도록" 선물을 달라고 했다.(카린 오브홀처와의 인터뷰) 그래서 세르기우스는 실제 박물관에 소장된 이집트의 공주 조각상을 선물했다. 그리고 테레자와 여행할 계획을 세웠지만 7월 29일에 전쟁이 터져서 오데사로 돌아가야 했다. 테레자가 뮌헨에서 오데사로 왔고 얼마 후 두 사람은 결혼식을 올렸다.

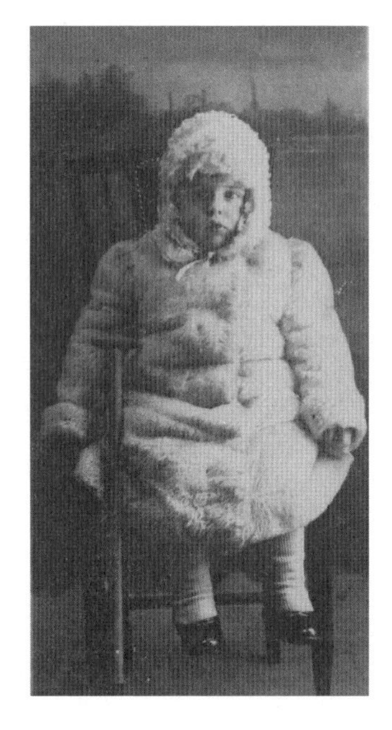

28-1 한 살 반의 세르기우스 판케예프.

1917년 2월에 제정 러시아가 무너졌다. 세르기우스는 아버지처럼 입헌민주당의 당원이 될 기회를 얻었다. 10월 혁명 이후 혼돈의 시기를 거치던 오데사는 연이어 우크라이나 인민공화국(붉은 군대에 대항하는 동맹국과 동맹을 맺음), 프랑스군, 백군(반反볼셰비키군), 오데사 인민공화국의 지배를 받았다. 1918년 3월에 오데사는 볼셰비키군과 체결한 브레스트리토프스크 조약에 따라 동맹국으로 넘어갔다. 세르기우스는 프라이부르크로 가서 테레자와 합류하기로 했다. 테레자가 폐결핵으로 죽어가던 딸 엘제를 돌보러 프라이부르크로 가 있던 터였다.

1919년 4월 말, 세르기우스는 프라이부르크로 가던 길에 프로이트를 만나러 빈에 들렀다. 오스트리아헝가리제국이 몰락하는 중이었다. 공산주의자들이 빈의 거리를 활보했다. 빈에는 돈이 없었다. 기근이 지배했다. 세르기우스의 증언에 따르면 그는 당시 "정신적으로나 정서적으로 충만한 상태라서 정신분석을 더 받아야 할 거라고는 상상

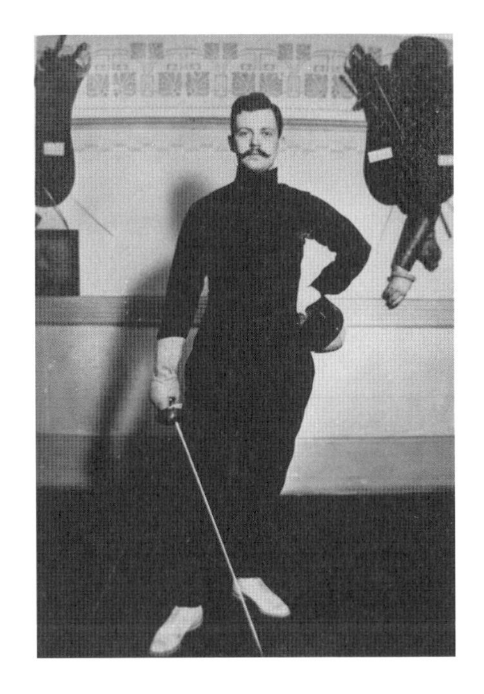

28-2 빈에서 프로이트에게 치료받던 시기에 펜싱을 연습하는 세르기우스 판케예프.

도 하지 못했다." 하지만 전쟁 막바지에 경제적으로 쪼들리던 프로이트가 세르기우스의 만성 변비는 분석되지 않은 "전이의 잔여물Übertragungsrest"이라면서 두 번째 분석을 제안했다. 세르기우스는 프로이트의 제안을 거절할 수 없었다. 그래서 뮌헨으로 가서 테레자와 함께 엘자의 장례를 치른 후 오데사로 돌아가 가족과 사업을 돌보는 대신 11월에 빈으로 돌아갔다. 동맹국의 대패로 오데사는 영국의 지배로 들어간 터였다. 그는 훗날 "파국적인" 상황이었다고 말했다. 그가 프로이트와 함께 변비의 원인을 찾으려고 애쓰는 사이 1920년 2월 8일에 붉은 군대가 오데사에 진입했고 볼셰비키군이 그의 재산을 몰수했다. "이성은 제게 말했습니다. '당장 가서 문제를 해결해.' 그리고 그분[프로이트]께도 말씀드렸습니다. '재정 문제로 가봐야겠습니다'라고요. 그러자 그분은 '아닙니다, 여기 계세요. 여러 가지로 해결할 문제가 있습니다'라고 하시더군요. 그래서 남았습니다. 그래서 때를 놓쳤고요. 나중에 영국으로 건너가려고 했을 때는 이런 말만 돌아오더군요. '저희는 더 이상 비자를 발행하지 않습니다. 붉은 군대가 이미 오데사에 들어왔습니다.'"(카린 오브홀처와의 인터뷰)

분석은 오데사가 함락되고 5주가 지난 1920년 3월 17일에야 종결되었다. 세르기우스는 돈이 다 떨어져서 분석비를 낼 수 없었다. 변비는 여전히 낫지 않았다. 그런데도 프로이트는 1923년 사례연구 주석에 이 "전이의 잔여물"이 "몇 달간의 분석으로 해결되었다"고 적었다. 그리고 분석비를 외국환으로 낼 수 있는 환자만 받아서 가끔 세르기우스에게 달러나 파운드화를 조금씩 지원해주었다고 했다. 하지만 세르기우스는 프로이트가 분석가들에게 매년 돈을 걷어서 그의 생계비를 지원했다는 식의 "동화 같은 이야기"(그의 표현)를 부인했다. 사실 그는 얼마 후 프로이트의 아들 마르틴 덕분에 보험회사의 법률 관련 자리를 구했고, 계속 그 일을 하다가 은퇴했다. 그리고 민사책임과 보험법 전문가가 되어 1939년에는 관련 논문도 발표했다. 다른 한편으로 교양을 쌓으며 인상파 양식의 훌륭한 그림도 그렸다.

1924년 초, 외모 걱정이 심해진 세르기우스는 코에 생긴 블랙헤드와 작은 혹에 집착했다. 프로이트에게 추천을 받아 피부과 의사 에르만 박사에게 몇 차례 치료를 받았다. 하지만 치료에도 전혀 만족하지 않았다. 1926년 6월에는 프로이트에게서 어렸을 때 정말로 그 유명한 "늑대 꿈"을 꾸었는지 확인해달라는 편지를 받았다. 그즈음 오토 랑크가 『출생의 외상*The Trauma of Birth*』을 출간해서 세르기우스의 꿈에 나오는 늑대 다섯 마리나 일곱 마리는 사실 프로이트의 진열장 벽에 걸린 일곱 제자의 사진이 꿈으로 구현된 거라고 주장한 터였다. 세르기우스는 답장으로 랑크가 잘못 알았으며 어릴 때 정말로 그런 꿈을 꾸었다고 확인해주었고, 샨도르 페렌치는 이 편지를 근거로 옛 친구이자 공동연구자이던 랑크의 이단적 이론을 신랄하게 비판할 수 있었다. 하지만 세르기우스는 프로이트에게 편지를 받고 며칠 후 극심한 건강염려증을 일으켰다. 에르만 박사의 전기분해 요법으로 얼굴이 돌이킬 수 없이 흉측해졌다고 믿고 조그만 주머니 거울을 강박적으로 들여다보며 흉터를 살폈다. (한참 지난 1957년 6월 11일에 세르기우스는 뮤리얼 가디너에게 보낸 편지에서 이때의 상태가 "혹시라도 프로이트 교수의 요청과 연관이 있을까요?!"라고 자문했다.)

프로이트는 세르기우스가 다시 찾아오자 분석을 거부하고 대신 그를 제자 루스 맥 브런즈윅에게 보냈다. 맥 브런즈윅은 그를 넉 달간 치료하고 편집증으로 진단했다. 세르기우스는 편집성 망상에 사로잡혀 살던 페터 삼촌처럼 되기 싫어서 진단을 부정하고 정신을 바짝 차리기로 마음먹었다. "그곳에 있는 동안 거울을 보지 않으려고 애써 참았고, 어떻게 해서든 고착된 관념을 극복했어요. 며칠 걸렸어요. 며칠 뒤 끝이 났는데 … 아마 정신분석가들에게 저항하고 나 스스로 결정한 덕분에 맥 브런즈윅 박사와의 치료가 그렇게 크게 성공한 것 같아요."(카린 오브홀처와의 인터뷰)

하지만 세르기우스는 여전히 정신분석가들과의 관계를 끊지 않았다. 1930년에 맥 브런즈윅을 다시 찾아가 아내와 헤어지고 그에게 다가오는 젊은 여자를 만날지 결정할 수 있게 (프로이트가 해주었던 것처럼) 도와달라고 요청했다. 이후 1930년대에 맥 브런즈윅에게 몇 번 더 분석을 받았다. 잦은 우울증 때문이었을 것이다. 오스트리아가 합병된 1938년에는 아내의 자살로 심각한 위기를 겪었다. 오랫동안 우울증에 빠져 살던 아내는 빈의 유대인들이 나치에게서 벗어나려고 자살을 택하던 분위기에 휩쓸린 듯하다. (세르기우스는 아내가 유대인 혈통인 것을 그에게 숨겼던 건지 궁금해했다.)

맥 브런즈윅이 빈을 떠나자 세르기우스는 극도의 불안 상태로 뮤리얼 가디너를 찾아갔다. 미국인 백만장자인 가디너는 맥 브런즈윅에게 분석 훈련을 받고 전에 세르기우스에게 러시아어를 배운 적이 있었다. 또한 사회주의혁명당 당수 요제프 부팅거와 결혼하고 '메리'라는 암호명으로 반파시즘 투사들이 오스트리아를 탈출하도록 도와주는 지하조직에서 활동했다. 가디너는 세르기우스가 파리로 갈 수 있도록 비자를 받아주었고, 세르기우스는 8월 초에 파리로 가서 맥 브런즈윅을 다시 만나 마리 보나파르트 공주의 저택에서 매일 분석을 받았다. 그리고 다시 맥 브런즈윅을 따라 프로이트가 가족과 함께 이주한 런던으로 갔다. 프로이트의 믿음직한 하녀 파울라 피히틀의 증언에 따르면 세르기우스가 프로이트를 세 번 찾아왔다고 했다. “두 분이 같이 차를 마시며 한참 얘기를 나누셨어요. 그러고 나면 매번 교수님이 몹시 지쳐 보였어요.” 그리고 세르기우스는 8월 말에 다소 편안해진 상태로 빈으로 돌아갔다. 이제 테레자가 없어서 프라하에서 어머니를 모셔와 함께 살았다. 그리고 1년 후 1939년 9월 3일에 2차 세계대전이 발발했다.

1946년에 가디너와 세르기우스는 둘 다 아는 알빈 운테르베거를 통해 재회했다. 모르핀 중독자이던 맥 브런즈윅이 얼마 전에 뉴욕에서 아편 남용으로 사망해서 이제는 가디너가 세르기우스의 정신분석가가 되었다. 세르기우스는 이후 세상을 떠날 때까지 가디너와 많은 서신을 교환했다. 가디너는 미국에서 그에게 옷가지와 음식(그 유명한 생필품 꾸러미CARE〔2차 세계대전 말에 미국인들이 유럽의 가족들에게 보내준 생필품 소포〕를 보내주었고, 세르기우스는 정성을 다해 큼직한 손글씨로 편지를 써서 감사의 마음을 전하고 그의 건강 상태를 세세한 부분까지 보고했다.

건강염려증은 전쟁 전보다 많이 줄었지만 변비도 그대로고 우울증과 강박적 반추도 여전했다. 우울증은 1950년 5월에 은퇴하고 1953년에 어머니가 세상을 떠난 뒤로 거의 만성으로 굳어졌다. 세르기우스는 늙고 쓸모없는 인간이 된 기분에 젖어 살았다. 1951년에는 다시 한 차례의 심각한 위기가 찾아왔다. 빈 인근 지역에서 풍경화를 그리다가 실수로 소련 구역으로 넘어가서 러시아 병사들에게 체포된 것이다. 나흘간 심문을 받고 풀려나긴 했지만 이 사건으로 다시 체포될까 두려워 공황 상태에 빠졌다. 얼마 후 쿠르트 아이슬러는 빈에 가서 그를 인터뷰하면서 그가 심하게 온몸을 떨며 흐느끼는 모습을 보았다. 아이슬러가 그에게 연합국 구역에 있으니 두려워할 게 없다고 안심시켜주자 그는 맥 브런즈윅에게 분석을 받을 때처럼 이내 진정되었다.

아이슬러는 빈에서 여름휴가를 보내면서 세르기우스를 매일 만나 "분석적 대화"를 나누었고, 프로이트 문헌소에 소장하기 위해 이 대화를 녹음했다. 아이슬러는 정신분석가 자격으로 만나는 것이 아니라고 밝혔지만 세르기우스는 그들의 만남을 분석 시간으로 받아들였다. 아이슬러는 세르기우스가 로르샤흐 검사 전문가인 정신분석가 프레데릭 바일에게 검사를 받게 해주었고, 바일은 그에게 순환성 장애(조울증) 진단을 내렸다. 예전에 크레펠린이 내린 진단이었다. 가디너는 세르기우스가 우울증을 극복하는 데 도움이 된 '마법의 약'(덱사밀)을 자주 보냈다. "박사님, 저는 요즘 박사님이 보내주시는 약에서만 위안을 찾습니다. 그 약만이 제 기분을 나아지게 만들 수 있습니다."(세르기우스가 가디너에게 보낸 편지, 1960.10.27.)

1955년에 세르기우스의 상태가 다시 나빠지자 아이슬러가 그를 빈정신분석학회 회장 알프레트 폰 빈테르슈타인에게 보냈다. 그리고 빈테르슈타인은 1957년에 은퇴하면서 세르기우스를 그의 후계자인 빌헬름 졸름스-뢰델하임에게 보냈고, 졸름스가 마지막까지 치료를 맡았다. 빈테르슈타인과 졸름스는 세르기우스를 매주 만났고, 프로이트 문헌소로부터 분석비를 지원받았다. 사실은 뮤리얼 가디너가 아이슬러를 통해 세르기우스를 재정적으로 지원한 것이다.

가디너가 세르기우스의 세금을 대신 내주고 아이슬러가 매달 연금(오스트리아 화폐로 5천 실링)을 보내주었지만, 이 돈은 결국 1950년대 초부터 세르기우스와 문제 많은 관계를 이어온 프란치스카(프란치) 베드나르라는 여자의 나날이 심해지는 금전적 요구를 채우는 데 들어갔다. 1954년에 베드나르는 세르기우스에게 결혼해주지 않으면 떠나겠다고 협박했고, 세르기우스는 나약하고 우유부단한 태도로 베드나르의 최후통첩에 순간 굴복했다. 그러다 다시 정신을 차리고 며칠 후 결혼 약속을 번복했다. 하지만 베드나르에게 금전적으로 보상해주어야 한다는 압박감에 수입의 3분의 1을 주었다. 베드나르는 줄곧 세르기우스가 돈을 주지 않으면 스캔들을 터트리겠다고 협박했다. 가디너와 아이슬러는 아무리 합리적인 이유를 대며 세르기우스를 설득해도 베드나르와 헤어지게 만들 수 없어서 결국 비용을 부담했다. 늑대인간과 그의 익명성을 지키려면 불가피한 선택이었다.

하지만 세르기우스를 둘러싼 저지선이 정신분석가들까지 막지는 못했다. 리처드 슈터바, 알프레트 루빈, 레오 랑겔 같은 분석가들이 늑대인간을 직접 만나기 위해 멀리서 찾아왔다. 알렉산더 그린시테인 같은 사람들은 가디너를 통해 세르기우스에게 '늑대 꿈'을 표현한 그림을 의뢰했고, 세르기우스는 트레이싱용지에 연작 작품을 그렸다. 얼마 후 국제정신분석학회의 모든 회원이 거실 벽에 그 '늑대 그림'을 걸고 싶어 했다(세르기우스는 다른 풍경화도 팔아보려 했지만 잘 나가지 않았다).

세르기우스는 이런 관심에 우쭐해졌다. 어쨌든 그는 자신을 하나의 '사례'가 아니라 이 분석가들의 동료라고 생각했다. 1970년에 알빈 운테르베거는 가디너에게 아이슬러가 인터뷰를 녹음할 때 세르기우스가 "E[아이슬러] 박사의 태도에 다소 화가 났다"고 말했다. "그때 우리의 친구 세르기우스는 자기가 왕년의 환자로만 취급당하고 그의 기대처럼 이 분야에 건설적으로 공헌한 사람으로 제대로 대접받지 못한다고 생각하는 것 같았습니다."(1970.10.) 사실 세르기우스는 전쟁이 끝난 이후에 계속해서 정신분석학이 인간의 자유, 마르크스주의와 정신분석(「유사성*A Paralle*」), 미술, 삽화가 오브리 비어즐리, '포, 보들레르, 횔덜린'까지 다양한 주제에 영감을 준 점에 관한 논문을 썼다. 그중에 「프로이트의 심층심리학의 관점으로 본 미술*Art in the Light of Freud's Depth Psychology*」이라는 논문은 1950년과 1951년에 빈의 평론지 『민족 미술*Kunst ins Volk*』에 '폴 제그린'이라는 필명으로 발표되었다. 가디너는 세르기우스의 「정신분석과 자유의지*Psychoanalysis and Free Will*」라는 논문을 『계간 정신분석*Psychoanalytic Quarterly*』에 실어주려 시도했지만 편집진이 저자가 누구인지 알면서도 (혹은 그 때문에) 반려했다. 세르기우스는 정신분석가들이 그의 이론적 논문에 관심을 보이지 않은 데 실망해서 직접 자서전을 쓰기 시작했고, 가디너가 1972년에 『늑대인간이 쓴 늑대인간*The Wolfman by the Wolf-man*』이라는 제목으로 엮고 안나 프로이트에게 서문도 받아서 출간했다.

이 책은 크게 성공했고, 가디너는 인세가 프란치 베드나르의 주머니로 들어가지 못하도록 세르기우스에게 정기적으로 상당한 금액의 선인세를 지급했다. 이 책에 흥미를 느낀 기자 카린 오브홀처는 늑대인간 뒤에 숨은 진짜 인간을 찾아보기로 했다. 어렵지는 않았다. 세르기우스도 국제정신분석학회 외부의 누군가에게 '발견'되어 기뻐하는 눈치였다. 오브홀처는 그에게 신뢰를 얻어 아이슬러와 졸름스-뢰델하임과 가디너의 압박에도 불구하고 인터뷰 약속을 받아냈다. (졸름스-뢰델하임은 세르기우스를 말리려고 오브홀처를 "사이코패스"로까지 표현하고 그녀의 어머니가 "정신분열증으로 폭발하는" 사람이었다고 말했다.) 사후에 공개된 인터뷰에서 세르기우스는 프로이트가 상정한 저 유명한 "원초경"을 믿은 적이 없다고 밝혔다. "원초경은 개념에 지나지 않습니다. … 그런 건 전혀 기억나지 않아요. … 그분[프로이트]은 내가 그 광경을 봤다고 하시지만 정말로 봤는지 누가 보장할 수 있겠어요? 사실은 그분의 환상이 아닐까요?"

세르기우스는 인터뷰나 프로이트의 사례연구, 가디너의 회고록에서도 자신의 모습을 찾을 수 없다고 주장했다. "정신분석가들은 내게 도움이 되기는커녕 피해만 줬어요. … 프로이트가 저를 100퍼센트 치료했다는 건 그분 생각일 뿐이었어요. … 그래서 [가디너가] 회고록을 쓰라고 추천했고요. 프로이트가 심각하게 병든 사람을 어떻게 치료했는지 세상에 알리기 위해서요. … 다 거짓이에요." 아닌 게 아니라 세르기우스는 60년 넘게 지속적으로 여러 정신분석가에게 관찰을 받았지만 여전히 같은 증상에 시달렸다. "사실 모든 게 재앙 같아요. 나는 처음 프로이트를 찾아갔을 때와 같은 상태예요. 프로이트라면 이제 그만이요." 세르기우스가 보기에 프로이트는 완전히 틀렸다. 이미 1954

28-3 세르기우스 판케예프, 〈늑대인간*Wolfsbild*〉 연작을 위한 스케치, 1964.

년에 아이슬러에게 말했듯이 그를 제대로 이해한 사람은 크레펠린이지 프로이트가 아니라는 것이다. "아, 크레펠린, 그분만이 뭐든 이해하셨어요!" (1954.07.30.)

오브홀처와의 인터뷰를 마치고 1년이 지난 1977년 7월, 세르기우스는 폐렴을 앓은 뒤 심장마비를 일으켰다. 졸름스-뢰델하임은 세르기우스를 빈의 슈타인호프 정신병원으로 옮겼다. 그가 학과장으로 있던 병원이라 1인실에 입원시키고 회복 후에도 머물게 해주었다. 가디너는 안니 수녀를 개인 간호사로 고용했고, 세르기우스는 이 간호사에게 애착을 느꼈다. 프란치 베드나르는 끝내 나타나지 않았다. 세르기우스는 양로원이 아니라 정신병원에 입원한 걸로 불만을 터트렸다. 그는 가디너에게 버림받았다고 느꼈다. 그는 1979년 5월 7일에 92세를 일기로 안니 수녀의 품에서 세상을 떠났다. 그의 전 재산을 물려받은 프란치 베드나르는 이후 10년을 더 살았다.

브루노 베네치아니

Bruno Veneziani

1890~1952

오스트리아헝가리제국에서 네 번째로 큰 도시, 트리에스테. 1914년 가을, 다른 세상에서는 전쟁이 맹위를 떨치고 있다. 제국이 무너지기 전 이 도시에서 막간극이 펼쳐진다. 중년의 부유한 게으름뱅이 제노 코시니가 원인 모를 심신증心身症으로 이 도시의 유일한 정신분석가 S 박사를 찾아간다. 제노는 결혼도 하고 애인도 있지만 사업 면에서 무능해서, 아버지가 죽기 전에 회사의 옛 관리자 올리비를 후견인으로 설정해 놓았다. 그래서 마땅히 할 일이 없는 제노는 건강을 염려하면서 살아갔다. "병은 확신이고, 나는 태어나면서 이미 확신했다." 무엇보다도 제노는 담배를 끊지 못했다. 그리고 특히 "무의지증", 심각하게 의지가 박약한 증상을 겪는다. 마지막 담배l'ultima sigaretta(줄여서 'u.s.')를 피우기로 다짐할 때마다 한 대를 더 피우게 되고 또 한 대를 피우게 되고 다시 또 한 대를 피우게 된다. 그에게는 금연이 곧 흡연이다.

S 박사는 제노에게 분석을 받기 전에 자서전을 써오라고 제안한다. 제노는 그 말에 따라 방종과 재미있는 명료함 사이 어딘가에서 그의 이야기를 장황하게 써 내려갔다. 그리고 "멍청이" 의사의 오이디푸스적 해석에 분개하며 1915년 5월 3일에는 분석을 중단하기로 했다. "정신분석은 이제 그만. 6개월이나 열심히 받아봤지만 전보다 더 나빠졌다." 그리고 얼마 후 자기는 건강하고 사업도 성공적으로 추진하고 있다고 스스로를 "설득"하면서 혼자 그 유별난 병을 치료했다. 그러자 화가 난 S 박사가 환자의 자서전을 출판해서 복수하기로 했고, 이 책은

29-1 리비아 베네치아니와 이탈로 스베보, 1896.

1923년에 『제노의 의식*La coscienza di Zeno*』이라는 제목으로 나온다(영어 번역본의 제목은 적절하게도 『제노의 고백*Confessions of Zeno*』과 『제노의 양심*Zeno's Conscience*』이다).

20세기 모더니즘 문학의 걸작 『제노의 의식』의 주인공 제노 코시니는 이 작품의 작가인 오스트리아-이탈리아 소설가 이탈로 스베보와 닮았다. 본명이 에토레 아론 슈미츠인 스베보도 트리에스테의 부르주아 집안에서 태어났다. 또 스베보도 제노처럼 성공한 사업가의 네 딸 중 하나이자 그와는 육촌 사이인 리비아 베네치아니와 결혼했다. 두 집안의 공동 조상이 유대인이지만 베네치아니 집안은 가톨릭으로 개종했고 스베보도 아내를 기쁘게 해주기 위해 가톨릭으로 개종했다. (전쟁 전에 트리에스테에 머물며 스베보와 친하게 지내던 제임스 조이스가 스베보에게 영감을 얻어 『율리시스*Ulysses*』에 나오는 세속적인 유대인 리오폴드 블룸을 창조했다고 알려졌다. 이 소설에서 블룸도 몰리라는 여자와 결혼하기 위해 가톨릭으로 개종한다.)

문학 작품 속의 분신인 제노처럼 작가 스베보도 결혼생활을 행복하게 시작했지만 근거 없는 강렬한 질투심에 사로잡혔다. 그는 베네치아니 집안의 넓은 저택에서 처가 식구들과 함께 살았다. 베네치아니 집안은 잘 나가는 선박용 도료회사를 운영했고, 베네치아, 런던, 쾰른, 마르세유에 지사를 두었다. 스베보는 도료회사에서 일하면서 점차 장인에게 회장 자리를 물려받았다. 그사이 짬짬이 쓴 『제노의 의식』은 조이스가 유럽에서 적극적으로 홍보하기 전까지 전혀 인정받지 못했다. 스베보도 제노처럼 그때까지는 사업가로서는 몰라도 작가로서는 실패했다고 생각했다.

스베보가 제노와 닮은 점이 한 가지 더 있다. 스베보도 항상 "마지막 담배"를 피우면서 죄책감에 짓눌리는 골초였다는 점이다. 리비아 베네치아니의 종손 풀비오 안젤로티는 『제노의 저택*La villa di Zeno*』이라는 회고록에서 베네치아니 저택 옆에 있던 도료공장이 폭발 위험 때문에 흡연이 엄격히 금지된 곳이었다고 적었다. 스베보에게 담배를 피우는 행위는 직업의 세계와 부르주아 가톨릭의 고상한 세계를 향한 숨죽인 저항이었을 것으로 짐작할 수 있다. 제노에게 흡연이 정신분석 치료와 정상화에 대적하기 위한 주요 '저항' 수단인 것처럼.

하지만 스베보는 정신분석을 받은 적이 없었다. 그러면 정신분석에 대한 정확하고 신랄한 통찰은 어디에서 얻었을까? 1908년에 스베보는 트리에스테 출신의 동향 친구 에도아르도 바이스(바이스의 동생 오토카로는 나중에 스베보의 조카딸 오르텐시아('텐치') 슈미츠와 결혼한다)의 추천으로 프로이트의 저서를 접했다. 바이스는 열아홉 살에 이미 프로이트를 열렬히 추종하며 빈으로 가서 의학을 공부하고 정신분석 훈련을 받을 계획을 세웠다. 그리고 결국 프로이트가 가장 신임하는 제자 중 하나가 되었으며 1932년에 이탈리아정신분석학회를 설립했다. 독일 슈바벤 출신이라 독일어를 유창하게 구사하던 스베보는 바이스 덕에 일찍부터 프로이트의 저서를 접하고 정신분석에 정통할 수 있었다. 조이스도 트리에스테에 머물며 스베보를 통해 정신분석을 접했을 가능성이 크지만, 스베보 자신은 1927년에 그의 아일랜드인 친구 조이스에 관한 강연에서 이런 가능성을 부인했다.

스베보는 1911년에 오스트리아의 온천 휴양지 바드이슐에서 빌헬름 슈테켈과 친분을 쌓았다. 슈테켈은 빈에서 프로이트의 초창기 제자로, 그즈음 알프레트 아들러와 함께 주요 정신분석 학술지 『정신분석 중앙신문*Zentralblatt für Psychoanalyse*』을 발행했다. 슈테켈은 화려하고 개방적인 사람이었고, 풀비오 안젤로티에 따르면 프로이트와 정신분석에 대한 슈테켈의 의견이 스베보를 "매료"시켰다. 당시는 슈테켈이 프로이트와 크게 다투고 프로이트의 독단주의와 권위주의에 질려서 정신분석 집단을 떠나기 1년 전이었다.

스베보는 에도아르도 바이스의 여동생 조지나 바이스가 프로이트에게 분석을 받은 사실도 알았을 것이다. 음악을 공부하던 조지나는 열아홉 살에 빈으로 가서 1918년 2월 2일부터 26일까지 프로이트에게 분석을 받았다. 훗날 바이스는 쿠르트 아이슬러와의 인터뷰에서 조지나가 "히스테리 증상과 정서 장애"를 앓았고 프로이트의 분석은 효과가 없었다고 말했다. 프로이트는 조지나가 마음에 들지 않았는지 제자 헬레네 도이치에게 보냈고, 도이치는 조지나를 베를린으로 데려갔다. 도이치는 베를린에서 프로이트 학파의 카를 아브라함에게 분석을 받는 중이었다.

조지나는 훗날 정신분열증을 앓아서 남편 에르빈 프롤리히와 함께 이민을 떠났던 오스트레일리아의 한 정신병원에 20년간 입원해 있었다. 조지나는 나치가 자신의 뇌 일부를 가져가 자기를 조종한다는 망상에 사로잡혔다. 그리고 에도아르도 바이스에게 "그들이 내 뇌를 자기네 것인 양 취급해"라고 편지를 보냈다. "여기 의사들은 내가 망상에 빠졌다고 생각하니 그 사람들한테는 이런 얘기를 해봐야 소용이 없어."

스베보는 에도아르도의 누나 아말리아 바이스 괴츨도 프로이트에게 분석을 받았다는 말을 들었을 수 있다. 아말리아는 강박신경증으로

29-2 베네치아니 선박용 도료 광고

1921년에 프로이트에게 6개월간 치료를 받았고, 1922년에 스베보가 『제노의 의식』을 마무리할 무렵에 다시 치료를 받았다. 바이스는 아이슬러에게 프로이트가 아말리아를 무척 마음에 들어 했다고 말했다. "그분이 누나를 참 많이 도와주셨어요. 하지만 누나는 별로 좋아지지 않았어요." 아말리아와 남편 알베르토는 1943년에 나치에 끌려가 아우슈비츠에서 사망했다.

하지만 스베보가 정신분석을 접하는 데 결정적인 역할을 한 사람은 아내의 남동생 브루노 베네치아니였다. 브루노와 에도아르도 바이스는 학교를 같이 다닌 친한 친구였다. 지능이 높고 교양 있고 피아노를 수준급으로 치던 브루노는 전도유망한 청년으로 보였다. (스베보의 소설 속 제노처럼) 화학을 전공했고, 그의 박사학위 논문이 특출 나서 지도교수가 곧바로 발표할 수 있게 해주었다. 집안의 유일한 아들이던 그는 어머니 올가가 가장 애지중지하던 자식이기도 했다. 아버지 조아치노는 아들이 화학자로서의 재능을 가족 사업에 써주기를 기대했다.

하지만 그렇게 되지 않았다. 브루노는 다방면에 재능을 타고났지만 의지박약으로 재능을 실현하지 못했다. 그는 제노처럼 게으르고 의지가 없었다. 아버지가 부자이고 어머니가 무조건적으로 사랑을 퍼주고 누이 넷이 돌아가며 아껴주는데 뭐 하러 일을 하겠는가? 브루노 베네치아니는 모든 것을 가졌고, 아무짝에도 쓸모없는 사람이 되었다.

스베보는 처남이자 육촌인 브루노를 많이 아껴서 그에게 단편소설 「고양이의 죽음*The Cat's Death*」을 헌정했다. 스베보는 아마 일과 현실을 대하는 브루노의 수동적 저항에 묘하게 공감했을 것이다. 또 브루노는 같은 흡연자이기도 했다. 두 사람은 1910년에 함께 담배를 끊기로 맹세하고 먼저 담배를 피우는 사람이 130크로네를 내놓기로 했다. 당시에는 상당한 금액이었다. (스베보의 소설에서도 제노와 올리비가 똑같은 내기를 한다.) 스베보가 내기에 졌고, 결국 둘 다 다시 담배를 피웠다. 브루노는 담배에만 중독된 것이 아니었다. 진통제의 일종인 코데인도 남용하고, 나중에는 모르핀과 각종 아편제까지 남용했다. 게다가 공개적

29-3 브루노 베네치아니, 연대 미상.

으로 동성애자라고 밝혀서 가족, 특히 어머니에게 큰 실망을 안겼다.

베네치아니 집안은 바이스의 조언에 따라 1910년에 브루노를 빈의 정신분석가 이지도어 자트거에게 보내서 그의 악덕惡德을 치료하기로 했다. 자트거는 동성애 '도착' 치료 전문가로서 이 병에 걸린 환자들을 치료할 수 있다고 주장했다. 하지만 브루노는 젊은 남자들을 향한 사랑을 단념할 준비가 되지 않았다. 자트거의 치료는 실패했고, 결국 브루노는 지크문트 프로이트에게 보내졌다.

프로이트는 1912년 10월 4일부터 1913년 5월 31일까지 일주일에 6시간씩 브루노를 분석했다. 브루노의 치료에 관해 프로이트에게 직접 전해 들었을 바이스에 따르면 분석은 실패했다. 브루노가 반유대주의 발언을 해서 프로이트가 분개한 듯했다. (브루노 자신이 유대인 혈통이고, 바이스를 비롯해 가족과 친구 대다수가 유대인이라는 점에서 이상해 보인다. 다만 브루노가 도발적으로 던진 말을 프로이트가 문자 그대로 들었을 가능성을 배제할 수 없다.) 프로이트는 브루노에게 "자기애적"이라면서 그의 영향을 거부한다고 질책했다. 한마디로 전이가 예상대로 일어나지 않았다는 뜻이다. 프로이트는 그에게 편집증 진단을 내리고 분석을 종결하면서 치료 불능이라고 명시했다. 훗날 스베보의 딸 레티치아 폰다 사비오에 따르면 프로이트가 브루노에게 이렇게 말했다고 한다. "나는 치료하고 싶어 하는 사람을 치료할 수 있지 치료를 거부하는 사람은 치료할 수 없습니다."

스베보는 트리에스테에서 모든 과정을 지켜보면서 큰 충격을 받았다. 그즈음 정신분석 치료의 장점에 관해 편지를 주고받던 젊은 기자이자 작가인 프랑스계 이탈리아인 발레리오 야이에에게 이런 편지를 보냈다. "우리의 위대한 프로이트 선생은 환자보다 소설가에게 더 위대한 것 같군요. 제 가까운 친지 하나가 그분께 몇 년간 치료를 받은 후 완전히 회복 불능 상태로 돌아왔습니다. 사실 저는 15년 전쯤 그 친지를 통해 프로이트의 분석에 관해 들었습니다."(1927.12.)

당시 파리에서 정신분석가 샤를 오디에에게 치료받던 야이에는 스베보의 말을 믿지 못했다. 그러자 스베보는 이렇게 주장했다. "사실입니다. 저는 거짓말을 할 줄 모릅니다. 프로이트가 직접 치료한 사례에서 어떤 성과도 거두지 못했다고 확실히 말할 수 있습니다. 정확성을 기하기 위해 덧붙이자면 프로이트는 몇 년에 걸쳐 막대한 치료비를 받아 놓고 그 환자를 치료 불능으로 규정했습니다. 사실 저는 프로이트를 존경합니다. 그러나 오랜 시간을 허비한 지금은 그를 존경한다는 말에 역겨움만 느낄 뿐입니다."

스베보는 한 달 후 다시 이렇게 못을 박았다. "명확히 해두고 싶은 것이 있습니다. 정신분석 치료의 결과에 관한 제 경험을 말씀드리려고요. 그분은 몇 년간 치료비를 받아가 놓고 환자가 가벼운 편집증을 앓는다는 이유로 치료가 불가능한 환자라고 단언했습니다. … 참 비싼 진단인 셈이지요."

(세르기우스 판케예프가 카린 오브홀처와의 인터뷰에서 한 말을 기준으로 보면, 당시 프로이트는 한 회기에 50분짜리 분석비로 현재 미국 달러로 치

면 약 1,100~1,400달러를 받은 것으로 추정된다. 따라서 브루노는 프로이트에게 187회에 걸쳐 치료받으면서 20만 5천~26만 7천 달러 정도를 쓰고도 아무것도 얻지 못한 것이다.)

하지만 브루노는 정신분석에도 중독되었다. 그는 프로이트의 치료가 종결되자 프로이트의 제자로 바이스와도 친하던 빅토르 타우스크를 찾아갔다. 타우스크는 브루노에 관해 프로이트만큼 부정적이지는 않았지만 브루노는 얼마 후 빈의 노련한 정신분석가 루돌프 라이틀러를 찾아갔다. 그사이 베네치아니 집안에서는 끝없이 이어지는 치료를 우려했다. 1914년 5월에 쾰른으로 출장을 간 올가 베네치아니는 아들 브루노의 일로 흥분해서 남편 조아치노에게 전보를 쳤다. 전보의 내용은 남아 있지 않지만 올가는 심하게 충격을 받아 급히 쾰른으로 온 남편에게 차마 그 얘기를 꺼내지 못했다.

그러자 조아치노는 아들에게 장문의 편지를 썼다. "나의 소중한 아들 브루노야. … 네가 프로이트 박사님께 첫 번째 치료를 받을 때는 기뻤단다. 처음에는 효과가 있는 듯했지. 그러다 다른 박사님께 치료를 받다가 다시 지금의 박사님께 치료를 받고부터는 효과가 없어 보이는구나. 결과가 어떻게 나왔니? 이렇게 어떤 효과가 있는지도 모르고 좋은 결과를 보지도 못한 채 계속 치료를 받는 게 무슨 의미가 있을까? 그토록 오래 치료받고도 끝이 보이지 않는다니! 너는 이런 치료는 학자들만 이해할 수 있다고 말하지. 나는 학자가 아니니 학문적으로는 이해할 수가 없어. 그래도 나는 일상의 삶을 잘 알아. 그런 치료는 너를 낫게 하기는커녕 오히려 더 퇴보시킬 뿐이야! 이게 내가 알아야 할 전부야. [그리고 조아치노는 아들에게 집으로 돌아오라고 명령했다.] 싫다고는 하지 마라. 너한테 답장하는 건 이번이 처음이니까. '나는 네가 그렇게 해주기를 원해!' 그리고 네가 뜻을 꺾고 돌아온다면 널 위해 뭐든 다 해주마. 그러니 제발 부탁한다. 마음을 고쳐먹고 돌아오렴. 너로 인해 심장이 뛰고 네 안의 남자를 보고 싶은 부모에게로 돌아오렴!"

브루노는 부모의 명령을 따르지 않았다. 그는 계속 빈에 머물렀고,

그사이 어머니는 아들 걱정으로 시름시름 앓았다. 전쟁이 한창이던 1914년 가을에 브루노는 베를린으로 가서 카를 아브라함에게 분석을 받기로 했다. 그의 결심을 전해 들은 프로이트는 아브라함에게 이렇게 경고했다. "베네츠[브루노 베네치아니]는 좋지 않은 사례네. 자네가 다섯 번째 의사야. 자트거, 나, 라이틀러, 타우스크에 이어서. 수수께끼 같은 환자이고 '인간 말종mauvais sujet'이라 여태 어떤 방법도 통하지 않았네." 아브라함도 프로이트의 의견과 다르지 않았던 듯하다. "베네치아니는 곧 치료를 중단할 것입니다. 이 환자의 자기애는 파고들어갈 틈이 없습니다."

그래서 브루노는 결국 트리에스테로 돌아갔다. 스베보의 소설에 나오는 제노 코시니처럼 정신분석을 받기 전보다 더 나빠진 상태였다. 스베보는 『런던 체류*Soggiorno londinese*』라는 에세이에 이렇게 적었다. "내가 얻은 경고는 그[브루노]의 치료에서 유일하게 긍정적인 효과였다. 그는 2년간 정신분석을 받은 후 피폐해져서 돌아왔다. 의지박약은 더 심해졌고 자기는 애초에 다르게 살 수 없도록 생겨 먹은 사람이라는 확신에 찼다. 그는 어떤 사람에게 그가 어떻게 생겨 먹은 사람인지 설명하는 것이 얼마나 위험한 일인지 내게 일깨워준 사람이다. 그래서 나는 그를 만날 때마다 우리의 오랜 우정 때문이 아니라 이런 깨달음을 준 것이 고마워서 그를 좋아하게 된다."

1919년에 에도아르도 바이스는 트리에스테로 돌아와 정신분석 치료실을 열고, 브루노에게 프로이트의 『정신분석 강의』를 이탈리아어로 번역하는 작업을 같이 해보자고 제안했다. 일을 해보면 좀 나아질까 싶어서 어머니 올가가 바이스에게 아들이 할 만한 일을 찾아봐 달라고 부탁한 터였다. 하지만 바이스는 그의 저서 『상담가로서의 지크문트 프로이트*Sigmund Freud as a Consultant*』에서 브루노의 게으름에는 치료법이 없었다고 밝힌다. "나는 이내 A 박사[바이스가 브루노에게 붙인 가명]는 정신적 문제가 심각해서 이런 방법으로는 도움을 받지 못할 걸 알았다. 그는 몇 가지 중독에 시달리며 정신적으로 피폐한 채로 살았다. 나는 그의 허락을 받아 그의 어머니의 바람대로 프로이트에게 편지를 써서 그를 다시 치료해줄 수 있는지 물었다."

(브루노는 당시 빈에 머물렀던 것으로 보인다. 빈정신분석학회 회의록에는 프로이트가 주재한 1920년 4월 7일 학회에 브루노가 참석한 것으로 기록되어 있다. 학회에 신청서를 제출해야 했지만 역시나 그답게 아무것도 하지 않았다.)

프로이트는 1920년 10월 3일에 에도아르도 바이스에게 장문의 답장을 보냈다. "바이스 박사, 나로서는 베네치아니 박사를 잘 알기에 자네가 그와 공동으로 번역을 해보겠다고 해서 놀랐네. 베네치아니 박사에 관해 전문가로서의 소견을 물었으니 내 의견을 주저 없이 밝히겠네. 이 환자는 좋지 않은 사례로 보이네. 자유분석[정신병원에 보내지 않는 방법]에는 더더욱 적합하지 않은 사례야. 이 환자에게는 두 가지가 빠져 있네. 첫째, 자아와 욕구를 추동하는 것 사이에서 발생하는 갈등이 없네. 그는 사실상 자기에게 더없이 만족해서 적대적 외부 환경에 의해서만 고통을 받지. 둘째, 분석가에게 협조할 수 있을 만큼의 정상적인 성격이 아니네. 그는 오히려 분석가를 호도하고 기만하고 무시하려 드네. 이 두 가지 결함은 결국 하나로 귀결되지. 어떤 영향에도 굴하지 않고 안타깝게도 항상 자신의 자질과 재능을 내세울 수 있는, 자기애적이고 자기만족적인 자아의 발달. 내 생각에는 나든 다른 누구든 그 환자를 치료해서 얻을 게 없네. 그는 결국 방탕하게 살면서 심신이 무너질 거야. … 물론 어머니가 아들을 포기하지 못하는 심정은 이해하네. 이런 사례도 어쨌든 신경증을 기반으로 하기는 하지만 변화를 끌어내기 어려운 역동이 존재하네. 그러니 이 환자를 정신병원에서 강압적이고 효과적으로 치료할 수 있는 분에게 보내기를 권하네. 바덴바덴(요양소)의 그로데크 박사가 그런 분이네. 만약 그분이 받아주지 않는다면 퇼츠(바바리아) 인근 하일브룬의 마르시노프스키가 떠오르지만 그분도 단칼에 거절할지 모르네. 심한 경우에는 베네치아니 박사 같은 사람들을 돈과 함께 배에 태워 바다 건너, 가령 남아메리카 같은 곳으로 보내서 스스로 운명을 찾아가게 해주지."

바이스는 1950년대에 아이슬러가 "스스로 운명을 찾아가게"라는 말이 무슨 뜻이냐는 질문에 이렇게 답했다. "감옥에 가든 자살하든, 그런 거요. 프로이트는 그런 환자에게는 이런 식이었습니다." 프로이트는 1920년에 바이스에게 보낸 편지의 마지막에 다음과 같은 청구서를 넣었다. "V 부인[올가 베네치아니]께서 이런 전문가의 소견에 돈을 내실 의향이 있다면 메라노의 민나 베르나이스 양에게 100리라를 보내시라고 하게. … (내 처제네)." 한 달 후 프로이트는 비용을 낸 영수증을 확인하고 바이스에게 브루노와 관계를 끊은 일에 대해 이렇게 말했다. "그 사람은 정말로 아무짝에도 쓸모없는 인간이야."

브루노는 요한 야로슬라브 마르시노프스키의 하우스지엘베크 요양소에 입원했다가 바덴바덴의 게오르크 그로데크의 병원으로 보내졌다. 이 병원에는 1921년 5월 26일에 입원했고, 어머니와 스베보가 동행했다. 스베보는 얼마 있다가 떠났지만 어머니는 계속 바덴바덴에서 지내다가 8월에 심장마비로 사망한 남편의 장례를 치르러 트리에스테로 급히 돌아갔다. 브루노는 12월 20일까지 계속 입원해 있었다. 그리고 거기서 연인을 만났다. 그로데크는 축복해주었지만 어머니는 절망했다. 나중에 그는 1922년 3월 5일부터 9월 2일까지, 1923년 5월 19일부터 6월 17일까지 두 차례 더 그로데크의 병원으로 돌아왔다. (스베보의 소설 속 제노도 담배를 끊기 위해 스스로 병원에 갇힌다.)

브루노가 그로데크의 병원에 입원할 즈음 그로데크는 『정신을 탐구하는 사람*The Soul Searcher*』이라는, 유머와 불경不敬이 가득한 정신분석 소설을 출간했다. 스베보는 이 작품에서 때마침 쓰고 있던 소설을 위한 여러 가지 아이디어를 얻었을 것이다. 그로데크는 진정한 작가이자 그 자체로 존재감이 큰 인물이라 프로이트의 제자로만 남기는 어려웠다. 정신분석에서 영감을 얻은 심신의학psychosomatics의 선구자로 여겨지는 그로데크는 앞선 시대의 낭만주의 의학romantic medicine에 속하는 사람으로, 무의식과 함께 괴테의 신-자연의 거대한 전체 안에서 심신의 통합을 강조했다. 프로이트는 그로데크에게서 낭만주의-니체 철학의 '그것It'(혹은 이해하기 어려운 라틴식 영어 표현인 '이드Id')의 개념을 빌려오면서 그를 높이 평가하고 본인의 의사와는 무관하게 그를 정신분석가의 '거친 무리'에 주저 없이 집어넣었다.

나중에 그로데크는 특유의 솔직함으로 프로이트에게 편지를 써서 자신을 프로이트와 그 일파보다 훨씬 나은 치료자라고 생각한다고 밝혔다. "저는 자부심을 느끼며 저 자신에게 이렇게 말합니다. '분석가들은 얼마나 어리석은가'라고요. … 그리고 프로이트도 예외가 아니라고 생각합니다. 이 생각은 베네치아니의 치료와도 연결됩니다." 브루노가 그로데크의 병원에 입원하자 그로데크에게는 프로이트가 실패한 자리에서 다시 출발할 기회가 주어진 셈이었다. 1921년 7월 2일에 그는 프로이트에게 이렇게 적었다. "지금 박사님의 환자가 우리 병원에 입원해 있습니다. 트리에스테에서 온 베네치아니 박사라는 환자입니다. 앞으로 어떻게 될지 궁금하군요."

브루노는 그로데크가 그해 패트릭 트롤이라는 필명으로 쓰기 시작한 『그것의 책*The Book of the It*』(1921), 곧 "여성 친구에게 보내는 정신분석 편지"를 엮은 연작 작품의 도입부에 카메오로 등장한다. 그로데크는 이 작품을 쓰면서 프로이트에게 계속 편지를 보냈고, 그사이 프로이트의 반응을 모아 연작의 이어지는 편지에 마치 친구의 의견인 양 끼워 넣었다. 그리고 패트릭 트롤은 작품 속 여성 친구에게 보내는 두 번째 편지에서 우리는 모두 남자인 동시에 여자이며, 영아기에 유모 손에 자란 사람에게는 "그것"이 두 가지 성적 지향 사이에 계속 박혀 있으면서 가끔 갖가지 정신신체 증상을 일으킨다고 설명한다. 그리고 그는 이런 주장을 뒷받침하기 위해 어머니가 직접 젖을 먹여 키우지 않은 브루노 베네치아니가 "상상임신"을 한 이야기를 들려준다. "유모 젖을 먹고 자란 다섯째 아이 이야기를 해드려야겠군요. 재능 많은 이 남자는 어머니가 둘이라 모든 면에서 분열된 느낌을 받았고 이렇게 분열된 상태를 판토폰[주사로 맞는 아편, 모르핀만큼 강력하다]으로 극복하려 합니다. 어머니는 미신 때문에 그에게 젖을 먹이지 않았다고 합니다. 위로 아들 둘을 잃어서 세 번째 아들에게는 젖을 먹이고 싶지 않았다고요. 하지만 이 남자는 자기가 남자인지 여자인지 모르고, 그의 '그것'도 모릅니다. 유아기에 그의 안에서 여자가 깨어나 심낭염, 그러니까 심장의 상상임신을 앓았습니다. [실제로 브루노는 일곱 살에 심낭염으로 사망할 뻔했다.] 그리고 훗날 흉막염과 거부할 수 없는 동성애 욕구의 형태로 증상이 다시 나타났습니다."

하지만 그로데크는 이내 환멸을 느꼈다. 브루노는 여전히 고집스러울 정도로 무관심하고, 약물 중독자이자 동성애자였다. 풀비오 안젤로티는 『스베보의 비밀*Il segreto di Svevo*』이라는 책에서 그로데크가 이듬해 그의 친구이자 환자이고 프로이트의 친구이기도 한 샨도르 페렌치가 방문하자 그에게 브루너의 분석을 부탁했다고 밝혔다. 하지만 무엇도 소용이 없었다. 바이스에 따르면 브루노는 언젠가 자살 기도까지 했다. "그가 베로날을 먹고 목숨을 끊으려 했을 때 … 그로데크 박사는 그에게 그를 살려야 할지 말아야 할지 몰랐다고 말했습니다. … 그러다 결국 살렸습니다." 브루노가 세 번째로 입원했을 때 그로데크는 결국 프로이트에게 이렇게 고백했다. "그때는 [브루노 베네치아니의 치료에] 자신이 있었지만 나중에 그게 착각이었다는 것을 알았습니다."

한편 스베보는 1918년에 혼자 프로이트의 저서 『꿈에 관하여*Über den Traum*』를 이탈리아어로 번역하는 작업에 착수했다. 전쟁이 끝난 직후로 마침 정신분석학이 유럽의 지식인 계층과 문화계에 들불처럼 번지던 시절이었다. 사회주의 지식인 조르조 보게라는 회고록 『정신분석의 시대*The Years of Psychoanalysis*』에서 당시 프로이트 이론이 트리에스테에서, 특히 유대인 사회에서 엄청난 열풍을 일으켰다고 적었다. "하나의 조류가 아니라 사이클론이었다. 어릴 때 나는 이 사이클론의 눈 속에서 살았다. … 주위의 모든 어른이 문자 그대로 세뇌당했다." 이 해는 프로이트가 조지나 바이스의 분석에 실패한 해이기도 하다.

이런 배경에서 스베보는 1919년 2월부터 『제노의 의식』을 쓰기 시작했고, 이 소설을 쓰면서 일종의 자기 분석을 시도했다. 그는 1927년 12월에 발레리오 야이에에게 이렇게 털어놓았다. "나는 [프로이트의] 책을 읽고 분석가의 도움 없이 혼자서 치료했다고 말해도 될 겁니다. 이런 경험을 통해 이 소설이 탄생했고, 여기서 현실의 모델 없이 창조한 인물이 있다면 당연히 S 박사입니다." 말하자면 스베보의 자기 분석과 『제노의 의식』을 쓰는 과정은 한 몸이었다. 대화 치료가 아닌 글쓰기 치료였던 셈이다.

우리는 이 소설이 어떻게 끝나는지 알기에 제노가 S 박사에게 받은 분석이든 같은 시기에 실제로 실패한 것으로 보이는 조지나와 브루노의 분석이든, 스베보가 정신분석을 어떻게 생각했을지 쉽게 짐작할 수 있다. 스베보가 야이에에게 한 말처럼 그는 정신분석이 작가에게는 좋은 재료이지만 치료법으로서는 효과적이지 않다고 생각했다. "**문학의 관점에서**[스베보가 강조함] 프로이트는 더 흥미롭습니다. 저도 그분께 직접 치료를 받았으면 좋았을 겁니다. 그랬다면 제 소설이 더 완벽해졌을 테니까요."

야이에에게 보낸 편지에 따르면 스베보는 "병을 확신이라고 여기는" 남자, 제노의 이야기를 쓰면서 스스로 "치료되었다"고 생각한 듯하다. 소설의 마지막에서 제노는 깨닫는다(다시 상기하자면 이 소설은 자기를 분석하며 써 내려간 자서전 형식이다). "내 건강은 내가 건강하다는 확신과 다르지 않다. 나를 설득해서 이해시키기보다 나를 치료하려 드는 사람은 선잠 든 몽상가만큼 아둔하다. … 고통과 사랑, 한마디로 인생은 우리가 그로 인해 고통을 받는다고 해서 인생 그 자체를 병으로 여길 수는 없다." 그리고 스베보는 야이에에게 정신분석으로 "삶의 고통mal de vivre"을 치료할 수 있느냐는 질문을 받고 그 자신의 이름으로 정확히 같은 요지의 답을 했다. "그런데 우리는 왜 병을 치료하고 싶을까요? 과연 인류에게서 인생의 정수를 빼앗아야 할까요? 제게 평온을 안겨줄 수 있는 것은 바로 이런 확신에 있다고 굳게 믿습니다."

병은 아프다는 확신이고, 정신분석은 우리 모두에게서 이 병을, 그러니까 제노의 표현으로는 "고대에 소포클레스가 불쌍한 오이디푸스에게 내린 진단일 뿐"인 병을 파헤쳐서 이런 확신을 더 굳게 만들 뿐이다. 그리고 제노는 말한다. "나는 이 진단을 진심으로 비웃는다. 내가 이 병을 앓지 않았다는 가장 확실한 증거는 내가 낫지 않았다는 사실이다." 치료가 필요하다고 확신할수록 치료될 가능성은 줄어든다. 스베보와 야이에가 파리에서 처음 만났을 때 야이에가 이미 60회나 분석을 받았다고 고백하자 스베보가 크게 웃음을 터트리며 말했다. "그러고도 살아계시네요?" 하지만 이 말은 의도치 않게 잔인한 농담이 되었다. 12년 뒤 마리 보나파르트 공주를 무수히 분석하고 파리정신분석학회의 회장까지 맡았던 발레리오 야이에는 결국 스스로 생을 마감했다.

스베보는 야이에에게 보낸 편지에서 분석을 받지 말라고 열심히 말렸다. "낭시학파의 의사에게 자기암시 치료를 받아보시죠. 비웃음 당하는 학파로 여기실 수도 있지만 저는 비웃지 않습니다. … 아주 단순하다는 이유로 비웃지 마세요. 선생이 받아야 할 치료도 단순하니까요. 거기서는 선생 안의 '나'를 바꾸려고 하지 않습니다."

여기서 "낭시학파"는 약사이자 심리학자로, 유명한 '쿠에 요법'을 창시한 에밀 쿠에의 '신新낭시학파'를 가리킨다. '쿠에 요법'은 실제로 단순해 보여서 조롱당했다. 쿠에는 건강해지려면 하루에 두 번씩 스무 번 반복해서 이 말을 해보도록 권했다. "나는 매일 모든 면에서 점점 더 좋아진다." 그렇다고 쿠에가 결코 어설프거나 단순한 사람은 아니었다. 의식적인 자기암시(이는 1921년에 출간된 쿠에의 책 제목이기도 하다)를 통해 스스로를 다스리는 요법은 최면학자이자 첫 번째 낭시학파의 창시자인 이폴리트 베른하임의 연구를 자의식적으로 확장한 방법이다. 쿠에 요법의 기본 원리는 오늘날 에릭슨 최면Eriksonian hypnosis부터 인지행동치료와 긍정심리학에 이르기까지, 여러 심리치료 기법에서 발견된다. 쿠에는 문제를 해결하려고 시도하거나 치료하려고 노력할수록 부정적인 생각이 더 많이 떠오르므로 애초에 이런 노력이 소용이 없다고 주장했다. 생각은 본래 행위로 넘어가려는 경향이 있으므로(베른하임이 말하는 '암시'의 원리다) 언제나 부정적인 생각이 의지를 이길 수밖에 없다. 따라서 의식적으로 긍정적인 생각을 떠올려 문제가 이미 해결된 것처럼 생각해서 이런 긍정적인 생각이 별다른 노력 없이 무의식에 영향을 미치게 하는 편이 낫다. 매일 나는 행복하고 건강하다고 반복해서 생각하면 결국에는 내가 정말로 행복하다는 확신이 든다. 실제로 이미 그렇게 되어 있기도 하다.

이것이 바로 『제노의 의식』의 마지막에서 제노가 도달하는 역설적 결론이다. 이 책의 제목은 뜻밖에도 '제노의 의식'이 아니다(이탈리아어로 'conscienza'는 영어로 'consciousness(의식)'과 'conscience(양심)' 두 가지 모두를 뜻한다). 제노는 병의 무의식적 원인을 집요하게 파고들기보다는 스스로 건강하다고 의식적으로 자기를 '설득'하기로 마음먹는다. 그리고 효과가 나타난다. "나는 치료됐다! … 나는 건강하다, 완벽하게 건강하다." 자기분석보다는 자기암시, 통찰보다는 자기 설득의 과정이다. 제노는 자기를 있는 그대로 긍정했고, 역설적이게도 이 방법으로 변화할 수 있었다. 스베보의 소설은 사실 평단의 주장과 달리 "최초의 정신분석 소설"이 아니다(앞서 그로데크가 쓴 『정신을 탐구하는 사람』을 잊었는가). 사실 『제노의 의식』은 에밀 쿠에의 개념과 브루노 베네치아니의 파국적 분석 경험, 두 가지 모두에서 영감을 얻어 쓴, 정신분석 치료에 대한 반어적이고 심오한 비평서다.

스베보는 프로이트와 바이스에게 이 책을 보냈고, 이들도 이 메시지를 놓치지 않았던 듯하다. (이탈리아어로 읽은) 프로이트는 답장도 하지 않았다. 바이스는 스베보와의 오랜 우정을 쌓고도 서평을 써달라는 요청을 단칼에 거절했다. 바이스는 스베보에게 제노의 이야기는 정신분석과 "무관하고" 트리에스테에서 활동하는 유일한 정신분석가로서 자기가 S 박사로 묘사되는 것이 못마땅하다고 말했다고 전해진다. 물론 바이스도 스베보의 소설이 겨냥하는 표적이 사실 자기가 아니라는 것을 누구보다도 잘 알았다. 표적은 바로 프로이트였다.

그러면 제노 코시니는 누구일까? 프로이트의 개념을 빌리자면 제노는 복합적인 인물이다. 병들고 건강염려증이 있으며 의지를 상실하고 신경증을 앓는, S[지크문트] 박사가 건성으로 "치료 불능"으로 단언한 점에서 바로 스베보의 **사촌** 브루노다('코시니 Cosini '는 영어나 프랑스어 'cousin(사촌)'을 이탈리아어로 표기한 글자로 읽힌다). 하지만 소설의 결말에서 회복한다는 점에서 제노는 이탈로 스베보 자신이기도 하다. 스베보는 육촌이자 처남인 브루노와 달리 분석가의 소파에 누운 적도 **없고** 자기가 아프다고 확신하지도 **않았으며** 그래서 스스로 치료할 수 있었다. 『제노의 의식』은 프로이트 정신분석의 무익함을 서서히 확신하는 이야기다. 이 책의 마지막 '정신분석'이라는 장의 서두에서 제노는 이렇게 단언한다. "이제 나는 모든 것을 간파했다. 정신분석은 어리석은 환영에 지나지 않고 히스테리를 보이는 나이 든 부인을 흥분시키기 딱 좋은 속임수에 지나지 않는다는 것을 알아챈 마당에, 어떻게 내가 그 우스꽝스러운 자의 동반자가 되어 마치 모든 것을 꿰뚫어 보는 눈빛을 하고 세상의 모든 현상을 자신의 거창한 새 이론으로 설명할 수 있다고 믿는 건방진 태도를 참아낼 수 있겠는가?"

스베보의 딸 레티치아 폰다 사비오는 스베보 연구자 조반니 팔미에리에게 언젠가 아버지가 "개인적 사유"로 낭시에 가서 쿠에와 상담하고 쿠에의 병원에 며칠 입원했다고 말했다. 그리고 브루노 베네치아니도 나중에 그 병원에 갔다고도 말했다. 아마 스베보가 제노와 그 자신처럼 브루노도 스스로 깨치게 해주고 싶어서 권했을 것이다. 하지만 브루노는 하루만 머물렀다. 그는 자신의 병을 놔주지 못했다. 치료에 중독된 것이다.

브루노는 트리에스테에서 계속 치료받으며 간간이 에도아르도 바이스에게 '지지 치료supportive therapy'를 받았다. 바이스는 분석에 대한 프로이트의 비난에도 굴하지 않고 친구인 브루노를 충분히 보살폈다. 1929년에 브루노는 바이스의 조언에 따라 트리에스테의 산조반니 정신병원으로 직접 찾아갔다. 바이스는 브루노의 입원을 요청하는 진단서에 그가 "심각한 우울증"과 "전반적인 무관심, 비관주의, 염세주의, 불안해하며 발작적으로 울음을 터트림, 불면증으로 수면제 과다 복용"에 시달린다고 적었다. 그리고 해리나 환각 증상은 보이지 않는다고 강조하면서도 몇 년 전에는 약을 많이 먹고 이런 증상을 보인 적이 있다고 부연했다. 브루노 자신도 다시 자살 기도를 한 데 크게 충격을 받았다.

어머니가 사망하고 2년이 지난 1938년, 브루노는 루트비히 빈스방거의 벨뷔 요양소에 입원했다. 베네치아니 집안 네 자매의 동의하에 큰 비용을 내고 벨뷔 요양소에 입원했지만 그로데크의 병원이나 그전에 브루노가 거쳐 간 다른 시설에서보다 더 효과를 본 건 아니었다. 브루노가 다시 자살을 기도한 후 누나 넷이 함께 보낸 편지에 다음과 같은 비통한 소회가 담겨 있다. "슬프게도 … 모든 것이 소용없구나."

1938년에 이탈리아에서 파시스트 인종법이 공포되었다. 로마에서 활동하던 에도아르도 바이스는 반유대주의 박해를 피해 미국으로 건너가기로 했다. 바이스를 따라 로마에 와서 지내던 브루노는 절반만 유대인이라 보호를 받았기에 로마에 머물렀다. 계속 치료자를 찾아다니다가 결국 바이스의 동료이자 친구인 융 학파의 에른스트 베른하르트를 만났다. 유대인이던 베른하르트는 로마의 스페인 광장이 내려다보이는 방에 숨어서 환자를 진료하고 청동 부처상의 비호 아래 명상했다. 브루노는 프로이트 학파에서 융 학파로 옮겨갔다. 불교, 도교, 힌두교, 요가에도 관심을 가졌다. 중국어를 배워서 『역경易經』을 이탈리아어로 공동 번역했고, 이 책은 카를 구스타프 융의 서문을 달고 출간되었다. 그리고 융의 『심리학과 종교*Psychologie und Religion*』도 이탈리아어로 번역했다.

브루노는 젊은 선원과 함께 살았다. 하지만 계속 약을 먹어서 몸이 망가졌다. 그는 끝이 다가온 것을 직감하고 돈을 펑펑 쓰고 살기로 했다. 마지막에 산 물건은 아름다운 골동품 하프시코드였다. 풀비오 안젤로티는 이렇게 회고한다. "하프시코드가 오자마자 그분이 평소 좋아하던 쇼팽을 연주하기 시작했어요. 그분의 동반자는 그 곡이 쇼팽의 피아노 소나타 B플랫 단조 아다지오, 장송 행진곡인 걸 알더군요. 그게 그분의 마지막 연주였어요." 1952년에 바이스는 베른하르트의 편지를 통해 오랜 친구 브루노가 "무절제한 행동과 평생 이어온 생활 방식에 의해" 심장발작을 일으켜 사망했다는 소식을 들었다. 브루노 베네치아니는 42년에 걸쳐 이런 "무절제"를 치료하려고 안간힘을 썼지만 제노 코시니가 S 박사의 분석실 소파에서 담배를 끊으려고 애쓸 때처럼 아무런 효과도 보지 못했다.

제노는 인생에는 치료법이 없다면서 이렇게 적었다. "여느 질병과 달리 삶은 늘 죽음으로 끝난다. 삶은 어떤 치료법도 견디지 못한다. 삶을 치료하는 것은 우리 몸의 구멍을 상처로 보고 메워버리는 것과 같다. 그래서 우리는 치료되자마자 질식해 죽을 것이다." 에토레 슈미츠/이탈로 스베보/제노 코시니는 1928년 9월 13일에 자동차 사고를 당해 얻은 부상으로 사망했다. 그는 죽음을 앞두고 헛되이 담배 한 대를 청했다. "진짜 마지막 담배가 될 거요."

30 엘마 팔로스

Elma Pálos

1887~1970

엘마 팔로스는 1887년 12월 28일에 게저 팔로스와 기젤라 알트슐레 팔로스의 장녀로 태어났다. 기젤라는 프로이트의 제자이자 친구인 샨도르 페렌치의 정부情婦였다. 알트슐레(알슈티) 집안과 페렌치(프렌켈) 집안은 모두 부다페스트 북동쪽의 미슈콜츠라는 작은 고장에서 온 사람들로 서로 가깝게 지냈다. 1909년에 샨도르 페렌치의 막내 남동생 러요시가 기젤라의 막내딸 마그다와 결혼했고, 샨도르 페렌치는 여덟 살 연상인 유부녀 기젤라와 1904년부터 불륜 관계였다. 그는 기젤라의 세 자매 중 하나인 사롤타와도 불륜 관계였다. 페렌치가 프로이트에게 보낸 편지를 보면 그와 기젤라의 관계는 분석 관계에서 시작했지만 어느 시점부터 침대와 분석실 소파가 뒤엉킨 것을 알 수 있다. "저는 [정신분석의] 정직성이 친구 사이만이 아니라 이성인 인생의 동반자 사이에서도 얻어질 수 있다고 생각합니다. G[기젤라] 부인과의 분석 관계도 이따금 강렬한 저항을 뛰어넘은 뒤 큰 진전을 보입니다. … 부인의 사랑이 분석으로 일어나는 불쾌감보다 강합니다. 부인은 인내의 시험을 통과할 것입니다."(1910.07.09.)

엘마의 어린 시절에 관해서는 알려진 것이 거의 없다. 페렌치가 자기중심적인 "사교계 명사"로 표현했던 동생 마그다와 달리 엘마는 내향적이고 이타적이고 복잡한 인물이었다. 페렌치는 1911년 1월 3일에 기젤라, 엘마와 함께 빈에 갈 계획을 세우고 프로이트에게 "간 김에 다소 까다로운 문제(엘마의 결혼과 연애 문제)에 대해 조언을 구해도 될지" 물었다. 엘마가 두 구혼자 사이에서 마음을 정하지 못해서 "불쌍한

30-1 엘마 팔로스, 연대 미상.

G 부인에게 큰 걱정을 끼친" 듯했다. 그다음 달에 모녀가 프로이트를 찾아갔다. 프로이트는 엘마에게 좋은 인상을 받지 못하고 곧바로 조발성 치매(정신분열증)라 진단했고, 페렌치는 "다소 우울한 결과"라고 인정했다.(페렌치가 프로이트에게 보낸 편지, 1911.02.07.) 엘마는 계속 두 청혼자 사이에서 "정신분열적으로" 갈팡질팡했고, 이번엔 페렌치가 엘마를 직접 분석하기로 했다. "부인의 딸[엘마]을 분석해주기로 했습니다. 그러다 점차 감당하지 못할 지경에 이르렀고요. 당장은 치료가 순조롭게 흘러가서 결과는 좋습니다."(페렌치가 프로이트에게 보낸 편지, 1911.07.14.)

그러다 10월에 극적인 반전이 있었다. 엘마에게 청혼한 두 남자 중에 프랑스 남자가 "일주일 전에 엘마 때문에 권총으로 자살했고 … 앞으로 어떻게 될지 짐작도 되지 않는"(페렌치가 프로이트에게 보낸 편지, 1911.10.18.) 상황이 벌어진 것이다. 얼마 후 11월 14일에 페렌치는 그의 내면에서 기젤라와의 "리비도(성욕) 분리"가 일어났고 "엘마와 결혼하는 환상을 품었다(봄에 나타났던 비슷한 상태의 반복)"고 인정했다.

따라서 그가 엘마를 분석하기 전에 이미 엘마를 사랑했다고 볼 수 있다. 페렌치는 자기가 "분석가로서 차분하게 분리"해야 하는 태도를 잃었다는 사실을 깨닫고 당시의 상황을 이렇게 떠올렸다. "엘마가 제게 특히 위험해진 순간은 (프랑스 남자가 자살한 뒤) 그녀가 자신을 지지해 주고 자신의 욕구를 채워줄 누군가를 절실히 필요로 하던 때였습니다."(1911.12.03.)

긴 세월이 지난 후 엘마는 페렌치의 제자이자 유저遺著 관리자인 미하엘 발린트에게 당시 상황을 그녀의 관점에서 이렇게 설명했다. "분석이 몇 번 진행되었을 때였어요. 항상 내 뒤에 앉아 있던 샨도르가 일어나서 내 옆 소파에 앉았어요. 내게 가까이 다가와 키스를 퍼부으며 흥분한 목소리로 나를 얼마나 사랑하는지 고백하더니 나도 자기를 사랑해줄 수 있느냐고 물었어요. 진심이든 아니든 나는 그저 '네'라고밖에 할 수 없었어요. 그때는 그게 내 진심이라고 믿었던 것 같아요. 그런 거면 좋겠네요. 우리는 가혹하게도 어머니에게 알렸어요. 어머니는 많이 놀랐지만 마음을 추스르고 세상에서 가장 사랑하는 두 사람이 결혼한다면 자기는 축복해줄 수밖에 없다고 말했어요. 어머니는 샨도르가 드디어 아이를 갖게 되었다면서 기뻐했어요. … 불쌍한 아버지에게 어떻게 말씀드렸는지는 기억나지 않지만 아버지는 내내 어머니와 샨도르의 관계를 알고 고통을 받았기에 아마 충격이 크셨을 거예요. (늘 하시던 대로) 놀라서 손뼉을 치고 겸연쩍게 웃으면서 자신의 운명에 굴복하고 물러났을 거예요. 아버지가 평생 하시던 대로요. 아버지는 불행하고 무심하고 나약한 분이었어요."(1966.05.07.)

기젤라는 프랑스의 극작가 코르네유의 딜레마에 빠져 있었을 것이다. 여자로서는 사랑하는 사람이 자신을 버리고 자신의 어린 딸을 택해서 배신감으로 고통스러웠고, 어머니로서는 딸의 행복을 위해 물러날 준비가 되어 있었다. 페렌치는 프로이트에게 편지로 기젤라에게 자신의 운명을 받아들이라고 설득해달라고 부탁했다. 프로이트는 엘마와의 결혼을 반대하면서도 페렌치의 부탁을 들어주었다. 프로이트는

30-2 산도르 페렌치, 1910.

기젤라에게 이렇게 써서 보냈다. "냉정한 말이지만 사랑은 오로지 청춘을 위한 것이니 언젠가 포기할 날이 옵니다. 여자로서 희생하고도 배반당하는 것에 대해 마음의 준비를 해야 합니다. 그 사람을 원망해서는 안 됩니다. 오이디푸스의 이야기처럼 자연의 이치입니다. 게다가 **그 사람**은 내면의 동성애 성향으로 인해 긴박하게 아이를 가져야 하고, 또 유년기의 강렬한 인상으로 인해 어머니를 향한 복수심을 품고 있습니다."(프로이트가 기젤라 팔로스에게 보낸 편지, 1911.12.17.) 한편으로 프로이트는 모순적이게도 결혼의 생존력을 의심하면서 결혼이란 양쪽 이해당사자의 오이디푸스적 환상에서 나온 결과일 뿐이라고 설명했다(엘마는 어머니의 자리를 아버지로 대체한 것이고, 페렌치는 어머니의 자리를 여동생으로 대체한 것이다). 그리고 결정하기 전에 더 많은 분석이 필요하다고 했다.

따라서 프로이트의 편지는 기젤라의 문제를 해결해주지 못하고 페렌치마저 역시나 해결되지 않는 갈등 안에 가두었다. 가슴이 시키는 대로 엘마와 결혼해야 할까? 아니면 엄격한 프로이트의 원칙에 순종하면서 우선 분석으로 그들의 사랑이 진실한지 확인해야 할까? 프로이트의 편지를 받은 12월 18일에 페렌치는 프로이트의 의구심을 무시하기로 한 듯하다. 하지만 2주 후 아버지가 약혼에 반대해서 엘마의 마음이 흔들리자 페렌치는 엘마를 프로이트에게 보내 분석을 더 받게 했다. "비용에 대해 그 집안에 알렸습니다."(페렌치가 프로이트에게 보낸 편지, 1912.01.01.) 프로이트는 분석을 내켜하지 않았지만 페렌치가 고집했다. 페렌치는 분석(곧 프로이트)이 그와 엘마를 위해 결정을 내려주어야 한다고 믿었다. 이틀 뒤 페렌치는 추신에 이렇게 썼다. "E[엘마]는 박사님이 저희 결혼을 반대하시리라 생각하지 않습니다."

엘마의 분석은 1912년 1월 8일에 시작해서 4월 5일까지 매일 한 차례씩 진행되었다. 엘마는 선의로 가득했다. 페렌치와 프로이트를 모두 기쁘게 해주고 싶었고, 그래서 자신의 행복이 걸린 사랑의 시험을 통과할 수 있기를 바랐다. 프로이트는 페렌치에게 분석에 관해 알렸고, 페렌치도 엘마가 그에게 보낸 편지나 어머니가 있는 부다페스트로 보내는 편지의 내용을 프로이트에게 알렸다(정신분석 버전의 『위험한 관계*Les Liaisons dangereuses*』〔쇼데를로 드 라클로가 쓴 18세기 프랑스 소설〕를 읽는 느낌이 들지 않는가). 엘마는 기젤라에게 이렇게 적었다. "샨도르에게 제가 거의 모든 순간에 그이를 생각한다고 전해주세요. 그이가 행복하기를, 제가 그이와 함께 행복하기를 간절히 바란다고요. 저는 물론 모든 일이 잘 풀리기를 간절히 바라지만 오늘은 문득 미래가 불안해졌어요. 제가 워낙 불안정한 성격인 데다 지독한 혼돈에 빠져 있어서 누구라도 절 아내로 맞을 사람에게 위험한 존재가 될 테니까요. 분석을 통해 상황이 선명해지더라도 저는 계속 저일 테고 언제든 나쁜 일이 다시 일어날 수 있으니까요." 그리고 이렇게 덧붙였다. "사랑하는 어머니, 어머니는 편지에 어머니 얘기는 쓰지 않으시네요. 샨도르와 서로가 없이는 살 수 없다는 합의에 이르셨다면 제게도 솔직히 알려주세요. 어머니가 샨도르를 잃은 상실감으로 괴로워한다면 샨도르는 진심으로 어머니와 헤어지지 못할 테고, 그러면 저도 그이의 사랑을 의심 없이 받아들일 수 없을 거예요."(페렌치가 프로이트에게 보낸 편지에 인용된 내용, 1912.01.18.)

눈에 보이지 않으니 마음에서도 멀어졌다. 엘마가 떠나 있는 동안 페렌치는 다시 기젤라와 불륜 관계를 이어가려 했다. 처음에는 잘되지 않았다. 한편으로는 엘마와의 결혼 계획을 포기하지 않았다. "저는 희박한 가능성을 보면서 최선을 다하고 있습니다. 제가 엘마와 결혼하더라도 G 부인의 사랑을 지키기 위해서요."(페렌치가 프로이트에게 보낸 편지, 1912.01.18.) 그러면서 그는 정신분석의 우수생답게 이렇게 덧붙였다. "그녀가 박사님과 함께 … 소아증infantilism을 극복하기를 바랍니다. 그중에는 제 아내가 된다는 환상도 있겠지요."(페렌치가 프로이트에게 보낸 편지, 1912.01.20.)

예상대로 프로이트는 엘마를 분석하면서 처음의 의견을 다시 확인했다. "엘마와의 분석에서 어떤 일이 벌어지고 있네. 분석에 진전이 있네. … 아직까지 나는 자네를 사랑하는 엘마의 마음을 높이 평가하지 않네. 그 사랑이 분석을 견디고 살아남을지 모르겠네."(프로이트가 페렌치에게 보낸 편지, 1912.02.01.) 그리고 2주 후 이렇게 적었다. "엘마의 분석에서 상당한 진전을 보았네. … 지금 엘마는 자네를 사랑한다고 말하지만 나는 계속 혹독한 치료 과정을 먼저 거쳐야 한다고 강조했고, 엘마도 그러기로 했네."(프로이트가 페렌치에게 보낸 편지, 1912.02.13.) 또 한 달이 흐르고 프로이트는 부활절을 맞아 엘마를 부다페스트로 보낼 준비를 마쳤다. "엘마가 돌아가면 두 사람 모두 새로이 각오를 다져서 이제껏 벌어진 모든 상황을 끝낼지 심사숙고해야 할 거야."(프로이트가 페렌치에게 보낸 편지, 1912.03.13.)

프로이트가 엘마에게는 분석으로 도달한 결론을 말하지 않은 것으로 보인다. 엘마는 자기가 분석 시험을 통과했다고 생각한 듯하다. 하지만 엘마가 돌아오자 페렌치는 프로이트가 말한 행동 방침을 따르느라 "다정하고 친절하게 대하면서도 속내를 드러내지" 않았다. "엘마는 다른 반응을 기대했는지 심하게 화를 냈습니다. … 어제는 제게 이런 상황이 몹시 불쾌하다고 했습니다. 엘마는 이미 조급하게 삶을 즐기고 싶어 하던 터라 제가 결심을 굳힐 때까지 기다리는 걸 힘들어했습니다."(페렌치가 프로이트에게 보낸 편지, 1912.04.17.) 한편 기젤라는 페렌치에게 엘마와 결혼하라고 재촉했다. 그래서 페렌치의 '리비도 움직임'이 잠시 기젤라를 향했다가 다시 엘마에게로 돌아갔다. "제 마음은 계속 G 부인과 엘마, 어머니와 여동생, 정신과 물질 사이에서 시계추처럼 오가고 있습니다."(페렌치가 프로이트에게 보낸 편지, 1912.04.23.)

페렌치는 저녁마다 기젤라, 엘마와 같이 지냈다. "저는 모두가 함께 사는 실험을 행하고 있습니다. 일종의 스리섬이지요."(페렌치가 프로이트에게 보낸 편지, 1912.04.23.) 이 실험은 결론이 나지 않았다. 기젤라는 "극도로 고통에 시달리고" 엘마는 우울증에 빠졌다. 페렌치는 이러지도 저러지도 못하고 다시 분석에 기댔다. 그는 엘마의 치료를 재개하며 계약 조건을 달았다. "저는 엘마에게 개방적인(분석적인) 대화에 충실히 임하지 않으면 약혼을 의논할 수 없다고 못 박았습니다. 그럴 수 없다면 더는 아무것도 시도하지 않고 여기서 다 끝난 것으로 여기겠다고요."(페렌치가 프로이트에게 보낸 편지, 1912.05.27.) 엘마는 계약에 동의했다. 달리 선택의 여지가 있었을까? 하지만 어떻게 이런 불합리한 계약에 동의할 수 있었을까? 분석가가 그를 향한 그녀의 사랑을 전이에 의한 거짓 사랑으로 보는데, 어떻게 그에게 사랑의 진정성을 인정하게 할 수 있을까? 그에게 확신을 줄 수 있는 유일한 방법은 그를 사랑하지 않는 척하는 것이지만 엘마는 그럴 수 없었다. "엘마의 분석은 지독히 느리게 흘러가고 있습니다. 엘마가 일부러 질질 끌면서 (무의식적으로) 분석에 방해가 될 만한 모든 기회를 이용하고 있습니다."(페렌치가 프로이트에게 보낸 편지, 1912.06.10.) 페렌치는 사랑의 유혹을 거부하기 어려웠다. "저는 아직 (특히 무의식적으로) 엘마를 향한 리비도적 열망에서 자유롭지 않지만 이 마음을 철저히 통제하고 있습니다. 엘마가 한 번씩 속마음을 드러내는데 특히 그럴 때마다 저는 엘마에게 상처를 주고 눈물짓게 만듭니다."(페렌치가 프로이트에게 보낸 편지, 1912.06.18.) 프로이트는 멀리서 페렌치에게 포기하지 말라고 격려했다. "자네가 엘마에게 단호한 태도를 유지하면서 엘마의 술수를 좌절시켰다는 소식을 들으니 무척 기쁘네. 그래야만 효과를 볼 수 있을 거야."(프로이트가 페렌치에게 보낸 편지, 1912.07.20.)

마침내 8월에 페렌치는 "튀르켄샨츠 공원에서 시작된 계획"(그는 빈의 이 공원에서 프로이트와 함께 엘마의 분석을 마무리하기 위한 전략을 세운 듯하다)을 용의주도하게 실행에 옮겼다. 그는 엘마에게 분석을 종결할 것이고 둘의 관계도 정리하겠다고 알렸다. "저는 몽유병적 확신으로 이렇게 하면서 제 안의 고통스러운 소란은 무시했습니다. 엘마는 크게 상심했습니다. 저는 엘마를 집으로, 어머니에게로 데려다주었습니다."(페렌치가 프로이트에게 보낸 편지, 1912.08.08.) 엘마는 페렌치에게 절절한 장문의 편지를 썼다.

> 화요일 밤. 약속할게요, 샨도르, 다시는 당신에게 편지를 쓰지 않을게요. 일요일에도요, 다시는. 하지만 오늘은 당신에게 말하고 싶어요. 우리가 이렇게 될 수밖에 없다는 걸 저는 다 이해해요. 오늘 이렇게 당신에게 편지를 쓰는 건 앞으로는 오늘만큼 당신과 친밀하지 못할 테니 아직 친밀감이 남아 있는 상태에서 제가 어떤 기분인지 당신에게 말하고 싶어서예요. 이 기분이 어떤 의미인지 저는 모르겠어요. 당신이 더 잘 아시겠죠. 그리고 그 이유로 우리 관계를 끝내시려는 거겠죠. 저를 만나러 오시지 않을 걸 알아요. 알면서도 지독히 불안해요. 이제 저를 기다리는 이 외로움이 저보다 더 강하겠죠. 제 안의 모든 것이 얼어붙은 것 같아요. 분별력은 잃지 않겠지만 제 마음은 지독히 차갑겠죠. 그렇게 완전히 얼어붙어서 이 마지막 구실, 이 분별력까지 미워할 수밖에 없겠죠. … 지금까지 제게 온 그 누구와도 다르게 당신을 사랑해요. 게다가 당신의 자식이 된 것도 같아서 당신에게 지도를 받고 싶어요. … 어쩌면 당신과 멀어지면 그동안 당신 앞에서 완전히 상실한 자존감이 생길 수도 있겠죠. 하지만 애초에 그런 건 아쉽지 않아요. … 당신에게 다 고마워요. 당신 안에서 사는 느낌이라 이런 말을 자주 하지 못했네요. 저라는 사람의 전부가 당

신을 중심으로 돌아요.

(페렌치가 프로이트에게 보낸 편지에 인용된 내용. 헤어진 이후에 쓴 편지일 것이다.)

가을에 페렌치는 엘마에게 빈의 사업가 그라츠와 결혼하라고 설득했다. 그리고 프로이트에게 엘마가 "허락"을 구하러 갈 거라고 알렸다.(페렌치가 프로이트에게 보낸 편지, 1912.10.31.) "엘마가 사실은 **자신의** 소망에 따라 결혼하는 것이고 (신경증으로 인해) 희생의 형태로 결혼을 원한다는 점을 엘마에게 명확히 이해시켜주십시오."(페렌치가 프로이트에게 보낸 편지, 1912.11.05.) 하지만 신경증이든 아니든 엘마는 그렇게까지 희생할 준비가 되어 있지 않았다. "물론 엘마를 결혼시키는 것이 최선이지만 엘마가 까다롭게 굴고 있습니다."(페렌치가 프로이트에게 보낸 편지, 1912.01.15.) 그리고 1913년 여름에 엘마는 통역으로 활동한 국제회의에서 노르웨이계 미국인 미술 평론가이자 큐레이터인 얀 닐센(J. 닐센) 라우르비크를 만났다(엘마는 네 가지 언어를 유창하게 구사했다). 라우르비크는 사진분리파Photo-Secession, 즉 사진작가이자 화랑을 소유한 앨프리드 스티글리츠를 중심으로 한 유파에 속한 사람으로, 마침 유럽 아방가르드에 관한 책 『예술인가? 후기인상파, 미래파, 입체파*Is It Art? Post-Impressionism, Futurism, Cubism*』를 출간했다. 그는 곧 엘마에게 청혼했다. 그러자 페렌치를 향하던 엘마의 리비도적 감정이 되살아났다.(페렌치가 프로이트에게 보낸 편지, 1913.07.07.) 한편 기젤라는 다시 페렌치에게 엘마와 결혼하라고 제안했다. "부인은 엘마가 지금도 예전처럼 저를 사랑한다고 말합니다. 하지

30-3 얀 닐센(J. 닐센) 라우르비크, 앨프리드 스티글리츠, 1911년경.

만 저는 (예전처럼) 엘마의 사랑의 능력에 대해 회의적입니다."(페렌치가 프로이트에게 보낸 편지, 1913.07.07.) 엘마는 결국 이듬해 9월 16일에 부다페스트에서 라우르비크와 결혼식을 올렸고, 엘마와 남편은 결혼식을 마치고 뉴저지의 엘리자베스로 떠났다.

결혼생활은 행복하지 않았다. 라우르비크는 불안정하고 폭력적인 사람이었고, 엘마는 남편을 무서워했던 듯하다. 몇 차례의 별거 끝에 엘마는 1924년에 부다베스트로 돌아왔고, 이후 2차 세계대전이 발발할 때까지 미국 시민으로서 미국 영사관에서 일했다. 하지만 라우르비크와 이혼하지는 않았다. 한편 프로이트는 1914년에서 1916년까지 페렌치를 몇 차례 분석해주며 기젤라와 결혼하라고 강하게 권했다. 하지만 미국으로 건너간 딸의 결혼생활을 걱정하던 기젤라는 이 제안을 거절했다. 혹여라도 딸이 부다페스트로 돌아와서 페렌치와 재결합할 가능성을 방해하고 싶지 않았기 때문이다. 그러다 결국 소심하고 나약한 엘마의 아버지 게저 팔로스가 기젤라에게 이혼을 요구하면서 매듭을 끊었다. 그렇게 불륜 관계로 얽히고설킨 분석 관계가 시작된 지 거의 15년 만인 1919년 3월 1일에 샨도르 페렌치는 마침내 기젤라 알트슐레와 결혼했다. 게저 팔로스는 그날 심장마비로 사망했다. 자살이 아니었는지는 확인할 수 없었다. 프로이트는 「끝낼 수 있는 분석과 끝낼 수 없는 분석」이라는 논문에서 페렌치의 분석이 "완벽한 성공을 거두었고, 결국 사랑하는 여인과 결혼했다"는 말로 이 장황한 이야기를 요약했다.

2차 세계대전 중에 엘마 라우르비크는 포르투갈 리스본의 미국 국무부에서 일하다가 스위스 베른에서 일했다. 페렌치는 1933년에 프로이트를 향한 응어리를 품은 채 악성 빈혈로 사망했다. 기젤라와 언니 사롤타, 그리고 마그다와 러요시 페렌치는 1944~5년 나치 점령기에 부다페스트에 남아서 유명한 스웨덴 외교관이자 사업가 라울 발렌베리의 집에 숨어 지냈다. 전쟁이 끝나고 엘마는 어머니와 동생 마그다를 베른으로 불러 같이 살았다. 기젤라는 1949년에 82세를 일기로 세상을 떠났고, 엘마의 자매 두 명은 1955년에 뉴욕으로 건너가기로 했다. 뉴욕에는 라우르비크가 1953년에 사망하면서 엘마에게 남긴 아파트가 있었다.

엘마는 오랜 세월이 흐르고도 계속 샨도르 페렌치를 추억하며 살았고, 그 추억을 지키려 했다. 쿠르트 아이슬러가 1952년에 엘마를 인터뷰하면서 프로이트와 페렌치에 관한 기억을 끌어내려 했지만 두터운 침묵의 벽에 부딪혔다. 엘마는 프로이트에게 분석을 받은 사실도 숨기려 했다. "(아이슬러: 프로이트는 무슨 일로 만나셨나요?) 우리[엘마와 어머니]가 프로이트 부인 댁에 방문했을 때 그냥 그분을 뵙기만 했어요. (아이슬러: 분석에 관심이 있었나요?) 네, 많이요. 하지만 분석을 받은 적은 없어요. 다른 일들이 있었어요."(1952.07.24.)

어니스트 존스가 자서전에서 페렌치가 정신병 환자로 세상을 떠났다고 언급하자 엘마는 친구 미하엘 발린트에게 강하게 불만을 터트렸다. "이 세상 사람이 아니라서 자신을 변호할 수 없는 사람을 그렇게 함부로 매도하다니 정말 끔찍해요. 누가 바로잡겠어요? 무엇이 기록되고 행해질까요? 공개적으로 말이에요. 샨도르가 죽고 25년이 지난 지금 이런 일이 생겨서 저희는 무척 슬퍼요."(1957.08.11.) 엘마는 페렌치에 관한 이런 악의적인 소문의 진원이 그녀를 분석해준 프로이트라는 사실을 몰랐던 듯하다. (발린트는 존스와의 오랜 협상 끝에 형식적으로 정오표를 내기는 했지만 전혀 주목받지 못했다.)

엘마는 발린트와 함께 페렌치의 저작과 특히 프로이트와 주고받은 편지의 출판을 적극적으로 관리했지만 사실은 그 일을 무척 꺼렸다. 엘마는 발린트에게 그 편지가 세상에 나올 때 자기는 이 세상 사람이 아니면 좋겠다고까지 말했다. 그리고 그 소망이 실현되었다. 엘마는 마그다보다 6개월 먼저 1970년 12월 4일에 세상을 떠났다. 엘마가 중심으로 등장하는 프로이트-페렌치 편지를 묶은 첫 번째 책은 20년이 지나서야 세상에 나왔다.

31 루 칸

Lou Kann

1882~1944

루이제('루') 도로테아 칸은 1882년 2월 27일에 네덜란드 헤이그의 부유한 유대인 집안에서 태어났다. 친영파였던 루는 런던에 정착했다. 누구나 루를 예쁘고 활기차고 재치 있는 여자로 보았고, (분석가부터 시작해서) 루의 매력에 넘어가지 않는 남자가 거의 없었다. 루는 급성 복통과 신장 결석으로 몇 차례 수술을 받고 진통제로 쓰던 모르핀에 서서히 중독되었다. 성 불감증이었던 듯하고 기분 변화도 심했다. 1905년에 루는 어니스트 존스에게 상담을 받으러 갔다. 존스는 마침 정신분석에 관심을 가지고 젊은 정신과 의사로 진료를 시작한 터였다. 1년도 지나지 않아 두 사람은 루의 아파트에서 같이 살았고, 루는 사람들에게 자신을 '존스 부인'이라 소개했다.

1908년에 존스는 모범적인 프로이트 학파의 일원으로서 환자에게 과도하게 성적 질문을 했다는 이유로 런던의 웨스트엔드병원에서 해고된 후 토론토에 새로 생긴 정신병원의 병원장 자리로 옮겨 갔다. 루는 캐나다의 청교도주의와 편협성을 두려워하며 마지못해 따라갔다. 루의 생각이 맞았다. 토론토 사람들은 아직 정신분석을 받아들일 준비가 되어 있지 않았다. 얼마 안 가서 정식 부부가 아닌 두 사람의 관계에 대한 소문과 함께 존스 박사가 환자들에게 나쁜 영향을 미친다는 추문이 돌았다. 환자들의 남편 두 사람이 아내들이 분석을 받고부터 자신들에게 대든다고 공개적으로 불만을 터트렸다. 그리고 1911년에 어떤 여성 환자가 존스가 자기와 성관계를 맺었다고 고발했다. 존스는 500달러로 그 환자의 입을 막으려고 시도했고, 어떤 윤리 단체가 그를

31-1 루 칸, 연대 미상.

캐나다에서 추방하라고 요구했다. 존스로서는 다행히도 토론토의과대학이 그를 지지해주었다. 그를 고발한 여자가 격분해서 권총으로 그를 저격했지만 총알이 빗나갔다.

두려움에 떨던 루는 캐나다를 떠나 런던으로 돌아가고 싶어 했다. 그리고 존스가 정신분석을 그만두길 원했다. 그즈음 루는 정신분석에 회의적이었다. 하지만 존스는 오히려 프로이트에게 루를 분석해달라고 요청했다. 루의 회의적인 태도와 함께 여러 가지 문제를 치료하기 위해서였다. 루는 존스의 제안을 받아들이면서 조건을 달았다. "루는 뭐든 다 해보기로 했습니다. 다만 루가 믿지 못하는 것을 믿을 거라고 기대하지만 않는다면요(그러니까 루의 의지를 꺾으며 생각을 강요하지 않는다면요)."(존스가 프로이트에게 보낸 편지, 1911.10.17.)

루의 분석은 프로이트가 장기간의 여름휴가를 떠나기 2주 전인 1912년 6월 16일에 시작해서 매일 한 번씩 진행되었다. 그리고 여름휴가가 끝난 9월에 본격적으로 다시 시작되었고, 루는 빈에서 아파트를 빌려 하녀 리나와 살았다. 루와 같이 빈에 온 존스는 프로이트에게 분석 기간에는 떨어져 지내라는 요청을 받고 그걸 기회로 석 달간 이탈리아로 갔다. 프로이트는 이내 루에게 넘어갔다. "이 환자는 상당히 지적이고 신경증이 심한 유대인이야. 그래서 이 환자의 사례를 읽어내는 것이 전혀 어렵지 않네. 이 환자에게 많은 리비도를 쏟을 수 있다면 참 기쁠 거야."(프로이트가 샨도르 페렌치에게 보낸 편지, 1912.06.23.)

처음에는 치료가 순조롭게 진행되는 것 같았다. 하지만 11월에 루가 다시 복통을 일으켰다. 런던에서 신우신염(상부 요로의 세균성 감염) 진단을 받았지만 프로이트는 히스테리성 통증으로 진단했다. 빈에서 다시 검사해서 원래의 진단을 거듭 확인했는데도 프로이트는 진단을 바꾸지 않았다. 루는 통증의 신체적 원인을 의심할 이유가 없다면서 신경증으로 보려는 프로이트의 고집에 "강요받고, 괴롭힘을 당한다"고 느꼈다. 존스는 루가 편지에 적은 비밀스러운 내용을 프로이트에게 일일이 전달했다. "루는 박사님을 신랄하게 비판하고, 박사님이 자기를 신뢰하지 않고 자신의 말을 믿지 않으며 모든 것을 비틀어서 자기 머릿속을 혼란스럽게 만든다고 불평합니다. … 루가 분석을 성격에 대한 공격으로 보기 시작했습니다."(1912.11.13.) 루의 통증이 신체적 증상인지 심리적 증상인지를 놓고 일어난 갈등은 분석이 끝날 때까지 이

31-2 어니스트 존스, 1909.

어져서 끝내 해소되지 않았다.

그다음 달에 루의 상태가 다시 호전되었다. 복통이 가라앉아 모르핀 용량을 점차 줄일 수 있었다. 적어도 프로이트에게 보고한 바로는 그렇다. 그래서 프로이트는 루의 성 불감증을 공략하기로 했다. 1913년 1월 초에 존스가 빈으로 돌아오자 프로이트는 분석 기간에는 성관계를 피하라고 권했다. (프로이트는 이런 식으로 성생활에 자주 개입하는 편이었고, 세르기우스 판케예프, 마가 할러, 먼로 메이어, 이디스 밴필드 잭슨 같은 환자들도 이런 개입을 참아야 했다.) 존스는 프로이트의 지시를 따르기는 했지만 루의 하녀 리나와 잠자리를 갖지 않을 수 없었다. 모르핀 용량이 다시 증가했고, 프로이트로서는 루에게 치료를 그만두자고 말하기가 어려워졌다.

하지만 루에게는 빈에 머물러야 할 이유가 있었다. 스물다섯 살의 미국인 백만장자 허버트 '데이비' 존스를 만난 것이다(당시 루는 서른한 살이었다). 위스콘신에 아연 광산을 소유한 부호의 아들인 데이비 존스는 문학에 뜻을 품고 프린스턴대학교를 졸업한 후 유럽의 유서 깊은 도시를 여행하는 중이었다. 그는 마침 빈을 지나다가 루를 만나자마자 사랑에 빠졌다. 그는 「오 나의 연인이여! *O Mistress Mine!*」라는 시에서 사랑에 눈먼 자신의 심경을 노래한다.

빠른 발소리. 문이 벌컥 열렸다
여인이 안에 들어선 순간 온통 빛이었다
아름다움인가? 아니, 그보다 훨씬 진귀한 무엇
불꽃처럼 반짝이며 눈부시게 빛나는 정연하고 선명한 영혼
웃음 짓는 두 눈에서 발광하는 빛이 대기를,
주위를 가득 채웠다. 의심도 두려움도 모른 채
약간 숨이 차고 발그레한 얼굴,
태양과 찬 서리가 여인과 함께
들어온 것 같았다

루가 '존스 II'를 침대로 끌어들인 사이 존스 I은 혼자 멋쩍게 런던으로 돌아가 정신분석가로 정착했다. 평소 신중치 못한 프로이트마저 어니스트 존스에게 젊은 존스에 관해서는 한마디도 하지 않았다. 존스는 결혼을 망쳤다는 비난을 들으며 정신분석이 그들 부부에게 무슨 짓을 했는지 뼈저리게 깨달았다. 루는 사랑에 빠졌다. 1913년 3월에 루는 젊은 연인과 빈을 떠나면서 프로이트에게 편지로 아직 오르가슴을 느끼지는 못하지만 얼마나 행복한지 적어 보냈다. 그리고 다시 빈으로 돌아와서는 프로이트와 오토 랑크, 한스 작스를 초대해 데이비 존스와의 저녁 식사 자리를 마련했다. 프로이트는 점점 더 루의 매력에 빠졌다. "루라는 환자는 내게 아주 소중한 사람이 되었네. 나는 루와 함께 성적으로는 완전히 억압된 채로 아주 따스한 감정을 키웠네. 이제껏 보지 못한 사례야."(프로이트가 페렌치에게 보낸 편지, 1913.07.09.)

존스는 페렌치에게 분석을 받으러 부다페스트로 가는 길에 그의 연적에 관해 전해 들었다. 프로이트와 페렌치가 같은 시기에 분석한 각자의 환자(프로이트의 루와 페렌치의 존스)에 관해 자주 소통한 터였다. 프로이트는 루에게 존스를 만나러 부다페스트로 가지 말라고 말렸다. 페렌치는 프로이트에게 자신이 존스의 분석에 관해 말한 것을 루에게는 알리지 말아달라고 당부했다. 결국 루와 존스는 1913년 8월에 함께 런던으로 돌아왔고, 존스는 런던에 있는 그의 아파트로 들어갔다. 사실 루는 분석을 받기 전에 존스에게 적어도 3년간 그가 런던에서 환자를 확보하는 동안 경제적으로 지원해주겠다고 약속했다. 그리고 프로이트가 휴가를 떠나서 분석을 받지 못하는 동안 그가 아파트를 꾸미는 것을 도와주었다. 데이비 존스는 5월에 미국으로 돌아갔다가 루를 만나러 다시 런던으로 돌아왔다. 둘 다 그들 사이에 미래가 있을 거라고 기대하지 않았고, 루는 상태가 좋아졌다 나빠지기를 반복하며 자신에게 "한 청년의 인생을 망칠" 권리가 있는지 자책했다.(어니스트 존스가 프로이트에게 보낸 편지, 1913.08.18.) 루는 자살까지 생각했다.

그리고 짐작하듯이 모르핀 용량이 다시 늘어났다.

한편 프로이트는 휴가를 마치고 루의 분석을 재개하며 이탈리아에서 사 온 선물을 주려고 루가 빈으로 돌아오기를 손꼽아 기다렸다. 하지만 루는 이런저런 핑계를 대며 차일피일 출발을 미루었다. 가구를 새로 사야 한다거나 용무가 있다거나 피곤하다는 식이었다. 프로이트는 그런 루를 벌주기 위해 그 시간을 다른 환자에게 주면서 루를 자극했다. 12월 초에 루는 결국 빈으로 돌아왔고, 프로이트는 루를 냉랭하게 맞았다. 프로이트는 "루에게 일주일에 두 시간씩 할애해서 런던에서 일어난 일들의 어둠을 걷어주고 다시 모르핀에서 해방시켜주었네."(프로이트가 어니스트 존스에게 보낸 편지, 1913.12.04.) 프로이트는 루가 "통탄할 상태"라면서 분석으로는 "거의 접근하기 힘들다"고 판단했다. 그리고 "우리가[!] 그녀에게 어떻게 하기를, 혹은 무엇을 발견하기를 바라는지" 루는 전혀 이해하지 못한다고 개탄했다.(프로이트가 어니스트 존스에게 보낸 편지, 1913.12.14.)

하지만 1914년 1월 초에 프로이트는 존스에게 "루가 이제 막 굴복해서 매일 치료를 받을 것"이라고 알렸다. 그즈음 데이비 존스가 빈에 왔고, 그때부터는 분석 과정에서 갈등이 훨씬 줄어들었다. 1914년 6월 2일에 프로이트는 어니스트 존스에게 얼마 전에 부다페스트에서 돌아왔으며 부다페스트에서 오토 랑크와 함께 루와 데이비 존스의 결혼식에 참석해 증인이 되어주었고 페렌치가 통역을 맡았다는 소식을 전했다(존스는 자신의 분석가의 이런 행동을 고맙게 여겼을 것이다). "박사님께 무척 어려운 일이었을 겁니다. 저도 힘드네요. 박사님께서 바이마르 커피하우스에서 제게 루의 치료를 제안하신 그날 저녁부터 제가 다른 남자와 결혼하는 루를 지지해준 순간까지가 주마등처럼 스칩니다."

루는 결혼식을 마치자마자 치료를 재개했다. 프로이트는 휴가 전까지 시간이 많지 않아 모르핀 중독 치료에 집중했다. 하지만 치료가 종결되기 얼마 전에 프로이트는 존스에게 "모르핀에 대한 작전"은 실패했다고 털어놓았다. 1914년 7월 10일, 루가 마지막으로 분석을 받던 날 프로이트는 존스에게 이렇게 말했다. "내일이면 루와도 작별이네. 루가 모르핀을 더 맞자마자 좋아지니 당장은 루가 모르핀을 끊게 할 방법을 모르겠네. 루는 여전히 Psa[정신분석]를 믿지 않지만 루가 저지른 그 모든 실수에도 루는 참 매력적이야. 루의 뛰어난 자질이 실수를 압도하지. 명과 암이 공존해." 루 칸은 392시간 동안 치료를 받고도 결국 계속 정신분석에 회의적이며 모르핀에 중독되어 있었고 아마도 계속 불감증이었을 것이다. 하지만 루는 이제 존스 부인이 되었다, 공식적으로.

루와 데이비 존스가 런던으로 돌아온 직후 전쟁이 발발했다. 여전히 영국을 사랑하고 이제 미국인과 결혼한 루는 전쟁이 터지자마자 독일군과 싸우기 위한 전쟁 물자를 조달하는 일에 동참했다. "루는 모르핀을 대량 사들여 외국군대에 보내줍니다. 모르핀이 부족해서 회복할 가망이 있는 병사들에게만 공급된다면 가망 없는 병사들은 고통스럽게 죽어가야 하니까요. 참 멋진 여자가 아닌가요?"(어니스트 존스가 프로이트에게 보낸 편지, 1914.08.03.) 루는 이제 독일이라면 치를 떨고 다시는 "게르만의" 집에 발을 들여놓지 않겠다고 맹세했다. 프로이트의 집마저도. 그래도 옛 분석가에 대한 애정이 식지는 않았는지 전쟁 막바지에 프로이트에게 헤이그로 와서 팔레스타인으로 떠난 동생 코부스의 집에서 평생 살라고 제안했다. 프로이트는 정중히 사양하면서 유대인인 그녀가 어떻게 그렇게 증오를 느낄 수 있느냐고 물었다.

루는 생을 마감할 때까지 끝내 모르핀 중독에서 벗어나지 못했다. 1938년에 루와 허버트 '데이비' 존스는 네바다주 리노에서 이혼했다. 얼마 후 1938년 5월에 데이비 존스는 웨일즈 출신의 여자 올웬 프리처드와 결혼해서 자녀 둘을 낳았다. 1944년 초에 안나 프로이트가 어니스트 존스에게 루가 세상을 떠났다고 알렸다. 루의 나이 예순두 살이었다.

32 카를 마이레더

Karl Meyreder

1856~1935

카를 마이레더는 20세기 초 빈에서 가장 유명한 건축가로 꼽히는 사람이었다. 그는 빈의 위대한 건축가이자 마리 폰 페르스텔의 양아버지인 하인리히 폰 페르스텔의 제자였으며, 당대 아방가르드 건축학파에 속했다(건축가 아돌프 로스가 한동안 그의 사무소에서 일했고, 리하르트 노이트라도 그의 제자였다). 카를은 개인 건축사무소를 운영하면서 빈 지역사회에서 여러 공직을 맡아 활동했고, 오스트리아헝가리제국 최고의 과학기술 전문학교인 테흐니셰 호흐슐레Technische Hochsule에서 학생들을 가르치고 1922년에서 1923년까지 이 학교의 총장을 지냈다. 그의 아내 로자 마이레더(결혼 전 성: 오베르마이어)는 아우구스트 피케르트, 마리 랑, 마리아네 하이니슈와 함께 오스트리아 여성운동의 선구자이자 여성 문제를 다룬 주요 서적의 저자다. 저서로는 『여성성 비판을 위해*For a Critique of Femininity*』(1905)와 『성과 문화*Sex and Culture*』(1923년에 출간되었지만 앞서 1915년에 집필함) 등이 있다.

마이레더 부부는 프리드리히 에크슈타인과 그의 여동생 엠마 에크슈타인과 가깝게 지냈고, 두 집안의 지인들이 프로이트의 지인들과도 겹쳤다. 1880년대 말에 프리드리히 에크슈타인은 벨뷔 저택(프로이트가 자주 가던 빈 근처의 휴가용 저택으로, 프로이트가 저 유명한 '이르마의 꿈'을 꾼 곳이기도 하다)에서 카리스마 있는 여성운동 지도자 마리 랑을 중심으로 한 예술가·개혁가·신지학자 모임에 마이레더 부부를 소개했다. 이 모임에는 인류학자 루돌프 슈타이너와 작곡가 후고 볼프가 있었고, 로자가 볼프를 위해 오페라 〈코레기도르*Der Corregidor*〉(1896)의 대본을 쓰기도 했다.

마이레더 부부에게는 자녀가 없었다(로자가 1883년에 유산했다). 그래도 부부 사이가 좋았다. 로자가 두 차례 외도를 했는데도 카를은 로자의 모든 문학적, 정치적 시도를 무조건으로 지지해주었고, 로자는 그런 카를에게 고마워했다. 하지만 두 사람의 결혼생활은 카를이 심각한 우울증을 앓기 시작하면서 시험대에 올랐다. 우울증은 1935년에 그가 세상을 떠나기 전까지, 도중에 몇 번 중단된 적은 있지만 평생 그를 괴롭혔다. 그 시기에 로자 마이레더가 꾸준히 쓰던 일기에는 리노(로자가 '작은 카를'이라는 뜻의 '카를리노Carlino'를 줄여서 부르던 카를의 애칭)가 앓던 이 지독한 병이 자주 등장한다. 로자는 어떤 병이든 고통스럽겠지만 특히 이 병은 남편의 "인격"과 "그것이 이루어놓은 사랑"을 변질시켜서 그들의 결혼의 근간을 약화시켰다고 적었다. 카를은 매일 울고 불안 발작을 일으키고 망상에 사로잡혀 비난을 쏟아냈다. 때로는 극심한 불안으로 로자를 공격적으로 대했다. "오늘 아침 리노는 불안 발작이 심해서 광기를 보였다. 혼자 열변을 토하고 조롱하고 자살하고 싶다고 하고 옷장에 숨고 나를 폭행해서 내게 적개심을 터트리고 싶다고도 말했다."(1912.11.06.) 로자는 자주 도망가고 싶다고 생각하면서도 마지막 순간까지 남편과 함께 살면서 여러 의사를 찾아다니며 절박하게 도움을 구했다. 13년간 부부가 찾아다닌 의사가 모두 59명이었다.

프로이트는 그중에 스물다섯 번째였다. 어느 날 로자는 길에서 여성운동가 친구 엘제 페데른의 오빠 파울 페데른을 만났는데, 그가 프로이트에게 상담을 받아보라고 권했다. 물론 마이레더 부부도 프로이트를 알고 있기는 했다(로자가 1906년에 프로이트의 「성 이론에 관한 세 편의 논문」을 극찬하는 평론을 쓰기도 했다). 그래서 로자는 카를과 함께 프로이트를 만나러 갔고, 이튿날인 1915년 1월 21일에 치료가 시작되었다. 그리고 10주 만에 끝났다.

프로이트는 카를에게, 로자는 "그에게 필요한 여자"가 아니라고 말했다. 로자는 이 내용을 2월 14일 자 일기에 적었다. "(프로이트는) 그이가 내게 냉담함과 거리감을 느낀 지 오래라고 말하기도 했다. 새로운 얘기는 아니었다. 다른 모든 의사처럼 나는 이것이 그가 앓는 병의 부작용이라는 것을 알았다." 그리고 프로이트는 더 구체적으로 들어갔다. 리노의 병은 로자가 폐경기가 되어 자식을 낳을 희망이 결정적으로 사라졌을 때 시작되었다고 했다. 로자는 남편이 앓는 병의 책임이 자기에게 있다는 말에 분노했다. 로자는 남편과 말다툼을 하다가 의사들이 모두 유산하고도 또 아기를 가질 수 있다고 했으며, 그들 부부에게 아이가 없는 것은 단지 그가 아이를 갖고 싶다는 욕구를 표현한 적이 없어서라고 말했다. 그리고 일기에 이렇게 적었다. "그가 일에만 파묻혀 살아서 나는 몇 번 화가 나서 이렇게 퍼부었다. '그래도 우리에게 아이가 없어서 다행이에요. 어차피 아빠 없는 애가 됐을 테니까요!'"

카를이 프로이트에게 이런 대화를 전하자 프로이트는 분석실에서 나온 비밀을 아내에게 말한 걸로 그를 야단쳤다. 분석실과 외부 세계는 완벽하게 분리되어야 했다. 로자는 프로이트가 자기에게 책임을 떠넘기는 데 점점 더 분노했다. 남편과 헤어질 생각까지 했다. "나와의 관계가 리노의 병에 어떤 식으로든 책임이 있다는 말을 참을 수 없다. 공통의 성적 끌림이 … 프로이트 이론의 핵심이 될 것이다. 프로이트가 아직 리노의 정신생활에서 이런 측면을 강조하지는 않은 것 같지만 그때가 다가오는 것을 알 수 있다. 그런데 왜 나한테도 물어보지 않지? 그리고 리노의 '무의식'에서 끌어올린 얘기가 어떻게 나만 알고 경험한 얘기를 대체할 수 있는가? 상관없다. 나도 참을 만큼 참았다."

카를이 로자의 불평을 다시 프로이트에게 전달한 듯하다. 프로이트가 그들의 결혼생활에 개입하지 않겠다고 거절한 대목에서 짐작할 수 있다. "프로이트는 리노에게 내가 성적인 문제에서 그의 입장을 오해한다고 했다. 사실 그는 환자가 먼저 성생활을 바꾸고 싶은 욕구를 표현하지 않는 한 환자에게 성생활에 변화를 주라고 조언한 적이 없고, 애초에 그는 환자에게 어떻게 살라고 지시한 적도 없다고 말했다."

로자는 이런 말에 설득당하지 않고 친구 엠마 에크슈타인의 집을 찾아갔다. "나는 다시 [엠마와 함께] 리노와 프로이트의 치료에 관해 한참 대화를 나누었다." 이제 프로이트는 카를의 자신감 부족의 원인을 호텔 경영자인 아버지 레오폴트 마이레더와의 잠재된 갈등에서 찾았다. 로자는 이런 갈등에 대해서는 "이제까지 누구도 일말의 기미조차 알아챈 적 없다"고 적었다. 이 말에 엠마가 어떻게 대꾸했는지는 일기에 적혀 있지 않지만 며칠 후 3월 11일에 엠마의 오빠 프리드리히가 로자를 찾아와 부활절 이후에는 카를이 프로이트를 만나지 못하게 하라고 조언했다. 에크슈타인 남매도 더는 친구인 프로이트의 치료 능력을 확신하지 못한 듯했다.

로자는 프리드리히 에크슈타인의 조언을 받아들였고, 치료는 부활절 일주일 전인 1915년 3월 27일에 중단되었다. 이날 프로이트는 제자 카를 아브라함에게 편지를 보냈다. "두 달간 치료한 환자의 사례에서 우울증의 해법을 찾았지만 눈에 띄는 치료 성과는 없었네." 여기서 프로이트는 그의 논문 「슬픔과 우울증*Trauer und Melancholie*」을 언급했다. 1915년 2월, 그가 카를 마이레더의 우울증의 원인을 로자를 향한 사랑이 식은 데서 찾았다고 한 날부터 쓰기 시작한 논문이다. 이 유명하고 상당한 영향을 미친 논문의 주제는 단순하다. 우울증은 대상을 병적으로 "애도"해서 생기는 병이다. 환자가 대상에게 향하던 리비도를 거두고 대상에게 퇴행적으로 동일시하면서 현재는 상실한 대상에게 향해야 할 비난을 자신에게 표출하는 병이다. 이것은 카를 마이레더의 사례에서(이 사례 하나에서만) "확인"된 이론이다. 카를 마이레더는 아내가 폐경기에 이르러 앞으로 자식을 낳아줄 수 없게 되자 아내를 향한 사랑을 거둬들이면서 병들었다. 그가 자신에게 쌓은 비난은 사실 로자를 향한 것이었다.

우울증 문제에 대한 이런 '해법'이 카를에게는 거의 도움이 되지 않았고, 그의 상태도 달라지지 않았다. 오랜 세월 여러 의사에게 수십 차

32-1 카를 마이레더, 1895년경.

례 치료를 받았지만 모두 소용이 없었다. 그중에는 알프레트 아들러, 파울 페데른, 훗날 노벨 생리의학상 수상자로 카를에게 호르몬 치료를 권한 율리우스 바그너 폰 야우레크, 우울증의 원인을 선腺분비 부족에서 찾은 오이겐 슈타이나흐도 있었다. 1927년에 로자는 일기에 이렇게 개탄했다. "의사를 50명이나 만났는데 제대로 된 진단을 내린 사람이 한 명도 없다니! '과학자들'이 이 모양이니 사람들이 돌팔이를 찾는 것도 놀랍지 않다."

그래도 프로이트의 신탁은 긴 세월 마이레더 부부를 사로잡았다. 로자는 1916년에 카를이 누나 미치에게 했다는 말을 전해 들었다. "프로이트는 그이가 인식하지 못하는 나[로자]를 향한 미움이 병의 원인 중 하나라고 보았다." 로자는 프로이트의 설명이 터무니없다고 카를을 설득하려 했다. 그리고 로자는 프로이트가 병의 결과(로자를 향한 공격성)와 병의 원인을 혼동한다고 보았다. "프로이트의 근본적인 오류는 신경증 환자의 정신을 건강한 사람의 정신과 혼동하고 신경증 환자의 정신 과정으로 건강한 사람의 정신을 설명한다는 점이다. 반대로 건강한 사람의 일탈로 아픈 사람을 설명해야 하는데 말이다. 프로이트는 부작용을 주요 원인으로 간주할 뿐 아니라 자신의 기발한 해석 방식에 한계가 없다는 것을 모른다."

카를은 로자의 말에 뭐라고 대꾸해야 할지 몰랐다. "아직은 프로이트의 권위가 주는 암시가 강해서 [로자가] 반박할 때마다 카를은 이렇게 답한다. '그분한테 가서 말해요. 그분이 다 명확히 반박해줄 거예요.' 나도 물론 그럴 거라는 데는 일말의 의심도 없다. 그분은 심리학의 훌륭한 변증학자이자 나아가 자신의 체계에 집착하는 사람이니."

1923년 7월 5일에 로자는 일기에 다시 이렇게 적었다. "'내 부고를 썼어.' 리노가 아침 식사를 하면서 말했다. 잠시 후 이렇게 말했다. '제목은 로자 마이레더의 남편의 죽음이야.' 처음에는 웃다가 이내 그이가 내 성격 때문에 남성의 특권을 잃고 고통받는다는 프로이트의 의견을 담은 말이라는 것을 알았다. … 내가 그걸 인정하려면 극단적인 순교자적 고통이 따를 것이다. 우리가 함께 이룬 삶을 소중하게 만드는 그 모든 것을 완벽히 상실한다는 뜻이므로."

로자와 카를 마이레더는 현재 빈 중앙 묘지에서 나란히 잠들어 있다. 그 모든 난관과 운명의 타격에도 두 사람은 살아 있을 때처럼 죽어서도 하나가 되었다. 오스트리아 정부는 1997년에 발행한 500실링짜리 지폐에 두 사람의 사진과 함께 1911년에 열린 오스트리아여성협회 연방대회에 참가한 사람들의 사진을 실었다.

마르가레테 촌카

Margarethe Csonka

1900~1999

마르가레테 촌카는 누구나 꿈꾸는 인생을 타고난 듯 보였다. 아버지 아르파트 촌카는 오스트리아헝가리제국에서 최대의 석유 수입업자이자 로스차일드 은행의 투자자였다. 어머니는 남자들의 관심에 무심한 사람이 아니어서 마르가레테의 오빠 파울 촌카가 프란츠 요제프 황제의 서자라는 소문도 있었다. 마르가레테와 남자 형제 셋은 빈의 여느 상류층 젊은이들처럼 걱정 없이 살았다. 파티, 멋진 자동차, 성과 궁전. 여름이면 브리오니나 젬머링에서 비트겐슈타인, 폰 슈튀르크나 폰 루슬러, 폰 페르스텔(마르가레테의 친구 엘렌 폰 쇨러가 마리 폰 페르스텔의 조카와 결혼함) 집안사람들과 어울렸다. 하지만 파울 촌카는 이 세계에서 벗어나 유명 작곡가이자 지휘자가 되었고, 카라얀과 토스카니니와 클렘페러와 친구가 되었다.

마르가레테는 항상 여자들에게 매력을 느꼈다. 한 사람씩 돌아가며 여자에게 이상적, 정신적으로 매료되었다. 다만 마르가레테가 매료된 대상은 여성적 아름다움이지 육체적 관계가 아니었다(일례로 레즈비언이라고 알려진 친구 크리스틀 크문케의 구애를 거절했다). 열일곱 살에는 열정 넘치는 여자 남작 레오니 폰 푸트카머를 사랑했다. 레오니는 프러시아 귀족 출신이지만 남자들에게 의지해 살면서 여자들과 불륜을 저지르던 '사교계 여자demi-monde'였다. 레오니는 1920년대 초에 나체로 춤추는 무용수 아니타 베르버와 요란하게 불륜을 저지르다가 오스트리아농업회의소 의장이던 남편 다비트 게스만에게 그를 독살하려 했다고 고발당했다(잠시 투옥되었다가 풀려났고, 이때 마르가레테가 레

33-1 어린 시절의 마르가레테 촌카

오니를 면회하러 갔다). 마르가레테는 마치 궁정 연애를 하듯이 레오니에게 아무것도 바라지 않고 '귀족 부인'처럼 섬겼다. 레오니는 어린 여자의 구애를 받아주며 푸들을 데리고 산책하듯이 함께 커피하우스와 상점을 돌아다녔다.

마르가레테의 부모, 특히 아버지는 이런 사랑의 열병으로 딸의 평판에 흠집이 날까 노심초사했다. 어느 날 마르가레테는 거리에서 레오니와 팔짱을 끼고 걷다가 건너편 인도에서 동료와 얘기 중이던 아버지를 보았다. 프로이트는 마르가레테 촌카의 사례를 다룬 논문(「여성 동성애가 되는 심리 *Über die Psychogenese eines Falles von weiblicher Homosexualität*」)에서 아버지가 "화난 눈빛으로 그들을 지나쳐가자" 소녀는 괴로워하며 "그 자리에서 도망쳐 담장을 뛰어넘어 근처 교외선 선로 옆 움푹 팬 자리 옆에 떨어졌다"고 적었다. 나중에 마르가레테 촌카가 전기 작가 디아나 포크트와 이네스 리더에게 한 말에 따르면 사실은 그날 아버지를 보자마자 아버지의 눈을 피하려고 레오니에게서 떨어져 반대 방향으로 뛰었다고 했다. 그리고 어깨너머로 뒤돌아보며 아버지가 자기를 못 보고 전차에 탄 걸 확인했다. 다시 레오니에게 돌아갔지만 레오니는 마르가레테에게 자기와 같이 있는 모습을 보여줄 용기가 없다면서 화를 내고 다시는 보고 싶지 않다고 차갑게 말했다. 그래서 마르가레테는 자살을 기도했다. 아버지에게 들킨 수치심 때문이 아니라 자살로 레오니에게 사랑의 깊이를 증명하기 위해서였다.

딸의 자살 기도에 놀란 아버지는 딸을 프로이트에게 보내서 올바르고 좁은 이성애의 길로 인도하기로 했다. 프로이트는 이런 목표는 달성할 가능성이 없다고 판단하고 아무것도 약속해주지 않았다. 그래도 당분간 마르가레테를 치료해주기로 했다. 마침 정치적으로나 경제적으로 무너진 시기라서 인플레이션이 걷잡을 수 없이 심해졌고, 아르파트 촌카는 외국환으로 치료비(한 시간에 10달러)를 낼 수 있었기 때문이다. 프로이트는 마르가레테에게 먼저 분석 중에는 레오니를 만나지 않겠다고 약속하게 했다(레오니는 마르가레테의 자살 기도에 감동해 다시 만나주려 한 터였다). 마르가레테는 아버지를 실망시키지 않으려고

33-2 레오니 폰 푸트카머

일단 약속하기는 했지만 이렇게 강요된 계약을 존중할 마음이 없어 보였다.

마르가레테는 매일 한낮에 베르크가세 19번지로 가서 정중하게 분석 의식을 치렀다. "분석은 아무런 저항 없이 진행되었다. 환자는 지적 능력을 발휘해 분석에 적극 참여했고, 정서적으로도 완벽히 평온했다. 한번은 내가 환자의 사례에 가장 적합한 이론에서 특히 중요한 부분을 자세히 설명하자 환자가 특유의 어조로 '참 흥미롭네요'라고 말했다. 박물관에 끌려와 코안경 너머로 관심도 없는 물건을 보면서 내뱉는 투였다." 그 뒤로 마르가레테는 사랑하는 레오니를 커피하우스에서 만났고, 두 사람은 프로이트의 황당한 신탁을 대놓고 비웃었다. 이를테면 마르가레테가 남자들을 멀리하는 것은 그녀가 사랑하는 아버지가 그녀가 무의식중에 혐오하는 어머니에게 아기를 갖게 해서라는 프로이트의 해석을 비웃었다.

마르가레테는 훗날 쿠르트 아이슬러와의 인터뷰에서 프로이트에게 분석을 받는 동안 그와 함께 공원을 산책한 날의 이야기를 들려주었다. 그날 마르가레테는 무심코 레오니를 다시 만난다고 말했다가 다시 침착하게 말을 돌려 그냥 다시 만나는 꿈을 꾸었다고 정정했다. 프로이트가 마르가레테의 수작을 눈치 채지 못하자 마르가레테는 성가신 상황을 피하려고 꿈의 내용을 적당히 지어서 들려주었다. 하지만 얼마 후 프로이트는 그렇게 지나치게 완벽한 꿈에는 문제가 있다고 의심했다. "치료가 시작되고 얼마 지나지 않아 환자가 꿈 이야기를 가져왔다. 꿈의 규칙에 맞게 왜곡되고 보편적인 꿈의 언어로 기술되며 명확하고 손쉽게 해석할 수 있는 꿈이었다. 하지만 꿈의 내용을 해석하면 놀라웠다. 분석으로 동성애가 치료될 거라고 예측하고 앞으로 환자 앞에 펼쳐질 삶에 대한 기쁨을 표현하며 남자의 사랑과 자녀를 낳고 싶은 갈망을 고백하는 꿈이었다. 따라서 바람직한 변화에 대비하는 꿈으로 기쁘게 반겼을 수도 있다." 하지만 이 꿈은 "거짓이거나 위선이고 … 환자가 평소 아버지를 속이듯 나를 속이려 한 것"이다.

하지만 프로이트는 자기가 의도적으로 마르가레테에게 속아준 것으로 추론하지 않았다. 그보다는 좋은 무의식은 거짓말하지 못한다고 보았다. 말하자면 이런 거짓 꿈은 분석가에 대한 긍정적인 전이와 '아버지-분석가'를 기쁘게 해주고 싶은 마르가레테의 무의식적 욕망에서 나온 거라고 해석했다. 다만 이 환자의 긍정적 전이는 프로이트를 향한 부정적 전이를 압도할 정도가 못 되었다. 마르가레테는 "아버지에게 실망한 이후로 그녀를 지배해온 남자들을 향한 전면적 거부감"을 프로이트에게 전이하고 돌연 치료를 거부했다. 그래서 프로이트가 분석을 종결하기로 하자 마르가레테는 크게 안도했다. 프로이트는 비록 이 환자를 제대로 치료하지는 못했지만 환자의 분석에서 수집한 임상 자료를 토대로 여성 동성애자의 심리기제에 관한 훌륭한 논문을 쓸 수 있었다.

마르가레테는 분석의 낚싯바늘에서 놓여나 기뻐하며 다시 경박하게 살았다. 레오니 이후로도 다른 많은 여자를 사랑하고 때로 남자도 사랑했지만 언제나 이상적이고 심미적인 사랑이었다. 육체는 대체로 그녀를 실망시켰다. 이후 두 번 더 자살을 기도했는데 역시나 사랑 때문이었다. 1930년에 마르가레테는 그녀보다 촌카 집안의 재산에 관심이 더 많은 전직 전투기 조종사 에두아르트 제메노프스키 폰 트라우테네크와 결혼했다. 과연 그 대단한 이성애가 미사를 드리고 얻을 가치가 있었는지는(프랑스의 앙리 4세가 대관식에서 파리를 얻기 위해 개신교를 영원히 버리고 가톨릭으로 개종할 것을 약속하며 "파리는 미사를 드리고 얻을 가치가 있다Paris vaut bien une messe"고 한 말에 빗댄 표현) 알 수 없다. 다만 이 경우에는 반대로 가톨릭에서 남편의 개신교로 개종한 경우이지만.

마르가레테 촌카는 독일에서 몰려오는 먹구름에는 신경 쓰지 않았다. 자신의 마법에 걸린 세계 안에 살면서 정치에는 관심이 없었다. 오스트리아헝가리제국의 향수에 젖은 남편이 국가사회주의자들과 어울려 다녀도 불평하지 않았다. 마르가레테는 유대인 혈통이면서도 자발적 반유대주의자였다. "우리는 그들과 아무 관련이 없다!" 오스트리아 합병 이후 나치는 마르가레테에게 현실을 깨우쳐주었다. 아리안족인 에두아르트 폰 트라우테네크와의 결혼은 인종을 이유로 무효가 되었고, 전남편이 된 그가 마르가레테의 재산을 착복했다. 유대인과 동성애자 친구들이 하나둘씩 체포되어 강제 추방당했다. 어머니는 파리에서 남동생 발터와 재회했다. 파울 촌카와 다른 남자 형제는 당시 많은 유대인처럼 쿠바로 피신했다(파울은 아바나 국립오페라의 감독과 국립오케스트라의 감독을 맡았다가 1963년 쿠바에서 카스트로가 집권하자 다시 미국으로 망명했다).

한편 마르가레테는 마지막 순간에야 떠밀리듯 오스트리아를 떠났다. 1940년 8월에 폰 트라우테네크 남작 부인이라는 이름이 찍힌 여권을 들고 침착하게 베를린에 들어갔다가 거기서 다시 모스크바행 마지막 열차를 탔다. 그리고 장장 5개월에 걸쳐 러시아, 만주, 일본, 호놀룰루, 샌프란시스코를 거쳐 마침내 아바나에 도착했고, 파울이 직접

33-3 아바나의 마르가레테 촌카, 1940년대 초.

지은 집에서 그녀를 맞이했다.

이렇게 기나긴 망명의 삶이 시작되었다. 마르가레테는 어디서도 마음 편히 지내지 못했다. 그녀의 세계는 사라져 전쟁과 수용소에 둘러싸였다. 촌카 집안의 재산도 증발하여 마르가레테는 여생을 부유층의 여자 동행이나 가정교사로 일해야 했다. 1947년에 쿠바를 떠나 미국으로 갔다가 1949년에 다시 유럽으로 건너와 마침내 빈으로 돌아왔다. 다하우 강제수용소에서 남편을 잃은 친구 제라 페흐하이머와 사귀다가 버림받았다. 그리고 1960년부터 태국, 스페인, 미국(다시), 스페인(다시), 브라질을 거쳐 마지막으로 1973년에 빈으로 돌아와 정착했다. 그리고 20세기가 시작할 때부터 거의 끝날 때까지 일생을 살다가 1999년 여름에 빈 12구역의 양로원에서 숨을 거두었다.

그사이 몇몇 연구자가 이 활기차고 기품 있는 노인이 프로이트의 논문에서 불멸의 존재로 남은 그 유명한 여자 동성애자 사례의 주인공이라는 사실을 밝혀냈다. 1990년대에 디아나 포크트와 이네스 리더가 마르가레테의 이야기를 '세계의 레즈비언'이라는 주제로 수집하고 관련 자료를 모아서 2000년에 마르가레테를 제대로 조명한 책을 출간했다. 쿠르트 아이슬러와 정신분석가 아우구스트 루스 같은 사람들은 주로 프로이트와 분석한 내용에 관심이 있었다. 죽기 1년 전 마르가레테는 루스에게 이렇게 털어놓았다. "그래요, 난 사실 프로이트 박사를 그렇게 대단하게 보지 않았어요. 사실 그다지 도움이 되지도 않았고, 그저 재미없는 노인이라고 생각했어요. … 어느 날 그분이 그러시더군요. '내가 당신을 마음속 가장 깊은 곳의 동기에 닿게 해줄 테니 당신은 그저 신문 기사를 읽듯이 말하라'고요."

34 안나 프로이트

Anna Freud

1895~1982

안나 프로이트는 1895년 12월 3일에 마르타와 지크문트 프로이트의 여섯째이자 막내로 태어났다. 사실 부모가 원해서 생긴 아이는 아니었다. 마르타는 늘 하던 대로 막내딸에게도 모유를 먹이지 않았다(안나는 당시 새로 나온 가르트너 전지우유를 먹고 자랐다). 훗날 안나는 유년기를 다소 불행하게 기억했다. 베르크가세 19번지는 '지그'/'아빠'를 중심으로 돌아갔고, 안나는 그 집의 다른 여자들, 엄마 마르타와 민나 이모(민나 베르나이스), 그리고 누구보다도 가장 예쁜 딸로 부모의 사랑을 독차지한 언니 조피를 질투했다(1913년의 한 편지에서 프로이트는 안나가 "항상 조피를 질투한다"고 적었다). 안나는 끊임없이 요구하고 "철없이" 구는 집안의 골칫거리였다. 그러다 무심할 때도 있었는데, 이때는 슬퍼하거나 "흐리멍덩dumm"했다. 부모는 안나의 몸과 마음의 건강을 걱정해서 자주 시골이나 휴양지로 보내 쉬면서 살도 찌게 했다.

이런 "흐리멍덩한" 시기에 안나는 강렬한 환상을 품거나 자위를 하면서 위안을 구했다. 대여섯 살 정도부터 자신을 투영해 상상해낸 소년이 나이 든 남자에게 "두들겨 맞거나" 능욕을 당하는 "좋은 이야기"를 지어내기 시작했다. 이런 폭력과 능욕의 환상은 성인이 될 때까지 이어졌고, 이런 환상만으로 오르가슴을 느끼지 못하면 자위도 동반했다. 그리고 아버지상을 충족시키거나 방어하는 꿈도 꾸었다. "최근에 아버지가 왕이고 제가 공주인데 누군가가 정치적으로 음해해서 우리 사이를 갈라놓으려 하는 꿈을 꾸었어요. 아주 좋지는 않지만 꽤 짜릿

했어요."(안나 프로이트가 아버지에게 보낸 편지, 1915.08.06.)

안나는 열네 살부터 빈정신분석학회에 참석하면서 아버지에게 모든 것을 털어놓았다. 메라노에서 요양하던 1913년 1월에 보낸 편지에서 안나는 "그것"이 유발한 죄책감에 관해 모호한 언어로 적었다. 여기서 "그것"이란 아버지가 금하거나 버리라고 말한 것으로 보이는 자위를 의미한다. "흐리멍덩한 날이면 세상이 다 잘못된 것처럼 보여요. 오늘만 해도 어떻게 그렇게 흐리멍덩해질 수 있는지 저는 이해가 가지 않아요. 저도 분별 있는 사람이고 싶어요. 아니, 적어도 그런 사람이 되고 싶어요. 그래서 다시는 이런 상태가 되긴 싫지만 매번 저 혼자서는 어쩌지 못해요."

1914년에 안나는 교사가 되기 위해 공부를 시작할 만큼 "분별 있는" 사람이 되었다. 그때가 열여덟 살이었다. 그해 여름 영국에 갔다가 어니스트 존스에게 구애를 받았다. 프로이트는 안나에게 편지를 보내서 존스의 관심을 경계하라고 주의를 주었다. 그리고 존스에게는 이렇게 편지를 보냈다. "안나는 자신을 여자로 대해주기를 원하지 않고 아직 성적 욕구에서 멀리 떨어져 있어서 남자를 거부하네. 안나와 나는 안나가 두세 살 더 나이를 먹기 전에는 결혼이나 예비 절차를 생각하지 않기로 서로 마음을 터놓고 합의했네."(1914.07.22.) 사실 프로이트는 걱정할 필요가 없었다. 안나는 존스보다는 그의 아름다운 전 애인(그리고 아버지가 무척 좋아하던 옛 환자이기도 한) 루 칸에게 훨씬 더 관심이 많았기 때문이다. "그녀[루] 꿈을 많이 꾸어요. 어젯밤에도요. … 사실 전 그녀를 많이 좋아해요." 하지만 전쟁이 발발해서 안나는 급히 빈으로 돌아가야 했고, 이후 4년간 빈에서 교사 훈련을 받으며 정신분석에 대한 관심도 이어갔다.

1918년 10월, 스물두 살의 안나는 아버지에게 분석을 받기 시작했다. 프로이트는 안나의 언니 조피도 분석한 듯하므로 직접 자녀를 분석한 것이 안나가 처음은 아니었다. 안나는 왜 정신분석을 받기로 했을까? 물론 정신분석을 교육학에 적용할 요량이었을 테지만 자연히 여러 가지 개인적인 요인도 작용했을 것이다. 주로 안나의 분석 사례를 토대로 쓴 「매 맞는 아이*Ein Kind wird geschlagen*」라는 논문에서 프로이트는 "우유부단한 삶의 태도에 대해서만 분석하고, 거친 임상 진단으로는 분류되지 않거나 '신경쇠약'(지금이라면 우울증이라고 표현했을 것이다)으로 넘겼을" 사례를 소개했다. 안나는 (이 논문에서 주로 안나의 사례를 다루므로) 일상에서든 성생활에서든 불편해했다. 안나에게 직접 고백하거나 관심을 보인 사람이 적지는 않았지만(한스 람플, 아우구스트 아이흐호른, 지크프리트 베른펠트, 막스 아이팅곤을 비롯해 여럿이었다) 안나는 아직 아버지와 자신을 분리하여 프로이트가 말하는 "성기성genitality"에 직면할 수 없었다. 프로이트는 친구이자 제자인 루 안드레아스 살로메에게 편지로 걱정을 털어놓으며 언젠가 안나가 떠나면 "내가 담배를 끊어야 할 때만큼" 박탈감이 클 것 같다고 말했다.(1922.03.13.)

안나의 분석이 시작되고 몇 주밖에 지나지 않은 1918년 12월에 프로이트는 「매 맞는 아이」 논문을 쓰기 시작하면서 안나의 자위 환상에 대해 다음과 같은 오이디푸스적 열쇠를 내놓았다. 매 맞는 소년은 사실 안나 자신이고, 소년을 때리거나 능욕하는 나이 든 남자는 그녀의 아버지 프로이트다. 딸의 환상에서 아버지는 그와 자고 싶어 하는 딸을 벌준다. 딸은 가학 심리에서 아버지에 대한 독점적 소유권을 놓고 경쟁하는 다른 아이(조피)를 아버지가 때려주기를 원하고, 그러다 피학 심리에서 아버지에게 맞는 것을 즐긴다. (이런 장면을 상상해보자. '아빠'가 식사를 마치고 시가를 피우면서 분석실 소파에 누운 딸에게 이런 해석을 들려주는 장면을…) 안나는 이런 해석을 담아 「때리는 환상과 몽상*Beating Fantasies and Daydreams*」이라는 논문을 썼고, 정신분석가가 되기로 하고 1922년 5월에 빈정신분석학회에서 이 논문을 발표했다. 물론 논문에 나오는 사례가 안나 자신이고 분석가는 그녀의 학회 지원을 승인해줄 심사위원단의 명예회장이라는 사실은 밝히지 않았다.

프로이트의 분석은 4년간 이어졌다. 안나는 1920년에 조피가 세상을 떠난 뒤 조피의 아들들을 분석하면서 프로이트 집안의 전통을 이었다. 1923년에 프로이트가 구강암으로 첫 번째 수술을 받은 후 안나는 평생 아버지를 떠나지 않기로 맹세했다. 그리고 1921년부터 안나와 함께 나란히 분석을 받아온 루 안드레아스 살로메가 안나의 결심을 지지해주었다. 이제 안나는 아버지에 대해 어머니와 민나 이모의 역할을 떠맡아 빈 버전의 아트레우스가의 비극에서 늙은 오이디푸스의 딸 안티고네가 되었다.

이듬해에 안나는 아버지의 분석실 소파로 돌아갔다. 안나가 루에게 말한 것처럼 예전처럼 "흐리멍덩하게" 만드는 환상에 다시 시달리고 "때리는 환상과 그 결과[자위]가 (때로는 육체적으로도 정신적으로도) 점점 더 참을 수 없어져서, 이런 환상과 자위가 없으면 살 수 없는 지경"에 이르러서였다. 프로이트는 이번에도 안나를 분석하면서 두 번째 논문 「성의 해부학적 차이에 따른 심리적 결과*Einige psychische Folgen des anatomischen Geschlechtsunterschieds*」(1925)를 썼다. 프로이트는 안나의 핵심 성격 특질인 질투심을 더 깊이 파고들었다. 이를테면 소녀가 질투하

34-1 안나 프로이트, 1915.

는 대상은 사실 자신에게는 없다는 사실을 깨달은 순간부터 남자아이에게서 "선망한" 남근이라고 했다. 프로이트는 「매 맞는 아이」 논문을 확장하여, 매 맞는 아이에게서 소녀가 남근기에 자위하던 음핵-음경을 보라고 제안했다. "음핵 자위는 어쨌든 남성적 활동이고 … 음핵 성욕을 제거하는 것은 여성성 발달에 필요한 전제조건이다." 프로이트는 여성의 오이디푸스 콤플렉스란 소녀가 남근 선망을 아이를 갖는 욕구로 대체한 결과이고, 그래서 소녀는 아버지를 사랑하고 어머니를 질투한다고 설명했다. 마지막으로 이렇게 덧붙였다. "소녀가 아버지에게 느끼는 애착이 나중에는 슬픔이 되고 떨쳐내야 하는 순간이 오면 소녀는 이제 아버지와 동일시하면서 남성성 콤플렉스로 돌아가 계속 그 안에 고착할 수 있다." 1925년 9월에 바트홈부르크에서 열린 국제정신분석학회에서 안나는 아버지를 대신해 이 오이디푸스 신탁을 낭독했다. 아버지가 병이 깊어서 직접 읽을 수 없어서였다. 모든 신탁과 마찬가지로 이 신탁도 실현되고 있었다.

같은 해에 그보다 앞서 안나가 분석실 소파에 누웠을 때, 프로이트가 안나를 자신에게서 분리할 수 없다고 불평한 적이 있다. 말하자면 안나가 오이디푸스 콤플렉스를 해결하게 만들 수 없다는 뜻이다. 3월 말에 프로이트는 안나 폰 베스트에게 보낸 편지에 이렇게 썼다. "그 아이는 결혼을 원하지 않습니다." 그리고 1925년 5월 10일에 루에게 보낸 편지에는 이렇게 썼다. "억압된 성기성이 언젠가 그 아이에게 고약한 술수를 부릴까 두렵네. 그 아이를 내게서 분리할 수 없는데 아무도 나를 도와주지 않네." 그러다 도로시 벌링햄이 빈에 오면서 상황이 달라졌다. 도로시로 인해 그 아이(그의 딸)가 "남성성 콤플렉스"로 돌아갈 거라는 프로이트의 예상이 확인되었기 때문이다.

도로시 티파니 벌링햄은 1891년 10월 22일에 태어난 부유한 미국인으로, 할아버지가 뉴욕 티파니 백화점을 설립한 인물이다. 아버지 루이스 컴포트 티파니는 저 유명한 티파니 램프를 발명했다. 도로시는 1914년에 외과의 로버트 벌링햄과 결혼했다. 그는 뉴욕의 주요 변호

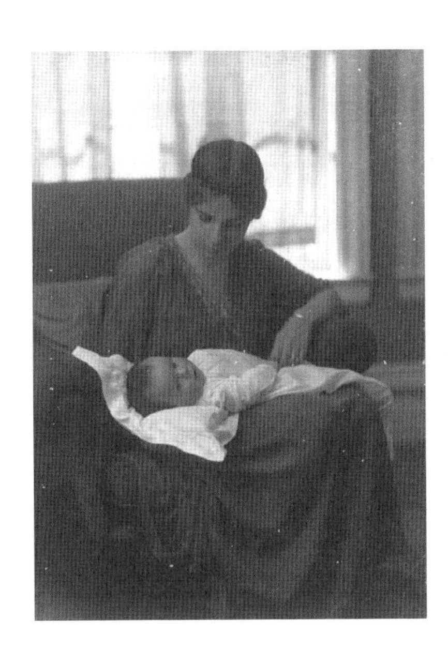

34-2 도로시 벌링햄과 아들 로버트('밥') 주니어.

사이자 민주당의 거물인 찰스 컬프 벌링햄의 아들이었다. 이들 부부는 아이 넷(밥, 매비, 틴키, 마이키)을 낳았지만 얼마 안 가 로버트 벌링햄에게 조울증이 발병했다. 남편이 계속 신경쇠약을 앓아서 지친 데다 아이들의 정신 건강에 문제가 될까 걱정하던 도로시는 1925년에 아이들을 데리고 빈으로 가서 안나 프로이트에게 정신분석을 받게 해주기로 했다. 1925년의 안나는 예비 면담에서 밥과 매비를 분석하기로 결정했다(그리고 얼마 후에는 도로시와 친분이 있던 부부의 딸 아델라이드 슈비처도 분석하기로 했다). 그리고 도로시는 테오도어 라이크에게 의뢰했다. 9월에 안나가 바트홈부르크의 국제정신분석학회에서 아버지의 논문을 낭독할 때 도로시와 자녀들은 이미 빈으로 들어와 어느 헝가리 공작의 화려한 저택에서 지내고 있었다.

안나는 얼마 안 가 벌링햄 가족을, 아이들만이 아니라 엄마도 직접 치료하고 싶어졌다. 두 사람은 자주 만나서 아이들에 관해 끊임없이 대화를 나누며 격의 없는 사이가 되었다. 시간이 나면 함께 도로시의 모델 T(이렇게 경제적으로 궁핍하던 시대에 빈에서 매우 드문 차였다)를 타고 뒷자리에는 아버지[프로이트]를 태우고 빈 인근을 누볐다.

안나는 도로시와 아이들에 대한 소유욕이 "유독 아버지 앞에서는" 부끄러웠다고 1926년 2월 5일에 막스 아이팅곤에게 보낸 편지에 적었다. 안나는 이런 마음을 분석실 소파에서 아버지에게 직접 말할 수 없어서 친구이자 분석가인 아이팅곤에게 털어놓았고, 아이팅곤은 물론 모든 내용을 프로이트에게 전달했다. 프로이트는 도로시와 도로시가 선물한 차우차우 강아지 룬위를 무척 아꼈다. 그는 1927년 5월 11일에 루에게 보낸 편지에서 이상하게도 도로시를 "불행한 처녀"라고 지칭했는데, 그가 마음속으로 네 아이의 엄마인 도로시를 그의 (성에 무관심하지 않지만) 결혼하지 않은 딸과 동일시했음을 보여주는 표현이다.

안나와 도로시는 빈 근처 노이하우스에 집을 빌려 주말을 보내다가 빈 근처의 호흐로테르트에 작은 농장을 사들여 소와 닭을 치고 텃밭을 가꾸었다. 프로이트 가족과 벌링햄 가족은 휴가도 함께 보냈다. 1929년 가을에 도로시와 네 자녀는 베르크가세 19번지 프로이트의 집 위층 아파트로 이사했다. 안나가 1927년부터 이미 도로시가 라이크에게 받던 분석을 그만두고 프로이트에게 분석을 받도록 조율한 터라 그렇게 가까이 사는 것이 편리하기도 했다(도로시는 프로이트가 사망할 때까지 프로이트의 환자로 남았다). 도로시가 매일 한 층만 내려와 치료받는 사이 아이들은 당시 프로이트에게 분석을 받고 있던 안나에게 분석을 받았다. 도로시는 자신의 침실과 안나의 침실 사이에 직통 전화를 설치해 밤늦게 통화할 수 있게 해두었다. 따라서 이런 가족-분석의 분위기에서 각자의 무의식을 텔레파시처럼 주고받는 것이 그리 이상하지 않았다. 프로이트는 「꿈과 신비주의 *Traum und Okkultismus*」라는 논문에서 도로시의 아들이 엄마에게 금화를 주었는데, 때마침 도로시가 분석가에게 어릴 때 중요한 역할을 한 금화 이야기를 꺼낸 참이었다는 일화를 소개했다. 또 프로이트는 1929년에 루트비히 빈스방거에게 보낸 편지에 이렇게 썼다. "(남편 없이) 미국에서 온 가족과 우리

가족의 공생 관계는 내 딸이 그 집 아이들을 분석으로 확고히 훈육하면서 점점 더 공고해졌네."(1929.01.11.)

안나는 아버지 프로이트에게 완전히 동일시한 상태에서 벌링햄 집안의 아이들에게는 분석가가 되어주고 도로시에게는 유사 부부 관계 안에서 '아버지'이자 교육자의 권위를 자처했다. 도로시는 안나의 다른 친구 에바 로젠펠트에게 후원과 협력을 받아 1927년에 자신의 자녀와 안나의 다른 아동 환자(조피의 아들 에른스트 할베르슈타트 프로이트, 아델라이데와 하롤트 슈비처, 페터 헬러와 에바 로젠펠트의 아들 빅토르 로스)를 위한 (지극히 사적인) 학교를 만들었다. 당시 오스트리아의 엄격한 교육 방식을 거스르는 탈권위적이고 성적으로 "깨어 있고" 정신분석적인 교육 원칙이 "성냥갑 학교Matchbox School"라고도 불리던 이 초소형 학교에 적용되었다. 페터 헬러는 나중에 성인이(그리고 도로시의 사위가) 되고 나서 이 급진적 교육 실험에 대해 복합적인 의견을 말했다. 그가 직접 대가를 치렀기 때문이다. "우리는 우리의 특별한 학교가 해체된 뒤로 공교육에서 요구하는 기준을 맞추지 못해서 고생했습니다. 몇몇은 아마 어엿한 직업인으로 살기 위한 수준의 필수 교육을 끝내 받지 못했을 겁니다." 헬러는 또 이렇게 말했다. "당시 고학년 학생 하나가 자살했는데, 우리의 허울 좋은 '열린' 교육 공동체에서는 그 사건에 관해 논의하기는커녕 입에 올리지도 않았습니다."

한편 신경쇠약을 앓지 않는 시기에는 가족에게 헌신적이던 아버지이자 남편인 로버트 벌링햄이 아내와 아이들을 몹시 그리워했다. 도로시와 아이들이 분석을 마치면 미국으로 돌아올 거라고 믿고 가족이 돌아오면 같이 살 집도 알아보았지만 결국 도로시는 빈의 새로운 가족을 떠나지 않을 것을 알았다. 로버트의 여성 친구에 따르면 그는 "당시 몹시 슬퍼하면서도 희망을 버리지 않고 우울증으로 굴러 떨어지지 않으려고 간신히 버텼다. … 하지만 얼마 안 가서 눈에 띄게 무너지기 시작"했다. 로버트와 그의 아버지는 아이들을 미국으로 데려가려고 몇 차례 빈에 와서 가족을 프로이트 집안의 영향력에서 빼내려 했다. 벌링햄의 네 아이는 심각한 갈등을 일으키며 아버지와 어머니와 분석가 사이에서 갈라졌다. 그러다 로버트 벌링햄이 오히려 산도르 페렌치가 추천한 부다페스트의 미국인 분석가 조지 S. 앰스던에게 치료받으라는 설득에 넘어갔다. 안나 프로이트의 전기 작가 엘리자베스 영-브뤼엘에 따르면 "프로이트 가족은 앰스던과 페렌치 모두에게 로버트 벌링햄을 부다페스트에 묶어두고 아이들의 양육권 소송을 시작하지 못하게 설득하라고 압박"했다. 결국 도로시가 소송에서 이겨서 로버트 벌링햄은 휴가 중에만 자식들을 볼 수 있었다. 그것도 그가 아이들을 유괴할까 봐 네 명을 동시에 만날 수는 없었다. 1938년 5월에 로버트는 모두를 위해 직접 문제를 해결했다. 그가 살던 뉴욕의 건물 14층에서 몸을 던진 것이다.

얼마 후 1938년 6월 4일에 프로이트 가족은 런던 햄스테드의 부촌인 메어스필드 가든스 20번지로 이주했다. 평생 아버지를 떠나지 않겠다던 다짐대로 안나는 아버지가 세상을 떠난 뒤에도 그 집에 남아 마르타, 민나 이모, 그들의 충실한 하녀 파울라 피히틀, 그리고 도로시와 함께 지냈다. 전쟁이 터져서 잠시 뉴욕에 발이 묶인 도로시는 안나에게 정신분석을 받은 정신분석가 발터 C. 랑거에게 연애 감정을 키웠지만 그와 편지를 주고받다가 안나를 잃을까 봐 1940년 3월에 다시 빈으로 돌아와 안나와 함께 여생을 보냈다. "당신이 없는 삶은 아무 의미가 없는 걸 알아요." 도로시가 안나에게 보낸 글이다.

두 여인은 이제 서로의 짝이 되어 아이들을 분석하는 일을 이어갔다. 처음에는 대공습 기간의 전시 유치원이던 어린이쉼터에서 분석하다가 전쟁이 끝난 뒤에는 유명한 햄스테드아동치료클리닉에서 진행했다. 그사이 벌링햄의 네 자녀는 모두 결혼해서 집을 떠났다. 자식들은 어머니를 만나러 올 때마다 아직 분석가로 일하던 안나의 분석실 소파에 누워야 했다(각자의 배우자들은 메어스필드 가든스 20번지에 머무를 수 없었다. 분석 공간과 외부 세계를 분리하는 규칙 때문이었다). 첫째인 밥 벌링햄은 동생들과 함께 안나의 『아동 분석 기법 개론*Introduction to* *the Technique of Child Analysis*』에 실린 열 사례 중 하나이며 이후 죽기 직전까지 45년간 안나에게 분석을 받았다. 밥은 아버지처럼 조울증을 앓았지만 안나는 그에게 약을 처방하지 않았다. 그는 쉰넷의 나이로 사망했다. 여동생 매비는 안나가 열 사례 중 "가장 성공적인" 사례로 꼽은 사례이지만 어느 날 저녁에 메어스필드 가든스 20번지에 머물다가 신경안정제를 먹고 자살했다. 그래도 도로시는 이튿날 분석할 환자를 받았다. "여러분, 분석은 계속됩니다!"

도로시가 1979년 11월 19일에 사망한 뒤에도 안나는 계속 분석을 이어갔다. 거의 마지막 순간까지, 소녀 시절 꿈꾸던 대로 아버지의 적들로부터, 폴 로즌이나 피터 스왈레스 같은 정신분석 역사가들이 퍼트리는 불명예로부터 아버지를 지켰다. "아주 좋지는 않지만 꽤 짜릿했다." 안나는 1982년 10월 9일에 뇌졸중으로 사망했다. 계속 처녀로 남았던 안티고네는 끝까지 신실했다.

35 호러스 프링크

Horace Frink

1883~1936

1차 세계대전이 끝나기 전 프로이트의 대다수 환자들과 달리 호러스 웨스트레이크 프링크는 유대인이나 빈 사람이 아니었고, 부유하지도 않았다. 그는 다른 세계에 속한 사람이었다. 프로이트가 그 물질주의와 속물근성을 진심으로 경멸하던 신세계 사람이었다. 호러스의 아버지 조지 S. 프링크는 뉴욕 북부의 소도시 밀러턴에서 평범한 주조공장을 운영했다. 호러스가 여덟 살 때 공장이 화재로 망했고, 그의 부모는 다시 시작하기 위해 서부로 떠나면서 호러스와 남동생을 뉴욕 힐즈데일의 외가에 맡겼다. 호러스는 이후 다시는 부모와 같이 살지 못했다. 어머니 헨리에타 웨스트레이크는 그가 열다섯 살 때 폐결핵으로 사망했고, 외할아버지 조지 웨스트레이크 박사는 딸의 죽음을 사위 조지 프링크 탓으로 돌리고 다시는 사위가 손자들과 연락하지 않는다는 조건으로 두 아이를 맡았다.

명석하고 운동도 잘하던 호러스 프링크는 뉴욕 코넬의과대학에서 의학을 전공하면서 클래런스 오번도프, 스웨프슨 J. 브룩스와 친해졌다. 1905년에 의학 박사학위를 취득하고 뉴욕의 벨뷔 병원에서 외과의로 일하고 싶었지만, 1907년에 수술하다가 오른손 검지가 감염되어 손가락을 구부리지 못하게 되자 외과의의 삶을 포기해야 했다. 1908년에 외할아버지가 세상을 떠나고 얼마 후 힐즈데일로 돌아가 첫 번째 우울증 삽화를 겪으며 위스키로 우울증을 치료하려 했다. 어린 시절 친구 도리스 베스트가 그를 돌봐주었다. 이런 경험 때문인지 그는 정신의학으로 진로를 바꾸어 최면(1909년에 다시 뉴욕으로 돌아와 일부 환자에게 최면요법을 시도하여 효과를 보았다)과 정신분석에 관심을 가졌다.

호러스는 뉴욕에서 아브라함 아덴 브릴을 만났다. 오스트리아헝가리제국 출신의 브릴은 취리히의 부르크횔즐리 정신병원에서 인턴 과정을 거치며 오이겐 블로일러와 카를 구스타프 융에게 정신분석 훈련을 받고 그즈음 뉴욕으로 돌아온 터였다. 그리고 1909년에 프로이트가 클라크대학교를 방문했을 때 프로이트에게 신임을 얻어 사실상 미국에서 프로이트의 대리인이 되었다. 호러스는 마침 정신분석 훈련을 받고 싶던 터라 일주일에 한 번씩 브릴에게 분석을 받기 시작했다. 브릴은 주로 호러스의 꿈을 분석하는 데 집중했고, 이 방법이 당시 분석 훈련의 일반적인 과정이었다(다만 분석 훈련이라는 용어 자체는 아직 나오지 않았다).

호러스는 1910년에 도리스 베스트와 결혼하고 뉴욕에서 정신분석 병원을 개업했다. 1911년에는 브릴, 오번도프와 함께 뉴욕정신분석학회를 창립하고 1913년에 브릴에 이어서 회장으로 처음 선출되었다. 1915년에는 호러스, 오번도프, 또 하나의 프로이트 학파인 새디어스 H. 에임스와 함께 코넬의과대학 신경학과를 장악해서 정신분석을 널리 전파하기 위한 발판으로 삼았다. 이들의 제자 중에 어브램 카디너와 먼로 메이어가 있었고, 둘 다 호러스에게 분석을 받았다. 1918년에 호러스는 저널리스트 윌프레드 레이와 공동으로 『병적 공포와 강박*Morbid Fears and Compulsions*』이라는 책을 출간했다. 직관적이고 잘 읽히는 이 책은 미국 대중에게 정신분석을 처음 알리는 역할을 했다. 이 책이 크게 성공하면서 미국에서 정신분석이 큰 인기를 끌었다. 그리고 10년도 안 되어 호러스 프링크는 미국에서 가장 중요한 정신분석가로 자리 잡았다.

하지만 개인의 삶은 그만큼 영예롭지 않았다. 1913년에 호러스는 동료 새디어스 에임스에게 새로 분석을 받기 시작했다. 부부 문제를 해결하기 위해서였을 것이다. 사실 도리스와의 결혼생활은 그다지 행복하지 않았다. 도리스보다는 그에게 문제가 있었다. 도리스는 그에게 지극정성으로 잘한 것 같지만 그는 아내를 공격적으로 대하고 외도까지 했다. 1915년부터 다시 우울증이 발병했고, 아들 존('잭')이 태어난 해인 1916년에는 우울증이 극에 달했다. 자살도 생각하고 가족을 떠날까도 생각했다. 그러다 나중에 정신과 의사 아돌프 메이어에게 보여주기 위해 작성한 자가 보고에 따르면 우울증이 갑자기 공격성과 전능감으로 변했다.

이렇게 조증과 울증을 오가는 첫 삽화가 시작되고 이후 10년 가까이 지속되었다. 호러스 자신도 당혹스러워했다. "당시의 증상만으로는 경조증hypomania 징후라고 볼 수는 없다. 그전의 가벼운 우울증과 지금의 증상을 연결해서 보아야만 경조증을 의심할 수 있다."(1924년 자가 보고) 1918년에 『병적 공포와 강박』이 출간되고 우울증이 재발했다. 이 책이 꽤 좋은 반응을 얻었는데도 호러스는 무시당한 기분에 빠져 "지독한 두통"으로 뉴멕시코의 목장으로 요양하러 갔다. (카우보이의 땅 미국에서는 이런 목장이 유럽 상류층의 온천과 요양소를 대신했다.)

그러다 호러스는 정신분석과 부부 관계에서 난국에 빠진다. 1912년에 그는 부유한 상속녀 안젤리카('앤지') 베르트하임 비주르의 분석을 맡았다. 브릴이 의뢰한 환자였다. 스물여덟 살의 앤지는 뉴욕 상류층 여성이었다. 앤지의 아버지 야코프 베르트하임은 담배산업으로 부를 축적하고 미국 담배제조업체협의회의 회장이자 제너럴모터스와 언더우드 타자기회사의 중역도 겸했다. 더불어 유대인자선단체지원연합을 창설하기도 했다. 앤지의 오빠 모리스 베르트하임은 훗날 미국 최고의 투자펀드 중 하나로 군림하는 베르트하임사를 설립했다. 1907년에 앤지는 열 살 정도 연상인 담배 수입업자이자 유대인 명문가의 자손인 에이브러햄 비주르와 결혼했다(그의 사촌 네이선 비주르는 미국 대법관이었다). 앤지 부부는 엘리자베스('베티')와 도로시 루이스라는 두 아이를 입양했지만 이들 가족은 그리 화목하지 않았다.

브릴은 베르트하임 집안과 개인적으로 친분이 있어서 앤지를 직접 분석하지 않고 호러스에게 연결해주려 한 듯하다. 에이브러햄 비주르도 호러스에게 분석을 받은 적이 있지만 1917년에 호러스가 그를 새디어스 에임스에게 보내 분석을 이어가게 했다. 호러스가 아내 도리스도 에임스에게 보내서 에임스는 이들과 얽힌 뜨거운 사태의 한복판에 서게 되었다. 호러스 부부와 비주르 부부는 분석실 외부의 사교 모임에서 만났고, 결국 벌어질 일이 벌어지고 말았다. 호러스가 아돌프 메이어에게 한 말에 따르면, 1917년(경조증 기간)에 그가 앤지와 사랑에 빠져 환자와의 외도를 시작한 것이다. 호러스의 아내 도리스는 상황을 묵묵히 받아들인 듯하지만 앤지의 남편 비주르는 아내에게 격분했다. 불과 얼마 전에 어린 두 딸 베티와 도로시를 입양했기 때문이다.(새디어스 에임스가 쿠르트 아이슬러와 한 인터뷰, 1952.07.03.) 앤지는 호러스와의 관계에서 강렬한 성욕을 발견했다. 훗날 메이어에게 보낸 편지에 이렇게 적었다. "F 박사와의 성관계로 나 자신을 가둔 감옥에서 탈피했어요."

1920년에 앤지는 호러스에게 사랑한다고 말하고 이혼 문제를 거론했다. 호러스는 아내와 두 자녀를 버리고 싶지 않았다(마침 그해에 딸 헬렌이 태어났다). 그래서 프로이트와 의논해서 이런 딜레마를 해결하기로 했다. 그가 앤지를 진심으로 사랑하는지 알아보기로 한 것이다. 마침 뉴욕의 모든 젊은 정신과 의사(클래런스 오번도프, 새디어스 에임스, 어브램 카디너, 아돌프 스턴, 레너드 블룸가트, 먼로 메이어)가 빈에 가서 거장 프로이트에게 훈련받던 시기였다. 호러스는 그해 7월에 프로이트에게 편지를 보냈고, 프로이트는 이듬해 3월과 7월 중순 사이에 그의 분석실로 오면 기쁘겠다고 답장을 보냈다. "분석비는 의사가 일반 환자에게 받는 치료비와 같은 수준입니다. 오스트리아 크로네가 아니라 선생네 화폐로 시간당 10달러입니다. 요즘 여기 사정이 얼마나 팍팍한지는 잘 아실 겁니다."(프로이트가 호러스에게 보낸 편지, 1920.10.10.)

전쟁이 막바지에 이를 때 인플레이션이 치솟았고, 오스트리아 크로네는 거의 무가치해졌다. 프로이트가 청구하는 막대한 금액도 가족

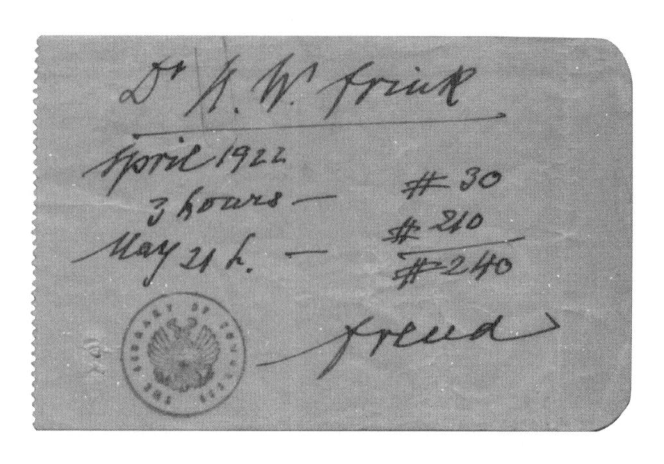
Dr H. W. Frink
April 1922
3 hours — #30
May 21 h. — #210
#240
Freud

35-1 프로이트가 호러스의 치료비를 적은 영수증, 1922년 4월과 5월.

의 생계를 유지하기에는 역부족이라 그는 치료비를 달러로 낼 수 있는 환자만 받았다. 오번도프는 이 방법이 프로이트에게 큰 도움이 되었다고 기억한다. "그분[프로이트]은 미국 돈만 받으려고 했어요. … 제가 처음 빈에 갔을 때[1921년에] 1달러에 약 3천 크로네였어요. 그런데 빈을 떠날 때는 크로네 가치가 이미 1달러에 10만 크로네가 되었어요. 그러니 … 그분은 한 시간 치료비로 몇 달 치 월세를 충당했을 거예요."(쿠르트 아이슬러와의 인터뷰, 1952.10.01.) 프로이트는 오스트리아 조세 당국의 눈을 피해 치료비를 어니스트 존스 박사에게 보내도록 수표를 써주어 암스테르담의 로젠탈앤코 은행의 리프만 씨라는 이름으로 개설한 당좌 계정으로 돈을 보내게 했다. 레너드 블룸가트(시간당 15달러 지불)는 이렇게 기억한다. "그분[프로이트]한테 직접 치료비를 내지 않고 어니스트 존스에게 수표를 써서 네덜란드로 보냈어요. 어떤 이유인지 그분은 그런 식으로 처리하고 싶어 하셨어요."(쿠르트 아이슬러와의 인터뷰, 1952.09.11.) 그래도 아무도 불평하지 않았다. 마침 프로이트에게 분석을 받던 카디너는 평생 그렇게 부자가 되어본 적이 없다고 했다. "나는 주머니에 든 몇 달러로 백만장자가 되었습니다." 프로이트는 더 그랬다. 아돌프 스턴은 이렇게 말했다. "빈에서 10

달러는 큰돈이었고, 그분[프로이트]은 한 번에 미국인 네다섯 명을 분석해서 황제보다 돈을 더 많이 벌었어요."(쿠르트 아이슬러와의 인터뷰, 1952.11.13.)

어쨌든 호러스에게 돈은 문제가 되지 않았다. 앤지가 프로이트의 신탁을 초조하게 기다리며 호러스의 체류 비용과 분석비를 내주기로 한 것이다. 게다가 앤지는 호러스가 뉴욕으로 돌아와 함께 동업할 계획이던 먼로 메이어의 분석비도 대주기로 했다.

호러스는 1921년 2월 27일에 빈에 도착해서 먼로 메이어가 라우돈가세에 빌린 아파트에서 함께 지냈다(메이어가 먼저 와서 프로이트에게 분석을 받기 시작했다). 프로이트는 호러스에게 농담조로 "선생의 신경증에서 분석으로 감당할 수 있을 만큼만 가져오시라"고 말했다.(1920.08.05.) 그런데 호러스는 정신병을 가져갔다. 경조증 상태가 되어 잠을 이루지 못했다. 다시 모든 것이 비현실적으로 느껴지고 빈이 꿈속 같았다. 그는 아돌프 메이어에게 보내는 자가 보고에 이렇게 적었다. "엄청 행복하고 말이 많아졌다. 나는 원래 재미난 일을 사랑하고 유머 감각이 뛰어난 사람이지만 평생 그때만큼 즐거운 적도 없었다."

프로이트는 호러스가 자신과 유머 수준이 맞는 재치 있는 사람이라서 마음에 들어했다. "당신의 억압된 가학증은 아주 어두우면서도 무해한 블랙 유머의 형태로 올라오는군요. 나는 그런 유머를 전혀 겁내지 않아요."(1922.02.20.) 그즈음 호러스는 혼자 써 놓고 발표하지 않은 프로이트에 대한 단상에서 유머의 측면에 관해 이렇게 길게 적었다. "그분은 재미있는 것을 좋아하고 뛰어난 유머 감각을 타고난 사람이다. … 프랑스인이 와인을 마실 때 조용히 전문적이고 사색적으로 풍미의 미묘한 차이를 느끼면서 즐기듯이 그분은 농담을 그런 식으로 즐긴다."

프로이트와 호러스는 결국 서로의 매력에 빠졌다. 프로이트는 "고지식한" 아돌프 스턴이나 그의 해석을 받아들이려 하지 않는 "오만한"

35-2 빈의 한 커피하우스에서 (아마도) 먼로 메이어와 같이 앉아 있는 호러스 프링크, 1921년이나 1922년.

클래런스 오번도프보다 활기차고 재치 있고 (경조증도 있는) 호러스를 훨씬 좋아했다. 프로이트는 당장 호러스를 미국 대리인으로 삼기로 정하고 호러스가 친구이자 한때 그의 분석가였던 아브라함 아덴 브릴의 자리를 대신하게 했다. 마침 프로이트가 브릴과 갈등을 빚은 터였다. 앤지는 이렇게 기억했다. "계획은 호러스를 미국에서 가장 앞서가는 최고의 분석가로 만드는 거였어요. 그러다 호러스가 브릴의 역할까지 대신해야 했어요."(쿠르트 아이슬러와의 인터뷰, 1952.06.19.) 마크 브런즈윅(빈의 다른 미국인)은 역사가 폴 로즌에게 프로이트가 호러스에게 "완전히 전이"했다고 말했다. 그리고 호러스 역시 프로이트에게 완전히 전이했다. 최면요법을 시도한 적이 있는 호러스는 프로이트에게서 최면술사의 면모를 알아보았다. "프로이트는 최면을 거는 법을 잘 알았고, 이런 면모가 그의 심리학에 배어 있다." 물론 알아본다고 해서 최면술사의 주문에 걸려들지 않는 것은 아니었다. 앤지는 훗날 아돌프 메이어에게 보낸 편지에서 호러스가 프로이트를 대하는 태도는 "그가 프로이트의 관점을 수용하고 복종하는 면에서 드러나듯이 현명한 아버지를 대하는 아이와 같았"다고 적었다.(아돌프 메이어에게 보낸 편지,

1924.06.)

예상대로 프로이트는 호러스를 억압된 동성애자로 진단했다. 같은 시기에 프로이트에게 분석을 받은 카디너는 회고록에서 당시에는 이것이 표준 절차였다고 적는다. "나는 다른 학생들과 노트를 비교하다가 오이디푸스 콤플렉스처럼 무의식적 동성애도 모두의 분석에 자주 나오는 대목이라는 것을 발견했다." 호러스는 물론 프로이트의 진단을 거부했다. 프로이트는 그에게 이혼하고 앤지 비주르와 재혼하라면서, 그래야 승화된 동성애 안에 갇히지 않을 수 있다고 강조했다. 이 말은 결국 프로이트를 본 적도 없는 앤지까지 이혼해야 한다는 뜻이었다. 호러스는 아직 경조증에서 벗어나지 못한 상태였다. 그는 자가 보고에 이렇게 적었다. "나는 그 모든 상태를 겪으며 완전히 병들어 나의 기능을 조절하지 못했다." 그는 앤지를 사랑하는 마음과 철저한 무관심 사이에서 흔들렸다. "앤지 역시 꿈속에 있는 사람 같았다."

호러스는 결국 오랜 망설임 끝에 프로이트의 조언을 따르기로 "거의" 결심을 굳혔다. 그래서 경조증 상태도 다시 잦아들었다. 남편과 파리에 머물던 앤지 비주르는 7월 초에 호러스와 재회했다. "그이는 지금은 나도 우울증이라고 알고 있는 상태에 빠져 있었어요. 프로이트를 만나보니 그분은 제게 미완의 존재이니 이혼하라고 권하시더니 … 지금 제가 프링크 박사님을 버리면 박사님이 다시는 정상으로 돌아오지 못할 것이고, 또 교묘히 위장된 형태이긴 하지만 결국 동성애자가 될 거라고 말씀하셨어요."(아돌프 메이어에게 보낸 편지, 1924.06.)

그래서 호러스와 앤지는 프로이트의 축복을 받으며 7월에 파리로 돌아가 에이브러햄 비주르에게 그들의 결정을 알렸다. 비주르는 경악하며 불같이 화를 냈다. 며칠 전만 해도 앤지와 사랑을 나누었고, 앤지가 그에게 사랑의 증표로 5천 달러짜리 진주 단추 한 쌍을 선물하기까지 했다. 에이브러햄 비주르와 앤지가 다투는 동안 호러스는 그냥 그 자리에 없는 사람처럼 한구석에 서 있었다. 그리고 각자 흩어져 뉴욕으로 돌아왔다. 호러스는 배에서 내리자마자 도리스에게 "신속한 이혼"을 원한다고 통보했다. 도리스는 괴로워했다. 이혼을 통보받고 나서 호러스에게 보내는 편지에 프로이트의 조언에는 동의하지 않지만 그가 원한다면 순순히 따르겠다고 적었다. "당신이 많이 불행했던 것 같아요. 부디 행복하면 좋겠어요. 그 행복이 프로이트가 생각하는 그곳에 있는 것 같지는 않지만 … 당신이 원하는 일이라면 나한테도 세상에서 가장 기쁜 일이 될 거예요." 도로시의 언니가 먼 훗날 도로시의 딸 헬렌에게 해준 말에 따르면 도로시는 호러스가 마음의 병을 앓는 것을 알고 있었다. "도로시는 프로이트가 이해하지 못한 것을 이해했다." 아돌프 스턴에 따르면 도로시만이 아니었다. "모를 수가 없었어요. 그[호러스]의 병은 누구나 알았어요. (정신과 의사라면) 누구라도 모를 수가 없었어요. 종종 이런 생각이 들어요. 프로이트는 어떻게 모를 수 있었을까. … 호러스를 아는 사람이라면 누구에게나 자명하고 명백해 보였거든요. 그를 알던 오번도프, 그를 알던 브릴처럼요."(쿠르트 아이슬러와의 인터뷰, 1952.11.13.)

호러스와 앤지는 그들이 주변의 모든 이에게 준 상처와 직면하면서 이내 자신들의 결정을 의심하기 시작했다. 특히 호러스는 앤지를 사랑하는 마음이 얼마나 진실한지 다시 의심하기 시작했다. 둘의 관계는 위태로웠고, 앤지는 아돌프 스턴에게 도움을 구해 몇 달간 분석을 받았다. 9월 초에는 프로이트가 휴가를 보내는 제펠트까지 해저 전신으로 길고도 절박한 내용을 보내서 혹시 프로이트가 실수한 게 아닌지, 그들이 결혼해야 한다고 확신하는지 다시 확인했다.(프로이트가 호러스에게 보낸 편지, 1921.09.12.) 마침 제펠트에 있던 브릴은 모든 당사자와 잘 아는 사이라 프로이트에게 두 사람의 결혼 계획이 미친 짓이라고 설득하려 했다. 하지만 프로이트는 그대로 밀어붙이며 브릴에게 짤막한 전보를 써주어 인스브루크에 가면 대신 전보를 보내달라고 부탁했다. "실수 아님. 신중하고 끈기 있게." 브릴은 하는 수 없이 시키는 대로 전보를 보냈다. 프로이트는 호러스에게 편지도 보내 확신을 주었다. "두 분의 관계에 대한 내 생각은 바뀌지 않았어요. … 내가 옳다는 것을 알아요. 내가 진실이라고 믿는 것을 고수해야 해요. … 선생의 사례가 완결되었다고 한 말도 유효합니다."(1921.09.12.) 이 편지로 호러스는 망설이던 마음을 다잡고 앤지에게 편지 사본을 보냈다. "프로이트의 편지를 동봉할게요. 이 편지가 내게 그랬던 것처럼 당신에게도 위안을 주기를 바랍니다. 원본은 내가 보관하고 싶어요. 언젠가 우리 손자들이 이 편지를 읽고 싶어 하겠지요. 나는 무척 행복합니다." 앤지도 행복했다. 앤지는 아돌프 메이어에게 이렇게 말했다. "지금 프로이트가 우리가 의지할 수 있는 가장 큰 권위라는 생각이 들어요. 전 무척 행복해요."

그사이 뉴욕에는 두 사람의 연애에 관한 소문이 돌았고, 호러스의 동료들은 진지하게 걱정하기 시작했다. 에이브러햄 비주르는 분통을 터트리며 그들의 스캔들을 폭로하겠다고 협박했다. 그는 프로이트에게 띄우는 공개편지를 『뉴욕 타임스』에 전면 광고로 내서 의료윤리를 위반한 행위를 고발하려고 했다. "프로이트 박사님께. 최근에 … 환자 두 명이 박사님을 찾아갔지요. 남자와 여자요. 그 두 사람은 자기네가 결혼할 권리가 있는지를 박사님의 판단에 맡겼습니다. 남자는 이미 다른 여자와 결혼한 유부남이고 부인과의 사이에 아이 둘을 둔 아버지이며, 환자와 환자의 가족에 대한 기밀을 지켜야 하는 지위를 함부로 이용해서는 안 된다는 직업윤리를 지켜야 할 사람입니다. 그 남자가 결혼하고 싶어 하는 여자는 그의 환자입니다. 남자는 박사님이 아내와 이혼하고 환자와 결혼하도록 허락했다고 주장하지만, 박사님은 그 남자의 아내를 만난 적이 없고 그 여인의 감정과 관심사와 진정한 소망을 판단할 수 없습니다. 그리고 이 남자의 환자는 제 아내입니다. … 박사님이 어떻게 제게 공정하다고 하실 수 있습니까, 어떻게 한 남자의 희망과 행복을 짓밟는 판결을 내릴 수 있습니까, 그 희생자가 그런 벌을 받아도 마땅한 사람인지, 그를 통해 더 나은 해결책을 찾을 수는 없는지 알아보시지도 않고요. … 고매하신 박사님, 박사님은 학자입니까, 사기꾼입니까? 박사님, 부디 진실을 말씀해주세요. 그 여인은 제가 사랑하는 아내입니다. …"

미국의 정신분석계는 당연히 이런 스캔들을 딛고 살아남지 못했을 것이다. 에이브러햄 비주르(와 호러스, 비주르의 아내 앤지)를 분석했던 새디어스 에임스가 비주르의 편지 사본을 프로이트와 당시 국제정신분석학회 회장이던 어니스트 존스에게 전달했다. 또 에임스는 뉴욕정신분석학회 회장의 자격으로 프로이트에게 호러스의 윤리 위반으로 인해 "미국의 정신분석 운동 전체가 심각하게 공격받게 생겼다"고 경고했다. 그리고 스캔들을 막기 위해 과감한 조치를 취하라고 촉구했다. "현재 제 계획은 호러스에게 학회에서 탈퇴한다는 편지를 제게 직접 보내도록 요청하는 겁니다. 저는 회장으로서 그 편지를 수락해서 학회의 권위를 지키고 꼭 필요한 경우가 아니라면 회의록에도 기록하지 않고 학회에도 제출하지 않을 겁니다."

프로이트가 1921년 10월 9일에 답장을 보냈다. "선생도 분석가이니[에임스는 1911년에 취리히에서 융에게 정신분석 훈련을 받았다] 나를 호러스나 B[비주르] 부인에게 조언이나 해주는 사람으로 보지는 않으리라 믿습니다. 분석가가 조언이나 하면서 자기가 원하는 방향으로 환자들을 조종하는 사람이 아니라는 정도는 아실 테니까요. 나는 그저 내 환자의 마음을 읽어야 하고, 그래서 환자가 B 부인을 사랑하고 간절히 원하지만 고백할 용기를 내지 못한다는 것을 알아챘습니다. … 환자가 갈수록 자신의 마음을 모르면 나는 그의 억압된 욕구의 편을 들어주어야 하고, 그래서 이혼하고 B 부인과 결혼하고 싶어 하는 그의 소망을 대변해준 것입니다. 그리고 B 부인과 대화하면서 호러스가 그 부인에게 느끼는 사랑의 깊이와 진실성을 내가 보증해주어야 한다고 느꼈습니다. … 뉴욕의 분석가들은 호러스 옆에 서서 그가 타락하고 비열한 언론의 폭풍을 두려워하지 않고 무사히 버텨내게 도와야 합니다."

에임스의 영향력 때문인지 에이브러햄 비주르는 공개편지를 발표할 계획을 접은 듯하다. 프로이트가 10월 27일에 호러스에게 보낸 편지에서 "엄청난 스캔들을 모면해서" 안도했다고 적은 것을 보면 알 수 있다. 미국의 정신분석이 구제받은 셈이었다. 10월 27일의 같은 편지에서 프로이트는 호러스가 보내준 사진 두 장을 받았다고 적었다. 한 장은 그에게 분석을 받기 전의 호러스 사진이고, 다른 하나는 분석을 받은 이후의 사진으로, 초췌하고 수척해서 20년은 더 나이 들어 보였다. "분석이 낳은 결과입니다!" 프로이트는 멋진 농담이라고 생각했다(그리고 이 농담을 아직 빈에 머물던 카디너에게 들려주었다). "악동 같은 분! 선생 사진을 보고 웃었습니다. … 뛰어난 유머 감각이 녹아 있는 농담은 참 유쾌하군요."

그러나 호러스는 아내와 자녀를 향한 후회와 죄책감으로 우울해하며 전혀 웃지 못했다. 3주 후 프로이트는 그에게 용기를 주어야겠다고 생각한 모양이다. "선생의 편지를 보니 아직 고통에서 헤어나지 못하고 여전히 선생의 모든 비밀을 정복하지 못한 것 같군요. B 부인이 **미모**를 조금 잃었다는 생각을[호러스는 앤지에게 이제 성적 욕망을 느끼지 못했다] 부인이 **돈**을 조금 잃은 걸로 바꿀 수 있지 않을까요. 그러면 부인은 다시 매력을 회복할 테고, 선생이든 [먼로] 메이어든 패자가 되지 않을 겁니다. [앤지가 먼로 메이어의 분석비를 내주기로 약속한 돈을 늦게 보냈다.] 선생은 자신의 동성애를 완전히 이해하지 못하겠다고 불평하는데, 여기에는 선생이 나를 부자로 만들어주는 환상을 아직 이해하지 못했다는 의미가 담겨 있습니다. 다 잘 풀린다면 이런 식으로 상상하는 재능을 정신분석 기금에 기부합시다."(1921.11.17.)

호러스가 이런 환상을 거부했는지, 두 달 뒤 프로이트가 비용 문제를 다시 꺼냈다. "로젠버그 씨[호러스가 프로이트에게 보낸 다른 미국인] 얘기를 꺼내시니 참 재미있군요. … 선생이 내게 큰돈을 주는 환상을 거부한 후 바로 말입니다."(1922.01.15.) 하지만 이것이 환상이 아니라는 것은 양쪽 모두 알았다. 새디어스 에임스는 이렇게 말했다. "비주르 부인은 … 그분[프로이트]에게 정신분석에 관한 모든 글을 출판해서 시중에 내놓는 데 필요한 자금을 마련해주기로 약속했습니다. 그러자 프로이트가 바로 부인을 훌륭한 사람이라고 했고요. … 나중에 호러스가 제게 전해준 말입니다."(쿠르트 아이슬러와의 인터뷰, 1952.07.03.)

3월에 도리스는 두 자녀를 데리고 뉴멕시코와 네바다로 떠났다. 두 곳 모두 이혼을 빠르게 승인해주는 주였다. 앤지의 변호사 찰스 리겔먼의 설득으로 도리스는 스캔들이 터질까 걱정하며 떠난 사실을 아무에게도 알리지 않고, 그들이 어디에 있는지 들키지 않기 위해 가족에게 보내는 우편물도 새디어스 에임스를 통했다. 도리스는 슬프고 절망하고 지쳤다. 앨버커키에서 호러스에게 이런 편지를 보냈다. "당신의 기분이 좋아지기를 바라요. … 난 여기 온 뒤로 기운이 다 빠져나간 느낌이에요. 내 평생 지금처럼 간절히 보살핌을 받아야 한 적이 없어요." 앤지도 네바다주 리노로 가서 이혼을 요구했다. 호러스는 기분이 점점 나빠졌다. 그는 브릴에게 앤지를 좋아하지 않는다고 털어놓았고, 브릴은 이 말에 화를 내며 이렇게 말했다. "그럼 그 여자랑 결혼하면 안 되죠!"

호러스는 생각을 정리하기 위해 다시 빈으로 가서 1922년 4월에서 6월까지 프로이트에게 두 번째 분석을 받았고, 이번에도 비용은 앤지가 냈다. 그는 마치 안개 속에 있는 듯 "기묘한 감정"에 사로잡혔다. 그에게 앤지는 "남자 같기도 하고 돼지 같기도 한 기묘한" 형태로 보였다. 그러다 공교롭게도 1922년 5월 1일에 에이브러햄 비주르가 암으로 사망했고, 앤지로서는 여름에 자주 가던 파리의 플라자 아테네호텔을 거쳐 빈으로 와서 호러스와 재회할 길이 열렸다. 네바다주 민덴에서 사람들 눈에 띄지 않고 숨어 지내던 도리스는 '오스트리아, IX, 빈, 베르크가세 19번지, S. 프로이트 교수' 주소로 H. W. 프링크에게 편지를 보냈다. "B 씨가 5월 1일에 세상을 떠났다는 소식을 들었어요. 마음 아픈 소식이지만 당신과 A로서는 일이 쉽게 풀리게 되었군요. 어떻게 지내는지 궁금해요. 당신이 원하면 내가 어디서 지내는지 사람들을 통해 바로 알려줄게요. 남들 모르게 숨어 사는 게 참 힘들고 불편하네요."(1922.05.16.)

도리스에게는 상황이 점점 더 힘들어졌다. 무엇보다도 옮겨 다니는 생활 탓에 아들 잭이 혼란스러워하며 계속 분노발작을 일으키고 "통제 불능" 상태가 되었다. 9월에 도리스는 호러스에게 다 끝내고 싶다고 편지를 보냈다. "삶의 의욕을 완전히 잃었어요. 헬렌을 믿고 맡길 사람만 있으면 당장이라도 다 끝내고 싶어요."(1922.09.14.) 호러스는 앤지와 함께 지내던 빈의 브리스틀호텔에서 답장을 보냈다. "설명이 복잡해서 여기에 다 적을 수는 없어요. … 그분은 잭이 계속 이런 상태면 당분간 잭을 [기숙] 학교로 보내는 것이 가장 좋은 방법일 거라고 조언하시는군요. … 그분은 잭이 지금의 행동에서 일종의 가학적 만족감을 얻는다고 보세요. … 잭을 학교에 보내서 만족감의 대상(당신)을 빼앗는다면 잭이 이런 태도를 버리고 더 바람직하게 행동할 거라고 하시는군요."(1922.10.09.)

새디어스 에임스는 뉴욕에서 참담한 심정으로 모든 상황을 지켜보았다. 그런 사태를 막지 못했다고 자책하면서. 어쨌든 그는 모든 당사자의 분석가였다. 그는 7월에 프로이트에게 편지로 감독해주고 그가 어떤 실수를 저질렀는지 살펴봐달라고 부탁하면서 그의 심금을 울린 도리스의 편지를 동봉했다. 프로이트는 긍정적인 답변을 보내서 그들이 참석 예정이던 베를린 학술대회를 마치고 돌아오는 10월 초로 첫 분석 시간을 배정했다. 하지만 에임스가 약속한 그날 베르크가세 19번지에 나타났을 때 프로이트는 문간에서 그를 만나줄 수 없다고 통보했다. 에임스는 황당했다. "그럼 저는 어쩌라고요? 분석을 받으러 미국에서 왔는데요!" 그러자 프로이트는 "랑크를 만나보게"라고 하고는 문을 닫아버렸다. 에임스는 나중에야 호러스가 자신의 상황에 그가 간섭한 데 화가 나서, 프로이트에게 에임스를 분석할 생각이라면 자기는 당장 분석을 끝내겠다고 말했다는 사실을 호러스에게 직접 들었다. 프로이트는 에임스 때문에 호러스와의 관계를 위험에 빠트릴 생각이 없었다. "호러스가 나중에 제게 해준 말로는 … 프로이트는 그에게, 호러스에게 긍정적으로 전이했습니다. 호러스는 그걸 간파했고요. 그리고 앤지가 그[프로이트]에게 정신분석을 시장에 내놓는 데 들어가는 모든 비용을 약속했고 프로이트가 그 약속에 빠졌으며, 그래서 호러스를 선택하고 제게 등을 돌린 거라고 말했습니다. 호러스는 제게 그때 프로이트가 저를 받아주면 분석을 중단하겠다고 말해서 정말 미안했다고 사과했습니다."(쿠르트 아이슬러와의 인터뷰, 1952.07.03.)

한편 호러스는 아직 빈에 머물며 파리에서 그를 만나러 온 앤지와 같이 지냈다. 프로이트가 바트가슈타인과 베르히테스가덴에서 휴가를 보낼 예정이라서 분석은 6월 말에 이미 끝났지만 호러스는 앤지와 빈에 머물렀다. 그사이 앤지는 프로이트와 가까워졌다. 1952년에 앤지를 인터뷰한 쿠르트 아이슬러는 이렇게 보고했다. "프로이트 교수는 프링크 박사가 프링크 부인[당시에는 아직 비주르 부인]과 결혼하는 것을 매우 좋게 보았다. 프링크 부인은 프로이트의 집에서 가족처럼 환대받았다. 부인은 프로이트의 가족을 따라 베르히테스가덴에도 가서 [호러스도 함께] 여름을 보냈다." 앤지와 호러스는 거기서 다시 프로이트의 가족을 따라 뮌헨을 여행했다. "앤지가 뮌헨에서 함께 저녁을 먹다가 갑자기 다 같이 나이트클럽에 가자고 제안했다고 한다. 안나 프로이트는 그 제안에 거의 사색이 되었지만 … 그[프로이트]는 가고 싶어 했다. … 하지만 그들이 가보니 나이트클럽은 이미 문을 닫았다." 그리고 모두가 9월 말에 제7차 국제정신분석학회에 참석했고, 여기서 앤지는 프로이트가 그의 유명한 논문 「자아와 이드*Das Ich und das Es*」를 낭독하는 것을 들었다. 프로이트는 그의 사진에 "앤지 프링크에게 드립니다. 당신의 오랜 친구, 지크문트 프로이트, 1922년 9월."('프링크'라고 적은 것은 프로이트식 말실수로 보인다)라고 적어서 앤지 비주르에게 정중히 건넸다. 그리고 그의 책상에 놓여 있던 조그만 그리스 조각상도 주었다. 아이슬러는 다시 이렇게 보고한다. "[앤지는] 나중에 어떤 상황인지 알아챘다. … 자기가 부자라서 프로이트가 그렇게 대해준 것 같다고 무심코 내뱉었다."(쿠르트 아이슬러와의 인터뷰, 1952.06.19.)

10월 말에 앤지와 함께 파리로 돌아간 호러스는 도리스에게서 이혼 절차가 최종 마무리되었다는 소식을 들었다. 앤지는 변호사를 통해 도리스 프링크 앞으로 신탁기금 10만 달러를 설정해서 양육비로 평생 매달 460달러씩 지원하게 했다. 그리고 도리스가 사망하면 신탁기금을 1941년 1월까지 자녀나 법정 후견인에게 양도하도록 계약서에 명시해두었다(도리스는 나중에 유언장의 후견인을 자신의 분석가인 새디어스 에임스와 친구인 메리 헤이스팅스로 지정했다). 호러스는 자신의 행동이 낳은 처참한 결과를 마주하며 대상기능장애〔정신 질환의 급성 발작에 대한 적절한 대응의 결여 혹은 기능 상실〕를 일으켰다. 그는 앤지를 플라자 아테네호텔에 혼자 남겨두고 1922년 11월부터 크리스마스까지 프로이트에게 돌아갔다. 그리고 그는 망상에 사로잡혔다. 분석실 소파에서 환각을 일으키고, 프로이트의 서재 바닥의 카펫 문양을 따라 정신 나간 사람처럼 서성이고, 욕조를 무덤으로 생각하고, 순식간에 연달아서 "고양, 우울, 분노, 공포"의 감정을 거쳤다.(자가 보고, 1924) 프로이트는 놀라서 조 애시라는 의사를 불러 호러스를 밤낮으로 지켜보게 했지만 앤지에게는 그의 상태를 알리지 않았다. 오히려 다 괜찮다고 안심시키는 전보를 파리로 보냈다.

앤지는 2년 뒤에야 그때의 상황을 알고 배신감에 사로잡혀 프로이트를 용서하지 않았다. 앤지의 이복자매로 정신과 의사이자 정신분석가인 비올라 베르트하임 베르나르트는 이렇게 회상했다. "앤지는 호러스가 결혼식 직전에 급성 정신증 발작으로 자살할지 몰라서 24시간 감시해야 했을 때 그런 상황을 숨긴 프로이트에게 특히 화가 난 듯했다. 프로이트가 앤지에게 그런 상태를 알렸다면 앤지가 호러스의 감정 상태 때문에 결혼 계획을 무산시킬 만큼 두려워하는 것이 타당하다고 입증되었을 것이다."(비올라 W. 베르나르트 MD, '1920년대에 프로이트-프링크-비주르 사건에 관한 항목에 대해 프로이트 문헌소에 기고한 내용에 관한 설명')

이후 프로이트는 호러스가 차도를 보이자 12월 23일에 분석을 종결하고 앤지를 빈으로 불렀다. 앤지는 훗날 아돌프 메이어에게 보낸 편지에 이때를 이렇게 전했다. "프로이트는 … 그이[호러스]가 결혼하고 아이를 낳으면 곧바로 스스로 획득한 행복의 상태로 들어갈 거라고 말했어요." 호러스와 앤지는 나흘 뒤 파리에서 결혼식을 올리고 이집트로 신혼여행을 떠나 1923년 2월까지 머물렀다. 그때까지도 프로이트에게 분석을 받던 오번도프는 프로이트에게 두 사람의 결혼이 오래가지 않을 것 같다고 말했지만 프로이트는 들으려 하지 않았다. 그저 호러스와 앤지는 성적으로 잘 맞으니 잘 살 거라고 했다. 아돌프 스턴이 프로이트에게 호러스의 건강이 좋지 않아 결혼생활을 유지하지 못한다고 편지로 알리자 역시나 프로이트는 이렇게 전보를 쳤다. "황당한 소리."

아직 신혼여행 중이던 호러스는 프로이트의 집요한 압박으로 뉴욕정신분석학회 회장으로 재선출되었다. 하지만 2월 28일에 프로이트에게 다시 가서 네 번째로 분석을 요청했다. (프로이트가 수락하긴 했지만 계획이 성사되지 않았다.) 호러스는 1924년에 자가 보고에서 앤지를 미워하고 학대하고 싶은 마음이 들고 성적 갈망은 전혀 느끼지 못한다고 적었다. 하지만 1923년 4월 25일 프로이트가 보낸 편지에 의하면 호러스가 결국 자식을 낳으라는 명령에 복종하여 앤지가 임신한 듯하다. "이런 소식을 듣게 될 줄 알았습니다. 소식을 들으니 미래가 참 밝아 보이는군요. 선생이 굴복할 줄 알았고, 선생이 결국에는 정복할 거라고 확신합니다. 이번 임신이 무사히 행복한 결말로 이어지길 바랍시다." (하지만 유산이었는지 낙태였는지 결국 이번 임신은 결실을 맺지 못했다.)

그즈음 4월 26일에 호러스는 도리스가 뉴욕 채텀에서 폐렴으로 죽어간다는 소식을 들었다. 그리고 5월 4일에 세상을 떠나서 호러스는 도리스와 마지막 대화를 나누지 못했다. 호러스는 큰 충격에 빠졌다. 도리스의 올케 루스 베스트가 훗날 그들의 딸인 헬렌 프링크 크래프트에게 들려준 말에 따르면, 호러스는 도리스의 시신을 30분간 조문했다. "그러더니 우리한테는 한마디도 않고 우리를 보지도 않고 밖으로 나갔어. 그 뒤로는 그 사람을 본 적도, 그 사람 소식을 들은 적도 없어. … 그날 그 사람이 너희 둘도 데려갔어. 그래서 우린 너희도 다시는 못 만났고." 도리스의 유언에도 불구하고 뉴욕의 주법에 따라 호러스가 두 자녀의 법정 후견인이 되었다. 따라서 앤지가 도리스를 위해 설정한 양육비도 받게 되었다. 그리고 그는 프로이트의 권유에 따라 아들 잭을 기숙학교로 보냈다. 딸 헬렌은 아버지에게 와서 앤지와 앤지의 딸 도로시와 함께 살았다(비주르 집안에서 앤지에게 분노하여 앤지의 다른 딸 베티의 양육권을 가져간 터였다).

호러스는 죄책감으로 앤지와 끝도 없이 다투면서 폭력까지 행사했다. 앤지는 프로이트에게 편지로 자신들의 결혼이 실패했다고 알렸다. 프로이트는 1923년 6월 1일에 이렇게 전보를 쳤다. "부인이 실패한 지점이 돈이라서 매우 유감임." 프로이트를 부자로 만들어주겠다고 암시된 남편의 환상을 앤지가 실현해주지 못했다는 뜻일까? 앤지는 이 말에 화가 나서 프로이트가 제안한 이혼을 받아들이게 하려고 도리스에게 적어도 10만 달러(당시로서는 엄청난 금액)를 주었다고 받아쳤다. 6월 5일에 프로이트는 다시 전보를 쳤다. "지금까지 부인이 기여한 부분을 몰랐음. 현재 상황을 판단할 수 없음." 하지만 이듬해에 어니스트 존스에게 보낸 편지에서는 그들의 결혼이 실패한 이유는 앤지가 호러스에게 재산을 나눠주지 않으려 해서라는 주장을 이어갔다. "부인이 돈 문제에 냉정해서 그는 부인에게 요구한 돈을 모두 받지 못했네."(프로이트가 존스에게 보낸 편지, 1924.09.25.)

그즈음 호러스의 의료 행위가 점차 불안정해졌다. 뉴욕으로 돌아온 그는 (클래런스 오번도프에 따르면) 마치 프로이트의 "총독" 행세를 하면서 권위적이고 경멸적인 태도로 동료들을 모두 소외시켰다. 특히 브릴의 책을 가혹하게 비판하면서 뉴욕정신분석학회로 들어오는 모든 통신을 검열하고 학회에서 오번도프의 지위를 강등시켰다. 오번도프는 이렇게 말했다. "복도에서 마주치자 그가 나를 벽으로 밀치고 … 두 손으로 나를 잡아 벽에 밀어 넣듯이 하면서 말했다(그는 한때 내게

35-3 호러스, 앤지, 딸 도로시, 이집트에서 돌아오는 길에 니스의 시미에 그랜드 호텔 앞에서, 1923년 2월.

좋은 친구였다). '자네는 무지하고 무능하고 정신분석에 무관심해. 그래서 미국 정신분석계에서 낮은 지위로 내려가야 해.'"

얼마 후 호러스는 그가 회장으로 있는 학회의 회의에도 참석하지 않았다. 1923년 8월에는 더 이상 일을 계속할 수 없어서 개인병원도 문을 닫았다. 앤지가 그를 뉴욕 해리슨에 있는 세인트빈센트 신경정신병원으로 보냈다. 이 병원은 호러스의 친구 스웨프슨 J. 브룩스가 운영하는 개인병원이었다. 이듬해에 브룩스는 호러스를 동료 프레더릭 H. 패커드에게 의뢰하기 위해 작성한 의료 기록에 이렇게 적었다. "이 환자는 간호사가 따라다녀야 하지만 그것 때문에 짜증을 냈다. 한곳에 있지 못하고 자주 옮기려 한다. 아내를 만나기만 하면 병이 재발했다. 옮겨 다니면서 좋아졌다가도 다시 나빠졌다."(1924.11.12.)

한편 프로이트는 뉴욕의 정신분석학자들에게 호러스를 대표로 세우라고 압박한 것이 실수였다는 것을 서서히 깨달았다. 그는 1923년 5월에 이미 호러스가 "브릴을 화나게 하려고" 계획하는 것을 질책했다. 그리고 얼마 안 가서 호러스의 동료들이 호러스의 행동에 대해 경

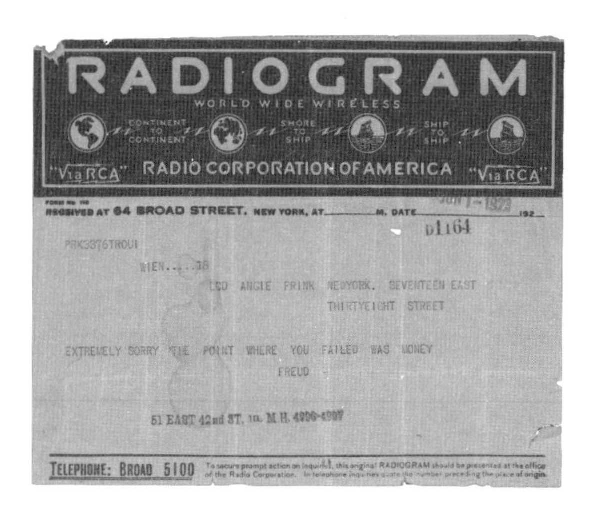

RADIOGRAM
WORLD WIDE WIRELESS
CONTINENT TO CONTINENT — SHORE TO SHIP — SHIP TO SHIP
"Via RCA" RADIO CORPORATION OF AMERICA "Via RCA"

RECEIVED AT 64 BROAD STREET. NEW YORK, AT ______ M. DATE JUN 1 1923 192__

D1164

PRK3376TROU1

WIEN.....38

LCD ANGIE FRINK NEWYORK. SEVENTEEN EAST
THIRTYEIGHT STREET

EXTREMELY SORRY THE POINT WHERE YOU FAILED WAS MONEY
FREUD -

51 EAST 42nd ST. 1a. M.H. 4996-4997

TELEPHONE: BROAD 5100 To secure prompt action on inquiries, this original RADIOGRAM should be presented at the office of the Radio Corporation. In telephone inquiries quote the number preceding the place of origin.

35-4 프로이트가 1923년 6월 1일에 앤지 프링크에게 보낸 전보

고한 것이 옳았다는 사실에 직면해야 했다(그렇다고 해서 훗날 프로이트가 호러스의 몰락에 대한 책임을 그들에게 돌리지 않은 것은 아니다). 1924년 3월에 브릴은 뉴욕정신분석학회에서 프로이트가 다른 분석가에게 보낸 편지를 낭독했다. 호러스가 "정신질환"으로 회장직을 유지할 수 없다고 주장한 내용이었다. 드디어 프로이트가 입을 연 것이다. 호러스의 자리를 대체할 새 회장이 선출되었다.

호러스는 학회에 참석하지 않았지만 프로이트가 그를 부정했다는 소식을 전해 듣고 괴로워했다. 그는 1924년 5월 9일에 스위스계 미국인 정신과 의사 아돌프 메이어가 이끄는 볼티모어의 존스홉킨스병원 헨리핍스정신과에 입원했다. 호러스는 메이어가 코넬의과대학의 제자여서 잘 알았다. 메이어는 그의 환자이자 같은 분석가인 호러스의 이력을 알기에 평소 자주 그러했듯 그를 역겨워했다. 그는 호러스의 사례를 "내 정신과 진료에서 가장 구역질 나는 사례 중 하나"였다고 말했다. "프로이트는 평소와는 전혀 딴판으로 격려하고 제안하려는 의지를 드러냈다." 메이어의 조교 프리드리히 이그나츠 베르트하이머가 작성한 의료 기록에는 호러스가 이제는 "프로이트의 분석과 조언에

부담과 의심"을 품는다고 적혀 있었다.

메이어는 호러스에게 조울증 성향을 타고난 '반응성 우울증'(외부 사건에 의한 우울증) 진단을 내렸다. 그사이 앤지도 그리 잘 지내지 못했다. 우울해하며 집 밖에 나가지 않았다. 앤지는 브릴에게 도움을 청했다. 하지만 브릴은 자기가 그들 사이에 너무 깊이 개입한 상태라 도움이 되지 않는다고 판단하고 아돌프 메이어의 전 동료이자 워즈아일랜드에 있는 뉴욕주립정신병원의 후계자인 정신과 의사 조지 W. 커비에게 보냈다. 커비가 메이어에게 환자의 정신 상태를 보고하면 메이어가 그에게 앤지를 위한 메시지를 보내는 식으로 치료가 진행되었다. 앤지는 이번에도 호러스의 입원비를 대면서 메이어에게 프로이트 때보다는 투자한 만큼 수익이 날지 물었고, 메이어는 호러스가 회복하기는 하겠지만 시간이 걸릴 거라고 답했다. "확고히 굳어진 병이라 분석을 반복한다고 해서 정신분석적으로 얽힌 상태가 풀리는 것은 아닙니다. … 딱 언제까지 좋아질 거라고 정해두지 않는 것이 중요합니다.(1924.05.12.) 앤지는 허락을 받아 6월에 볼티모어의 한 호텔로 호러스를 만나러 갔다. 호러스는 전보다 더 우울하고 냉담했다. "그이는 제게 전혀 다정하지 않았어요. … 그이가 제게 한 말이라고는 어떤 문제에 대한 프로이트의 설명에서 근본적인 오류를 발견했고, 일단 (책을) 출간해서 그(프로이트)가 내린 결론이 얼마나 오류투성이인지 (보여주어서) 문제를 제기하겠다는 말뿐이었어요."(아돌프 메이어에게 보낸 편지, 1924.06.24.)

메이어는 호러스를 안정시키기 위해 산타페 근처의 휴양지인 비숍스로지로 보냈다가 다시 뉴멕시코의 목장으로 보냈다. 하지만 휴양지에서의 신체 활동이 기대만큼 도움이 되지 않은 듯하다. 호러스는 베르트하이머에게 이렇게 보고했다. "볼티모어를 떠나고부터 불규칙적이지만 지속적으로 상태가 나빠집니다. … 가장 큰 걱정은 자살 생각이 자주 난다는 겁니다. …"(1924.08.) 그는 다시 환멸에 빠져서 메이어에게 보낸 편지에 자신의 미래에 관해 이렇게 적었다. "정신분석으로

이 꼴이 되고도 내가 다시 남에게 정신분석을 해줘야 하는 입장이라는 게 혐오스럽군요. 그래도 생계를 위해서는 어쩔 수 없겠지요. 몹시 아프고 우울합니다. …"

호러스는 9월 11일에 펍스정신과로 돌아와서 앤지가 결국 이혼을 요구했다는 소식을 들었다. 메이어가 앤지에게 부디 남편을 참아주고 이해해달라고 간곡히 부탁했는데도 말이다. 앤지는 몰랐겠지만 메이어는 이 소식을 듣고 크게 화를 냈다. 8월 12일에 메이어는 커비에게 보낸 편지에 이렇게 분통을 터트렸다. "프링크 부인은 모든 갈등의 원인을 프링크 박사의 모호하고 분명 과장되었을 동성애에서 찾으려 하네. 그보다 훨씬 폭넓은 지배의 논리를 이렇게 과도하게 압축하는 태도를 다루자니 열불이 나네. 분명 부인은 단지 남편-아내의 지배 구조 안에서 지배하는 지위를 누렸을 것이고 나는 이런 지배 구조가 더 중요한 문제라고 생각해. 내가 '열불이 난다'고 한 건 프링크 부인이 아니라 프로이트주의를 두고 한 말이네."

한편 호러스는 다시 신경쇠약을 일으키고 밤낮으로 울었다. 베르트하이머에 따르면 호러스가 이렇게 말했다고 한다. "첫 아내와 살면 좋겠어요. 아내가 살아 있다면 당장 돌아갔을 거예요." 이 병원의 의료 기록에는 이렇게 적혀 있다. "이때부터 갖가지 태도가 나타남. 프링크 부인의 계획에 순응하거나 계획을 바꾸기 위한 태도. 입원한 10일간 환자의 우울감이 감소하고 공격성이 증가함. 계속 입원할지 판단할 수 없음."

호러스는 1924년 10월 22일에 펍스정신과에서 퇴원하고 스웨프슨 J. 브룩스의 병원으로 옮겨서 요양했다. 여기서 10월 27일에 베로날과 루미날로 첫 번째 자살 시도를 하고 며칠 뒤에는 손목을 그었다. 이때는 파리로 가서 이혼 절차를 마무리해야 하는 시기였다(2년 전에 결혼식을 올린 곳도 파리였다). 브룩스는 앤지의 요청에 따라 호러스를 상류층을 위한 하버드 맥린정신병원으로 보내며 병원장인 프레더릭 H. 패커드 박사에게 상세한 의료 기록을 보냈다. 패커드는 얼마 안 가서 아돌프 메이어에게 편지로 호러스가 좋아지고 있다고 알렸다. "환자가 프로이트에게 심한 반감을 드러냅니다. 프로이트는 정신증을 전혀 이해하지 못하고 정신분석은 정신신경증에 대해서는 한계가 있다면서, 프로이트가 이런 사실을 알면서도 그가 정신증을 보일 때 치료하려고 시도하지 않았고 프로이트의 치료와 조언이 그에게 해로웠고 그의 이익을 해쳤다고 말합니다. … 그의 아내도 프로이트에 대한 반감이 심하고 호러스에게도 반감이 심합니다."(메이어에게 보낸 편지, 1924.12.02.)

앤지는 브룩스가 패커드에게 보낸 의료 기록 사본을 받아보고서야 그들이 결혼식을 올리기 직전에 호러스가 극심한 정신증을 보였다는 사실을 처음 알았다. 마침내 눈에서 비늘이 떨어지고 자신을 향한 프로이트의 의도를 깨달은 앤지는, 프로이트가 보낸 전보와 편지를 모두 복사해서 변호사에게 보내고 이혼소송 파일에 "프로이트가 우리의 연애에 개입한 정황을 보여주는 증거"로 첨부하게 했다. 그리고 앤지는 변호사 리겔먼에게 보낸 편지의 여백에 "끔찍한 연애"라고 적었다.

호러스는 1925년 봄에 완전히 회복해서 맥린병원에서 퇴원했다. 이혼 절차는 7월에 그와 아돌프 메이어가 참석한 상태에서 종결되었다. 앤지는 호러스와의 악수를 거절했다. 호러스도 프로이트의 조작에 동조했다고 여기고 그를 혐오했다. 이혼 판결문에는 원래 도리스에게 설정된 양육비를 호러스가 계속 받기는 하지만 늦어도 1941년 1월 1일에는 지급이 중단될 것이고 이후에는 앤지가 신탁기금을 다시 회수할 것으로 명시되었다.

호러스는 잭과 헬렌(그가 병든 사이 앤지가 키우고 있었다)을 데리고 노스캐롤라이나의 서던파인즈로 떠났다. 여기서 2년간 살았고, 베르트하이머의 친필 메모에는 "일종의 연애 사건을 일으켰고, **치료 가능성**[?]을 위해 연애를 시작함. 33세 여자, 그 여자에게 크게 화를 냄"(연대 미상)이라고 적혀 있었다. 1927년에는 뉴욕에서 정신분석가로 다시 일해보려고 했지만 잘 풀리지 않았다. 베르트하이머(그사이 프레드

릭 워섬으로 개명함)는 1975년에 '프로이트가 잘못 치료한 사례Freud's Mismanagement of a Case'라는 제목의 원고에 낙서처럼 이렇게 적었다. "호러스가 다시 활동하려고 시도했을 때 조직화된 정신분석가들이 그의 시도를 용납하지 않고 방해했다."

그래서 호러스는 어린 시절을 보낸 힐즈데일로 돌아갔다. 이제 완전히 회복되어 평온하기까지 했다. 프로이트나 정신분석에 관해서는 언급하지 않고 아이들의 어머니에 관해서도 언급하지 않았다(헬렌은 "아버지는 어머니 얘기를 한 번도 한 적이 없고, 우리도 묻지 않는 법을 배웠다"고 말했다). 호러스는 베르트하이머/워섬과 그의 아내 플로런스 헤스케스 워섬을 제외하고는 과거의 동료나 친구들과 연락을 끊었다. 아이들을 교육하고 중고매장에서 저렴한 물건을 찾아다니고 매일 스포츠 뉴스를 챙기며 이웃에게 호감을 샀다. 1933년에 학업을 위해 떠나는 잭을 따라 채플힐로 옮겨서 듀크대학교와 노스캐롤라이나대학교에서 간간이 심리학을 강의했다. 그리고 집에서 개인적으로 환자를 보기도 했다. 브릴이 뉴욕정신분석학회에 도서를 기증해주어 감사하다고 보낸 편지에 따르면 호러스는 책을 쓰고 있었다.(1933.09.05.) 1935년에는 10년 전에 서던파인스에서 만난 교사 루스 프라이와 결혼했다(베르트하이머가 언급한 문제의 그 "연애 사건"의 주인공이었을까?).

1936년 4월 초에 호러스는 극심한 피로를 느꼈다.(플로런스 워섬에게 보낸 편지, 1936.04.07.) 그러면서도 매우 행복하고 주위의 모두에게 그렇다고 말하고 다녔다. 딸 헬렌과 긴 대화를 나누며 그녀를 사랑하며 신이 존재한다고 말했다. 파리에서 앤지와 함께 오페라극장 가르니에의 발코니에서 파리 시내를 내려다보던 추억도 떠올렸다. "빨간 벨벳 망토"를 걸친 앤지가 "빛났"다. 앤지가 그에게 말했다. "호러스, 당신의 두뇌와 나의 돈으로 우린 세상을 다 가질 수 있어요."

그리고 4월 13일 월요일에 호러스는 헬렌에게 채플힐의 정신과 의사 오거스터스 로즈 박사에게 전화해서 서던파인스의 파인 블러프 요양병원에 데려다 달라고 말해줄 것을 부탁했다. 10년 전에 설립할 때 그가 도움을 준 병원이었다. 가는 길에 차에서 그는 말을 멈추지 못했다. 병원에 도착하자 경조증 흥분이 심해졌다. 그 병원의 한 의사는 나중에 호러스의 아내에게 가장 다루기 어려운 환자였다고 말했다. 그는 계속 옷을 찢고 정신없이 서성였다. 1936년 4월 18일 토요일에 그는 갑자기 의식을 잃고 쓰러졌다. 그의 아내는 그에게서 피곤하고 긴장된 얼굴을 보았다. 입이 이상하게 한쪽으로 처졌다. 사망 증명서에는 조울증과 전신죽상경화증, 만성 심근염으로 인한 사망으로 기록되었다. 병상 옆 탁자에는 도리스가 1922년에 보낸 편지 다발이 놓여 있었다.

안젤리카 베르트하임 비주르 프링크는 1969년에 사망했다. 이복자매가 유품을 정리하다가 서랍 속 누렇게 변한 사진과 신문 스크랩에서 1923년 6월의 전보 두 장을 발견했다. 프로이트가 앤지와 호러스의 결혼이 실패한 원인은 앤지가 금전적으로 너그럽지 못해서라고 책망하는 내용의 전보였다. "프로이트와 앤지가 주고받은 상당량의 친필 편지"(비올라 베르트하임 베르나르트) 가운데 그 두 장의 전보만 남았다. 앤지가 사망하면서 모두 없애라고 명령했기 때문이다. 첫 번째 전보 뒷면에 앤지가 연필로 이렇게 적었다. "이걸 내 사례에서 프로이트의 '치료법'을 보여주는 예로 출판할 용기가 있으면 좋으련만." 그리고 두 번째 전보의 뒷면에는 이렇게 적혀 있었다. "참으로 무서운 전보구나."

36 먼로 메이어

Monroe Abraham Meyer

1892~1939

먼로 에이브러햄 메이어는 뉴욕 토박이였다. 그는 1892년 8월 1일 맨해튼에서 태어나 1939년 2월 27일 맨해튼에서 세상을 떠났다. 우수한 학생이던 그는 1913년에 코넬대학교에서 학사학위를 받고 맨해튼 어퍼이스트사이드의 코넬의과대학에서 의학박사 과정을 밟았다. 코넬에서는 호러스 프링크와 클래런스 오번도프에게 신경학(사실상 프로이트의 정신분석학)을 수학했고, 동료 학생으로 어브램 카디너가 있었다. 오번도프는 훗날 쿠르트 아이슬러와의 인터뷰에서 자기도 정답을 모르는 질문을 퍼붓던 이 제자가 얼마나 성가셨는지 털어놓았다. "먼로 메이어는 내가 만나본 가장 총명한 학생 중 하나였어요. 영민하고 솔직해서 깜짝 놀랄 때가 있었어요. … 기억력이 뛰어나고, 정신적 각성 수준이 남달랐어요."(1952.09.24.)

그래서 먼로 메이어가 1916년 박사학위를 받은 직후, 오번도프는 블루밍데일 정신병원으로 진료하러 갔다가 이 학생을 마주쳐서 놀랐다. "그도 나처럼 환자를 진료하러 온 줄 알았습니다. 하지만 그는 몹시 당혹스러워하더니 '사실 저도 여기 환자입니다'라고 하더군요." 젊은 정신과 의사 먼로는 반복되는 우울증에 시달렸다. 그의 표현을 빌리자면 "우울한 주문spells"이었다. 먼로는 그 병원에서 나와서 옛 스승 호러스 프링크를 찾아가 분석을 받기 시작했다. 호러스는 우울증을 앓는 먼로에게서 그 자신의 모습을 보고 자택에서 분석해줄 정도로 그를 각별히 보살폈다. 아돌프 스턴은 이렇게 말했다. "먼로 메이어는 호러스 프링크와 같이 산 적도 있었습니다. 우울증이 발병한 상태로 가족이 함께 사는 호러스의 집에서 여러 달을 같이 지냈죠."(쿠르트 아이슬러와의 인터뷰, 1952.11.13.) 이때는 호러스도 우울증을 앓고 있었다. 먼로와 호러스는 완벽한 한 쌍으로, 맹인이 맹인을 인도하는 격이었다.

유럽이 전쟁 중이라 자력으로 버텨야 했던 소규모의 뉴욕정신분석학회 회원들은 서로가 서로를 분석하고 불확실한 결과를 얻어가며 정신분석을 익혔다. 그리고 빈과 다시 소통할 수 있게 되자 근원으로 돌아갈 필요성을 느꼈고, 마침 프로이트가 외국인을 위한 분석 훈련을 환영한다는 소문이 돌면서 그 필요성이 더 절실해졌다. 1920년에 오번도프, 프링크, 카디너, 레너드 블룸가트, 앨버트 폴론, 아돌프 스턴이 모두 프로이트에게 신청서를 제출했고, 전부 받아들여졌다. 프로이트는 1920년 8월 5일에 호러스에게 보내는 답장에 "처음부터 보호해줄 수 있는 젊은 분석가"를 받아주겠다고 했다. 이 젊은 분석가가 바로 먼로 메이어였고, 호러스는 빈에서 뉴욕으로 돌아가면 먼로와 함께 개인병원을 차리기로 했다. 먼로의 분석비와 빈 체류비는 호러스의 환자이자 연인이던 안젤리카 비주르, 곧 앤지가 대주기로 했다. 앤지는 호러스가 프로이트에게 받는 분석비도 내주고 있었다.

먼로는 1920년 초가을에 빈에 도착했다. 1921년 3월에 분석을 시작하기로 예정된 호러스보다 먼저였다. 오번도프, 블룸가트, 카디너, 스턴도 빈에 와 있었다(스턴은 석 달간만 머물렀다). 매일 베르크가세 19번지에 가서 분석을 받는 일정 이외에는 딱히 할 일도 없던 이들 "미국인들"(프로이트가 부르던 호칭이다)은 빈의 커피하우스에 모여 서로의 분석 기록을 비교하며 그 "노인"에 대한 소문을 나누었다. 하지만 프로이트 자신도 소문을 퍼트리고 비밀을 누설하는 건 마찬가지였다. 프로이트는 먼로에게 오번도프가 자신에게 분석을 받으며 "콧대가 꺾였다"고 말했고, 먼로가 "오비[오번도프]에게 그가 분석에 관해 뭘 모르는지 일깨워주는 임무를 맡도록" 승인해주었다.(먼로가 호러스에게 보낸 편지, 1921.01.20.) 프로이트는 또 호러스에게 아돌프 스턴의 성격에 대한 부정적 진단을 말해주기도 했다. "그에게 제일 큰 문제는 남자에게 수동적이고 여성적인 태도예요."(1920.10.10.) 그리고 그들 모두에 관해서는 "다소 실망스럽다"고 호러스에게 말했다.(1921.10.27.) "다들 수준이 낮아요. … 그들을 위한 강의를 계획했습니다. [빈정신분석]학회의 유능한 회원들이 그들의 빈약한 이론적 지식의 수준을 높여주고 저녁마다 그저 허송세월이나 하지('재미를 보는 거' 말입니다) 않도록 도와주기 위해서요."(1921.11.17.)

아닌 게 아니라 "미국인들"은 미국 동부 해안의 청교도적 문화에서 멀리 떨어진 빈에 와서 한껏 즐거운 시간을 누렸다. 누구 하나도 정신분석의 신성불가침인 '금욕 원칙'을 지키지 않은 듯하다. 오번도프는 아이슬러와의 인터뷰에서 그가 호러스와 함께 정신과 의사 율리우스 바그너 폰 야우레크의 연구소에서 일하는 기술자 엘리의 몸을 탐했다고 말했다. "엘리는 그렇게 이 사람 저 사람 만날 수 있는 여자였어요."(1952.09.24.) 먼로는 "필라[델피아] 여자"를 임신시켜 놓고는 그 여자를 바로 잊어버리고 빈에 와서 채 몇 주 지나지도 않아 빈의 젊은 여자 일제와 약혼했다.(먼로가 호러스에게 보낸 편지, 1921.01.20.)

일제는 오번도프를 제외한 미국인 모두가 좋아하는 여자였다. "블룸가트는 일제에게 쌍둥이 여동생이 없느냐, 있으면 소개해달라고 졸라댑니다!"(먼로가 호러스에게 보낸 편지, 1921.12. 27.) 반면에 프로이트는 먼로의 선택을 못마땅해하며 미국에 있던 호러스에게 당장 알렸다. 뉴욕에 있던 호러스가 놀라서 그 '유명한 신붓감'에 관해 묻자 먼로가 이렇게 안심시켰다. "일제와의 사정은 이렇습니다. 프로이트가 제게 분석을 마칠 때까지 약혼을 유지하면서 그다음에 뭘 원하는지 찬찬히 돌아보라고 하셨습니다. 그래서 그분 말씀을 따르고 있습니다. 저는 양심에 따라 교수님의 돈[곧 앤지 비주르의 돈]을 함부로 쓰면서 일제에게 뭘 사주거나 하지 않습니다. 그저 다른 여자와 돌아다니며 쓰는 정도 이상을 쓰지 않습니다. … 일제와 결혼할 생각이 전혀 없습니다. 분석이 마무리되면 이 문제도 저절로 해결되리라 믿습니다. 제 약혼을 분석의 한 증상으로 본다면 이런 질문에 답해야겠지요. 당장의 동기는 무엇인가, 나는 유년기의 어떤 상황을 끌어내려 하는가, 나는 일제의 어떤 특성에서 어린 시절 어머니의 모습을 보는가, 이런 특성은 나의 자기애적 자아 이상에서 어떤 요소를 형성하는가? 이런 질문의 일부는 프로이트가 이미 답했고, 다른 사람들도 곧 답할 것입니다." 어쨌든 그 "노인"은 먼로가 "다시 건강해져서 4월 1일에 돌아갈 것"이며 호러스가 먼로에게 "감사하게도 배정해준 환자들을 진료할 수 있을" 거라고 기대했으므로 호러스로서는 걱정할 것이 없었다.(1921.01.20.)

하지만 호러스가 2월 말에 빈에 도착했을 때 먼로는 여전히 질문의 답을 찾아 헤매고 있었다. 그래서 분석이 진행되는 동안 호러스는 먼로가 빈 제8구역의 라우돈가세에 빌린 아파트에서 함께 지냈다. 따라서 호러스는 7월 초에 파리를 거쳐 뉴욕으로 돌아가기 전에 먼로가 경조증을 앓다가 흔한 우울증으로 넘어간 상태를 옆에서 직접 겪었을 것이다. 먼로는 계속 빈에 머물렀다. 여름휴가를 마치고 돌아온 오번도프가 분석을 재개하면서 호러스의 뒤를 이어 라우돈가세의 아파트에서 먼로와 함께 지냈다.

오번도프는 몇 개월 전 빈을 떠날 때와는 완전히 달라진 먼로를 보고 놀랐다. "일 년 넘게 거기서 지낸 먼로 메이어는 극도로 우울한 상태였습니다. 말이 거의 없고 침울한 얼굴이었어요. … 그리고 어울리지도 않는 여자와의 연애로 극도로 고통스러워했어요. … 어떤 때는 집에 들어와서 한마디도 하지 않았고, 때로는 며칠씩 텅 비고 멍한 얼굴로 인사만 겨우 나눴어요. … 2, 3년 전에 블루밍데일로 찾아왔을 때와 같은 우울증이었을 겁니다. 그때 호러스에게 치료를 받았지만 좋아지지 않은 겁니다."(1952.09.24.)

오번도프는 이렇게 말했다. "프로이트는 먼로에게 극단적으로 적극적인 치료법을 적용해서 그에게 반응을 끌어낼 만한 상황에 억지로 밀어 넣었습니다. … 정신의학에서 제가 아는 한 아주 나쁜 방법이었어요. … 어쨌든 제가 거기서 지내는 동안 먼로는 좋아지지 않았어요. 그러다 어느 날 밤 11시 반쯤 같이 방에 있었는데, 먼로가 한마디 없이 일어나서 모자를 썼어요. 제가 '어디 가나?'라고 물었어요. 아무 말이 없더군요. 12시 반쯤 돌아오기에 제가 다시 물었어요. '어디 다녀오나?' 먼로는 몸을 떨며 백지장처럼 하얘졌어요. '공동묘지에 다녀왔어요.' 그래서 물었죠. '공동묘지에는 왜?' 그가 이렇게 답했어요. '프로이트 박사님이 거기 가서 죽은 자와 죽음에 대한 공포를 이겨내야 한다고 하셔서요.'"(1952.09.24.)

프로이트는 앤지 비주르가 대주던 먼로의 치료비가 제때 들어오지 않으면 적극적으로 나섰다. 1921년 10월 9일에 프로이트는 호러스에게 치료비를 내야 한다고 친절하게 알리는 편지를 보냈다. "먼로에게서 그가 치료를 연장하고 이곳에 체류하는 데 필요한 돈이 늦어진다는 말을 들었습니다. 솔직히 말하면 그 문제로 인해 안 그래도 어려운 분석이 쓸데없이 더 어려워지는군요. 앞선 [호러스와의] 경험으로 인해 그가 얼마나 쉽게 불신과 비관에 빠지는지 아시겠지요. 내 치료 계획은 선생이 먼로에게 보이는 다정한 관심과 B[비주르] 부인의 넉넉한 지원을 토대로 성립된다는 점을 알 겁니다. … 그러니 이번에 늦어진 치료비 지급일을 최대한 앞당겨서 먼로에게 확신을 되찾아 주길 바랍니다."

10월 27일에 두 번째 독촉장이 날아갔다. "먼로와 힘든 시간을 보내고 있습니다. 이런 심각한 사례에는 적극적인 개입이 필요하고 내가 너그러운 후원의 약속을 기반으로 재건 계획을 세웠다고 말한 것을 기억할 겁니다. 그를 존중하고 아끼는 사람들이 있고 인생의 기회가 열려 있다는 사실을 보여주기 위해서지요. 이번에 나머지 비용을 보내주기로 한 일정이 미뤄진 탓에 그의 자신감이 흔들리고 있고 분석가의 제안에 마음을 닫을 핑계거리가 생겼습니다. … 당장 나머지 전액을 보내줄 수 없을까요? 그가 그 돈을 어리석은 일에 함부로 탕진하지 못하도록 내가 보관하겠습니다."

호러스는 당장 먼로에게 전보 두 통을 보내서 수표가 우편으로 갈 거라고 안심시켰다. 그러자 프로이트는 덕분에 환자에게 긍정적인 효과가 나타났다고 알렸다. "사실 그[먼로]가 오늘 말했습니다. 이제는 자기 문제를 극복했다고. 이것은 분석의 효과가 아니라 페렌치가 말한 '적극적' 치료법으로 개입한 효과입니다. 나는 먼로가 분석으로 효과를 보려면 이런 방법이 좋겠다고 판단했습니다. … 먼로는 어려운 사례이긴 하지만 선량하고 영리한 사람입니다."(1921.11.17.) 한 달 뒤 먼로는 호러스에게 정말로 기분이 좋아졌다고 알렸다. "제 상태가 좋아지고 있다고 알려드리기 위해 몇 자 적습니다. 분석은 느리지만 확실하게 진행되고 있습니다. 저는 이제 우울한 주문에서 풀려나고 무거운 짐도 내려놓았습니다. 아직 공포증이 많고 또 거슬리기는 하지만 아버지 동일시 상태로 들어가는 좋은 징조로 받아들이기로 했습니다. 그리고 이 상태로 들어가면 저는 분명 치료될 겁니다."

먼로는 이번 기회에 스승에게 조언을 구하기로 했다. "R['필라델피아 여자'] 양이 미혼모로 아이를 낳았습니다. 저는 뉴욕에서, 그러니까 박사님 병원에서 정신분석가로 일하고 싶습니다. 저는 여기서 회복한 후 적절한 여자를 만나 결혼하고 싶은데, R 양과 그런 물의를 일으키고도 무사히 빠져나갈 수 있을까요(그리고 뉴욕에서 정신분석가로서 목표를 이룰 수 있을까요)? 아니면 제가 겪는 이 문제는 정상적인 남자라도 감당하지 못할 문제일까요? 이 문제에 대한 선생님의 고견을 듣고 싶습니다."(1921.12.27.)

호러스의 답장이 남아 있지 않지만 그때부터 이 질문이 분석의 주제가 된 것은 확실하다. 먼로가 일제와 결혼하도록 허용해야 했을까? 1922년 1월 15일에 프로이트는 호러스와 이렇게 협의했다. "먼로의 분석이 순조롭게 진행되고 있습니다. 다음 문제는 그가 아무런 권리도 없이 고른 약혼자에 관한 것입니다. 그 여자를 아실 테지요. 어떻게 평가하시는지요? 멀리서 본 제 평가는 썩 호의적이지 않습니다." 한 달 뒤인 1922년 2월 20일에는 이렇게 적었다. "먼로는 아주 좋습니다. 다만 이번에 분석을 시작하면서 약혼에 얽힌 문제에서 새로 골치 아픈 문제를 더하지 않았다면 더 좋았을 겁니다. 그는 지금 도망치려고 몸부럼치지만 잘되지 않겠지요. 그 여자도 나름의 장점이 있으니 내가 앞장서서 말리지는 않을 겁니다. 착하고 영민한 데다 성적으로 채워지기만 하면 변덕을 부리지 않을 여자입니다. 물론 그를 사랑하고 힘든 시기에 용감하게 처신하기도 했고요."

이후 어떻게 됐는지는 알 수 없다. 호러스가 1922년 4월부터 빈과 유럽에 머물면서 프로이트와 호러스의 서신이 1년간 끊겼기 때문이다. 하지만 1923년 3월 21일에 프로이트가 장문의 편지로 먼로 메이어의 치료 상황을 요약했다. 이 편지는 마치 예고된 부고처럼 읽힌다.

> 먼로는 내주의 오늘 떠납니다. 그가 어떤 상태로 뉴욕에 들어갈지, 뉴욕에 들어갈 수는 있을지 예견할 수 없어 심히 유감입니다. 이런 심각한 신경증은 항상 판돈을 다 건 도박과 같지만 그래도 그가 고통에서 벗어나도록 도와주려고 애써야 한다고 생각합니다. 그가 이런 시도를 거절하고 죽음을 원한다면 그저 자연의 힘이 막강하고 우리의 수단은 미약하다는 생각이 들 뿐입니다.… 그러니 어떤 결과가 나오든 차분히 두고 볼 수밖에요.
>
> 그가 여기 와서 몇 주 만에 일제라는 여자를 발견하고 저의 예리한 안목으로 그녀가 벌일 장난이 그의 삶과 분석을 망칠 훌륭한 도구가 될 거라고 알아본 것을 기억하겠지요. 그는 지난번에 선생이 보내준 돈을 받고 크게 발전했고 자신의 우울증(어머니 동일시)을 이해하고 극복하면서 한동안은 다 좋아 보였습니다. 지난번 편지에서는 그가 그 여자와 결혼하는 것에 나 스스로 적응해보려고 노력하면서 그 여자의 좋고 빛나는 자질을 부각시키려 했습니다. 그러다 얼마 안 가 그 여자의 낭비벽이 점점 심해지고 코카인까지 한다는 의심이 들었습니다. [블룸가트에 따르면 먼로는 코카인이 아니라 모르핀을 했고, 그사이 프로이트는 1922년의 여름휴가를 떠나 있었다.] 먼로는 모든 시험을 모른 체하려 했습니다. 나는 아무것도 금하지 않고 결혼하기 전에 6개월간 분석을 중단하고 뉴욕에 가서 일하라고 했습니다. 그

리고 내가 먼로에게 요구한 것과 같은 내용이 담긴 선생의 편지가 그즈음 도착했고요. 그래서 그가 굴복하기는 했지만 그 여자가 무가치하다는 것을 알고도 분석에 대해 부정적인 전이를 일으키며 악의적으로 행동하고 분석에 반대하는 어리석은 주장을 펼쳤습니다. 요며칠 그는 그에게서 돈을 뽑아가려고 안달 난 듯 보이는 그 여자에게 돈을 맡기는 문제를 분석 시간에 새로 들고 왔습니다. 나는 뉴욕에서 받아야 할 지난번 청구서를 파기해서 그 여자에게 200달러 정도를 쥐어주게 했습니다. 그런데도 그는 이 일로 몹시 화를 내며 나에게 진실을 말하지 않고 유아적 저항으로 퇴행하는 태도를 보였습니다.… 오늘은 반 시간쯤 한마디도 안 하다가 카디너한테 가서 욕설과 위협과 비난을 터트렸더군요. 현재 이런 상황입니다. 며칠 내로 다 괜찮아질 수도 있고, 처참한 결과로 이어질 수도 있습니다. 살아 있으면 보게 되겠지요.

먼로는 살아서 뉴욕에 도착하기는 했지만 겨우 목숨만 붙어 있는 상태였다. 오번도프가 기억하길, 먼로는 프로이트가 분석을 종결한 방식에 분개했다. "그로부터 여러 해가 지난 후 먼로 메이어가 제게 그랬습니다. 여기까지 오는 배에서 살아남을지 어떨지도 모를 지경으로 병든 그를 프로이트가 그냥 돌려보냈고, 프로이트에게는 그렇게 병든 그를 돌려보낼 권리가 없었다고요." 하지만 먼로는 프로이트의 지시에 따라 이전에 R 양을 떠났듯이 일제를 두고 떠났다. 뉴욕으로 돌아오고 얼마 안 가 러시아 출신의 젊은 여자 펄 셔먼을 만나 결혼해서 1925년에 딸 바버라를 낳았다. 친구 아돌프 스턴은 먼로가 프로이트에게 분석을 받은 2년 동안 전혀 나아지지 않았다고 말했다. "제가 보기에 그 친구는 떠났을 때의 상태 그대로 돌아왔어요.(스턴은 자기가 프로이트에게 받은 분석에 관해서도 같은 말을 했다.)"(1952.11.13.)

먼로는 개업의로 활동하면서 뉴욕 마운트시나이병원에서 정신과 보조 의사로도 일했다. 프로이트가 빈에서 "미국인들"을 위해 개설한

36-1 먼로 메이어, 연대 미상.

강좌를 참고해서 정신분석을 교육하는 데 열의를 보였다. 처음에는 뉴욕정신분석학회에서 활동하다가 1932년부터는 학회 산하 교육기관에서 활동하며 총책임자가 되었다. 그는 프로이트와의 분석 경험을 남들에게도 똑같이 적용하는 데 몰두했다. 동료들은 훗날 "먼로 메이어 안에는 십자군 전쟁의 기미가 엿보였고, 실제로 뉴욕정신분석연구소에 헌신하는 모습에서 그런 기미가 드러났다"고 회상했다.

먼로 메이어는 1939년 2월 27일에 마흔일곱의 나이에 결국 스스로 목숨을 끊었다. "살아 있으면 보게 되겠지요." 프로이트는 이렇게 말했었다.

스코필드 세이어

Scofield Thayer

1889~1982

1920년 11월 27일, 뉴욕의 에드워드 버네이스가 오스트리아 빈의 베르크가세 19번지로 삼촌 지크문트 프로이트 박사에게 전보를 보냈다. "정신분석에 관심 있는 고매하신 신사 분들이 삼촌을 6개월간 여기로 모시고자 함. 뉴욕과 인근에서 몇 차례 강의를 해주시면 됨. 치료할 가치가 있는 환자를 치료하듯이 정신분석에 오전 시간을 헌납할 용의가 있다면 1만 달러를 선지급한다고 함. … 시간당 25달러. … 1만 달러의 절반이면 모든 경비가 충당될 것임. … 삼촌의 순수익은 나머지 5천 달러의 몇 배가 될 것임. 꼭 수락해주시길 바람. … 에드워드 버네이스." 이 전보의 맨 밑줄에는 다음과 같이 적혀 있었다. "요금은 스코필드 세이어에게 청구함. 뉴욕시, 웨스트 13가, 152번지, 다이얼 건물."

에드워드 버네이스는 프로이트의 처남 엘리 베르나이스의 아들이다. 엘리가 파산한 후 미국으로 건너갈 때 프로이트가 경제적으로 도와주었다. 에드워드는 젊은 나이에 이미 돈과 영향력을 가졌고(문자 그대로다. 그는 현대의 홍보, 그가 선호하는 용어로는 '프로파간다'의 아버지로 여겨진다), 빈의 프로이트에게 절실하던 달러를 벌게 해주기 위해 그를 미국인들에게 홍보하기로 한 것이다. 그는 미국에서 『정신분석 강의』 번역본의 판권 판매를 위해 협상하고 잡지 『코스모폴리탄*Cosmopolitan*』이 프로이트에게 일반 대중을 대상으로 한 정신분석에 관한 글을 연재하는, 수익성 높은 계약을 제안하도록 주선하기도 했다. 사실 프로이트를 미국으로 초대하는 프로젝트는 당시 권위 있는 문예지 『다이얼

Dial』의 공동 소유주이자 편집장인 스코필드 세이어가 기획한 거대한 홍보 활동의 일부였다.

프로이트는 전보로 답했다. "곤란함." 이어서 편지를 보내 건강이 예전만 못하다면서 이렇게 덧붙였다. "더욱이 네 제안이 그렇게 후하지 않다고 생각한다. … 여기서 영국인 환자 둘[알릭스와 제임스 스트래치일 것이다]에게 알아보니 내가 굳이 갈 필요가 없고 내 수준에 한참 못 미치는 제안이라는구나. 사실은 모두 5만에서 10만 달러는 보장받아야 한다고 말이다. 나를 필요로 하는 환자들이 빈으로 오기를 기다리는 편이 낫겠다는구나. … 마지막으로 걱정되는 점은 설령 내가 미국에서 수천 달러를 가져온들 귀국할 때 비밀이 유지되지 않을 테니 여기서 다시 거액의 세금을 떼여야 한다는 점이다. … 안부를 전하며, 너의 삼촌, 프로이트."

프로이트의 답장은 스코필드 세이어에게 큰 실망을 안겨주었을 것이다. 그는 『다이얼』과 프로이트의 이름을 연결하는 데 관심이 많은

37-1 스코필드 세이어, 1920년대 초.

데다 프로이트가 미국에 오면 개인적으로도 덕을 보고 싶기도 했다. 사실 그 전해부터 맨해튼의 저명한 정신분석가 리온 피어스 클라크에게 분석을 받으며 투자 대비 수익이 나지 않는다고 느끼던 터였다(분석비로 한 시간에 25달러, 9개월에 모두 4,700달러가 들어갔다). 그러니 '위대한 대가'를 그가 사는 뉴욕으로 오게 하면 어떨까? 그는 『다이얼』의 동업자 제임스 시블리 왓슨 주니어에게 이렇게 털어놓았다. "그분 앞에 내 문제를 늘어놓고 싶은 마음이 간절하네."

스코필드는 존경하거나 좋아하는 사람에게는 돈을 아끼지 않는 사람이었다. 대부호의 집안에서 태어난 그는 프로이트가 편지로 은근히 지적한 것과는 달리 돈쓰는 데 전혀 인색하지 않았다. 역시 부자인 친구 왓슨과 함께 『다이얼』을 인수하고 유럽과 북미의 모더니즘 집단 전체를 후원하기 1년 전에는 제임스 조이스에게 돈이 필요하다는 소식을 듣고 700달러짜리 수표를 써주기도 했다. 그는 조이스의 출판사를 통해 수표를 보내며 이렇게 전했다. "미국에 이렇게 젊고 부유한 사람이 넘쳐날 거라고 기대하지는 말아주세요!" (하지만 이후 조이스가 돈을 더 부탁했을 때는 잡지로 이미 큰돈을 잃었다면서 거절했다. 스코필드는 그에게 아무것도 요구하지 않는 사람에게는 너그럽지만 그의 돈을 노리고 접근하는 사람은 경계했다.)

스코필드는 1889년 12월 12일에 매사추세츠주 우스터에서 3대째 성공한 섬유회사의 유일한 후계자로 태어났다. 세이어 집안의 화려한 저택과 길 하나를 사이에 두고 클라크대학교가 새로 문을 열었다. 이 대학은 1909년에 프로이트가 저 유명한 '정신분석에 관한 다섯 번의 강의Five Lectures on Psycho-analysis'를 진행한 대학이다(스코필드는 이 역사적인 행사를 알았을 것이고, 그래서 훗날 프로이트를 미국으로 초대해 다시 강의하게 만들겠다는 아이디어를 냈을 것이다). 스코필드의 아버지 에드워드 세이어는 1907년에 이른 나이에 맹장염으로 세상을 떠나서 자식이 그의 재산을 어떻게 탕진하는지 지켜보면서 경악할 수조차 없었다. 어머니 플로런스 스코필드는 예의범절에 철두철미한 사람으로, 아들의 눈에는 어머니가 속물, 기독교에서 말하는 대죄大罪로 보였다.

젊은 시절의 스코필드 세이어는 탐미주의자였다. 사람이든 물건이든 아름다움을 찬미했다. 빼어난 미남에 보헤미안 스타일을 살짝 가미해서 옷을 잘 입던 그는 시인이나 사상가가 되고 싶었지만 어느 한쪽으로 길을 정하지 못했다. 그사이 여러 번듯한 학교를 거치며 뛰어난 인물들을 만났다. 명문 사립 기숙학교 밀턴아카데미에서는 약간 위 선배로 T. S.('탐') 엘리엇을 만났고, 하버드에서는 에드워드 에스틀린 커밍스(E. E. 커밍스로 유명함), 훗날 동업자가 될 제임스 시블리 왓슨 주니어, 철학자 조지 산타야나, 1차 세계대전의 참호 속에서 「죽음과의 밀회*Rendezvous with Death*」를 노래한 시인 앨런 시거와 친해졌고, 이어서 옥스퍼드 모들린칼리지에서는 산타야나와 엘리엇을 다시 만났고, 이들을 통해 에즈라 파운드, 버트런드 러셀, 레이먼드 모티머를 만났다.

유럽에서 전쟁이 치열해진 시기에 스코필드는 옥스퍼드에서 문학과 철학, 골프와 특권층의 전유물이던(그리고 잔인한) 스포츠인 비글링〔비글을 이용한 토끼 사냥〕 같은 다채로운 사회 활동에 조금씩 손댔다. 마침 런던에 살던 사촌 엘런과 루시 세이어를 통해 재기발랄하고 "예민한" 비비안 헤이우드를 만나 당장 집요하게 구애했고, 둘의 관계는 진정한 연애로 발전할 것처럼 보였다. 하지만 스코필드는 평생 수없이 반복해서 온갖 것을 건드렸듯이 사랑도 집적거리다 말았고, 그처럼 비비안에게 빠져 있던 친구 엘리엇에게 비비안을 넘겼다. T. S. 엘리엇과 비비안 헤이우드는 스코필드가 학위를 따지 못하고 미국으로 돌아가는 배에 오르던 날 결혼식을 올렸다. 비비안은 스코필드의 "전도유망하지만 거의 이루지는 못하는 얼굴"이 그립지 않을 거라고 단언했다.

스코필드는 미국으로 돌아와 뉴욕 워싱턴스퀘어가 내려다보이는 호화로운 독신자 아파트 건물인 베네딕에서 집을 빌렸다. 평생 탐미주의자로 산 그는 직접 중국풍 주칠가구로 집을 꾸미고, 천장을 검게 칠하고, 금색 벽지를 바른 벽에 오브리 비어즐리의 그림 여러 점을 걸고 살면서 좋은 집안 출신의 눈부시게 아름다운 일레인 오르와 약혼했다.

37-2 일레인 오르, 1919.

그는 1912년에 아직 열다섯 살이던 일레인을 처음 만났다. 그래서 엘리엇의 표현대로 이 "사춘기와 백합의 전문 감정인"에게 일레인이 매력적으로 보였을 것이다. 스코필드는 일레인을 "아스톨라트의 백합처녀"(아서왕 전설에서 랜슬롯을 사랑해서 죽은 처녀 일레인에 비유함), "요정 아이", "아스다롯의 처녀"라고 불렀다. 친구들도 이런 표현에 동의했는지, 소설가 존 도스 파소스에게 일레인은 "시인의 꿈처럼 보였고", 스코필드에게 결혼 선물로 시를 지어달라는 부탁을 받은 커밍스는 곧바로 일레인에게 반했다. "나는 EO를 공주로, 근사하고 초자연적이고 천상의 것, 내가 한 번도 본 적 없는 부류로 생각했다."

결혼식은 1916년 6월 21일에 열렸고, 신혼부부는 결혼식을 마치고 요리사 한 명과 집사 겸 운전사 한 명을 데리고 캘리포니아로 긴(15개월) 신혼여행을 떠났다. 정확히 언제 무슨 일이 일어났는지에 관해서는 알려진 것이 많지 않다. 다만 스코필드의 전기 작가 잭 뎀프시는 스코필드가 일레인과 함께 샌타바버라의 호화로운 포터호텔에 묵었을 때 겪은 위기의 순간을 기록한 짧은 메모를 언급한다. "EO가 포터에서 운 것은 처녀성을 잃어서만이 아니라 척추의 힘이 없어 악마가 밀치는 힘을 버텨내지 못한 채 뒤로 끌려가면서 영혼을 잃어서 운 것이다. 땅이 꺼지고 그 아래 허공만 있을 때처럼." 스코필드는 나중에 커밍스에게 자신이 "일레인을 신경증적으로 외면하지만 의식적으로 그러는 것은 아니"라고 털어놓았다. 일레인은 더는 천상의 처녀가 아니었다. 그는 일레인과 성관계를 가질 때의 그녀를 "털 없는 멕시코 개", "거저리나 구더기" 같다고 적고, "E. O.를 쑤시는 건 똥덩어리를 쑤시는 느낌과 다르지 않다"고도 적었다. 결혼은 실망의 원천이었다. "침대에서 교미하는 길쭉한 여자들은 뜨끈한 뱀과 같다. (결혼하고 1년이 지나면) 그들에게서 구운 바나나 맛이 난다."

그래서 스코필드는 일레인에게 별거하고 각자 다른 사람과 섹스를 즐기자고 제안했다. 서로 얽매이지 않고 자유연애를 하며 가볍게 만나자고 말이다. 두 사람은 신혼여행을 마치고 1917년 10월에 뉴욕으로 돌아왔고, 일레인은 스코필드가 살던 베네딕 건물의 스위트룸으로 들어갔다. 사회적 체면을 유지하기 위해 남들에게는 스코필드에게 작업실용 아파트가 필요하다고 설명했다(사실은 난봉꾼 생활을 위한 아파트였다. 스코필드는 어머니의 아들로 살면서 겉으로는 빅토리아 시대의 올바름을 잃지 않았다). 일레인은 혼란스럽고 부당한 대접이라고 느끼다가 얼마 안 가서 그녀가 베네딕에서 직접 열던 비공식 문학 살롱을 자주 찾던 커밍스와 사랑에 빠졌다. 스코필드는 자신의 새 스위트룸에서(워싱턴스퀘어 건너편에서 일레인의 아파트를 훔쳐볼 수 있었다) 둘의 연애를 응원하면서 커밍스에게 "자네가 일레인에게 쓸 시간과 정력과 그밖에 것들을 위한" 용도라고 말하면서 수표를 써주었다. 커밍스는 수표를 현금으로 바꾸었다. 2년 후 일레인이 연인의 아이를 낳자 스코필드는 관대하게도 아이의 아버지로서 법적, 경제적 책임을 맡아주었다. 일레인과 커밍스는 아무한테도 알리지 않기로 했다. 모두의 체면을 지켜야 했기 때문이다. (두 사람의 딸 낸시 '몹시' 세이어는 한참 세월이 흐른 뒤에야 프랑스 극작가 보마르셰의 반전에 버금가는 진실을 알게 된다. 일레인과 멀어진 지 오래된 커밍스를 낸시가 사랑하려던 순간에 커밍스가 자기가 친아버지라고 고백한 것이다.)

1918년 4월에 스코필드는 『다이얼』의 주식 60만 달러어치를 사

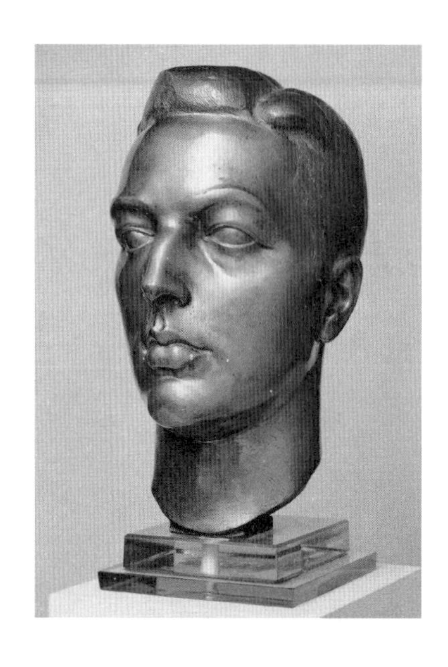

37-3 스코필드 세이어의 청동 흉상,
가스통 라세즈, 1923.

들였다. 『다이얼』은 1840년대에 마거릿 풀러와 랄프 왈도 에머슨이 첫 편집장으로 활동했던 권위 있는 문예지였다. 스코필드는 친구 앨런 시거의 목숨을 앗아간 전쟁에 대한 반감으로, 이 잡지사에서 편집자이자 수필가인 랜돌프 본이 주도하는 평화파와 존 듀이와 소스타인 베블런이 주도하는 전쟁지지파 사이의 갈등에서 평화파를 지원하는 데 관심이 있었다. 또 징집을 면하기 위해 직장을 구하던 중이라 곧바로 후원의 대가로 부편집장 직함을 얻었다. 하지만 얼마 안 가 그에게는 잡지의 논조를 주도할 만큼의 권력이 없다는 것을 깨닫고, 1919년 가을에 부채를 갚지 못해 적자가 났을 때 친구 제임스 시블리 왓슨 주니어와 함께 잡지사를 인수하기로 했다(웨스턴유니온의 후계자이던 왓슨에게는 그만한 여유가 있었다).

이제 대대적으로 관용을 베풀 수 있게 되자 스코필드는 그가 예찬하는 인물과 친구들을 후원하느라 1년에 최대 5만 달러까지도 손실을 보았다. 주인이 바뀐 잡지의 논조는 단순했다. "그들의 취향을 따를 것." 그 취향이란 결국 스코필드의 취향이라는 것이 자명했다. 새롭게 단장한 『다이얼』의 첫해에 시 분야에는 (당연하게도) E. E. 커밍스, 에즈라 파운드, 윌리엄 카를로스 윌리엄스, 윌리엄 버틀러 예이츠, 힐다 둘리틀, 마리앤 무어(무어는 나중에 이 잡지의 편집진에 들어간다), 제임스 조이스, 소설 분야에는 D. H. 로런스, 마르셀 프루스트, 아르투어 슈니츨러, 미나 로이, 주나 반스, 평론과 철학 분야에는 T. S. 엘리엇, 버트런드 러셀, 존 듀이, 로맹 롤랑, 에드먼드 윌슨, 에드워드 사피어, 케네스 버크와 길버트 셀데스(이들 두 사람도 나중에 편집진에 들어간다)의 글이 실렸다. 게다가 『다이얼』은 오딜롱 르동, 폴 시냐크, 앙리 마티스, 피에르 보나르, 마르크 샤갈, 에드바르트 뭉크, 그리고 스코필드가 사랑하던 피카소의 작품을 총천연색으로 구현하여 인쇄할 수 있었다. 스코필드의 지칠 줄 모르는 인맥 관리와 문화계의 기업가 정신 덕분에 『다이얼』은 단기간에 전통적인 진보 잡지에서 모더니즘 분야의 영향력 있는 선봉장으로 탈바꿈했다. 따라서 스코필드가 같은 해에 지크문트 프로이트를 그의 문화 공세에 편입시키려 한 것은 자연스러운 결과였다.

스코필드 개인의 삶은 더 복잡해졌다. 교양 있는 백만장자의 차가운 겉모습 너머에는 친구이자 저술가인 알리스 그레고리의 표현처럼 "녹은 용암"이 들어 있었다. 그는 일레인과 별거하면서부터 억눌려 있던 성 활동에 뛰어들었다. "E. O.와 헤어지고 너무 오래 정조를 지켜서 지저분한 성생활을 시작할 필요를 느꼈다." '지저분한'이 정확히 무슨 뜻인지는 명확하지 않다(그의 사적인 메모가 많은데, 성에 대한 집착이 많고 간략하면서도 암시적이다). 그는 또 잘 알려진 것처럼 자유연애를 추구하던 페미니스트 알리스 그레고리와 연인 관계로 발전했다(하지만 그녀 역시 결혼은 '자유로운' 소설가 루엘린 포이스와 했다). 스코필드는 또한 자칭 "여학생"인 나이 어린 도리스 벡과도 사귀었다. 1920년 여름에는 저널리스트이자 활동가인 루이스 브라이언트와 짧고 강렬하게 만났다. 브라이언트는 재혼한 남편인 공산주의자 존 리드를 만나려고 소비에트 러시아로 떠나려던 참이었다. 브라이언트는 "심각하게" 빠

37-4 알리스 그레고리, 연대 미상.

져든 것 같았지만 스코필드와 몇 주간 주고받은 수많은 연애편지 중 한 통에 "중대한 실수인 것을 안다"고 적었다. 또 그가 그녀의 "정원"을 즐기지 못하게 만든 "슬픈 상황 / 6월의 하룻밤"이라는 아리송한 표현을 담아 시 한 편을 보내며 "다시 와줄래요?"라고 물었다. 그리고 러시아로 떠나기 전에 그에게 자신의 누드 사진을 보냈다. 이 선물이 마음에 들었는지 스코필드는 곧 구스타프 클림트, 에곤 실레, 파블로 피카소를 비롯한 여러 화가의 에로틱 작품을 강박적으로 수집했다. 그리고 이런 상황을 모르던 어머니에게 보낸 편지에는 『다이얼』에 싣기 위한 작품이 아니라 "제 개인적 만족"을 위한 작품이라고 일렀다.

이처럼 돈 후앙스럽게 작품을 수집하면서도 뭔가가 빠져 있었는지 그즈음 스코필드는 정체 모를 "문제"를 정리하기 위해 피어스 클라크에게 분석을 받기 시작했다. 그는 원래 "예민"했다. 어릴 때부터 항상 건강염려증과 극단적인 세균혐오증에 시달렸다. 프루스트처럼 아주 작은 소음조차 견디지 못했다. 오만한 태도와 문학적 방탕 이면의 그는 병적으로 수줍음이 많고 내성적이었다. "그는 극도로 수줍음이 많았습니다. 안에 들어오면 땀을 쏟고 항상 손으로 땀을 훔쳤어요."(무라 덴-토머스) 하지만 스코필드가 없애려던 증상이 무엇이었든 클라크의 분석은 아무런 성과를 내지 못했다. 그래서 스코필드는 1921년 봄에 에드워드 버네이스에게 프로이트에게 다시 잘 말해달라고 부탁하기로 했다. 1921년 5월 31일에 에드워드는 삼촌에게 다시 편지를 보냈다. "이 편지를 쓰는 이유는 제 동료 스코필드 세이어 씨 사례에 관한 정보를 보내드리기 위해서입니다. 세이어 씨는 오스트리아로 가서 삼촌께 직접 치료받고 싶어 합니다. 이 정보를 전달해드리고 치료 계획을 잡아주실 수 있는지 알아봐달라는 부탁을 받았습니다. … 세이어 씨는 다소 예민하고 상당히 지적인 사람입니다. 뉴욕에서 정신분석가들에게 치료를 받아봤지만 도움이 되지 않았다고 합니다. 삼촌께서 자기를 환자로 받아주실 수 있는지 여쭤보고 싶고 만약 허락하신다면 삼촌께서 정하시는 기간만큼 유럽에 체류할 생각이라고 합니다. … 세이어 씨는 삼촌께 분석을 받을 수 있다면 세상 끝까지 갈 기세입니다."

프로이트는 6월 19일에 답장을 보냈다. "에드워드 군, 자네는 내게 달러만 보내주는 게 아니라 환자까지 보내주는군. … 나는 6월 중순에 여길 떠나 10월 1일 전에는 돌아오지 않을 계획이야. 그리고 다시 돌아오는 날에는 내 여력이 닿지 못할 만큼 많은 사람이 내 시간을 요구할 것 같네. 주로 영국과 미국에서 찾아오는 의사들이야. 환자가 아니라 제자들인 셈이지. 그러니 나는 선택해야 해. 내가 다른 사람 대신 자네 동료를 받아준다면 자네 동료는 미리 자료를 제출해야 하네. 그리고 의사들은 10달러만 내지만 자네 동료는 20달러를 내야 해. 그 사람이 이 조건(10월 1일과 20달러)에 동의한다면 추후 결정은 그 사람 사례의 성격을 보고 내리겠네. 그 사람에게 내게 편지로 정보를 보내주라고 하게. 가령 동성애자인데 바뀌고 싶어 하는 경우라면 환자로 받아주지 않겠네."

프로이트의 편지는 스코필드가 파리에서 일레인과 커밍스를 만나 소위 프랑스식 이혼을 하러(프랑스는 미국보다 이혼이 수월했다) 유럽행 배에 오르는 당일에 도착했다. 에드워드 버네이스는 배가 떠나기 전에 그를 만날 수 있었고, 다시 삼촌에게 스코필드도 조건에 동의한다고 알렸다. "그분은 동성애자가 아닙니다. 그리고 본인의 사례에 관해 상세히 적어 삼촌께 보내드리기로 했습니다."(1921.07.05.) 스코필드가 프로이트에게 자신의 "문제"를 어떻게 설명했는지는 알 수 없지만 상당히 설득력이 있었던 듯하다. 그는 알리스 그레고리에게 이렇게 편지를 보냈다. "파리에서 그분[프로이트]에게 생각지도 못하게 무척 다정한 편지를 받고는 그분이 유대인이라는 사실을 용서하기로 했어."(에즈라 파운드만큼 과격한 반유대주의자는 결코 아니었지만 엘리엇, 커밍스, 헤밍웨이를 비롯한 당시 미국의 많은 모더니스트처럼 스코필드도 가벼운 인종차별주의자였다.)

프로이트의 "무척 다정한 편지"의 내용은 이랬다. "선생을 직접 만나지 못해 유감입니다. 장기간 다른 분에게 치료를 받고도 효과가 없었다니 그건 결코 좋은 점은 아니겠지요. 그래도 그 분석가[리온 피어스 클라크는 프로이트의 초창기 추종자이고 뉴욕정신분석학회의 주요 회원이었다]가 무능한 탓이기를, 내가 선생의 기대를 채워줄 수 있기를 바라봅시다. … 끝으로 자신의 억압에서든 다른 무엇에서든 벗어나고 싶다는 선생의 그 결단력에 깊이 공감합니다. 심한 고통을 겪은 사람이 분석으로 회복될 가능성도 큽니다."

스코필드는 1921년 9월에 빈에 도착해 2년 가까이 머물면서 일주일에 다섯 번 프로이트를 만났다. 처음에 그는 분석 내용에 관해서 아무에게도 말하지 않았다. 분석에 관해 묻는 알리스 그레고리에게 이렇게 적었다. "빈에서 소식이 갈 거라고 기대하지 마. 나는 지금 완전히 낯설지는 않지만 조금 안다고 해서 덜 힘들지도 않는 채로 조심스럽게 나아가고 있어." 그사이 스코필드는 사교 활동에 적극 뛰어들어 얼마 안 가서 빈 문화계의 터줏대감이 되었다(어릴 때 독일인 가정교사를 두어서 독일어를 유창하게 구사했다). 그리고 멀리서도 계속 『다이얼』을 진두지휘하면서 아르투어 슈니츨러, 토마스 만, 후고 폰 호프만슈탈 같은 새로운 친구들에게 원고를 받아냈다(특히 호프만슈탈에게는 『다이얼』에

「독일인 편지」라는 섹션의 정기 연재를 의뢰했다).

한편으로는 훌륭한 근대미술 컬렉션을 수집하면서 유럽 전역에서 무서운 속도로 피카소, 드랭, 브라크, 코코슈카, 마티스, 샤갈, 뭉크, 데무스 같은 화가들의 작품 600여 점을 사들여 『다이얼』의 부록이자 『살아 있는 미술*Living Art*』이라는 이름으로 출판할 계획인 복제화 작품집에 넣으려 했다(에로틱 작품은 이런 식으로 작품을 사들이는 과정에서 나온 부산물이었다). 그는 그림을 사들이면서 빈에 거주하던 젊은 미국인 화가 아돌프 덴에게 도움을 받았다. 그는 덴에게 미술품을 인수하고 선적하고 인쇄하는 물류 관리 업무를 맡겼다. 패기 넘치는 쾌락주의자인 덴은 수줍음 많은 후원자 스코필드와는 정반대의 인물이었고, 스코필드는 덴을 빈의 예쁜 여자들의 세계로 데려가 줄 동갈방어〔상어를 먹이가 있는 곳으로 인도하는 어종〕로 삼았다. 덴은 여자 친구이자 아내가 될 열여덟 살의 발레리나 무라 지페로비치를 통해 스코필드에게 어린 여자들을 소개해주고 차를 마시고 가벼운 "연애"를 하도록 주선했다.(무라 덴-토마스) 아돌프 덴은 쿠르트 아이슬러와의 인터뷰에서 이렇게 말했다. "그때 … 그분은 여자들을 만나고 싶어 했어요. … 제가 아는 여자들이 좀 있어서 저기요, 선생님께 여자를 소개해드릴게요, 라고 했지요. … 여자들이 아주 어리면 그분이 관심을 보였어요. … '아주 어리다'는 건 상당히 많이 어리다는 뜻이에요. 열여섯 살을 갓 넘겨서 통행증이 있는 정도요. 열네 살이나 열다섯 살이면 더 좋고, 반드시 순결하고 누구의 손도 타지 않은 여자여야 했어요."

그밖에 다른 성적 시도는 더 위험했다. 쿠르트 아이슬러가 아돌프 덴과의 인터뷰에 첨부한 날짜 미상의 메모에, 스코필드가 알던 한 여자가 1920년대 초에 빈에서 무슨 일을 당했는지 기술했다. 그 여자는 스코필드와 미술 전시회에 갔다. 그가 최근에 사들인 그림을 보여주겠다고 했다. "그 여자는 그와 함께 아파트로 갔다. 아무런 의심도 없이. 그는 여자에게 작품을 보라고 하고는 잠시 나갔다가 알몸으로 나타났다." 여자는 침착하게 열린 창문의 창틀 위로 뛰어 올라가서 가까이 오면 뛰어내리겠다고 했다. "이튿날 그는 그 여자에게 최고급 향수와 꽃을 보냈다."(이 사건은 2년 후 백만장자이자 미술품 수집가인 앨버트 C. 반스가 스코필드의 '성도착'을 폭로하겠다고 협박하면서 스코필드가 천벌 받을 짓을 저질렀다고 주장한 수수께끼의 그 유명한 '빈 사건'일 수도 있고 아닐 수도 있다.)

스코필드의 성적 도발이 프로이트에게 매일 분석을 받은 것과 관련이 있는지는 확실치 않다. 그는 석 달 동안 분석을 받으며 완전히 혼란에 빠졌다. 그는 1922년 1월에 알리스 그레고리에게 보낸 편지에 이렇게 적었다. "당신은 내가 위대한 대가를 만나는 데 관심을 보였지. 우선 그분이 내 사례를 보자마자 바로 진단을 내리는 것을 보고, 전에 당신이 그분의 신간에서 어떤 사례에 대해 너무 순식간에 진단을 내린다고 비판한 기억이 났어. … 그분[프로이트]은 꿈과 자유연상과 일상 경험에서 피상적이고 무의미해 보이는 세세한 부분에 관해 놀랄 만큼 통찰력 있는 말을 많이 하시지. 그래서 나처럼 태생이 회의적인 사람은 놀랄 때가 많아. … 그리고 나는 내 신경증에 대한 프로이트 박사의 진단, 그러니까 내가 빈에 오고 처음 몇 주 만에 내린 그 진단의 기본 줄기에 대해 그분 생각에 동의하지 않아. 여기서 벌써 석 달이나 있었으니 참 기운 빠지는 일이야. 그분도 나도 의견을 바꾸지 않을 테고 … 솔직히 나는 그분의 진단을 받아들일 수 없어. 그래서 여름까지 빈에 머무를지 … 아니면 프로이트 박사든 나든 조만간, 그게 언제가 됐든 이제 멈춰야 한다고 생각할지 모르겠어."

이렇게 갈등을 불러온 프로이트의 진단은 무엇이었을까? 아돌프 덴에 따르면 프로이트는 스코필드에게 "죽음 콤플렉스"가 있고('죽음 충동death drive'에 관한 프로이드의 새로운 개념을 뜻하는 표현일 것이다) "잠재적 동성애자"라고 진단했다. 잠재적 동성애 진단은 물론 프로이트가 기본적으로 내리는 진단이다. 하지만 스코필드의 사례에서 프로이트는 이 진단을 명백한 사실이거나 적어도 부분적으로는 명백한 사실이라고 진단했다. 스코필드가 어린 여자에게 강박적으로 끌리는 데는 사실 그 자신은 인정하지 못하는 또 하나의 측면이 작용한다는 것이다. 아돌프 덴은 이렇게 말했다. "저도 그분에게 여자들과의 관계에서 심각한 문제가 있는 건 알았어요. 그리고 그분이 얘기한, 그런 잠재적 동성애 문제도 알았어요. … 가끔 그분은 어린 소년, 음, 몇 살이든, 열 살이든, 아홉 살이든, 열한 살이든, 열두 살이든 … 주로 사춘기 이전의 소년을 보면서 그냥 가만히 서서 이렇게 말하곤 했거든요. '아, 참으로 아름답구나!' … 그냥 완전히 도취된 듯 보였어요. 그런 소년의 아름다움에요." 하지만 스코필드는 남색 충동을 실제로 표출하지 않았고 토마스 만의 『베네치아에서의 죽음*Death in Venice*』에서 구스타프 폰 아셴바흐가 한 행동 정도에 지나지 않았다〔베네치아의 섬에서 휴양하던 작곡가 구스타프 폰 아셴바흐가 호텔 로비에서 본 소년 타지오의 아름다움에 매료되지만 멀리서 바라만 본다〕. 그는 이 소설의 영어 번역본을 『다이얼』에 소개한 일에 가장 큰 자부심을 느꼈다.

스코필드는 결국 분석을 이어가기로 했다. 그리고 알리스 그레고리에게 이렇게 적어 보냈다. "분석가에 관해 말하자면 그분과 나는 … 어느 정도 서로를 인정했어. … 그분은 이제 우리가 조금은 나아가고 있고 조만간 진전된 결과를 볼 수 있다고 확신하시지." 스코필드는 프로이트에게서 『다이얼』에 실을 원고도 받기로 했다. 「17세기 악마 신경증*A Seventeenth-Century Demonological Neurosis*」이라는 논문이다(하지만 프로이트가 성적으로 지나치게 노골적이고 구체적인 표현을 수정하기를 거부하자 왓슨과 케네스 버크가 이 논문을 거절했다). 그러나 프로이트가 약속한 "진전"은 오지 않았다. 스코필드는 그레고리에게 이렇게 적어 보냈다. "분석은 평소처럼 흘러가고 있어. … 헨리 애덤스의 말처럼 율리우스 카이사르에서 율리우스 S. 그랜트〔미국의 18대 대통령, 1869년부터 1877년까지 재임〕에 이르기까지 별다른 진전 없이 내려온 진보의 교리가 여기서도 추상적으로 수용되지." 그리고 스코필드의 메모에는 이렇게 적혀 있었다. "주인이 던지는 시늉을 하면 풀쩍 앞으로 뛰쳐나가 정작 돌에서 멀어지는 개처럼 나는 프로이트의 몸짓에 따라 꿈을 쫓아다닌

다. 그러고도 (개가 그러하듯) 나 역시 애초에 그 손이 빈손이라는 걸 모른다."

스코필드는 번쩍거리는 물체로 덤벼드는 데 지쳐서 1923년 봄에는 마침내 분석을 종결하기로 했다. 그리고 미국으로 돌아가기 전에 미술품(주로 피카소)을 사기 위해 빈을 떠나 파리로 갔다. 프로이트가 스코필드의 상황을 에드워드 버네이스에게 알렸다. "세이어 씨는 별다른 진전을 보지 못한 채 빈을 떠날 거야."(1923.04.08.) 스코필드는 자신감이 꺾였다. 그레고리에게 이렇게 보냈다. "빈을 떠나며 … 그간 압박감에 짓눌려 2년을 보냈으니 … 내 안에는 그 위대한 분이 가득 차서 질식할 것 같아. 환멸과 독감으로 점철된 2년을 보낸 지금 나는 겨우 숨을 쉬기 위해 최대한 빈과는 다른 모래톱을 향해 나를 끌고 가는 것이 두려워. '내가 비밀을 말할 수만 있다면!'〔햄릿 1막 5장의 대사〕" 왓슨에게는 더 음울하게 "2년의 유폐를 마치고 나는 전보다 더 범죄자가 되어, 아니, 더 미쳐서 나가네"라고 적어 보냈다. 당시 파리에 머물던 커밍스는 불과 6개월 전에 만났을 때만 해도 매력적이던 스코필드에게서 급격한 변화를 보았다. 스코필드는 긴장하고 초조하고 호전적이고 사람들을 의심했다. (스코필드는 프로이트에게서 커밍스를 위한 메시지도 받아왔다. 커밍스는 아이슬러와의 인터뷰에서 "프로이트가 스코필드에게 내가 E와 결혼해야 한다고 말했다고 하더군요"라고 말했다. 커밍스는 이듬해에 의무감에서 일레인과 결혼했지만 석 달 만에 일레인에게서 다른 남자를 사랑하니 결혼을 무효로 해달라는 통보를 받았다.)

스코필드는 미국으로 돌아와 다시 잡지사를 운영하면서 신선한 백합을 따러 다녔다. 이듬해에는 뉴욕에 잠시 돌아온 아돌프 덴이 그에게 (다시) 고등학교를 갓 졸업한 어린 여자 둘을 소개해주었다. 스코필드는 그중 한 명에게 관심이 있었지만 그 여자를 건드리기 전에 처녀성을 증명할 진단서를 받아오라고 요구했다. 그리고 원하는 것을 얻자 그 여자에게 아파트를 빌려주고 1,000달러를 주다가 얼마 안 가서 그녀를 떼어놓기 위해 덴에게 대신 데이트를 해달라고 부탁했다. (덴은 거절했다. 그는 아이슬러에게 이렇게 말했다. "보시다시피 그분[스코필드]은 이렇게 무례하고 가학적인 구석이 있었습니다.") 이어서 스코필드는 두 번째 여자와도 똑같이 은밀한 관계를 맺고는 두 여자 모두를 혼란과 고통에 빠트렸다. 덴은 나중에 스코필드가 두 여자 모두 건드리지 않은 사실을 알았다. "그분이 작업을 마친 뒤에도 두 여자 다 여전히 처녀였어요. 아니, 반半처녀라고 해야겠군요. 그분이 그들을 희롱하고 애무하고 키스까지는 했으니까요." 스코필드는 '유사 성행위'에 능숙했다.

스코필드는 (덴의 표현으로) 이 "쌍둥이 연애"를 시도하면서 동시에 장래가 촉망받는 작가이자 『다이얼』의 비서인 엘리너 파커와 사귀어 1925년 초에 버뮤다로 "남몰래" 탈출했다. 당시 빈으로 돌아간 덴이 스코필드에게 다채로운 모험에 관해 묻자 그는 이렇게 답했다. "파커 양은 지금 뉴욕 블루밍데일의 정신병원(원한다면 요양소라고 해도 좋고)에 있네. … 나는 한 달 동안 뉴욕에서 변호사들을 만나면서 돈을 다 썼네." 버뮤다에서 분명 무슨 일이 있었고, 엘리너 파커는 여행에서 돌아와 신경쇠약에 걸렸다. 엘리너의 어머니가 강한 어조로 스코필드에게 편지로 그의 책임을 암시하며 보상을 요구하고 법적 조치를 취하겠다고 협박했다. "그 애가 당신의 명성을 해치려고 무슨 말을 할까 의심하시는 걸 보니 그 애가 얼마나 고통스럽게 견뎠을지 알겠군요. 그 애가 더 일찍 신경쇠약에 걸리지 않은 게 오히려 놀랍다고들 하는 말에 동의합니다."

스코필드는 변호사와 탐정을 고용해 자기를 변호했다. 마서즈 빈야드의 에드거타운에 은둔하면서 (파커와 그 가족, 그리고 그와 이상하게 불화를 빚은 앨프리드 반스, 그를 모함한다고 의심되는 『다이얼』의 동료들에게) 포위된 기분에 사로잡혔다. "적들"이 그를 붙잡으려고 다가오자, 1925년 6월에 그는 비공식적으로 『다이얼』의 주필 자리에서 물러나 유럽으로 도피했다. 유럽에서 이곳저곳을 돌아다니며, 상상 속에서 그를 추적하며 그의 방에 녹음기를 설치하고 우편물을 몰래 훔쳐보는 사람들을 피해서 도망 다녔다. 파리, 베를린, 발트해, 그리고 다시 베를린. 그는 덴과 동행했다. 덴은 그가 유일하게 믿는 사람이자 그에게 반박하지 않으면서 그의 편집증 망상을 살살 달래주려고 노력한 사람이었던 듯하다. 11월에 그들은 프로이트에게 도움을 구할 생각으로 빈으로 들어갔다. 스코필드는 브리스틀호텔에 체크인하다가 외교관이자 역시 백만장자인 지인 윌리엄 C. 불릿 주니어와 그의 새 아내 루이즈 브라이언트와 마주쳤다. 불릿은 위대한 작가가 되고 싶어서 프로이트의 분석실 소파에 누워 도움을 받기 위해 빈에 온 터였다(프로이트와 불릿은 결국 불릿의 옛 상사인 우드로 윌슨 대통령에 관한 심리연구를 함께 썼다).

스코필드는 그레고리에게 보낸 편지에 프로이트에게 다시 치료해달라고 부탁했지만 프로이트가 바쁘다고 거절했으며 자신은 "빈에서 프로이트 없이 견디고 싶지 않다"고 적었다. 사실 프로이트가 적어도 몇 번은 그를 만나주었던 듯하다. 어느 날 불릿이 스코필드가 위대한 그분에게 분석을 받는다는 것을 알았다고 흥분하면서 덴에게 말했으니 말이다. 물론 덴에게는 새로운 소식이 아니었다. 스코필드 자신도 그레고리에게 보낸 이전의 편지와 모순되게 다시 그레고리에게 이렇게 적어 보냈다. "상태가 좋지 않아. 문제가 귀까지 찼어. 같은 문제, 파커 문제. 이틀 전에는 프로이트마저 나의 고통을 보고 마음이 아프다며 **눈물**을 다 비치더군." 하지만 1월 중순에 스코필드는 프로이트가 그를 도울 수 없다는 것을 직감한 듯했다. 그는 그레고리에게 "평생 가장 심각한 전보"를 보내며 제발 와서 자기를 구해달라고 간청했다. 그레고리는 위급한 상황이란 걸 직감하고 영국에 있는 그들의 집으로 스코필드를 데려가려고 포이스와 함께 급히 빈으로 왔다.

그레고리는 프로이트를 만나 상의했다. 프로이트는 스코필드가 "가장 여린 심장"을 가진 사람이라고 말했다. 그리고 스코필드를 다루는 데 조금이나마 도움이 될 만한 방법을 일러주었다. "프로이트는 아무도 S[스코필드 세이어]를 믿어주는 척하지 말아야 한다고 주의를 주었다[믿어주는 척하는 방법은 그때까지 덴의 전략이었다]. 한 사람이라도 자기를 믿어준다고 생각하면 강박이 더 심하게 고착될 것이라고 했다." 프로이트는 스코필드에게 (독일어) 편지로 그를 데려가려는 그레고리의 계획을 지지해주었다. "세이어 씨, 선생의 친구들이 2월 14일 이후에는 여기 머무는 것이 불가능하다는 소식을 들으니 안타깝군요. 상황이 그렇다면 친구들과 함께 영국으로 가서 한동안 휴식을 취하기를 권합니다. 어쨌든 언제든 다시 빈으로 돌아올 수 있으니까요. 여기로 꼭 와야 한다거나 분석을 다시 이어가고 싶다면요."(1926.01.23., 프로이트가 실수로 '1925년'이라고 썼다.) 스코필드는 그레고리와 포이스와 함께 떠나겠다고 약속했지만 기차역에 나타나지 않았다. 아마도 사악한 추격자들을 떨쳐내려고 그랬을 것이다.

스코필드는 빈에 조금 더 머물렀다. 프로이트와 분석을 다시 '이어갔는지'는 확실치 않다. 이후 독일과 스위스와 이탈리아를 이동하면서 여전히 "적들"에게 쫓겼다. 그는 시를 썼고, 대다수 시를 『다이얼』에 발표했다. 친구와 동료들은 다들 그에게서 니체의 '미친 편지Wahnbriefe'를 연상시키는 기이한 엽서나 장문의 전보를 받았다. 결국 어머니가 봄에 그를 데리러 유럽으로 건너왔다. 그는 미국으로 돌아가 상류층을 위한 하버드 맥린병원에 입원했고, 몇 개월씩 두 차례에 걸쳐 머물렀다. 진단명은 망상형 정신분열증이었다. 이후 6년 가까이 두문불출하며 친구들의 편지에 답장하지도 않고 찾아오는 사람을 만나주지도 않았다(그때까지 그를 친아버지로 알던 일레인의 딸 낸시조차 그를 만날 수 없었다). 그는 여러 곳의 부동산과 호화 호텔과 간간이 요양소를 오가며 여생을 보냈고, 남자 간호사 두 명이 그를 보살폈다. 어머니가 세상을 떠난 후 1937년에 그는 법적 정신이상으로 지정받았다. 그는 방에서 영어와 독일어와 프랑스어로 강박적으로 글을 쓰고 간간이 비명을 질렀다. 날짜 미상의 한 메모에는 이렇게 적혀 있다. "[우스터의] 멤[메모리얼] 병[원]에서 나는 아름다운 천사다. 허무하게 … 공연히 자기 날개를 때리는."

스코필드 세이어는 1982년 7월 9일에 에드거타운의 자택에서 92

세를 일기로 사망했다. 법적으로 유효한 최종 유언에서 그가 재산을 물려준 네 사람(알리스 그레고리도 그중 한 명이었다) 모두 이미 세상을 떠난 상태였다. 그가 소장한 방대한 미술품은 뉴욕 메트로폴리탄미술관으로 갔다. 유언집행자들은 오랜 세월 우스터 창고보관 업체에 보관된 트렁크 세 개에서 스코필드의 에로틱 소장품을 발견했다. 그중에는 오랜 세월 인정받지 못하던 피카소 '청색 시대'의 작품으로, 사춘기의 피카소가 바르셀로나의 사창가 아비뇽 거리에서 전라의 처녀에게 구강성교를 받는 장면을 그린 〈야한 장면*La Douceur*〉(1903)이 있었다. 스코필드가 이 그림을 따로 사들이기 전에 피카소와 미술상 다니엘 헨리 칸바일러는 이 음란한 그림을 가리기 위해 같은 크기의 입체파 정물화 〈기타, 가스버너, 병*Guitare, bec à gaz, flacon*〉(1913)을 붙였다. 1960년대에 이 젊은 시절의 초상화가 찍힌 아돌프 마스의 사진을 보고 피카소는 자기 그림이 아니라고 극구 부인했다. 스코필드처럼 피카소에게도 비밀이 있었다.

38 카를 리브만

Carl Liebmann

c.1900~1969

카를 리브만은 20세기 초 뉴욕에서 손에 꼽힐 정도로 부유한 집안의 자제로 태어났다. 아버지 줄리어스 리브만은 그의 할아버지 새뮤얼 베르 리브만에게서 미국에서 가장 유명한 맥주를 생산하는 유서 깊은 회사, 라인골드 맥주 양조회사를 물려받았다('라인골드, 드라이 맥주'는 오랫동안 브루클린 다저스(LA 다저스의 전신)의 공식 맥주였다). 카를은 아버지가 브루클린 클리턴가에 지은 웅장하고 화려한 줄리어스 리브만 저택에서 어린 시절을 보냈다. 집안의 주치의 레오폴드 스티글리츠 박사(사진가이자 아방가르드 예술가인 앨프리드 스티글리츠의 형이고, 결혼을 통해 줄리어스 리브만 집안과 인척 관계가 된다)에 따르면 카를은 항상 "달랐다"고 한다. "스포츠나 운동을 싫어했다. 가령 나무 타기 같은 활동을 무서워했다." 조숙하지만 사교성이 떨어지고 또래 아이들과 어울려 놀지 않았다. 청소년기에는 여자에게 관심을 보이지 않았다. 열두 살부터 골반을 가리는 팬티를 입은 남자를 직접 보거나 상상하면 성적으로 자극받았다. 그리고 자위하면서 그의 정자에서 태어났을지 모를 무수한 아기를 죽여서 집단 학살을 자행한다는 망상에 빠져 자책했다.

예일대학교에 다니던 시절은 전혀 행복하지 않았다. 다시 스티글리츠의 증언을 들어보자. "그는 남학생들에게 '호모'라고 놀림을 받았고, 수영장에서 벌거벗은 소년들의 몸을 보면 기분이 좋고 간혹 이런 소년들이 나오는 야릇한 꿈을 꾼다고 내게 말하기도 했다. 그는 특히 국부 보호대를 착용하는 것을 좋아했고, 또 소년들이 국부 보호대를 착용한 모습을 보는 것도 좋아했다." 1922년에 대학을 졸업할 때 망상이 생기자 스티글리츠가 그를 동료 정신분석가 리온 피어스 클라크에게 보냈고, 클라크는 그에게 성도착이 있음을 확인했다.

카를은 클라크에게 짧게 분석을 받은 후 유럽으로 건너갔다. 그는 화가가 되고 싶었다. 1924년에 취리히에 도착해 목사이자 정신분석가인 오스카 피스터를 만났다. 피스터는 카를이 어려운 사례인 것을 알아채고 브루크횔츨리 정신병원 원장인 오이겐 블로일러에게 보내 진단받게 했다. 카를은 블로일러와 상담하는 동안 손을 씻는 충동과 길에서 지나가는 사람들이 자기를 쳐다본다는 강박적 공포에 관해 말하며 불안해했다. 블로일러는 환자의 사고에 일관성이 없다는 점에서 일단 강박신경증 진단을 배제했다. 그는 "경미한 정신분열증"으로 보고 카를이 지시적인 정신분석 치료에 반응할 수 있다고 판단했다. "그[카를 리브만]는 초기 단계라서 분석을 줄이고 교육을 늘리면 정신분석으로 효과를 볼 수 있을 겁니다. … 여기서 교육이란 주로 특정 작업과 목표 지향적 생활 통제로 관심을 끌어낸다는 뜻입니다."(피스터에게 보낸 편지, 1924)

피스터는 이런 방법을 시도할 여력이 없어서 프로이트에게 카를의 치료를 부탁했다. 프로이트는 옛 동지이던 블로일러의 진단과 정반대로 정신분열증이 아니라 강박신경증이라고 보고 일단 테오도어 라이크에게 공을 넘겼다. "선생의 그 젊은 미국인은 걱정하지 마세요. 그 환자를 도와줄 수 있어요. 여기 빈의 라이크 박사가 이런 심각한 강박신경증 전문가입니다."(피스터에게 보낸 편지, 1924.12.21.) 하지만 피스터가 프로이트에게 카를을 직접 맡아달라는 뜻을 굽히지 않자 프로이트는 1925년 2월 19일 부활절에 피스터와 함께 카를을 만나기로 했다. 하지만 조건을 명확히 제시했다. "내가 일괄적으로 받는 비용은 시간당 20달러입니다." 이렇게 프로이트는 카를을 처음 만났고, 5월에 카를의 부모인 줄리어스와 마리 리브만이 프로이트를 만나러 미국에서 건너왔다. 프로이트는 피스터에게 이렇게 보고했다. "그분들이 기꺼이 희생하려는 것처럼 보이는데, 이것은 대개 나쁜 예후를 의미합니다. 그분들에게 아무것도 확실히 약속하지 못하고 그저 나의 전반적인 의욕만 밝힐 수 있었습니다."(1925.05.10.)

프로이트는 이 문제 많은 사례를 맡는 것을 망설인 듯하다. 8월에는 피스터에게 이렇게 보냈다. "선생의 전도유망한 그 대단한 청년이 스스로 파멸하도록 내버려 둬야 할 것 같습니다."(1925.08.10.) 그러고는 얼마 뒤 생각을 바꾸어 피스터에게 다시 이렇게 적었다. "그 불쌍한 청년에게 안타까운 마음이 들기 시작했습니다."(1925.10.11.) 게다가 카를은 프로이트의 분석실을 찾는 다른 미국인과는 달리 독일어를 유창하게 구사했다. 프로이트는 줄리어스와 마리 리브만에게 편지로 카를의 분석을 맡아줄 용의가 있지만 치료가 길어질 것이고 반드시 좋은 결과가 나온다고 보장할 수도 없다고 알렸다. 그들은 프로이트의 조건을 받아들였다. 시간당 25달러(프로이트가 피스터에게 말한 20달러가 아니다), 런던 롬바르드가 앵글로오스트리안은행의 프로이트의 계좌로 송금할 것. 프로이트는 아직 젬머링에서 휴가를 보내던 9월 15일에 예외적으로 카를 리브만을 치료하기로 하면서 이렇게 덧붙였다. "제가 아직 휴가 중인 동안(10월 1일까지) 치료하는 조건으로 사례비를 두 배로 청구하고자 합니다."(줄리어스와 마리 리브만에게 보낸 편지, 1925.09.17.)

그 후 5년간 치료가 이어졌고, 그사이 카를 리브만은 빈대학교의 미술사연구소에서 석사학위 과정을 밟으며 미술사가인 요제프 슈트르치고프스키에게 지도받고 프리츠 노보트니에게 도움을 받았다(하지만 결국 박사학위를 따지 못해 부모에게 큰 한을 안겨주었다). 카를의 상태는 치료를 시작하고부터 점차 나빠졌다. 그래서 프로이트는 은근히 블로일러의 진단을 수용한 듯하다. "그가 편집성 치매 직전이라는 의사로서의 확신이 굳어졌습니다. 다시 그를 포기하려고 했지만 그에게는 쉽게 단념하지 못하게 만드는 어떤 감동적인 구석이 있습니다."(피스터에게 보낸 편지, 1926.01.03.) 프로이트는 카를이 자살할까 봐 두려워했다. 카를의 정신증이 심해진 데는 프로이트가 치료 초반에 내렸을 해석이 작용했다. 피스터에게 보낸 같은 편지에서 프로이트는 "그가 이렇게 심각하게 나빠진 데는 … 내가 그의 신경증의 진짜 비밀을 말해줘서일 수 있습니다. 비밀을 말하자 당장 저항이 거세질 수밖에 없었습니다." 프로이트는 며칠 후 카를의 부모에게 편지로 환자가 "엄청난 죄책감에 시달리지만 편지로는 그 이유를 밝힐 수 없습니다"라고 전했다.(1926.01.13.)

현재는 그 "비밀"이 밝혀졌다. 프로이트는 카를의 문제가 어머니에게 남근이 없다는 사실을 안 날부터 시작되었다고 주장했다. 1927년에 프로이트는 성도착에 관한 논문에서 카를 리브만을 언급하며 여성 거세에 대한 부정 혹은 인식의 양면적인 사례로 보았다. "이처럼 상당히 미묘한 사례에서 거세에 대한 부정과 인식 양쪽 모두가 결국 성도착으로 이어졌다. 수영팬티로도 입을 수 있는 운동용 국부 보호대에 대한 성도착을 보인 남자의 사례에서도 그렇다. 천 조각이 성기를 완전히 가려서 남녀 사이의 차이를 감추었다. 분석에서 그에게는 이런 보호대는 여자들은 거세당하고 그들은 거세당하지 않는다는 사실을 의미하는 것으로 드러났다. 게다가 보호대 속에 온갖 가능성이 감춰질 수 있으므로 남자들도 거세당했다는 가설도 성립할 수 있다. 일찍이 유년기에 시작된 이런 성도착의 최초의 형태는 동상의 무화과 나뭇잎이었다."

하지만 이런 비밀을 밝힌다고 해서 카를의 상태가 호전된 것은 아니었다. 카를은 5년 동안 계속 똑같은 "편집증"과 "정신분열증"을 보였다.(피스터에게 보낸 편지, 1926.09.14./1927.04.11./1927.10.22.) 1927년에 프로이트는 카를에게 자위를 금지하는 식으로 강하게 밀어붙였지만 이 방법도 효과를 보지 못했다. "그 청년은 심각한 시련입니다. 나는 그가 성도착적 자위를 의식적으로 참아서 내가 성도착의 본질에 관해 밝혀낸 모든 사실을 스스로 증명하게 하려고 해보았지만 그는 그렇게 절제하는 노력이 치료의 진행 과정에 꼭 필요하다고 생각하지 않을 것입니다."(피스터에게 보낸 편지, 1927.04.11.)

프로이트는 이렇게 피스터와 비관적인 의견을 나누면서 한편으로는 카를의 부모인 줄리어스와 마리 리브만에게도 분석의 진행 상황을 자주 보고했고, 분석에 대한 의견도 자주 급변했다. 한편으로는 치료 과정에서 만난 난관에 대해 가감 없이 털어놓다가도 또 한편으로는 부모에게 좋은 결과를 기대하라고 끊임없이 희망을 불어넣었다. 1928년 7월에는 마리 리브만에게 자기에게는 "아드님의 진단이 망상성 정신분열증이라는 사실을 어머님께 숨길 권리가 없다"고 말하면서도 곧이어 "이런 진단이 별다른 의미는 없고 아드님의 장래에 대한 불확실성을 뚫고 나가는 데 도움이 되지 않는다"고 편지에 적었다. 이듬해에 프로이트는 카를의 강박 증상이 심각해지는 것을 좋은 신호로 해석했다. "다른 여러 신호와 함께 이 신호는 무서운 망상이 더는 진행되지 않는다는 것을 보여줍니다. 망상이 호전되면 강박 증상이 돌아오는 경향이 있으니까요. … 저는 아직 그가 학업을 잘 마무리한다면 결국 좋아지리라 믿습니다."(1929.11.03.) 치료가 길어져 걱정하던 카를의 부모는 어떤 말에도 마음을 놓지 못했다. 1927년 4월에 마침 미국에 머물던 페렌치는 이렇게 보고했다. "교수님 환자의 부모인 리브만 씨 부부가 교수님이 보내주신 편지에서 몇몇 문장을 설명해달라고 두 번이나 저를 찾아왔습니다. 제가 아는 선에서 최대한 설명하면서 두 분을 잘 이해시키려고 노력했습니다. 무엇보다도 치료가 길어지는 문제에 관해서요."(1927.04.08.)

줄리어스와 마리 리브만은 아들이 잘 지내는지 보려고 자주 유럽에 갔다. 매번 프로이트가 휴가를 보내는 젬머링으로 찾아가 친분도 쌓았다. 1929년 봄에는 프로이트가 카를을 입원시킬 수도 있다고 한 슐로스테겔 요양소에도 가보았다. 1927년에 정신분석가 에른스트 지멜이 설립하고 프로이트의 아들인 건축가 에른스트 프로이트가 지은 이 사설병원은 세계 최초로 환자들에게 정신분석 치료만 제공하는 병원이었다. 암 치료를 위해 이 지방에 자주 머물던 프로이트는 사업에 애착을 갖고 많은 자금을 투자했다. 하지만 독일의 경제 상황이 악화되어 슐로스테겔은 재정적으로 위기를 겪고 있었다. 월스트리트 대폭락이 일어나기 두 달 전인 1929년 8월 23일에 프로이트는 펜을 들어 줄리어스 리브만에게 도움을 구했다. 프로이트는 두 내외가 그 병원에 방문한 일을 언급하며 이렇게 적었다. "그때만 해도 그 병원에서 카를을 치료할 수 있을 줄 알았지만 현재로서는 그럴 가능성이 매우 불투명해졌습니다. … 주요 기부자가 불행한 상황을 맞아서 이 사업이 빚더미에 앉았습니다. 어제는 갑작스럽게 신속히 도움을 받지 못하면 9월 초에 파산할 거라는 소식이 날아왔습니다. 그래서 제가 이렇게 아버님의 관심을 끌기 위해 용기를 냈습니다. 아무 결실도 없는 기부가 아닙니다. 당면한 난관만 잘 넘기면 큰 수익을 돌려줄 수 있는 투자입니다. 좋은 일에 봉사하시고 마땅히 공로도 인정받을 겁니다." 이렇게 리브만 부부가 기부해서 잠시나마 파산을 막아주었다. 하지만 슐로스테겔 요양소는 1931년에 최종 폐업했다. 도로시 벌링햄, 막스 아이팅곤, 마리 보나파르트 공주를 비롯한 프로이트 학파의 부유한 사람들이 여러 차례 자금을 투입했지만 소용이 없었다.

카를은 미국에서 휴가를 보내고 빈으로 돌아오자마자 치료를 재개했다. 1930년 1월에 프로이트는 카를의 어머니에게 카를의 상태가 좋지 않다고, 우울해하고 학업을 등한시한다고 알렸다.(1930.01.28.) 3월에는 부모에게 카를이 강의를 들으러 가지 않는 이유를 알아냈다고 알렸다. 카를은 치료와 별개로 자기분석을 시작했고, 그래서 결국 호텔 방에서 나오지 않았다. "카를은 스스로 분석을 마무리해서 내면의 모든 수수께끼를 파헤치기로 했습니다. 매일 몇 시간씩 그 문제를 붙들고 분석해보려고 시도합니다. 아마 카를이 말하는 것보다 더 오래 분석에 매달리겠지요. … 하지만 이런 식으로 풀리는 문제가 아닙니다. 이렇게 시도해서 성공한 사람이 아직 없습니다. [전설적인] 폰 뮌히하우젠 남작이 늪에 빠졌다가 자신의 머리를 잡아 끌어올려서 빠져나왔다는 식의 허풍으로는 불가능합니다."

그해 말 프로이트는 패배를 인정했다. 미술사연구소에서 슈트르치고프스키의 조교로 일하는 프리츠 노보트니에게 이렇게 털어놓았다. "'나는 이 친구를 치료하지 못했습니다.' … 그[프로이트]는 이렇게 말하면서 내가 알기로 수년간 이어온 치료를 포기했다. 그걸로 끝이었다." 프로이트는 카를을 그의 제자인 루스 맥 브런즈윅에게 보냈다. 여자 분석가가 성도착적 자위를 멈추게 할 수 있기를 바랐던 모양이다. 그리고 한편으로는 카를의 부모를 안심시켰다. "B[브런즈윅] 선생은 … 제 여자 제자 중 가장 똑똑합니다."(1930.11.31.) "그 선생은 [카를을] 그만의 생각에서 끌어내서 [미술사]연구소로 보내는 데 주력할 것입니다."(1930.12.07.)

맥 브런즈윅과의 분석은 오래가지 않았다. 카를 리브만은 프로이트가 분석을 종결한 이유를 이해하지 못한 채 정신병 속으로 침잠해 들어갔다. 부모와도 연락을 끊고 1932년 3월에 마지막으로 한 번 더 프로이트를 만났다. 그리고 파리로 가서 프로이트와 등진 제자 오토 랑크에게 단기간 분석을 받았다. 랑크는 예상대로 카를 리브만의 초기 외상은 프로이트의 말처럼 거세를 발견한 사건이 아니라 출생 외상 trauma of birth 이라고 보았다.

카를은 랑크의 해석도 이해하지 못하고 돈도 다 떨어진 채로 3등칸 선실을 타고 주머니에 단돈 150달러만 지닌 채 뉴욕으로 건너갔다. 가난한 독신자들을 위한 밀스호텔에 방을 빌리고, 택시 운전사가 되기 위해 운전 강습을 받으면서 밤에는 생계를 위해 세차장에서 일했다. 부모가 카를을 겨우 설득해서 아버지의 운전사로 일하고 돈을 받아가게 했다. (아버지를 태우고 달리는 여정은 혼돈이었다. 그는 운전하다가 아이를 치어 죽일까 두려워해서 늘 뒤를 돌아보며 혹시나 누굴 쳤는지 거듭 확인했다.) 1933년에는 부모의 욕실에서 사냥칼로 갈비뼈를 찔렀지만 아슬아슬하게 심장을 비껴 갔다.

카를의 부모는 아들을 다시 분석가들에게 보내서 분석을 받게 했다. 처음에 아브라함 브릴에게 보냈다가, 다음으로는 프로이트의 제자로 그즈음 미국으로 건너온 빈 출신의 헤르만 눈베르크에게 보냈다. 브릴은 카를 리브만이 분석을 여섯 차례 받은 것을 알고 "분석이 [그에게] 상당한 통찰을 주었지만 망상 성향을 바꾸지는 못했다"고 결론지었다. 브릴은 자신의 진단을 입증하기 위해 환자가 "탐정들에게 미행당하고 있다고 상상한다"는 점을 근거로 들었다. 하지만 그는 카를이 빈을 떠난 뒤로 카를의 부모가 실제로 아들에게 미행을 붙인 사실을 몰랐다.

줄리어스와 마리 리브만은 자포자기의 심정으로 아들을 하버드 맥린병원에 입원시켰고, 카를은 세상을 떠날 때까지 그곳에 머물렀다. 카를은 10쪽짜리 장문의 편지로 자기를 입원시킨 데 강력히 항의했지만 그의 아버지는 다른 해결책이 없다고 답했다. "이런 결정을 내리기까지 우리도 무척 힘들었다. 너와 먼저 상의하지 않은 건 네가 동의하지 않을 걸 알아서였다. 네가 그렇게 여러 해 동안 분석을 받아서 정신의학을 신뢰하지 않으니 말이다. 프로이트, 맥 브런즈윅, 브릴과 눈베르크 박사님 같은 분석가들도 9년 동안이나 시도하고 이제 너한테 분석이 도움이 되지 않을 거라고 말씀하셨고, 여기서 우리가 자문을 구한 분들도 너를 의학적으로 치료하는 것이 온당하다고 하셨단다. 네가 우리를 어떻게 생각하든 우리는 우리의 건강보다 네 건강을 더 중요하게 생각한단다."

줄리어스 리브만은 그에게는 맥린병원이 최선의 선택이라고도 설명했다. 맥린병원은 사실 스위스에 있던 빈스방거의 벨뷔 요양소에 가장 근접한 미국의 시설이었다. 부유하고 유명한 환자가 많이 가는 곳으로 카를 리브만은 이 병원에 머물면서 로버트 로웰, 앤 섹스턴, 실비아 플라스 같은 시인들, 수학자 존 내시, 음악가 레이 찰스와 제임스 타일러, 그리고 물론 함께 정신분석을 받은 스코필드 세이어를 만났다. 카를 리브만이 입원한 1935년에는 마침 맥린병원이 환자들을 최대한 편안하고 안심되는 환경에서 머물게 해서 '열린' 정신병원으로 만들어가는 중이었다.

카를은 이 병원에서 정신분석 치료를 이어가고 싶어 했고 또 그럴 수 있었지만, 그의 어머니가 반대했다. 어머니는 카를의 정신과 주치의에게 편지를 보냈다. "피스터, 프로이트, 맥 브런즈윅, 브릴, 눈베르크 같은 박사님들에게 분석을 받고도 도움을 받지 못했다면 우리 아들에게는 분석이 도움이 되지 않는다는 뜻이겠지요. 프로이트가 우리 아들을 포기하면서 그러셨다더군요. '당신에게 분석으로 할 수 있는 건 다 해봤습니다. 이제는 스스로 살아가려고 노력해야 합니다(저는 카를이 이 말을 자기분석을 비꼬는 말로 받아들였을 것만 같아요. 그러니까 프로이트가 카를의 자기분석을 '치료할 수 없었다'고 말한 것으로요)."

여러 해에 걸쳐 카를 리브만을 치료한 많은 정신과 의사는 그가 자위행위에 심한 죄의식을 느낀 것은 프로이트가 자위에 빠지지 말라고 금지해서라고 보았다. 그는 금지 명령을 어길 때마다 프로이트에게 고백했다. 카를의 1935년 환자 기록에서 당시 담당 정신과 의사가 작성한 메모도 발견되었다. "환자는 자신에게 신경증이 발병한 이유는 여자에게 페니스가 없다는 사실을 알고 받은 충격 때문이라고 생각한다. 그는 어머니를 바라보다가 그 사실을 발견했을 거라고 생각한다. … 어떻게 이런 생각을 하게 되었는지 묻자 프로이트 때문이라고 답했다. 하지만 그는 그런 충격을 받은 기억이 나지도 않고 그런 장면에 관해 아무것도 생각나지 않는다고 말했다. 그런데도 그는 완벽한 진실이라고 믿는다. … 건강해지려면 이렇게 문제의 시작점을 완벽하게 이해하고 알아야 한다고 말하지만 그는 여전히 만족하지 못하고 건강하지 않다. 그는 그 상황을 더 분석해야 한다고 믿고 여기서 지내는 동안 내내 글을 쓰면서 분석 작업에 몰두했다."

카를 리브만은 오랜 세월 당시 유행하던 갖가지 정신의학 치료를 받았다. 뇌엽절리술, 전두엽 부분절제술, 인슐린 혼수요법, 전기충격요법에 이르기까지. 그리고 씩씩하게 살아남아 미국 정신의학계가 한 명도 빠짐없이 프로이트 학파로 넘어간 1950년대에 드디어 복수의 시간을 맞이했다. 정신의학계의 모든 사람들이 그가 프로이트에게 분석을 받았다는 사실을 알았고, 정신의학을 전공하는 인턴들이 앞다투어 "프로이트를 아는 남자"를 만나기 위해 보스턴에서 찾아왔다. 카를은 입을 다무는 기간이 아닐 때는 항상 빈의 대가를 만난 이야기로 손님들을 융숭하게 대접했다. 그가 프로이트와 철학을 논한 일, 프로이트가 소파를 지나 서성이는 동안 그의 애완견이 쳐다보던 모습, 프로이트가 환자한테는 담배를 피우지 말라고 하고 자기는 해석하면서 간간이 담배를 피우던 이야기를 들려주었다(카를은 담배를 피우지 말라는 말을 그의 남성성을 부정하는 말로 듣고 거슬려했다).

오랜 세월 카를 리브만은 복도에서 의사들을 마주치면 쩌렁쩌렁 울리는 목소리로 "나는 아버지의 페니스입니다"라고 외쳤다. 그리고 계속 글을 쓰고 자기를 분석하면서 프로이트의 말대로 어머니 마리 리브만의 알몸을 본 기억을 찾아내려고 시도했다. 하지만 끝내 찾아내지 못하고 1969년에 세상을 떠났다.

부록

감사의 말

프로이트가 정신분석 이론의 밑바탕이 되었다고 말하는 익명이나 가명인 환자들의 운명을 지난 40년간 끈질기게 추적하고 복원하여 정신분석을 새롭게 이해하게 해주신 모든 분께 감사드립니다. 올라 안데르손, 라비나 에드먼즈, 헨리 F. 엘런버거, 어니스트 팔제더, 존 포레스터, 헬렌 프링크 크라프트, 슈테판 골드만, 알브레히트 히르슈펠러, 한 이스라엘스, 데이비드 J. 린, 패트릭 J. 마호니, 울리케 마이, 카린 오브홀처, 이네스 리더, 폴 로즌, 앤서니 스태들런, 피터 J. 스왈레스, 크리스트프리트 퇴겔, 디아나 포크트, 엘리자베스 영-브뤼엘에게 감사드립니다. 이분들의 저작에서 큰 도움을 받았습니다. 이분들의 연구가 없었다면 이 책도 나오지 못했을 겁니다.

아울러 졸저를 집필하는 동안, 나아가 지난 25년에 걸쳐 프로이트의 환자들을 연구하는 동안 제게 도움을 주신 모든 분께도(앞의 여러분과 중복되는 분도 계십니다) 감사드리고 싶습니다. 해럴드 P. 블룸, 루커스 브루진, 리카르도 케파치, 프레더릭 크루즈, 쿠르트 R. 아이슬러†, 어니스트 팔제더, 존 포레스터†, 루시 프리먼†, 토비 겔펀드, 슈테판 골드만, 안 카트린 그라프, 콜린 그라프, 알브레히트 히르슈펠러, 한 이스라엘스, 라이나 판 리르, 패트릭 J. 마호니, 카린 오브홀처, 조지앙 프라, 폴 로즌†, 카를하인츠 로스바허, 미카엘 슈캄멜, E. 란돌('랜디') 쇤베르크, 소누 샴다사니, 리처드 스큐즈, 피터 J. 스왈레스, 안드레아스 트라이츨, 톰 울리히, 미아 비에이라, 제롬 C. 웨이크필드에게 감사드립니다. 이 책에 담긴 모든 주장과 오류는 물론 전적으로 제 책임입니다.

베르타 파펜하임

Borch-Jacobsen, Mikkel, *Remembering Anna O.: A Century of Mystification* (New York, 1996)

——, and Sonu Shamdasani, *The Freud Files: An Inquiry into the History of Psychoanalysis* (Cambridge, 2012)

Breuer, Josef, and Sigmund Freud, *Studies on Hysteria, Standard Edition of The Complete Psychological Works of Sigmund Freud* [1895] (London, 1953–74) [henceforth referred to as Standard Edition], vol. ii

Edinger, Dora, *Bertha Pappenheim, Freud's Anna O.* (Highland Park, il, 1968)

Eitingon, Max, 'Anna O. (Breuer) in psychoanalytischer Betrachtung', *Jahrbuch der Psychoanalyse*, xl (1998), pp. 14–30

Ellenberger, Henri F., 'The Story of "Anna O.": A Critical Review with New Data', *Journal of the History of the Behavioral Sciences*, viii/3 (1972), pp. 267–79

Herzog, Max, ed., *Ludwig Binswanger und die Chronik der Klinik 'Bellevue' in Kreuzlingen* (Berlin, 1995)

Hirschmüller, Albrecht, *The Life and Work of Josef Breuer* (New York, 1991)

Homburger, Paul, 'Re: Bertha Pappenheim', letter to the editor, *Aufbau*, 7 June 1954

Jensen, Ellen M., *Streifzüge durch das Leben von Anna O/Bertha Pappenheim. Ein Fall für die Psychiatrie. Ein Leben für die Philanthropie* (Frankfurt am Main, 1984)

Kaplan, Marion A., *The Jewish Feminist Movement in Germany: The Campaigns of the Jüdischer Frauenbund*, 1904–1938 (Westport, ct, 1979)

——, *The Making of the Jewish Middle Class: Women, Family, and Identity in Imperial Germany* (New York and Oxford, 1991)

Loentz, Elizabeth, *Let Me Continue to Speak the Truth: Bertha Pappenheim as Author and Activist* (Cincinnati, oh, 2007)

Swales, Peter J., 'Freud, Breuer and the Blessed Virgin', unpublished lecture, Seminars on the History of Psychiatry and the Behavioral Sciences, New York Hospital, Cornell Medical Center, 1986

에른스트 플라이슐 폰 마르호프

Charcot, Jean-Martin, note to Theodor Gomperz re: Fleischl, Jean-Martin Charcot Papers, Manuscript Division, Library of Congress, Washington, dc, c. 1884

Crews, Frederick, personal communication, 2011

Ewart, Felicie (pen name of Emilie Exner), *Zwei Frauenbildnisse. Erinnerungen* (Vienna, 1907)

Exner, Sigmund, 'Biographische Skizze', in *Ernst Fleischl von Marxow, Gesammelte Abhandlungen*, ed. Otto Fleischl von Marxow (Leipzig, 1893), pp. v–ix

Fleischl von Marxow, Ernst, letters to Sigmund Freud, Sigmund Freud Collection, Box 25, Folder 28, Manuscript Division, Library of Congress, Washington, dc, 1884–5

Freud, Sigmund, letter to Professor Josef Meller, 8 November 1934, Sigmund Freud Collection, Box 37, Folder 20, Manuscript Division, Library of Congress, Washington, dc

——, *Cocaine Papers*, ed. Robert Byck (New York, 1974)

——, *Schriften uber Kokain*, ed. Albrecht Hirschmüller (Frankfurt am Main, 1996)

——, and Martha Bernays, *Die Brautbriefe*, ed. Gerhard Fichtner, Ilse Gubrich-Simitis and Albrecht Hirschmüller, 5 vols (Frankfurt am Main, 2011–)

Hirschmüller, Albrecht, *The Life and Work of Josef Breuer: Physiology and Psychoanalysis* (New York, 1989)

Israëls, Han, *Het geval Freud. 1. Scheppingsverhalen* (Amsterdam, 1993); German translation: *Der Fall Freud: Die Geburt der Psychoanalyse aus der Luge* (Hamburg, 1999)

Kann, Robert A., ed., *Theodor Gomperz: Ein Gelehrtenleben im Burgertum der Franz-Josefs-Zeit. Auswahl seiner Briefe und Aufzeichnungen, 1869–1912, erlautert und zu einer Darstellung seines Lebens verknupft von Heinrich Gomperz* (Vienna, 1974)

Karch, Steven B., *A Brief History of Cocaine* (Boca Raton, fl, 2006)

Medwed, Hans-Peter, *Ernst Fleischl von Marxow (1846–1891). Leben und Werk* (Tübingen, 1997)

마틸데 슐라이허

Freud, Sigmund, 'Über das chemische Verhalten der Harne nach Sulfonal-Intoxikation' (report on the Mathilde Schleicher case written at the request of Adolf E. Jolles), *Internationale Klinische Rundschau*, 6 December 1891, col. 1913–14

Hirschmüller, Albrecht, 'Freuds "Mathilde": Ein weiterer Tagesrest zum Irma-Traum', *Jahrbuch der Psychoanalyse*, xxiv (1989), pp. 128–59

——, 'Freud, Meynert et Mathilde: l'hypnose en question', *Revue Internationale d'Histoire de la Psychanalyse*, vi (1993), pp. 271–85

Shorter, Edward, 'Women and Jews in a Private Nervous Clinic in Late Nineteenth-century Vienna', *Medical History*, xxxiii (1989), pp. 149–83

Voswinckel, Peter, 'Der Fall Mathilde S. . . .: Bisher unbekannter klinischer Bericht von Sigmund Freud. Zum 100. Geburtstag des Sulfonal-Bayer', *Arzt und Krankenhaus*, lxi (1988), pp. 177–84

안나 폰 리벤

Brentano, John, interview with Kurt Eissler, Sigmund Freud Collection, Box 113, Folder 15, Manuscript Division, Library of Congress, Washington, dc, 1954

Breuer, Josef, and Sigmund Freud, *Studies on Hysteria*, Standard Edition, vol. ii

Dupont, Judith, ed., *The Clinical Diary of Sándor Ferenczi* (Cambridge, ma, 1988)

Freud, Sigmund, and Minna Bernays, *Briefwechsel 1882–1938* (Tübingen, 2005)

Fuks, Evi, and Gabrielle Kohlbauer, eds, *Die Liebens: 150 Jahre Geschichte einer Wiener Familie* (Vienna, 2004)

Kobau, Ernst, *Rastlos zieht die Flucht der Jahre . . . Josephine und Franziska von Wertheimstein – Ferdinand von Saar* (Vienna, Cologne and Weimar, 1997)

Lieben, Anna von, *Gedichte. Ihren Freunden zur Erinnerung* (Vienna, 1901)

Lloyd, Jill, *The Undiscovered Expressionist: A Life of Marie-Louise von Motesiczky* (New Haven, ct, and London, 2007)

Masson, Jeffrey Moussaieff, ed., *The Complete Letters of Sigmund Freud to Wilhelm Fliess*, 1887–1904 (Cambridge, ma, and London, 1985)

Motesiczky [misspelled 'Motesitzky'], Henriette, and Marie-Louise von Motesiczky, interview with Kurt Eissler, Sigmund Freud

Collection, Box 118, Folder 9, Manuscript Division, Library of Congress, Washington, dc, 1972

Rossbacher, Karlheinz, *Literatur und Bürgerturm. Fünf Wiener jüdische Familien von der liberalen Ära zum Fin de Siècle* (Vienna, Cologne and Weimar, 2003)

Swales, Peter J., 'Freud, His Teacher, and the Birth of Psychoanalysis', in *Freud: Appraisals and Reappraisals*, ed. Paul E. Stepansky (Hillsdale, nj, 1986), vol. i, pp. 2–82

엘리제 곰페르츠

Breuer, Josef, and Sigmund Freud, *Studies on Hysteria*, Standard Edition, vol. ii

Freud, Sigmund, *An Autobiographical Study*, Standard Edition, vol. xx

——, correspondence with Heinrich Gomperz, Sigmund Freud Collection, Box 28, Folder 40, Manuscript Division, Library of Congress, Washington, dc (1920–33)

——, ‘Lettres à Elise Gomperz’, in *Sigmund Freud: L’Hypnose, textes (1886–1893)*, ed. Mikkel Borch-Jacobsen (Paris, 2015)

——, and Martha Bernays, *Die Brautbriefe*, ed. Gerhard Fichtner, Ilse Gubrich-Simitis and Albrecht Hirschmüller, 5 vols (Frankfurt am Main, 2011–)

Holzapfel, Bettina-Gomperz, *Reinerstrasse 13. Meine Jugend in Wien d. Jahrhundertwende* (Vienna, 1980)

Kann, Robert A., ed., *Theodor Gomperz: Ein Gelehrtenleben im Bürgertum der Franz-Josefs-Zeit. Auswahl seiner Briefe und Aufzeichnungen, 1869–1912, erlaütert und zu einer Darstellung seines Lebens verknüpft von Heinrich Gomperz* (Vienna, 1974)

Masson, Jeffrey Moussaieff, ed., *The Complete Letters of Sigmund Freud to Wilhelm Fliess, 1887–1904* (Cambridge, MA, and London, 1985)

Medwed, Hans-Peter, *Ernst Fleischl von Marxow (1846–1891). Leben und Werk* (Tübingen, 1997)

Rossbacher, Karlheinz, *Literatur und Bürgerturm. Fünf Wiener jüdische Familien von der liberalen Ära zum Fin de Siècle* (Vienna, Cologne and Weimar, 2003)

Swales, Peter J., ‘Freud, His Teacher, and the Birth of Psychoanalysis’, in *Freud: Appraisals and Reappraisals*, ed. Paul E. Stepansky (Hillsdale, nj, 1986), vol. i, pp. 2–82

Van Lier, Reina, personal communication, 27 January 2015

프란치스카 폰 베르트하임슈타인

Breuer, Josef, and Sigmund Freud, *Studies on Hysteria*, Standard Edition, vol. ii

Charcot, Jean Martin, letter to Theodor Gomperz, 18 March 1888, Jean-Martin Charcot Papers, Manuscript Division, Library of Congress, Washington, dc

Felicie Ewart (pen name of Emilie Exner), *Zwei Frauenbildnisse. Erinnerungen* (Vienna, 1907)

Kann, Robert A., ed., *Theodor Gomperz: Ein Gelehrtenleben im Bürgertum der Franz-Josefs-Zeit. Auswahl seiner Briefe und Aufzeichnungen, 1869–1912, erlaütert und zu einer Darstellung seines Lebens verknüpft von Heinrich Gomperz* (Vienna, 1974)

——, ed., *Briefe an, von und um Josephine von Wertheimstein. Ausgewählt und erlaütert von Heinrich Gomperz, 1933* (Vienna, 1981)

Kobau, Ernst, *Rastlos zieht die Flucht der Jahre . . . Josephine und Franziska von Wertheimstein – Ferdinand von Saar* (Vienna, Cologne and Weimar, 1997)

Lloyd, Jill, *The Undiscovered Expressionist: A Life of Marie-Louise von Motesiczky* (New Haven, ct, and London, 2007)

Rossbacher, Karlheinz, *Literatur und Bürgerturm. Fünf Wiener jüdische Familien von der liberalen Ära zum Fin de Siècle* (Vienna, Cologne and Weimar, 2003)

파니 모저

Andersson, Ola, correspondence regarding Frau Emmy von N. (Frau Fanny Moser von Sulzer-Wart), Sigmund Freud Collection, Box 50, Manuscript Division, Library of Congress, Washington, dc, 1960–65, 1977, n.d.

Andersson, Ola, 'A Supplement to Freud's Case History of "Frau Emmy von N." in *Studies on Hysteria* (1895)', *Scandinavian Psychoanalytic Review*, ii/5 (1979), pp. 5–16

Bauer, E., 'Ein noch nicht publizierte Brief Sigmund Freuds an Fanny Moser über Okkultismus und Mesmerismus', *Freiburger Universitätsblätter*, 25 (1986), pp. 93–110

Ellenberger, Henri F., 'The Story of "Emmy von N.": A Critical Study with New Documents', in *Beyond the Unconscious: Essays of Henri F. Ellenberger in the History of Psychiatry*, ed. Mark S. Micale (Princeton, nj, 1993), pp. 273–90

Freud, Sigmund, letter of 3 May 1889 to Josef Breuer, Freud Museum, London

——, letter of 13 July 1918 to Fanny Hoppe-Moser, Sigmund Freud Collection, Box 30, Folder 4, Manuscript Division, Library of Congress, Washington, dc

——, letter of 13 July 1935 to Gerda Walther (actually Fanny Hoppe- Moser), Sigmund Freud Collection, Box 43, Folder 16, Manuscript Division, Library of Congress, Washington, dc

Moser, Mentona, *Ich habe gelebt* (Zürich, 1986)

Swales, Peter J., 'Freud, His Teacher, and the Birth of Psychoanalysis', in *Freud: Appraisals and Reappraisals*, ed. Paul E. Stepansky (Hillsdale, nj, 1986), vol. i, p. 67, n. 34 and 35

Tögel, Christfried, '"My bad diagnostic error": Once More about Freud and Emmy von N. (Fanny Moser)', *International Journal of Psychoanalysis*, lxxx (1999), pp. 1165–73

Wetterstrand, Otto Georg, 'Om långvarig sömn särskildt vid behandling af hysteriens svårere former', *Hygeia*, lxi/5 (1899), p. 525

마르타 베르나이스

Barsis, Mrs Max, interview with Kurt Eissler, Sigmund Freud Collection, Box 112, Folder 9, Manuscript Division, Library of Congress, Washington, dc, 1956

Bernays, Hella, interview with Kurt Eissler, Sigmund Freud Collection, Box 113, Folder 8, Manuscript Division, Library of Congress, Washington, dc, 1952

Billinsky, John, 'Jung and Freud (the End of a Romance)', *Andover Newton Quarterly*, x/2 (1969), pp. 39–43

Borch-Jacobsen, Mikkel, 'Response to Richard Skues', *Psychoanalysis and History*,

xx/2 (2018), pp. 241–8
Brabant, Eva, Ernst Falzeder and Patrizia Giamperi-Deutsch, eds, *The Correspondence of Sigmund Freud and Sándor Ferenczi*, vol. I: 1908–1914 (Cambridge, ma, 1993)
Freud, Martin, *Glory Reflected* (London, 1957)
Freud, Sigmund, 'A Case of Successful Treatment by Hypnotism', Standard Edition, vol. i, pp. 115–28
——, and Minna Bernays, *Sigmund Freud/Minna Bernays Briefwechsel 1882–1938*, ed. Albrecht Hirschmüller (Tübingen, 2005)
Freud-Marlé, Lilly, 'Onkel Sigi. Aus den Memoiren einer Freud Nichte', *Luzifer-Amor*, xvii/34 (2004), pp. 132–53
Goldmann, Stefan, '"Ein Fall von hypnotischer Heilung" in Sigmund Freuds Privatpraxis', *Psychosozial*, xxxvii/136 (2014), pp. 127–39
Graf, Max, interview with Kurt Eissler, Sigmund Freud Collection, Box 115, Folder 13, Manuscript Division, Library of Congress, Washington, dc, 1952
Hammerschlag, Bertha, interview with Kurt Eissler, Sigmund Freud Collection, Box 115, Folder 16, Manuscript Division, Library of Congress, Washington, dc, 1951
Hammerschlag, Ernst, interview with Kurt Eissler, Sigmund Freud Collection, Box 115, Folder 17, Manuscript Division, Library of Congress, Washington, dc, undated
Heller, Judith Bernays, interview with Kurt Eissler, Sigmund Freud Collection, Box 128, Folder 2, Manuscript Division, Library of Congress, Washington, dc, 1952
Hirst, Albert, interview with Kurt Eissler, Sigmund Freud Collection, Box 116, Folder 2, Manuscript Division, Library of Congress, Washington, dc, 1952
Jekels, Ludwig, interview with Kurt Eissler, Sigmund Freud Collection, Box 116, Folder 8, Manuscript Division, Library of Congress, Washington, dc, 1951
Jung, Carl Gustav, interview with Kurt Eissler, Sigmund Freud Collection, Box 117, Folder 2, Manuscript Division, Library of Congress, Washington, dc, 1953
Maastright, Anna, interview with Kurt Eissler, Sigmund Freud Collection, Box 118, Folder 4, Manuscript Division, Library of Congress, Washington, dc, 1954
McGuire, William, ed., *The Freud/Jung Letters* (Princeton, nj, 1974)
Maciejewski, Franz, 'Freud, His Wife and His "Wife"', *American Imago*, lxxxiii/4 (2007), pp. 497–506
Masson, Jeffrey Moussaieff, ed., *The Complete Letters of Sigmund Freud to Wilhelm Fliess*, 1887–1904 (Cambridge, ma, and London, 1985)
Rosenfeld, Eva, interview with Kurt Eissler, Sigmund Freud Collection, Box 121, Folders 10–11, Manuscript Division, Library of Congress, Washington, dc, 1953
Schur, Max, interview with Kurt Eissler, Sigmund Freud Collection, Box 132,

Folder 16, Manuscript Division, Library of Congress, Washington, dc, 1953
——, letter to Ernest Jones of 30 September 1955, Ernest Jones Papers, Archives of the British Psychoanalytical Society, London
Skues, Richard,'Who Was the "Heroine" of Freud's First Case History? Problems and Issues in the Identification of Freud's Patients', *Psychoanalysis and History*, xix/1 (2017), pp. 7–54

파울리네 질베르슈타인

Anonymous, 'Selbstmord im Stiftungshause', Neue Freie Presse, 15 May 1891
——, 'Selbstmord', *Neues Wiener Tagblatt*, 15 May 1891
——, 'Lebensmüde', *Die Presse*, 15 May 1891
——, 'Selbstmord im Stiftungshause', *Illustriertes Wiener Extrablatt*, 15 May 1891
——, 'Totenbeschauprotokoll', *Polizeidirektion Wien*, 1891
Boehlich, Walter, ed., *The Letters of Sigmund Freud to Eduard Silberstein* (Cambridge, ma, 1990)
Brujin, Lucas, personal communication, 3 and 14 July 2020
Freud, Sigmund, and Minna Bernays, *Briefwechsel 1882–1938* (Tübingen, 2005)
Hamilton, James W., 'Freud and the Suicide of Pauline Silberstein', *Psychoanalytic Review*, lxxxix/6 (2002), pp. 889–909
Vieyra, Mia, personal communication and archives, Boulogne- Billancourt, 2010

아델레 야이텔레스

Freud, Sigmund, 'Ein Wort zum Antisemitismus', *Die Zukunft*, 25 November 1938
Koestler, Arthur, interview with Kurt Eissler, Sigmund Freud Collection, Box 117, Folder 9, Manuscript Division, Library of Congress, Washington, dc, 1953
Koestler, Mrs Arthur [Kösztler, Adele], interview with Kurt Eissler, Sigmund Freud Collection, Box 117, Folder 10, Manuscript Division, Library of Congress, Washington, dc, 1953
Paneth, Marie, interview with Kurt Eissler, Sigmund Freud Collection, Box 118, Folder 15, Manuscript Division, Library of Congress, Washington, dc, 1955
Scammell, Michael, *Koestler: The Odyssey of a Twentieth-century Sceptic* (New York, 2009)
——, personal communication, 2011

일로나 바이스

Breuer, Josef, and Sigmund Freud, *Studies on Hysteria*, Standard Edition, vol. ii

Gross, Paula, 'Memorandum for the Sigmund Freud Archives', Sigmund Freud Collection, Box 124, Folder 31, Manuscript Division, Library of Congress, Washington, dc, 1953

Tögel, Christfried, 'Elisabeth von R.' – Geburtshelferin der freien Assoziation. Neues zu Familie und Leben von Helene Weiss, verh. Gross', *Luzifer-Amor*, lx (2017), pp. 175–81

아우렐리아 크로니히

Breuer, Josef, and Sigmund Freud, *Studies on Hysteria*, Standard Edition, vol. ii

Fichtner, Gerhard, and Albrecht Hirschmüller, 'Freuds "Katharina" – Hintergrund, Entstehungsgeschichte und Bedeutung einer frühen psychoanalytischen Krankengeschichte', *Psyche*, xxxix (1985), pp. 220–40

Swales, Peter J., 'Freud, Katharina, and the First "Wild Analysis"', in *Freud: Appraisals and Reappraisals: Contributions to Freud Studies*, ed. Paul Stepansky (Hillsdale, nj, 1988), vol. iii, pp. 80–163

엠마 에크슈타인

Anderson, Harriet, *Utopian Feminism: Women's Movements in Fin-desiècle Vienna* (New Haven, ct, and London, 1992)

Brücke [Teleky], Dora von, interview with Kurt Eissler, Sigmund Freud Collection, Box 122, Folder 17, Manuscript Division, Library of Congress, Washington, dc, 1953

Eckstein, Friedrich, *'Alte, unnennbare Tage': Erinnerungen aus siebzig Lehr- und Wanderjahren* (Vienna, 1936)

Elias [Hirsch], Ada, interview with Kurt Eissler, Sigmund Freud Collection, Box 114, Folder 9, Manuscript Division, Library of Congress, Washington, dc, 1953

Freud, Sigmund, correspondence with Emma Eckstein, Sigmund Freud Collection, Box 21, Folder 24, Manuscript Division, Library of Congress, Washington, dc, 1895–1910

Hirst [Hirsch], Albert, interview with Kurt Eissler, Sigmund Freud Collection, Box 116, Folder 1, Manuscript Division, Library of Congress, Washington, dc, 1952

Huber, W.J.A., 'Emma Eckstein – Eine Frau in den Anfänge der Psychoanalyse,

Freuds Patientin und erste Schülerin', *Studien zur Kinderpsychoanalyse*, 6 (1986), pp. 67–81
Ludwig, Emil, Doctor Freud, *An Analysis and a Warning* (New York, 1947)
Lynn, David J., 'Sigmund Freud's Psychoanalysis of Albert Hirst', *Bulletin of the History of Medicine*, lxxi/1 (1997), pp. 69–93
Masson, Jeffrey Moussaïeff, *The Assault on Truth: Freud's Suppression of the Seduction Theory* (New York, 1984)
——, ed., *The Complete Letters of Sigmund Freud to Wilhelm Fliess*, 1887– 1904 (Cambridge, MA, and London, 1985)
Roazen, Paul, *How Freud Worked: First-hand Accounts of Patients* (Northvale, nj, 2005)
Swales, Peter J., interview with Mikkel Borch-Jacobsen and Sonu Shamdasani, Borch-Jacobsen and Shamdasani archives, 1993, 1995
Teleky, Ludwig, interview with Kurt Eissler, Sigmund Freud Collection, Box 133, Folder 10, Manuscript Division, Library of Congress, Washington, dc, 1956

올가 회니히

Brychta-Graf, Olga, letter to Kurt Eissler, Sigmund Freud Collection, Box 127, Folder 10, Manuscript Division, Library of Congress, Washington, dc, 1953
Graf, Herbert, interview with Kurt Eissler, Sigmund Freud Collection, Box 115, Folder 11, Manuscript Division, Library of Congress, Washington, dc, 1959
Graf, Max, interview with Kurt Eissler, Sigmund Freud Collection, Box 115, Folder 13, Manuscript Division, Library of Congress, Washington, dc, 1952
Graf, Mrs [Liselotte], interview with Kurt Eissler, Sigmund Freud Collection, Box 115, Folder 12, Manuscript Division, Library of Congress, Washington, dc, 1960
Masson, Jeffrey Moussaieff, ed., *The Complete Letters of Sigmund Freud to Wilhelm Fliess*, 1887–1904 (Cambridge, ma, and London, 1985)
Praz, Josiane, 'Le "Petit Hans" et sa famille: données historiques et biographiques', in *La sexualité infantile et ses mythes*, ed. J. Bergeret and M. Houser (Paris, 2001), pp. 121–39
Wakefield, Jerome C., 'Max Graf's "Reminiscences of Professor Sigmund Freud" Revisited: New Evidence from the Freud Archives', *Psychoanalytic Quarterly*, lxxvi (2007), pp. 149–92

빌헬름 폰 그린들

Anonymous, 'Selbstmord eines Irrenarztes (Dr. Wilhem v. Griendl)', *Neue Wiener Tagblatt*, 7 August 1898

——, 'Selbstmord eines Irrenarztes', *Neue Freie Presse*, 8 August 1898

——, 'Selbstmord eines Irrenarztes', *Neues Wiener Journal*, 8 August 1898

——, *Scranton Wochenblatt*, 18 August 1898, p. 5

——, 'Deutsche Lokal-Nachrichten', *Indiana Tribüne*, 22 September 1898

Freud, Sigmund, *The Psychopathology of Everyday Life*, Standard Edition, vol. vi

Maciejewski, Franz, 'Freud, His Wife and His "Wife"', *American Imago*, lxxxiii/4 (2007), pp. 497–506

Swales, Peter J., 'Freud, Death, and Sexual Pleasures: On the Psychical Mechanism of Dr. Sigm. Freud', *Arc de Cercle*, i (2003), pp. 5–74

Tögel, Christfried, *Unser Herz zeigt nach dem Süden: Reisebriefe 1895–1923* (Berlin, 2003)

——, 'Die 'Nachwirkung einer Nachricht' – Zum Freitod eines Patienten im Jahre 1898', *Kleine Texte zur Freud-Biographik*, 2015, www.freud-biographik.de/kleine-texte-zur-freud-biographik

마리 폰 페르스텔 남작 부인

Anonymous, 'Eduard Thorsch', *Neue Freie Presse*, 27 July 1883

Bachler, Martina, and Miriam Koch, 'Die Treichl-Saga', *Format, Österreichs Magazin für Wirtschaft, Geld und Politik*, 30, 26 July 2013, pp. 1, 6, 24–9

Beckh-Widmanstetter, H. A., 'Erinnerungen an Sigmund Freud und Julius Wagner von Jauregg, wissenschafts-theoretisch erörtert', Sigmund Freud Collection, Box 124, Folder 6, Manuscript Division, Library of Congress, Washington, dc, 1966

Jones, Ernest, *The Life and Work of Sigmund Freud* (New York, 1953), vol. i

——, *The Life and Work of Sigmund Freud* (New York, 1955), vol. ii

Masson, Jeffrey Moussaieff, ed., *The Complete Letters of Sigmund Freud to Wilhelm Fliess, 1887–1904* (Cambridge, ma, and London, 1985)

Swales, Peter J., 'Freud, Filthy Lucre, and Undue Influence', *Review of Existential Psychology and Psychiatry*, xxiii/1–3 (1997), pp. 115–41

Treichl, Heinrich, *Fast ein Jahrhundert: Erinnerungen* (Vienna, 2003)

Zehle, Sibylle, 'Die fabelhafte Welt der Treichls', *Manager Magazin*, 25 April 2008, p. 192

마르기트 크렘지르

Anonymous, 'Lebensmüde', *Neue Freie Presse*, 20 April 1900

Masson, Jeffrey Moussaieff, ed., *The Complete Letters of Sigmund Freud to Wilhelm Fliess, 1887–1904* (Cambridge, ma, and London, 1985)

이다 바우어

Binswanger, Ludwig, interview with Kurt Eissler, Sigmund Freud Collection, Box 126, Folder 4, Manuscript Division, Library of Congress, Washington, dc, 1954

Decker, Hannah S., *Freud, Dora, and Vienna 1900* (New York, 1991)

Deutsch, Felix, 'A Footnote to Freud's "Fragment of an Analysis of a Case of Hysteria"', *Psychoanalytic Quarterly*, xxvi (1957), pp. 159–67

Eissler, Kurt, letter to Anna Freud of 20 August 1952, Anna Freud Papers, Box 19, Manuscript Division, Library of Congress, Washington, dc, 1952

Ellis, Andrew W., Oliver Raitmayr and Christian Herbst, 'The Ks: The Other Couple in the Case of Freud's "Dora"', *Journal of Austrian Studies*, xlviii/4 (2015), pp. 1–26

Foges, Elsa, interview with Kurt Eissler, Sigmund Freud Collection, Box 114, Folders 15–17, Manuscript Division, Library of Congress, Washington, dc, 1953

Freud, Sigmund, 'Fragment of an Analysis of a Case of Hysteria', Standard Edition, vol. vii, pp. 3–122

Gross, Alfred, interview with Kurt Eissler, Sigmund Freud Collection, Box 115, Folder 15, Manuscript Division, Library of Congress, Washington, dc, 1954

Leichter, Otto, interview with Kurt Eissler, Sigmund Freud Collection, Box 129, Folder 11, Manuscript Division, Library of Congress, Washington, dc, 1954

Mahony, Patrick J., *Freud's Dora: A Psychoanalytic, Historical, and Textual Study* (New Haven, ct, 1996)

Roazen, Paul, 'Freud's Dora and Felix Deutsch', *Psychologist/Psychoanalyst*, 15 (1994), pp. 34–6

Stadlen, Anthony, 'Was Dora Ill?', in *Sigmund Freud: Critical Assessments*, ed. Laurence Spurling (London, 1989), vol. i, pp. 196–203

—, '"Just how interesting psychoanalysis really is"', *Arc de Cercle: An International Journal of the History of the Mind-sciences*, i/1 (2003), pp. 143–73

Zellenka, Otto, interview with Kurt Eissler, Sigmund Freud Collection, Box 129, Folder 9, Manuscript Division, Library of Congress, Washington, dc, 1954

안나 폰 베스트

Anonymous, 'Bericht von [Anna von Vests] Nichte', Sigmund Freud Collection, Box 43, Folder 2, Manuscript Division, Library of Congress, Washington, dc, undated

Freud, Sigmund, 'Analysis Terminable and Interminable', Standard Edition, vol. xxiii, pp. 216–54

—, correspondence with Anna von Vest, Sigmund Freud Collection, Box 43, Folder 2, Manuscript Division, Library of Congress, Washington, dc, 1903–26

Goldmann, Stefan, 'Eine Kur aus der Frühzeit der Psychoanalyse: Kommentar zu Freuds Briefe an Anna v. Vest', *Jahrbuch der Psychoanalyse*, 17 (1985), pp. 296–337

May, Ulrike, and Daniela Haller, 'Nineteen Patients in Analysis with Freud (1910–1920)', *American Imago*, lxv/1 (2008), pp. 41–105

Molnar, Michael, ed., *The Diary of Sigmund Freud, 1929–1939* (New York, 1992)

브루노 발터

Sterba, Richard, 'A Case of Brief Psychotherapy by Freud', *Psychoanalytic Review*, xxxviii/1 (1951), pp. 75–80

Walter, Bruno, *Themes and Variations: An Autobiography* (New York, 1946)

헤르베르트 그라프

Blum, Harold P., personal communication, 2011 Graf, Colin, personal communication, 2011

Graf, Herbert, interview with Kurt Eissler, Sigmund Freud Collection, Box 115, Folder 11, Manuscript Division, Library of Congress, Washington, dc, 1959

Graf, Max, interview with Kurt Eissler, Sigmund Freud Collection, Box 115, Folder 13, Manuscript Division, Library of Congress, Washington, dc, 1952

Graf, Mrs [Liselotte], interview with Kurt Eissler, Sigmund Freud Collection, Box 115, Folder 12, Manuscript Division, Library of Congress, Washington, dc, 1960

Praz, Josiane, 'Le "Petit Hans" et sa famille: données historiques et biographiques', in *La sexualité infantile et ses mythes*, ed. J. Bergeret and M. Houser (Paris, 2001), pp. 121–39

Rizzo, Francis, 'Memoirs of an Invisible Man: Herbert Graf Recalls a Half-century in the Theater: A Dialogue with Francis Rizzo, Interview', *Opera News*, 36, 5 February 1972, pp. 24–8; 12 February 1972, pp. 26–9; 19 February 1972, pp.

26–9; 26 February 1972, pp. 26–9

Ross, John Munder, 'Trauma and Abuse in the Case of Little Hans: A Contemporary Perspective', *Journal of the American Psychoanalytic Association*, lv/3 (2007), pp. 779–97

Wakefield, Jerome C., 'Max Graf's "Reminiscences of Professor Sigmund Freud" Revisited: New Evidence from the Freud Archives', *Psychoanalytic Quarterly*, lxxvi (2007), pp. 149–92

알로이스 야이텔레스

Marie Paneth Papers, Sigmund Freud Collection, Manuscript Division, Library of Congress, Washington, dc, 1938–68

Paneth, Marie, Memorandum, Sigmund Freud Collection, Box 125, Folder 10, Manuscript Division, Library of Congress, Washington, dc, undated

——, interview with Kurt Eissler, Sigmund Freud Collection, Box 118, Folder 15, Manuscript Division, Library of Congress, Washington, dc, 1955

Ulrich, Tom, personal communication, 25–27 August 2020

Yivo Institute, *Yivo Encyclopedia of Jews in Eastern Europe*, undated, https://yivoencyclopedia.org/article.aspx/Jeitteles_Family

에른스트 란처

Borch-Jacobsen, Mikkel, 'Un citoyen au-dessus de tout soupçon', in *Le livre noir de la psychanalyse*, ed. Catherine Meyer (Paris, 2005)

——, and Sonu Shamdasani, *The Freud Files: An Inquiry into the History of Psychoanalysis* (Cambridge, 2012), pp. 209–223

Freud, Sigmund, 'Original Record of the [Ratman] Case [1907–8]', Standard Edition, vol. x, pp. 253–318

——, 'Notes upon a Case of Obsessional Neurosis [1909]', Standard Edition, vol. x, pp. 1–56

Hawelka, Elsa Ribeiro, ed., *L'Homme aux rats. Journal d'une analyse*, 4th edn (Paris, 1994)

Mahony, Patrick, *Freud and the Rat Man* (New Haven, ct, 1986)

Stadlen, Anthony, '"Just how interesting psychoanalysis really is"', *Arc de Cercle: An International Journal of the History of the Mindsciences*, i/1 (2003), pp. 143–73

엘프리데 히르슈펠트

Binswanger, Ludwig, interview with Kurt Eissler, Sigmund Freud Collection, Box 126, Folder 4, Manuscript Division, Library of Congress, Washington, dc, 1954

Falzeder, Ernst, '"My grand-patient, my chief tormentor": A Hitherto Unnoticed Case of Freud's and the Consequences', *Psychoanalytic Quarterly*, lxiii (1994), pp. 297–331

Fichtner, Gerhard, ed., *The Sigmund Freud–Ludwig Binswanger Correspondence, 1908–1938* (London, 2003)

Fiori, René, *Elfriede H, La femme aux épingles. Rencontre avec un cas de Freud, de la névrose obsessionnelle à la mélancolie* (CreateSpace Independent Publishing Platform, 2015)

Freud, Sigmund, correspondence with Oskar Pfister, Sigmund Freud Collection, Box 38, Folders 23–8, Manuscript Division, Library of Congress, Washington, dc, 1909–40

McGuire, William, ed., *The Freud/Jung Letters* (Princeton, nj, 1974)

May, Ulrike, and Daniela Haller, 'Nineteen Patients in Analysis with Freud (1910–1920)', *American Imago*, lxv/1 (2008), pp. 41–105

Pfister, Oskar, interview with Kurt Eissler, Sigmund Freud Collection, Box 120, Folder 6, Manuscript Division, Library of Congress, Washington, dc, 1953

쿠르트 리

Dehning, Sonja, *Tanz der Feder: künstlerische Produktivität in Romanen von Autorinnen vom 1900* (Würzburg, 2000), pp. 146–8

Krafft, Margarete, 'Recollections', Sigmund Freud Collection, Box 124, Folder 47, Manuscript Division, Library of Congress, Washington, dc, undated

——, interview with Kurt Eissler, Sigmund Freud Collection, Box 124, Folder 47, Manuscript Division, Library of Congress, Washington, dc, 1954

Rie, Bella, interview with Kurt Eissler, Sigmund Freud Collection, Box 132, Folder 3, Manuscript Division, Library of Congress, Washington, dc, 1953

Rie, Robert, interview with Kurt Eissler, Sigmund Freud Collection, Box 132, Folder 4, Manuscript Division, Library of Congress,Washington, dc, 1953

앨버트 허스트

Anonymous, 'Albert Hirst, 87, Lawyer, Is Dead: Specialist in Life Insurance Wrote Exemption Law', *New York Times*, 2 March 1974

Elias [née Hirsch], Ada, interview with Kurt Eissler, Sigmund Freud Collection, Box 114, Folder 9, Manuscript Division, Library of Congress, Washington, dc, 1953

Hirst, Albert, interview with Kurt Eissler, Sigmund Freud Collection, Box 116, Folder 2, Manuscript Division, Library of Congress, Washington, dc, 1952

——, correspondence with Anna Freud and Ernest Jones, Ernest Jones Papers, Institute of Psychoanalysis, London, 1953

——, *Analyzed and Reeducated by Freud Himself*, Sigmund Freud Collection, Box 60, Manuscript Division, Library of Congress, Washington, dc, 1972

Lynn, David J., 'Sigmund Freud's Psychoanalysis of Albert Hirst', *Bulletin of the History of Medicine*, lxxi/1 (1997), pp. 69–93

Roazen, Paul, *How Freud Worked: First-hand Accounts of Patients* (Northvale, nj, 2005), chap. 1

빅토르 폰 디르스타이 남작

Broch, Hermann, *Das Teesdorfer Tagebuch für Ea von Allesch* (Berlin, 1995)

Eissler, Kurt R., note joined to a letter from Sigmund Freud to Victor von Dirsztay of 10 June 1920, Sigmund Freud Collection, Box 21, Folder 13, Manuscript Division, Library of Congress, Washington, dc, 1959

Kratzer, Hertha, *Die unschicklichen Töchter. Frauenporträts der Wiener Moderne* (Vienna, 2003)

May, Ulrike, 'Fourteen Hundred Hours of Analysis with Freud: Viktor von Dirsztay: A Biographical Sketch', *Psychoanalysis and History*, xiii/1 (2011), pp. 91–137

Obholzer, Karin, *The Wolf-man: Conversations with Freud's Patient – Sixty Years Later* (New York, 1982)

Reik, Theodor, 'The Characteristics of Masochism', *American Imago*, I (1939), pp. 26–59

—, *Masochism in Modern Man* (New York and Toronto, 1941)

——, interview with Kurt Eissler, 5 March 1954, Sigmund Freud Collection, Box 121, Folder 4, Manuscript Division, Library of Congress, Washington, dc

Timms, Edward, 'The "Child-woman": Kraus, Freud, Wittels, and Irma Karcewska', *Austrian Studies*, i (1990), pp. 87–107

세르기우스 판케예프

Berthelsen, Detlef, *Alltag bei Familie Freud: Die Erinnerungen der Paula Fichtl* (Hamburg, 1987)

Eissler, Kurt, note on three visits to Sergius Pankejeff at the Steinhof hospital, Sigmund Freud Collection, Box 125, Folder 11, Manuscript Division, Library of Congress, Washington, dc, 1978

——, *Freud and the Seduction Theory: A Brief Love Affair* (Madison, ct, 2001), pp. 387–406

Freud, Sigmund, correspondence with Sergius Pankejeff, Sigmund Freud Collection, Box 38, Folder 11, Manuscript Division, Library of Congress, Washington, dc, 1912, 1919, 1926, 1930

——, 'From the History of an Infantile Neurosis [1918]', Standard Edition, vol. xvii, pp. 1–124

Gardiner, Muriel, ed., *The Wolf-man by the Wolf-man, with The Case of the Wolf-man by Sigmund Freud* (New York, 1971)

——, 'The Wolf Man's Last Years', *Journal of the American Psychoanalytic Association*, xxxi (1983), pp. 867–97

May, Ulrike, and Daniela Haller, 'Nineteen Patients in Analysis with Freud (1910–1920)', *American Imago*, lxv/1 (2008), pp. 41–105 Muriel Gardiner Papers, Sigmund Freud Collection, Manuscript Division, Library of Congress, Washington, dc, 1890–1986

Obholzer, Karin, *The Wolf-man Sixty Years Later: Conversations with Freud's Controversial Patient* (New York, 1982)

——, interview with Mikkel Borch-Jacobsen, Vienna, 15 March 1994, Borch-Jacobsen private archive

Pankejeff, Sergius, interviews with Kurt Eissler, Sigmund Freud Collection, Box 119, Manuscript Division, Library of Congress, Washington, dc, 1952, 1954–5

——, interviews with Kurt Eissler, Sigmund Freud Collection, Box 130 and 131, Manuscript Division, Library of Congress, Washington, dc, 1953, 1957–60

——, letters to Ernest Jones, Ernest Jones Papers, Institute of Psychoanalysis, London, 1953–4

——, letters pertaining to Freud's 'History of an Infantile Neurosis', *Psychoanalytic Quarterly*, xxvi (1957), pp. 449–60

Ruth Mack Brunswick Papers, Sigmund Freud Collection, Manuscript Division, Library of Congress, Washington, dc, 1921–43

Sergius Pankejeff Papers, Sigmund Freud Collection, Manuscript Division, Library of Congress, Washington, dc, 1901–79

Weil, Frederick, interview with Kurt Eissler regarding Sergius Pankejeff, Sigmund Freud Collection, Box 123, Folder 1, Manuscript Division, Library of Congress, Washington, dc, 1955

Wulff, Moshe, interview with Kurt Eissler, Sigmund Freud Collection, Box 123, Folder 8, Manuscript Division, Library of Congress, Washington, dc, 1962

브루노 베네치아니

Accerboni Pavanello, Anna Maria, 'La sfida di Italo Svevo alla psicoanalisi: Guarire dalla cura', in *Guarire dalla cura. Italo Svevo e la medicina*, ed. Riccardo Cepach (Trieste, 2008)

Anzellotti, Fulvio, *Il segreto di Svevo* (Pordenone, 1985)

——, *La villa di Zeno* (Pordenone, 1991)

Amouroux, Rémy, 'Marie Bonaparte, Her First Two Patients and the Literary World', *International Journal of Psychoanalysis*, xci (2010), pp. 879–94

Fallend, Karl, *Sonderlinge, Träumer, Sensitive; Psychoanalyse auf dem Weg zur Institution und Profession; Protokolle der Wiener Psychoanalytischen Vereinigung und biographische Studien* (Vienna, 1995)

Falzeder, Ernst, ed., *The Complete Correspondence of Sigmund Freud and Karl Abraham* (London, 2002)

Freud, Sigmund, correspondence with Edoardo Weiss, Sigmund Freud Collection, Box 43, Folder 22, Manuscript Division, Library of Congress, Washington, dc, 1919–23

Ghidetti, Enrico, *Italo Svevo: la coscienza di un borghese Triestino* (Roma, 1980)

Groddeck, Georg, *The Meaning of Illness: Selected Psychoanalytic Writings* (London, 1977)

——, *Das Buch vom Es. Psychoanalytische Briefe an eine Freundin* (Berlin, 2016)

Jahier, Alice, 'Quelques lettres d'Italo Svevo', *Preuves*, v/48 (1955), pp. 26–32

May, Ulrike, and Daniela Haller, 'Nineteen Patients in Analysis with Freud (1910–1920)', *American Imago*, lxv/1 (2008), pp. 41–105

Palmieri, Giovanni, *Schmitz, Svevo, Zeno. Storia di due 'biblioteche'* (Milan, 1994)

Roazen, Paul, *Edoardo Weiss: The House That Freud Built* (New Brunswick, nj, 2005)

Svevo, Italo, *Opera Omnia, i* (Trieste, 1966)

——, *La coscienza di Zeno, in Romanzi e 'continuazioni'* [1923] (Milan, 2004), pp. 625–1085

——, *Soggiorno londinese, in Teatro e saggi* [1927] (Milan, 2004), pp. 893–910

——, *Conferenza su James Joyce*, in *Teatro e saggi* [1927] (Milan, 2004), pp. 911–36

Veneziani Svevo, Livia, *Vita di mio marito* [1950] (Trieste, 1976)

Voghera, Giorgio, 'Gli anni della psicanalisi', in *Quassù Trieste*, ed. L. Mazzi (Bologne, 1968)

Weiss, Edoardo, interview with Kurt R. Eissler, Sigmund Freud Collection, Box 123, Folders 3 and 4, Manuscript Division, Library of Congress, Washington, dc, 1954, undated

——, *Sigmund Freud As A Consultant: Recollections of a Pioneer in Psycho-analysis*

(New York, 1970)

엘마 팔로스

Berman, Emanuel, 'Sándor, Gizella, Elma: A Biographical Journey', *International Journal of Psychoanalysis*, lxxxv/2 (August 2003), pp. 489–520

Borch-Jacobsen, Mikkel, and Sonu Shamdasani, *The Freud Files: An Inquiry into the History of Psychoanalysis* (Cambridge, 2006), pp. 280–82

Brabant, Eva, Ernst Falzeder and Patrizia Giampieri-Deutsch, eds, *The Correspondence of Sigmund Freud and Sándor Ferenczi*, vol. I: 1908–1914 (Cambridge, ma, and London, 1993)

Laurvik [née Pálos], Elma, interview with Kurt Eissler, Sigmund Freud Collection, Box 117, Folder 18, Manuscript Division, Library of Congress, Washington, dc, 1952

Laurvik, J. Nilsen, *Is It Art? Post-Impressionism, Futurism, Cubism* (New York, 1913)

May, Ulrike, and Daniela Haller, 'Nineteen Patients in Analysis with Freud (1910–1920)', *American Imago*, lxv/1 (2008), pp. 41–105

루 칸

Appignanesi, Lisa, and John Forrester, *Freud's Women* (New York, 1992)

Brabant, Eva, Ernst Falzeder and Patrizia Giampieri-Deutsch, eds, *The Correspondence of Sigmund Freud and Sándor Ferenczi*, vol. I: 1908–1914 (Cambridge, ma, and London, 1993)

Maddox, Brenda, *Freud's Wizard: The Enigma of Ernest Jones* (London, 2006)

May, Ulrike, and Daniela Haller, 'Nineteen Patients in Analysis with Freud (1910–1920)', *American Imago*, lxv/1 (2008), pp. 41–105

Paskauskas, R. Andrew, ed., *The Complete Correspondence of Sigmund Freud and Ernest Jones, 1908–1939* (Cambridge, ma, 1995)

Wilsey, John, *H. Jones vc: The Life and Death of an Unusual Hero* (London, 2003)

카를 마이레더

Anderson, Harriet, ed., *Tagebücher 1873–1937/Rosa Mayreder* (Frankfurt am Main, 1988)

——, *Utopian Feminism: Women's Movements in Fin-de-siècle Vienna* (New Haven, ct, 1992)

May, Ulrike, and Daniela Haller, 'Nineteen Patients in Analysis with Freud (1910–1920)', *American Imago*, lxv/1 (2008), pp. 41–105

Mayreder, Rosa, 'Review of S. Freud, *Three Essays on Sexual Theory*', *Wiener Klinische Rundschau*, x (1906), pp. 189–90

마르가레테 촌카

Eissler, Kurt, *Freud and the Seduction Theory: A Brief Love Affair* (Madison, ct, 2001), pp. 370–71

Rieder, Ines, and Diana Voigt, *Heimliches Begehren. Die Geschichte der Sidonie C.* (Vienna, 2000)

Ruhs, August, 'Freud 1919: Ein Fall von weiblicher Homosexualität und gewisse Folgen . . .', in *Sigmund Freud Vorlesungen 2006. Die grossen Krankengeschichten*, ed. Christine Diercks and Sabine Schlüter (Vienna, 2008), pp. 135–44

Trautenegg [née Csonka], Margarethe von, correspondence and interview with Kurt Eissler, Kurt R. Eissler Papers, Box 2, Manuscript Division, Library of Congress, Washington, dc, 1969–88

안나 프로이트

Anna Freud Papers, Manuscript Division, Library of Congress, Washington, dc

Burlingham, Michael John, *The Last Tiffany* (New York, 1989)

Fichtner, Gerhard, ed., *The Sigmund Freud–Ludwig Binswanger Correspondence, 1908–1938* (London, 2003)

Freud, Anna, 'Beating Fantasies and Daydreams [1922]', in *Introduction to Psychoanalysis: Lectures for Child Analysts and Teachers*, 1922–1935. Writings (New York, 1974), vol. i

Freud, Sigmund, '"A child is being beaten": A Contribution to the Study of the Origin of Sexual Perversion', Standard Edition, vol. xvii, pp. 175–204

——, 'Some Psychological Consequences of the Anatomical Difference between the Sexes', Standard Edition, vol. xix, pp. 248–58

Gay, Peter, *Freud: A Life for Our Time* (New York, 1988)

Heller, Peter, and Günther Bittner, *Eine Kinderanalyse bei Anna Freud (1929–1932)* (Würzburg, 1983)

——, ed., *Anna Freud's Letters to Eva Rosenfeld* (Madison, ct, 1992)

Mahony, Patrick, 'Freud as Family Therapist: Reflections', in *Freud and the History of Psychoanalysis*, ed. Toby Gelfand and John Kerr (Hillsdale, nj, 1992), pp.

307–17
Paskauskas, R. Andrew, ed., *The Complete Correspondence of Sigmund Freud and Ernest Jones, 1908–1939* (Cambridge, ma, 1995)
Peter Heller Papers, Manuscript Division, Library of Congress, Washington, dc
Young-Bruehl, Elisabeth, *Anna Freud: A Biography* (New York, 1988)

호러스 프링크

Ames, Thaddeus H., interview with Kurt Eissler, Freud Collection, Box 112, Folder 15, Manuscript Division, Library of Congress, Washington, dc, 1952
Blumgart, Leonard, interview with Kurt Eissler, Freud Collection, Box 113, Folder 13, Manuscript Division, Library of Congress, Washington, dc, 1952
Edmunds, Lavinia, 'His Master's Choice', Johns Hopkins Magazine (April 1988), pp. 40–49
Eissler, Kurt, *Freud and the Seduction Theory: A Brief Love Affair* (Madison, ct, 2001), pp. 29–32
Fredric Wertham Papers, Box 1, Manuscript Division, Library of Congress, Washington, dc, 1911–80
Freud, Sigmund, correspondence with Horace and Angelika Bijur Frink, Freud Collection, Box 28, Folder 27, Manuscript Division, Library of Congress, Washington, dc, 1921–3
Frink, Angelika Bijur, interview with Kurt Eissler, Freud Collection, Box 115, Folder 7, Manuscript Division, Library of Congress, Washington, dc, 1952
Frink Family Collection, Alan Mason Chesney Medical Archives, Johns Hopkins Medical Institutions
Kardiner, Abraham, Clarence Oberndorf and Monroe Meyer, 'In Memoriam, Horace Westlake Frink, md (1883–1936)', *Psychoanalytic Quarterly*, v (1936), pp. 601–3
——, *My Analysis with Freud: Reminiscences* (New York, 1977)
Oberndorf, Clarence, interview with Kurt Eissler, Freud Collection, Box 118, Folders 13–14, Manuscript Division, Library of Congress, Washington, dc, 1952
Roazen, Paul, *Freud and His Followers* (New York, 1975), pp. 378–80
——, *How Freud Worked: First-hand Accounts of Patients* (Northvale, nj, 2005), pp. 68–9
Viola Wertheim Bernard Papers, 1918–2000, Box 32, Folders 2–9, Augustus C. Long Health Sciences Library, Archives and Special Collections, Columbia University, New York
Zitrin, Arthur, 'Freud-Frink-Brill: A Puzzling Episode in the History of Psychoanalysis', *Bulletin of the Association for Psychoanalytic Medicine of the Columbia*

University Psychoanalytic Center, 13 January 1998

먼로 메이어

Anonymous, 'In Memoriam', *Psychoanalytic Quarterly*, viii/2 (1939), pp. 138–40

Blumgart, Leonard, interview with Kurt Eissler, Freud Collection, Box 113, Folder 13, Manuscript Division, Library of Congress, Washington, dc, 1952

Fredric Wertham Papers, Box 1, Manuscript Division, Library of Congress, Washington, dc, 1911–80

Freud, Sigmund, correspondence with Horace and Angelika Bijur Frink, Freud Collection, Box 28, Folder 27, Manuscript Division, Library of Congress, Washington, dc, 1921–3

Kardiner, Abraham, *My Analysis with Freud: Reminiscences* (New York, 1977)

Oberndorf, Clarence, interview with Kurt Eissler, Freud Collection, Box 118, Folders 13–14, Manuscript Division, Library of Congress, Washington, dc, 1952

Stern, Adolph, 'Monroe A. Meyer, md', *Psychoanalytic Review*, xxvi/4 (1939), p. 599

——, interview with Kurt Eissler, Freud Collection, Box 122, Folder 10, Manuscript Division, Library of Congress, Washington, dc, 1952

스코필드 세이어

Beam, Alex, *Gracefully Insane: Life and Death Inside America's Premier Mental Hospital* (New York, 2001)

Bernays, Edward L., *Biography of an Idea: Memoirs of a Public Relations Counsel* (New York, 1965)

Cox, Richard W., 'Adolf Dehn: The Life', in *The Prints of Adolf Dehn: A Catalogue Raisonné*, ed. Joscelyn Lumsdaine and Thomas O'Sullivan (St Paul, mn, 1987)

Dehn, Adolf, interview with Kurt Eissler, Sigmund Freud Collection, Box 114, Folder 1, Manuscript Division, Library of Congress, Washington, dc, 1959

——, interview with Kurt Eissler, Sigmund Freud Collection, Box 124, Folder 14, Manuscript Division, Library of Congress, Washington, dc, undated

Dehn-Thomas, Mura, interview with Kurt Eissler, Sigmund Freud Collection, Box 114, Folder 2, Manuscript Division, Library of Congress, Washington, dc, 1960

Dempsey, James, *The Tortured Life of Scofield Thayer* (Gainesville, fl, 2014)

Dial/Scofield Thayer Papers, Beinecke Rare Book and Manuscript Library, Yale University, New Haven, ct, 1879–1982

Ducharme, Diane J., Guide to the Dial/Scofield Thayer Papers, Beinecke Rare Book and Manuscript Library, 1988: https:// archives.yale.edu/repositories/11/resources/1531

Freud, Sigmund, correspondence with Scofield Thayer, Sigmund Freud Collection, Box 42, Folder 38, Manuscript Division, Library of Congress, Washington, dc, 1925

——, correspondence with Edward Bernays, Sigmund Freud Collection, Box 1, Folders 3–4, Manuscript Division, Library of Congress, Washington, dc, 1919–24

Hollevoet-Force, Christel, 'Les Picasso de Soler ou la découverte d'un tableau caché', Colloque Revoir Picasso, Paris, Musée Picasso, 26 March 2015: http://revoirpicasso.fr

Sawyer-Lauçanno, Christopher, *E. E. Cummings: A Biography* (Naperville, il, 2004)

카를 리브만

Beam, Alex, *Gracefully Insane: Life and Death Inside America's Premier Mental Hospital* (New York, 2001)

Brabant, Eva, Ernst Falzeder and Patrizia Giampieri-Deutsch, eds, *The Correspondence of Sigmund Freud and Sándor Ferenczi*, vol. iii: 1920–1933 (Cambridge, ma, and London, 1993)

Freud, Sigmund, correspondence with Oskar Pfister, Sigmund Freud Collection, Box 38, Folders 23–8, Manuscript Division, Library of Congress, Washington, dc, 1909–39

——, correspondence with Julius [and Marie] Liebmann [misspelled 'Liebman'], Sigmund Freud Collection, Box 36, Folder 30, Manuscript Division, Library of Congress, Washington, dc, 1925–32

——, 'Fetishism', Standard Edition, vol. xxi, pp. 149–58

Hofmann, Rolf, 'The Originators of Rheingold Beer: From Ludwigsburg to Brooklyn – A Dynasty of German-Jewish Brewers', *Aufbau*, 21 June 2001

Liebmann [misspelled 'Liebman'], Julius, interview with Kurt Eissler, Sigmund Freud Collection, Box 118, Folder 2, Manuscript Division, Library of Congress, Washington, dc, 1954

Lynn, David J., 'Freud's Analysis of A. B., a Psychotic Man', *Journal of the American Academy of Psychoanalysis*, xxi/1 (1993), pp. 63–78

찾아보기

ㅅ

ㅇ

ㅈ

ㅊ

ㅋ

ㅌ

ㅍ

ㅎ

저자와 출판사는 아래 삽화 자료를 제공하고 복제하도록 허가해주신 분들께 감사드립니다. 저작권자와 연락하기 위해 모든 노력을 기울였습니다. 연락이 닿지 않거나 승인해주신 내용에 오류가 있다면 출판사에 문의해주십시오. 후속 판본에 모두 수정하여 적용하겠습니다.

A. C. Long Health Sciences Library, Columbia University Medical

A. W. Freud/DR: 13-1

Akg/Imagno: 34-1

Andreas Treichl: 16-1

Center: 35-3

Emmanuel Berman/DR: 30-1

Gesellschaft für eine Gesamtkultur, Bern: 5-1, 5-2

Getty Images / 게티이미지코리아: front cover

Jewish Museum, Merano: 18-2

Koestler Archive, University of Edinburgh: 10-1

Leo Baeck Institute: 1-3

Library of Congress: 2-3, 26-1, 28-1, 28-2, 35-1, 35-2, 35-4

Mia Vieyra: 9-1

National Gallery of Art, Washington: 30-3

property of Museo Sveviano, Trieste: 29-3

Roger Nicholas Balsiger: 7-1

Sigmund Freud Museum, Vienna: 33-1, 33-3

V. Angerer/Frued Museum, London: 2-1

Wenzel Weis: 20-1

당신이 모르는 프로이트 정신분석의 재구성

프로이트의 숨겨진 환자들

초판 인쇄 2022. 5. 18
초판 발행 2022. 5. 25

지은이 미켈 보르크-야콥센
옮긴이 문희경
펴낸이 김광우
편집 강지수, 문혜영
마케팅 권순민, 김예진, 박장희
디자인 송지애

펴낸곳 知와사랑
주소 경기도 고양시 일산동구 고양대로1021번길 33 402호
전화 02) 335-2964 팩스 031) 901-2965 홈페이지 www.jiwasarang.co.kr

등록번호 제 2011-000074호 등록일 1999. 1. 23
인쇄 동화인쇄

ISBN 978-89-89007-91-3 03100
값 22,000원